DE STILLE MOORDENAAR

Lori Andrews

DE STILLE MOORDENAAR

the house of books

Oorspronkelijke titel
The Silent Assassin
Uitgave
St. Martin's Minotaur, New York
Copyright © 2007 by Lori Andrews
Copyright voor het Nederlandse taalgebied © 2008 by The House of Books,
Vianen/Antwerpen

Vertaling
Paul Heijman
Omslagontwerp en -fotografie
marliesvisser.nl
Foto auteur
Darren Stephens
Opmaak binnenwerk
ZetSpiegel, Best

ISBN 978 90 443 2219 4
D/2008/8899/130
NUR 332

Voor de 58.249 en degenen die hen liefhadden

Zij die weten spreken niet, en zij die spreken weten niet.

Lao Tse, *Tao te Ching*

Proloog

De tank die meer dan dertig jaar eerder een eind aan de Vietnam-oorlog had gemaakt door de toegang tot het presidentiële paleis plat te walsen, bood dekking aan Huu Duoc Chugai die op weg was naar het Oorlogsmuseum in Ho Chi Minh City. Om twee uur 's nachts waren er maar weinig mensen op straat, dronkaards en gelieven die maar weinig belangstelling hadden voor de lange veertiger. Maar toch zocht Chugai zoals gewoonlijk de donkere plekken op en liep hij in elkaar gedoken. In de Vo Van Tanstraat liep hij sneller, maar hij hield zijn pas in toen hij zich een weg zocht door het arsenaal van buitgemaakte Amerikaanse vliegtuigen en bommen die voor het museum stonden. Hij vloekte binnensmonds toen hij zijn schouder stootte tegen de rakethouder van een roestige Amerikaanse helikopter.

Bij de deur van het hoofdgebouw gekomen keek hij om zich heen, zag niemand en verschafte zich toegang met een sleutel. Chugai was iemand die elke mogelijkheid uitbuitte. Het ministerie waar hij voordien had gewerkt, had de supervisie over het park, met inbegrip van het museum. Hij had een sleutel van het museum achterovergedrukt zonder te weten wat hij ermee kon aanvangen. Zijn leven was als de bouw van de tunnels van de Noord-Vietnamezen. Hij zwoer bij heimelijkheid, bij het verzamelen en manipuleren van informatie, bij winnen, het koste wat het kost. Soms wist hij niet of het zijn geboorterecht was of zijn tweejarig verblijf in de VS dat zijn vastberadenheid had aangescherpt. Maar zijn plannenmakerij begon vrucht af te werpen.

Hij sloot de museumdeur achter zich en feliciteerde zichzelf met de keuze van de ontmoetingsplaats. Wanneer de generaal kwam, zou Chugai met hem langs de foto lopen van soldaten die poseer-

den met de afgehakte hoofden van twee Noord-Vietnamese soldaten. Het zou de man herinneren aan zijn schuld, aan het feit dat
Chugais vader hem in de oorlog het leven had gered.

Chugai liep naar de zaal waar een tijgerkooi voor krijgsgevangenen stond. Hij stak een sigaret op, dacht aan het knusse bed
van zijn maîtresse waar hij kort ervoor uitgestapt was en glimlachte om zijn eigen sluwheid. Hij was een halfuur voor de afge-
sproken tijd gekomen en stond op de uitkijk zodat hij de oude
Noord-Vietnamese militair kon binnenlaten. Misschien moest hij
nog wat verder het museum in zodat de oude man zou aanklop-
pen en hij hem een tijdje kon laten wachten, alleen maar om hem
te laten merken wie hier de baas was.

Zijn gedachten werden plotseling verstoord door een arm die
om zijn nek werd gelegd en hem de adem afsneed. Zijn sigaret viel
op de grond toen de aanvaller hem om zijn as liet draaien. Chugai
keek verbaasd neer op de generaal die een halve kop kleiner was
dan hij. Hoe was het hem in godsnaam gelukt binnen te komen
en hem zo geluidloos te besluipen?

De oudere Vietnamees grijnsde en in zijn ogen was even iets van
waanzin te lezen. Chugai had zo de pest in dat hij zijn plan met
de generaal door het museum te lopen om diens loyaliteit te be-
zegelen vergat. In plaats daarvan duwde hij hem een envelop in
handen. De man maakte hem niet eens open. Wel stak hij zijn
wijsvinger op, waarmee hij 'één' aangaf.

Chugai wist wat hij bedoelde. Hij zou nog één moord plegen en
dan zou hij de schuld als vereffend beschouwen. Chugai wilde iets
zeggen, maar de man luisterde niet meer. De generaal was naar de
Franse guillotine gelopen die er tentoongesteld stond.

De oude man legde de envelop op het houten bankje aan de voet
van de guillotine en liet het zware mes dat was gebruikt om krijgsgevangenen te doden vallen. De verpletterende klap hakte de envelop in tweeën zodat de versnipperde Vietnamese en Amerikaanse
bankbiljetten rondvlogen. Terwijl Chugai toeschoot om te zien of
het vliegticket nog heel was, verdween de generaal het museum uit.

Hij kan me wat, dacht Chugai. Als dit is wat de generaal wil, dan
moet het maar. Chugai stopte het mishandelde geld en het vliegticket in zijn zak. Het maakte hem niet uit hoe de generaal in Washington kwam, zolang hij die smeerlap daar maar vermoordde.

Hoofdstuk 1

Luke knielde op het handgeweven kleed naast het bed en begon zijn gitaar in te pakken. Op het geluid van de zware, lawaaiige rits kwam Alex uit de andere kamer. Haar lange, golvende blonde haar viel over haar zwarte col en ze had nog steeds een kleur van het vrijen. 'Ik hoorde een rits en dacht dat je broek weer uit ging.'

Hij draaide zich naar haar toe, nog steeds geknield, op ooghoogte met de sluiting van haar jeans. Hij stak een hand uit naar de drukknoop. 'Je vraagt erom dat je in twintig seconden weer op bed ligt.'

Ze bedacht dat hij daardoor misschien zijn vlucht zou missen en dat zij zelf waarschijnlijk haar favoriete parkeerplaatsje op het werk kwijt zou zijn. Toen keek ze lachend op hem neer. 'Dat lukt je niet.'

Een werveling van kleren stoof door de kamer als de serpentines op oudejaarsavond in New York. Ze liet zich achterover op het bed vallen en hij volgde haar, ging speels met zijn tong over haar lichaam, een dienst die ze prompt terugbetaalde. Toen kwam hij boven op haar en bedreven ze teder de liefde, liefdevol, met zijn gezicht vlak boven het hare, neus aan neus, steeds heftiger ademhalend. Toen ze hun hoogtepunt naderden, rolden ze over het bed zodat zij boven was, bijna rechtop, op en neer bewegend. Haar haar danste als de manen van een paard.

Ze kwam als eerste en door de golvende beweging kwam hij ook, kreunend. Ze liet zich van hem af rollen en dook met haar hoofd in de knik van zijn arm. Toen ze haar haar uit haar ogen veegde, zag ze dat ze vergeten had haar horloge voor het vrijen af te doen. 'Jezus, Luke. We moeten ons haasten.'

Ze stapte uit bed, maar Luke deed of hij uitgeput was. Ze boog zich over hem heen en schudde hem aan zijn schouder toen haar mobieltje overging. Een nummer van Lukes band, de Cattle Prods.

'O Luke, heb je het er nou weer ingezet?' Ze was blij dat dit niet te horen was geweest in een belangrijke vergadering.

'Alex Blake,' meldde ze zich terwijl Luke bleef doen of hij in coma was.

De vertrouwde stem van majoor Dan Wilson zei alleen maar: 'Je hebt om elfhonderd uur een afspraak met een lijk.'

Ze hing op en zei tegen het lichaam op het bed: 'In de benen, man. Je bent vandaag niet de enige die voor lijk ligt.'

Een paar minuten later hadden Luke en Alex de achterbak van haar geblutste gele Thunderbird uit '63 volgeladen en jakkerden ze naar het vliegveld. Officieel heette het nu Ronald Reagan International Airport, maar voor haar was het nog steeds National Airport. Hadden ze niet genoeg dingen naar hem genoemd? Had nu echt elke stad een Reaganstraat, een Reaganschool en vermoedelijk ook een Reagangevangenis? Was er nog iets veilig voor het voortsluipende reaganisme? Ze zag al voor zich hoe er een dag kwam dat menselijke lichaamsdelen een nieuwe naam kregen. Ja, ik heb mijn Reaganbeen gebroken, net boven het Coca-Cola-kraakbeen.

Bij de terminal van United treuzelde Luke met afscheid nemen. Hij gaf haar een cd met nummers die hij voor haar had opgenomen. Ze keek naar deze bijna knappe man die zijn gitaar aan zijn schouder hing en een armzalige plunjezak met kleren oppakte. Optreden als singer-songwriter deed hij zo graag dat hij het voor niets zou doen; in feite verdiende hij amper een droge boterham. Maar de muziek bood hem wel een excuus de wereld te zien. Toen een voormalig bandlid in Londen hem onderdak aanbood in ruil voor Lukes hulp bij het verhuizen van zijn piano naar zijn nieuwe flat, greep Luke de kans met beide handen aan en was de Tweede Wereldtournee van de Cattle Prods een feit. Na Londen zouden er optredens zijn in Spanje, Frankrijk en Denemarken.

'Ik heb nog geen vakantie gehad. Misschien kom ik naar je toe in Barcelona,' zei Alex.

Luke keek naar de grond en daarna naar haar. 'Dat lijkt me niet zo'n goed idee,' zei hij. 'Ik logeer bij Vanessa.'

Alex' mond viel open voor ze haar gevoelens kon verbergen.

Waarna de kruier meldde dat Luke beter als de donder kon op-
schieten als hij zijn vlucht nog wilde halen.

Luke deed een stap naar voren. 'Het stelt niks voor, gewoon een
vriendin. Ik mail je als ik geland ben.' Hij bukte zich om haar een
kus te geven, maar ze draaide haar hoofd weg zodat de zoen op
haar wang belandde.

Luke rende naar de terminal en Alex startte de oude T-Bird. Ze
scheurde naar de George Washington Memorial Parkway en zette
de kachel aan om de kilte die ze voelde te verdrijven, een combinatie van de ongewoon koude decemberdag en de ijzige gedachten die door haar hoofd spookten. Wie was die Vanessa? Waarschijnlijk iemand die hij tijdens de Eerste Wereldtournee had leren
kennen, vorig jaar toen Alex en hij een tijd uit elkaar waren.

De snelweg had op dit tijdstip meer weg van een parkeerplaats.
Alex gebruikte haar tijd in de file om sms'jes van haar werk binnen te halen. Eentje van Dan voordat hij haar thuis had gebeld
over die lijkschouwing, en een ander met het bevel om op 14.00
uur te verschijnen ten kantore van het hoofd van het Armed Forces Institute of Pathology, kolonel Jack Wiatt.

Als burger werkzaam bij het AFIP steigerde ze bij het woord
bevel, vooral wanneer het afkomstig was van Wiatt met wie ze bij
meerdere gelegenheden in de clinch had gelegen. Toen president
Bradley Cotter hem het jaar ervoor tot hoofd van het AFIP had
benoemd – en niet tot hoofd van de FBI zoals hij had gewild –
was hij bijna door het lint gegaan. Maar het AFIP bleek hem te
bevallen. Het viel onder Defensie en het complex was vergelijkbaar met een stad; het had zijn eigen brandweer, politiebureau en
ziekenhuis. Het instituut stond op een afgelegen terrein van vijfenveertig hectare in Washington D.C., bij de grens met Maryland,
anderhalve hectare groter dan Vaticaanstad. Net als de invloed
van het Vaticaan reikte die van het AFIP verbazingwekkend ver
en werkte het op mysterieuze wijze – of in ieder geval vaak sub
rosa. Het hield toezicht op forensisch onderzoek in de Verenigde
Staten en elders waar het Defensie en de uitvoerende macht betrof
– en dat alles zonder het scherpe toezicht van het publiek en het
Congres op andere instellingen, zoals de FBI en de CIA. Wiatt,
een militair met een hoog testosteronniveau die zijn mannen leiding had gegeven in elke oorlog, inval, onenigheid en conflict sinds

13

de Vietnamoorlog, vond dat regels soepel moesten worden geïnterpreteerd. Een instelling leiden waarbij hij de mensen naar zijn hand kon zetten, beviel hem wel. Maar Alex en hij botsten vaak als ze probeerde haar werk te doen, het met behulp van genetica creëren van vaccins tegen biologische oorlogvoering, en hij haar bij activiteiten betrok die haar van haar werk hielden.

Toen ze eindelijk bij de basis was – een frustrerende drie kwartier later – dirigeerde Alex haar auto naar haar favoriete parkeerplaatsje, maar dat was nu natuurlijk bezet. Er was alleen nog plaats aan de andere kant van de basis, een heel eind van de ingang van het AFIP. Ze liep naar de deur van het National Museum of Health and Medicine, dat door tunnels was verbonden met zowel het AFIP, waar ze werkte, als het Walter Reed Medical Center waar ze vaak een second opinion gaf bij belangrijke patiënten.

Toen Alex bij het museum kwam, zag ze daar tot haar verbazing twintig tot dertig mensen staan, enkelen met een bord. Normaliter verkeerde het museum in een slaperige toestand waar leerlingen werden rondgeleid die naar de microscopen staarden en naar medische curiosa zoals de maagvormige haarbal van een tiener die constant op haar lokken kauwde (en ze ook inslikte). Dit was een heel andere verzameling mensen. Oudere Vietnamese echtparen in crèmekleurige fladderende broeken en studenten in spijkerpak droegen borden met teksten als LAAT HUN GEEST IN VREDE RUSTEN. Een magere blanke man van midden twintig met een megafoon blokkeerde de stoep. Hij riep: 'Geef de Trophy Skulls terug.'

Hij keek Alex recht in haar blauwe ogen, liet zijn blik op haar bekoorlijke, hartvormige gezicht rusten. Zijn blik gleed over haar lichaam, registreerde haar verfomfaaide bruinleren jack en haar spijkerbroek, plezierig strak over haar slanke, gespierde rondingen. Hij drukte haar een bord in handen.

'Nee, dank je,' zei ze. 'Ik werk hier.'

Onderweg naar haar lab ging Alex even langs de kamer van haar beste vriendin, luitenant-ter-zee Barbara Findlay, de Afro-Amerikaanse juriste in dienst van het AFIP.

'Hé, wat doet die horde daar buiten?' vroeg Alex. Ze trok haar benen onder zich in de gemakkelijke stoel voor Barbara's bureau en dook met een hand in de glazen schaal met snoep, Barbara's manier om zowel secretaresses als generaals ertoe te brengen even binnen te lopen voor een babbeltje.

Barbara, alert en kordaat in haar keurige uniform, boog zich voorover en schoof Alex over haar bureau een *Washington Post* toe. 'Heb je de krant van gisteren niet gezien?'

Alex schudde haar hoofd. 'Nee, ik had het te druk met afscheidsseks met Luke.'

'Einde-relatie-seks of op-tournee-seks?'

Alex dacht even na. 'Dat weet ik nog niet.'

'Eerlijk gezegd is je smaak voor mannen...'

'Ik neem tenminste nog een duik in het dating-bad. Jij hebt je badpak nog niet eens aan.'

Barbara schoot in de lach. 'Ik heb mijn handen vol aan een puberdochter en een parkeerplaats vol demonstranten.'

Alex bekeek de foto op de voorpagina: een heuveltje met een pagodeachtige zuil van vijf stenen erop. Ze las het onderschrift hardop: 'De Orenberg?'

'Ja, de Koreaanse Orenberg in Kyoto. Een berg oren die samoeraikrijgers vijf eeuwen geleden bij Koreaanse soldaten hebben afgehakt.'

'Waarom oren?'

'Er stond een prijs op elke soldaat die in Korea werd gedood. Eerst stuurden ze de hoofden terug, maar toen de schepen overbeladen raakten, stuurden ze alleen nog de oren.'

Alex bekeek de aarden bult zo hoog als een huis. 'Dan moeten ze er vele duizenden hebben gedood.'

Barbara knikte. 'Onlangs heeft een groep Koreaanse monniken vijftig Koreaanse vlaggen op de bult gezet en is gaan onderhandelen over de teruggave, in ieder geval symbolisch, van de oren aan Korea. Dat was voor de Vietnamese ambassadeur hier aanleiding om contact met ons op te nemen. Er zijn Amerikaanse soldaten geweest die de schedels van Noord-Vietnamese soldaten hebben meegenomen. De meeste schedels zijn in beslag genomen toen ze ze ons land in wilden brengen. De douane nam ze in beslag en daarna belandden ze hier. We hebben ze nooit tentoongesteld omdat die soldaten ze nooit uit Vietnam hadden mogen meenemen. We hebben ze in een la gestopt.'

'Nou, en? Dan geven we ze toch gewoon terug. Dan kunnen ze in vrede rusten.'

'Was het maar zo simpel,' zei Barbara terwijl ze opstond. Ze gebaarde dat Alex mee moest.

Toen het tweetal de kamer uit kwam, liep Barbara als een echte militair: strak en efficiënt doorsneed ze de hal. De beweeglijke Alex had meer ruimte nodig.

Ze kwamen bij de opslagruimte van het museum en Barbara zei: 'Wiatt wil dat ik een manier bedenk om de teruggave uit te stellen, een of andere juridische truc.'

Alex vroeg zich af waarom Wiatt zich druk maakte over de teruggave van een la vol schedels. Goed, hij had in Vietnam gevochten, maar het hele land had die fase nu toch wel afgesloten?

'Wat is het probleem?' vroeg Alex terwijl Barbara in de opslag naar een kast liep.

'Het punt is,' zei Barbara, 'dat de Amerikaanse soldaten de schedels hebben bewerkt.'

Ze trok een la open en Alex keek erin. De schedels staarden terug. Bij sommige was er een grotesk gezicht op geschilderd, bij enkele was het schedeldak eraf gehakt zodat ze als asbak konden dienen. Een stuk of wat waren beschilderd met felle neonkleuren en bedekt met graffiti, en in de bovenkant was een gat geboord waar een kaars in was geramd.

Alex schudde verbijsterd haar hoofd. Ze had lichamen en beenderen gezien in alle stadia van ontbinding, ziekten en mismaaktheid. Maar graffiti op iemands wenkbrauwboog? Dit was beangstigend en vernederend. 'Wie doet nou zoiets?'

'Begrijp je nu dat we ze zo niet kunnen laten teruggaan?'

Hoofdstuk 2

Alex liet Barbara achter bij de schedels, trok een operatieschort en handschoenen aan en ging de autopsiezaal binnen. Het was bijna elf uur. Door de glazen wand zag ze dat er een heel gezelschap stond. Thomas Harding, chef-patholoog, tuurde aandachtig in de open borstholte van het lijk. Gezien zijn montuurloze bril, magere lijf en kort, dun rossig haar zou deze zestigjarige de bijnaam 'de Professor' hebben verdiend, ware het niet dat hij spieren als kabeltouwen en een diepbruine huidskleur had van het werken aan zijn zeilboot. Net als Alex was hij een burger die bij het AFIP werkte. In zijn vrije tijd deed hij aan wedstrijdzeilen en wedstrijdscrabbelen. In de tagline onder aan zijn e-mails aan Alex stond altijd een 'woord van de dag'. Dat van gisteren was 'ludiek: verband houdend met of gekenmerkt door spel'. Harding had uitgelegd dat psychologen in de jaren veertig van de vorige eeuw de term hadden bedacht om een academischer klinkende manier te hebben om kinderspel te beschrijven: 'ludieke activiteiten'. Alex besefte dat met die schedels en het lijk haar ludieke periode voorbij was.

Naast Harding stond kapitein Grant Pringle, vijfendertig jaar, rechte rug, rechterschouder naar voren, zijn irritante pose à la Mr. Universe, als om te pronken met zijn opgepompte bodybuilderspieren. Alex moest onwillekeurig denken aan een artikel in het tijdschrift *Science* van de hand van geneticus Jon Gordon over een genetisch gemanipuleerde stier wiens borst zo enorm was dat zijn poten hem uiteindelijk niet konden dragen. Nog een paar keer bankdrukken en Grant werd topzwaar.

Grant wierp door het glas een verlekkerde blik op Alex en likte zijn lippen. Hij was opgegroeid in Las Vegas en had zich de verwrongen, denigrerende kijk op vrouwen eigen gemaakt die die stad koesterde. Om die reden stuurde Barbara in haar rol als algemeen raadsvrouwe van het AFIP hem geregeld op sekse-sensitivitytraining.

'Wat hebben we hier?' vroeg Alex terwijl ze op het lijk af liep.

'Een onbekende man, gevonden in een afvalcontainer,' zei Harding. 'De moordenaar was alvast aan de autopsie begonnen.'

Alex wierp een blik in de borstholte en zag dat het hart ontbrak. 'Hoe is hij hier terechtgekomen? Volgens mij hoort dit gewoon bij de politie thuis.'

Grant zei lachend en trekkebekkend: 'Wij hebben hem gekregen door mijn WOW-programma.'

Alsof het nog niet erg genoeg was dat Grant deed of hij Popeye was, gaf hij zijn projecten ook namen als dingen uit een stripboek.

Harding wist dat ze weinig geduld met Grant had. '*Weapons of War*,' verklaarde hij.

Alex bedankte hem met een knikje en bedacht hoezeer Harding en Grant van elkaar verschilden in gedrag en uiterlijk. Ze kon zich de magere, kalende Harding een eeuw geleden voorstellen met een ouderwetse doktersas in de hand. Grant zag ze voor zich over een eeuw als een genetisch geconstrueerde cyborg. Ook in hun werk kwamen de verschillen tot uiting: high touch versus hightech.

Harding werd geconsulteerd over patiënten in het Walter Reed en verrichtte forensische lijkschouwingen. Grant leidde een futuristisch jeetje-wat-knap-lab op het AFIP waar ze nieuwe kogelvrije vesten, wapens en manieren om inlichtingen te verzamelen ontwikkelden voor Defensie. Het Congres gaf hem bijna blanco cheques voor het uitwerken van alle mogelijke absurde ideeën die hij opperde. Maar Alex moest, zij het met tegenzin, toegeven dat een van zijn krankzinnige ontwerpen haar bij een recente zaak het leven had gered.

Harding pakte een scalpel en breidde de wond uit tot een Y-vormige snede van schouder naar schouder en vervolgens naar beneden tot het schaambeen.

'De politie heeft hem bij ons afgeleverd toen iemand er een bajonetsteek in herkende,' zei Grant. 'We vergelijken de wond met de wapens uit onze verzameling om erachter te komen wat de dader heeft gebruikt.'

Harding zette zijn veiligheidsbril op, knikte naar Alex en Grant dat ze achteruit moesten en gebruikte de elektrische Strykerzaag om de zijkanten van de borstkas door te zagen. De patholoog zaagde langs een aantal wervels zodat hij de inwendige organen kon verwijderen. Terwijl hij ze beoordeelde en woog, bekeek Alex het gezicht van de dode. Een knappe vent, verzorgd. Ze kwam dichterbij en tilde zijn hand op. 'In ieder geval iemand met een kantoorbaan,' zei ze terwijl ze zijn nagels onderzocht. Ze draaide zijn arm alle kanten op. 'Geen drugsprikken, niet het type dat meestal in een vuilcontainer eindigt.'

'Ook geen sporen van geweld,' zei Harding.

'Ik check wat er onder zijn nagels zit, voor het geval dat,' zei Alex. Ze pakte een mesje van het blad en schraapte ermee onder de nagels. 'Heb je die rode vlek op zijn vinger gezien?'

Harding knikte.

Alex bracht de vinger naar haar neus. 'Ruikt als een kruid. Ik sequence het wel.'

'Hebben kruiden ook DNA?' vroeg Grant.

'Alle planten en dieren hebben DNA. Of ik iets vind, hangt af van de mate waarin het bewerkt is.'

Harding was bezig met een pincetje een paar minieme bruingele draadjes uit het enorme gat in de man te halen.

'Textiel?' vroeg Alex.

Toen trok Harding iets groters tevoorschijn, geel, gekromd, vier, vijf centimeter lang. 'Lijkt wel een rozenblaadje,' zei hij.

Alex, die op Columbia University M.D. én haar Ph.D. in medische genetica had behaald, was bij het AFIP gaan werken om vaccins te ontwikkelen tegen de gevolgen van biologische oorlogvoering. Af en toe werd ze betrokken bij forensische zaken en soms ergerde ze zich eraan dat ze zo lang van haar werk met toxines werd afgehouden. Maar ze bewonderde Harding en ontdekte hoe elke handeling van een dader, hoe klein ook, iets over hem – of haar – vertelde. Het opsporen van een moordenaar was een soort psychoanalyse op afstand, het leggen van de puzzel van iemands persoonlijkheid terwijl de meeste stukjes ontbreken.

Ze dacht aan de roos, de lege borstkas. 'Vrouwenperikelen?'

vroeg Alex zich hardop af. 'Wilde iemand hem duidelijk maken dat hij harteloos was?'

'Meiden zwaaien meestal niet met bajonetten,' zei Grant.

Alex rolde met haar ogen. 'Herinner je je nog dat barbiebordspel uit de jaren '80? "We Girls Can Do Anything"?' vroeg ze.

Harding draaide het lichaam om, met de billen en de rug naar boven. Grant kwam dichterbij. 'Zo te zien is hij van de verkeerde kant,' zei hij.

'Lichte ontvellingen rond de anus, veel sperma in de anus,' bevestigde Harding. 'Maar volgens mij vrijwillig.'

'Maar een minnaar verandert heel gemakkelijk in een moordenaar,' zei Alex. Ze had in feite even het verlangen gehad Luke te wurgen toen hij het woord *Vanessa* uitsprak. Met een injectiespuit haalde ze wat sperma uit het lijk. Misschien dat ze in CODIS, de DNA-databank van de FBI, een match met die minnaar kon vinden.

'Ik ben tegen het homohuwelijk...' zei Grant.

Alex en Harding keken hem aan. Er verscheen een brede grijns op zijn gezicht,.

'... Hebben ze al niet genoeg geleden?'

Alex schudde haar hoofd. Het was geen geheim dat Grant het instituut huwelijk haatte, of liever, zijn ex. In zijn eigen woorden, daarbij de tekst van een countrysong citerend: Debbie heeft de goudmijn en ik heb de schacht.

Alex nam wat van het rode poeder van de vinger van de dode man. Harding bekeek diens bovenarm. 'Hij heeft hier een kleine verharding,' zei hij met zijn vinger op een lichte verhoging op de bovenarm. 'Misschien een recente vaccinatie.'

'Als het met levende entstof is, kan ik die misschien identificeren als hij in het bloed zit,' zei Alex terwijl ze het wattenstaafje in een buisje stopte. 'We kunnen het door Chuck laten checken aan de hand van de lijsten van de GGD's met geadviseerde reisvaccins.'

'Goed,' zei Harding. 'Ik laat iemand een foto maken zodat Chuck de gezichtsherkenning kan draaien tegen recente paspoortfoto's.'

Alex dacht na over de zakelijke manier waarop Harding met de doden omging. Haar opleiding had haar niet dezelfde afstand bijgebracht als het om de dood van een van haar patiënten ging. Ze had hen gekend als levende mensen. Ze had hun familieleden leren kennen. Elk sterfgeval waarmee ze als arts te maken kreeg, raakte haar persoonlijk.

Alex wierp nog een blik op de onbekende en probeerde een gevoel te krijgen van hem als persoon. Jong, aantrekkelijk, in goeden doen te oordelen naar de maatpantalon die hij in de afvalcontainer aan had gehad. Een bofkont zou aan hem zeker de ware Jakob hebben gehad. Alex vroeg zich af wat er zo mis was gegaan dat hij was vermoord.

Hoofdstuk 3

Alex had gruwelijk de pest in wanneer haar DNA-sequencer haar in de steek liet. De vier kleuren van de basiseiwitten op het scherm vormden meestal een mooi, kunstzinnig beeld, maar deze test zag er warrig en hoekig uit. Rood voor adenine, blauw voor cytosine, geel voor guanine en oranje voor thymine. Elk vierkantje stond voor een schakel in de keten van het DNA van het kruid. Maar ze matchten met niet een van de gebruikelijke culinaire of medicinale kruiden. Ze bekeek de lappendeken van kleuren en probeerde er iets zinnigs van te maken.

Ze voerde het commando in dat de kleurvlakjes omzette in hun scheikundige letters – ACGT – alsof ze door die schakelaar om te zetten op magische wijze het bewijsmateriaal ertoe kon brengen meer informatie te geven. Het zat er niet in.

Met het vaccin lukte het beter. De onbekende was beschermd tegen malaria, hepatitis A en B, tyfus en Japanse hersenvliesontsteking. Hij had zelfs een prik gekregen tegen vogelgriep, H5N1. Vermoedelijk was hij langere tijd naar het buitenland geweest, dus ging het niet om een gewone toerist. Hij was zeker een halfjaar eerder tegen de vogelgriep gevaccineerd en had de vorige maand een booster gekregen, waar hij het rode bultje aan had overgehouden dat Harding was opgevallen.

Maar met dat kruid kon ze niets. Het was plantaardig materiaal, ja, maar het kwam in geen enkele database voor. Het kwam niet overeen met een van de partydrugs – hasj, paddo's en dergelijke. Bovendien zag hij er veel te beschaafd uit voor een junkie, was hij te veel iemand met een goede baan. Hij kwam in ieder geval niet uit de buurt waar zijn lichaam was gevonden.

Ze maakte rechtsomkeert en liep langs haar drie DNA-sequencers – meer dan een miljoen dollar aan apparatuur op een paar vierkante meter. Ze ging het glazen hokje met haar bureau en computer binnen. Ze had de inrichting mee mogen bepalen en haar kantoor niet in de gang maar helemaal binnen in haar grote rechthoekige laboratorium laten maken, zodat ze dichter bij haar wetenschappelijke werk kon zijn. Ze had twee glazen wanden in de verste hoek laten zetten zodat ze een vierkant hok had van waaruit ze de sequencers aan het werk kon zien.

Terwijl ze van een afstand naar de ongewone sequentie van het kruid keek, tikten de vingers van haar linkerhand een ritme op haar bureau. Ze leek een concertpianist die lange notenreeksen in zijn geheugen heeft, maar zij tikte een ander soort melodielijn. Pink, wijsvinger, wijsvinger, ringvinger, middelvinger. Bij elke tik stond de vinger voor een van de vier letters van het DNA-alfabet. Even later besefte ze wat ze tikte. ATTCG, het begin van de sequentie van het gen dat cystic fibrosis, taaislijmziekte, veroorzaakt. Haar onbewuste gaf haar een idee.

Ze logde in op een genetische databank en verstuurde een deel van de kruidsequentie met de vraag of iemand wist wat het was. Er was een kleine kans dat het iets opleverde. In 2004 was Michael Caplan, hoogleraar aan Yale die met kerrie kookte, begonnen aan een onderzoek naar de positieve effecten ervan met het oog op de behandeling van cystic fibrosis. Niet lang daarna begonnen andere biologen met allerlei kruiden te rommelen op zoek naar behandelingsmogelijkheden. Niet dat dat iets nieuws was. Al in 1775 had dr. William Withering in Engeland ontdekt dat de digitalis uit vingerhoedskruid hartkwalen kon genezen, een behandeling die tot op heden in gebruik is.

Toen Alex uitlogde, hoorde ze een klop op de deur van haar lab en zag ze Barbara binnenkomen.

Ze stond op. 'Je vertrouwt me niet, hè?'

Barbara lachte. 'Je hebt al vaker afspraken met de kolonel gemist. Ik wilde even zeker weten dat je deze keer niet verstek liet gaan.'

Terwijl ze de gang door liepen zei Alex: 'Het heeft een paar voordelen om hier als burger te werken. Wiatt kan me ontslaan, maar hij kan me niet voor de krijgsraad slepen.'

'Breng hem maar niet in verleiding. Hij krijgt altijd zijn zin, dat weet je.'

Barbara opende de deur van Wiatts kamer. Alex' eerste beeld van de man was verontrustend. De kolonel zat midden in de kamer op een bureaustoel naar iets of iemand te staren. Toen de deur helemaal openging, richtte Alex' blik zich op hetgeen Wiatts aandacht gevangen hield. De schedels.

Ook Alex kon haar blik er niet van afwenden. Ze waren uit hun vernederende laden gehaald en stonden nu in twee rijen op een wagentje waarop men in bibliotheken boeken vervoert, tien per rij, elk zorgvuldig overeind gehouden op een ondergrond van piepschuim. Vooral de meest linkse zag er dreigend uit. Er was het gezicht van een huilende *banshee* op geschilderd, zo ongeveer als *De schreeuw* van Edvard Munch.

'Kolonel?' zei Barbara toen ze de kamer in liep.

Wiatt keek de twee vrouwen aan. 'Zo kan ik ze niet terug laten gaan,' zei hij tegen Alex. 'Kun je ze schoonmaken?'

Alex liep naar de boekenkar. Ze haalde een paar rubberen handschoenen uit haar heuptasje, pakte de Schreeuwer op en keek hem recht in de ogen. Toen ze medicijnen studeerde aan de Columbia University was er op de Upper West Side een winkeltje geweest, Maxilla & Mandible, Boven-&Onderkaak. In dat bloeiende zaakje verkocht een knaap schedels en botten aan mensen die hun huis wilden inrichten in een stijl die bekendstond als 'Dead Tech'. De eigenaar prepareerde de producten zelf en beschreef dat werk als 'Koken, koken, koken, schrapen, schrapen schrapen'. Maar Alex zag wel dat ze kon koken en schrapen wat ze wou, maar dat de kleuren zich niet lieten verwijderen.

'Ik ben bang dat ik u niet kan helpen. Bot is poreus en heeft de verfstoffen geabsorbeerd.'

'Daar komt bij, sir,' zei Barbara terwijl ze een stoel naast die van de kolonel trok, 'de Vietnamese ambassadeur hier heeft foto's van drie van de schedels, dus hij zou weten dat ermee gerommeld is.'

'Hoe komt hij in godsnaam aan die foto's?' vroeg Wiatt.

Barbara keek schaapachtig. 'Doordat een van onze eigen wetenschappers er in de jaren '80 een artikel over heeft gepubliceerd. Het vervelende is dat hij met de naam "Trophy Skulls" is gekomen.'

Wiatts ogen schoten vuur en met donderende stem zei hij: 'Tijdens mijn dienst in Vietnam kwamen zulke dingen niet voor.'

Toen kalmeerde hij. 'Maar ik kan me wel voorstellen dat onze mensen zulke dingen deden. Het waren nog maar jongens. Nee, wíj waren nog maar jongens. Boze, wanhopige jongens.'

De felheid waarmee hij de laatste drie woorden uitsprak, sneed Alex door de ziel. Haar vader was zo'n jongen geweest, een sergeant bij de luchtmacht van in de twintig die toen in Vietnam diende. Niet alleen diende, hij had zijn leven gegeven, gedood door een Vietcongbom toen Alex vijf was. Hij was nu een nevel, een mist waar ze in haar herinneringen greep op probeerde te krijgen, maar ze wist niet welke beelden van hem echt waren en welke ze had bedacht om zichzelf te troosten. Ze kon zich zijn gezicht niet meer voor de geest brengen, een gezicht dat meer uit haar geheugen dan van foto's kwam. Maar ze rook nog wel de geur van zijn Irish Spring-zeep, en herinnerde zich het gevoel van zijn ruwe wang wanneer hij haar optilde en knuffelde. Ze had begrip voor alzheimerpatiënten, en ze vervloekte haar eigen onvermogen om haar herinneringen te bewaren.

Wiatt stond op, liep naar zijn bureau en hield een boek omhoog. *Vietnam, Now: A Reporter Returns*, van David Lamb. 'Ik ben er net in begonnen en besef hoe weinig we toen eigenlijk wisten. We wisten niets van hun cultuur, van het feit dat ze al in 1076 een universiteit hadden, Quoc Tu Giam. Dat is een eeuw eerder dan Oxford, zes eeuwen eerder dan Yale. We beschouwden ze als wilden, ongedierte. Maar zoiets als dit...' Hij keek naar de schedels. 'Wie waren de echte wilden?'

Hij ging achter zijn bureau zitten en transformeerde zich weer in de uiterst competente commandant waar ze aan gewend waren. 'Goed, Blake, de kleuren blijven, maar schraap het kaarsvet eraf. We hoeven niet te koop te lopen met het feit dat de jongens een paar schedels als kandelaar hebben gebruikt.

En luitenant Findlay,' zei hij tegen Barbara, 'zorg ervoor dat ze aan de Vietnamese ambassadeur worden teruggegeven met zo weinig mogelijk ceremonieel. Geen pers, geen poeha. Zeg maar tegen iedereen dat het uit respect voor de geesten van de doden is.'

Hoofdstuk 4

Alex duwde de boekenkar door verscheidene lange gangen terug naar haar lab. Ze kwam tijdens haar tocht een aantal mensen tegen die beleefd knikten of haar groetten zonder naar de inhoud van de kar te kijken. Een van de goede kanten van het werk op een plek met 'Pathologie' in de naam, dacht Alex, was dat niemand erg van streek raakte ongeacht wat er langskwam. Alleen een kantinemedewerkster trok een gezicht van afgrijzen toen Alex langsreed.

Ze sleepte een tafel naar het midden van het lab zodat ze aan de schedels met kaarsvet kon werken. Ze dacht het met stoom te kunnen losweken en dan af te pellen. Ze koos de moeilijkste om mee te beginnen, een met een ingewikkeld patroon van psychedelische bloemen en twee taps toelopende kaarsen die maar voor de helft waren opgebrand en door gaten in de schedel staken. Zo ging ze meestal te werk: meteen het diepe in. Ze zette de schedel midden op de tafel en trok de kar met de overige schedels voorzichtig tot achter in haar hok, achter in het lab. Er waren niet veel mensen die zich in haar lab waagden en vanwege de angst van de meeste stervelingen voor bioterrorismebacteriën die zij bestudeerde, bleven nog weer veel minder mensen langer dan de paar seconden die ze nodig hadden om hun boodschap te doen. Toch gunde ze de overige schedels hun privacy door ze uit het zicht van haar bezoekers te houden.

Kalm liep Alex op de eerste schedel af, boog even haar hoofd als gebaar van respect. Ze zocht een manier om het gruis te verwijderen en daartoe pakte ze de spuitbus met lucht die ze gebruikte om het toetsenbord van haar computer schoon te maken. De luchtdruk blies stof uit de oogkassen en van de rand waar tanden en kiezen in de kaak zaten. Maar er kwamen ook oorlogsgeuren los die in de schedel verstopt waren geweest. Om de schedel hing een lichte kruitlucht, als een halo.

Op de bunsenbrander verhitte ze water in een beker en richtte de stoom via een flexibele slang op de schedel. De druipkaarsen kwamen los en ze kon ze eruit trekken. Ze keek met iets van bewondering naar de oogkassen die waren omringd door fluorescerend roze en groene madeliefjes. Ze deed een stap achteruit en probeerde zich voor te stellen hoe hij er levend uit had gezien. Hij was fors voor een Aziaat, maar had de kenmerkende lage neusbrug en korte, brede tandboog. Ze bekeek hem zo ingespannen dat het nauwelijks tot haar doordrong dat de deur openging. Toen ze opkeek, slaakte ze een verschrikte kreet. Het was of de schedel tot leven was gekomen. Er stond een levensgrote Vietnamese man voor haar neus.

Hij stak zijn hand uit en zij stak haar gehandschoende hand op om hem te laten zien waarom ze die niet schudde. 'Ik ben dr. Troy Nguyen,' zei hij.

'En dit is een geclassificeerd project,' antwoordde ze en liep om de tafel heen om de schedel af te schermen. 'Ik ben bang dat u deze ruimte moet verlaten.'

'Dat ben ik zeker niet van plan. Hebt u de memo van de directeur van de National Institutes of Health niet gelezen?'

Alex wierp een blik op haar afvalbak waar ze trouw alle interne papieren die ze kreeg ongelezen in liet vallen. Een baan bij de overheid was een junkmailnachtmerrie. Elke dag kreeg ze stapels papier. Een kopie van elke toelating van een nieuw medicijn van de Food & Drug Administration, nieuwe salaris- en urennormen van de Commissie van Gelijke Banenkansen, de lijsten van bijgewerkte postadressen van elk legeronderdeel waar ook ter wereld gestationeerd.

De Vietnamese bezoeker volgde haar blik en begon kwaad in haar afval te rommelen tot hij vond wat hij zocht. Hij haalde er een vel papier uit en gaf het haar. Er liep een Starbucksspoor als de Mississippi overheen, maar ze begreep waar het om ging. Deze hufter was een soort 'rouwbegeleider', die de schedels bij hun terugkeer naar het Vietnamese consulaat zou vergezellen.

Hij schudde zijn hoofd. 'Hebt u dit niet gelezen? Ik ben gedetacheerd bij AFIP.'

Alex had geen idee wat dat inhield. Ze werkte nu twee jaar voor de overheid maar had het uitgebreide jargon nog niet onder de knie (en er ook de moeite niet voor gedaan).

Hij keek boos en sprak haar langzaam toe, alsof ze een kind was. 'Dat betekent dat mijn hoogste baas, de minister van Volksgezondheid mij heeft uitgeleend aan uw grote baas, de directeur van het AFIP. Tot het moment dat de schedels zijn teruggegeven maak ik deel uit van het AFIP-team.'

Alex wapperde met haar wimpers zoals, dacht ze, een bimbo doet. 'Ik neem nooit iets aan van vreemden. Ik zal de minister een vriendelijk briefje sturen en hem bedanken, maar erbij zeggen dat ik zijn aanbod afsla. Ik verzoek u mijn lab te verlaten zodat ik verder kan gaan met mijn werk.'

Troy Nguyen trok een verbijsterd gezicht en maakte rechtsomkeert. Hij zette twee stappen naar de deur, draaide zich om en liep naar haar toe. 'Zullen we het opnieuw proberen?' zei hij. 'Ik vind het net als u niet leuk. Ik heb zelfs geen oefening in rouwbegeleiding gehad. Ik ben toevallig de hoogstgeplaatste in Vietman geboren vent bij de National Institutes of Health. Kunnen we gewoon ergens een kop koffie gaan drinken en overleggen hoe we de ceremonie moeten opzetten?'

Alex keek op haar horloge. Het was vier uur en om vijf uur had ze een briefing over de zaak van de onbekende. 'Ik zit zeker tot zes uur vast.'

Hij schudde zijn hoofd. 'Ik moet naar een wedstrijd jeugdhonkbal. Wat vindt u van morgenochtend acht uur bij Starbucks aan de overkant van de straat?'

Ze knikte en hij bedankte haar. Hij vertrok en ze besefte dat ze ietwat teleurgesteld was door die honkbalwedstrijd. Ze had nog niet zo'n zin om naar haar Lukeloze huis te gaan.

Hoofdstuk 5

Majoor Dan Wilson lachte naar Alex toen ze de L-vormige vergaderruimte betrad die fungeerde als centrale plek voor de taak-
groep wanneer ze een belangrijke of gevoelige zaak in onderzoek
hadden. Hij kwam achter zijn werktafel vandaan, die was over-
laden met chaotische stapels dossiers en bewijsmateriaal, en ging
met Alex bij Grant aan de vergadertafel zitten. Toen ze dag en
nacht hadden gewerkt aan de zaak van de tatoeagemoordenaar,
had Dan zijn werktafel hier naartoe gehaald om dichter bij zijn
mensen te zijn, waartoe ook computerman korporaal Chuck
Lawndale behoorde, wiens werktafel in de korte poot van de L
stond, naast een sofa en een espressoapparaat. Dan vond het prettig zich in het middelpunt van de bedrijvigheid te bevinden en had
nooit meer de moeite genomen zijn werktafel weer naar zijn
kamer te verplaatsen. Het viel Alex op dat de prikborden niet
echt vol waren: ze telde maar drie lopende onderzoeken, en niet
één met de spanning zoals bij voorgaande seriemoorden of politieke misdaden die bij Dan de adrenaline lieten stromen.

'Aan de slag,' blafte Dan met zijn Brooklynaccent. Hij was
begin veertig en zijn dikke peper-en-zoutkleurige haar hing voor
zijn ene oog. Hij gebaarde dat Chuck naar de tafel moest komen
en de jonge korporaal kreeg de hoofdrol: hij ging bij het hoofd
van de tafel naast een laptop staan die gegevens op een plasma-
scherm aan de muur projecteerde.

'We hebben de vaccingegevens van het lab van dr. Blake – '

'Noem me alsjeblieft gewoon Alex,' onderbrak ze hem.

' – ingevoerd en ontdekt dat het vaccinpatroon overeenkomt
met hetgeen GGD's adviseren voor een reis naar Vietnam.'

'Vietnam?' vroeg ze zachtjes. Het land dat haar als kind had achtervolgd, leek nu het AFIP te achtervolgen. Demonstranten, schedels, een lijk. Net als Wiatt ontdekte ze nu wat ze niet wist van dat verre landje. 'Ik kon het kruid niet identificeren, maar Vietnam heeft vast heel veel planten en dieren die nog niet gecatalogiseerd zijn.'

'Heb je zijn foto gecheckt tegen de foto's van de douane?' vroeg Dan aan de jonge korporaal.

De mannen van het AFIP met wie Alex werkte, stonden bekend om hun pokerfaces waarop geen enkele emotie te zien viel, maar ze zag in de ogen van de jonge man een flits die aangaf dat hij zich gekwetst voelde omdat zijn baas insinueerde dat hij zijn werk niet goed deed.

Chuck klikte naar een ander scherm. 'Dit zijn de namen van alle Amerikaanse staatsburgers die de afgelopen maand uit Vietnam zijn teruggekeerd.' In een hallucinerend tempo kwam een enorme stroom namen langs. 'Meer dan tienduizend.'

Alex was stomverbaasd. 'Sinds wanneer is Vietnam zo populair?'

'Het verbaasde mij ook,' zei Chuck. 'Het blijken voornamelijk ecotoeristen te zijn.'

'Wat zijn dat in hemelsnaam?' vroeg Grant.

'Milieuactivisten,' zei Alex.

'Bomenknuffelaars,' zei Grant. Hij had een rubber handschoen aan met aan elke vinger een vreemde elektrode. Zal wel te maken hebben met een of ander virtual reality-project waar hij mee bezig is, dacht Alex. Hij kwam vaak naar vergaderingen met een raar ding dat hij dan treiterig voor ieders neus liet bungelen, net zo lang tot iemand zijn nieuwsgierigheid niet kon bedwingen en wilde weten waar het voor diende. Alex besloot zijn ego niet verder op te blazen. Ze negeerde de flitsende handschoen, zelfs toen Grant de stralen in nare cirkeltjes over haar borsten liet draaien. Wat een lul, dacht Alex, maar ze zou hem niet de voldoening schenken erover te gaan ruziën. Zonder haar belangstelling of woede was voor Grant de lol eraf en hij liet de gehandschoende hand langs zijn lichaam zakken.

Chuck ging verder zonder op Grants opmerkingen en gebaren te letten. 'Vanaf 1990 heeft Vietnam zeven nationale parken gecreëerd en de afgelopen jaren zijn er drie nieuwe grote zoogdiersoorten gevonden, meer dan waar ter wereld ook. De kustlijn is ruim vijfduizend kilometer lang en voor de kust liggen duizend grote en kleine eilanden. Meer dan de helft van de mensen die door de douane kwamen, heeft een ecotour gemaakt, maar niet een van hen is lang genoeg gebleven om te voldoen aan het profiel van dr. Blakes vaccins. Dus hebben we ons gericht op de vijftienhonderd Amerikanen die voor zaken naar Vietnam zijn geweest.'

Grant trok zijn toverhandschoen uit en rekte hem telkens weer uit om hem daarna terug te laten knallen. Zijn armspieren golfden als hij hem uitrekte. Grant werd nerveus als hij niet op een of andere manier met zijn lijf kon pronken.

Chuck klikte opnieuw en kwam met de website van de Amerikaanse Kamer van Koophandel. Alex was verbaasd over het aantal bedrijven dat in Vietnam zaken deed; het ging voornamelijk om grote namen: General Electric, Target, Best Buy, Bristol-Myers, Eatsman Kodak en nog tientallen.

Van alle Amerikaanse zakenlieden die na een verblijf in Vietnam via een Amerikaanse luchthaven het land binnen waren gekomen, pikte de software er drie uit. De foto's verschenen op het scherm. De mannen zagen er iets jonger uit dan de man die ze hadden geschouwd, maar paspoorten gingen tien jaar mee en ten minste twee foto's waren zes jaar eerder genomen. 'Deze leken een mogelijkheid en we hebben ze opgespoord. Alle drie zijn nog gewoon in leven,' zei Chuck. 'Ik vraag me af wat u ons hierna wil laten controleren, sir.'

Dan aarzelde niet. 'Ga alle aankomsten uit Parijs, Londen en Amsterdam van de afgelopen maand na. Misschien was hij het type dat even wil chillen nadat hij de afgelopen maanden in Zuidoost-Azië heeft gebivakkeerd.'

Alex had bewondering voor de manier waarop Dan bevelen gaf, de intuïtieve manier waarop hij aanknopingspunten wist te creëren. Zij was gebonden aan concrete gegevens, zoals de forensische DNA-matches die haar computer uitspuwde. Haar werk was logisch, mathematisch, rationeel. Misschien was dat de reden dat ze zich in haar persoonlijke leven zo vaak aangetrokken voelde tot dromers.

Dan richtte zich tot Grant. 'Leg die handschoen neer en vertel wat je over de werkwijze weet.'

Grant zette de handschoen voor zich op tafel. Grant was een ramp voor vrouwen, maar schikte zich zonder meer in bevelen van een man. Alex vroeg zich af of ze moest gaan oefenen in een octaaf lager spreken.

'Homo of hetero,' zei Grant, 'geen vergelijkbare werkwijze, met een ontbrekend hart. Als je andere ontbrekende lichaamsdelen bij homolijken laat meedoen, dan kom je bij Williard Pergamore die vorige week bij een moordpartij bij Capitol Hill zijn tong kwijtraakte.'

'Hebben ze de dader?' vroeg Dan.

'Nee.'

'Blijf zoeken naar andere overeenkomsten. En laat de foto's van onze onbekende zien aan iedereen die Pergamore heeft gekend.'

Dan wendde zich tot Alex. 'Nog wat wijzer geworden over het sperma?'

'Geen match bij CODIS. Hoe zit het met de vermisten?'

'Hebben we geprobeerd,' zei Dan. 'Maar hij is pas een dag dood. Als hij vaak op reis is, vinden zijn buren zijn afwezigheid heel gewoon.'

Alex wist dat het cruciaal was zijn identiteit zo snel mogelijk vast te stellen. Als een moord al werd opgelost, was het meestal in de eerste dagen erna. Wanneer het langer duurde, gingen mensen de stad uit, vervaagden de herinneringen van mensen. 'Zijn er op de afvalcontainer waar hij in lag nog DNA-sporen van een mogelijke dader gevonden?'

Dan schudde zijn hoofd. 'Zodra we de oorspronkelijke plaats delict hebben gevonden, piep ik je op om DNA te verzamelen.'

In gedachten ging Alex de kans op slagen na. In een stad met honderdduizenden huizen, winkels, parken en God mocht weten wat voor andere plaatsen waar een moord kan worden gepleegd, was het als zoeken naar die ene oneffenheid in de duizenden basisparen van een kankergen dat de ziekte veroorzaakt. Wetenschappers schrokken altijd terug voor zulke kansarme situaties, maar Dan trok zich er niets van aan.

Ze stond even stil bij de man terwijl ze erover nadacht wat hun volgende stap moest zijn. Barbara had haar verteld dat Dans eerste forensische onderzoek een sergeant-majoor betrof die omkwam toen zijn jeep explodeerde. Aanvankelijk ging hij uit van moord, maar toen er op een andere basis een jeep explodeerde waarbij de vrouw van een militair en hun driejarige zoontje omkwamen, ontrafelde hij een schandaal met een leverancier, defecte onderdelen en smeergelden. Dat had een generaal in het Pentagon voor de krijgsraad gebracht, met veel aandacht van de media. Nadat hij zoveel tijd had doorgebracht bij de afdeling aankopen van het ministerie van Defensie, probeerde Dan zo weinig mogelijk militaire spullen te gebruiken. Hoe minder het met overheidsmateriaal had te maken, hoe liever het hem was, vooral omdat hij nogal eens in gevaarlijke situaties belandde. Hij had een wapen dat hij zelf had aangeschaft – een Beretta .45 model 1911 – en reed liever in zijn eigen grijze Chevrolet Malibu dan in de jeeps, Hummers en Ford Taurussen waar het leger mee aankwam. En grijs omdat hij van zijn spionnenvriendjes had gehoord dat grijze auto's het moeilijkst te traceren zijn.

'Laten we eerst eens kijken of we kunnen ontdekken waar hij maandagavond aan zijn trekken is gekomen,' zei Dan. 'Grant, ik wil dat jij en een date in de Flying Dutchman gaan rondkijken.'

'Nou, Alex,' zei Grant en knalde met de handschoen in haar richting, 'trek je baljurk maar aan.'

Dan lachte. 'Het is een ander soort club. Chuck wordt je date. En leer is daar meer in de mode.'

Grants gezicht betrok. Maar hij haalde diep adem en zei: 'Goed dan. Maar geen klef gedoe, Chuck.'

'Wie zegt dat hij die avond überhaupt is uitgegaan?' vroeg Alex.

'De kans is groot dat hij iemand heeft opgepikt,' zei Dan. 'Niemand heeft zoveel seks met iemand met wie hij geregeld omgaat.'

Hij wist kennelijk niet van het bestaan van partners als Luke, het Duracell-konijn van de slaapkamer. Maar Alex begreep wat hij bedoelde: de begeerte tussen Dan en zijn vrouw, een Israëlische fotojournalist, werd voor een deel gevoed door het feit dat ze altijd op weg was naar of van een of andere exotische locatie. De verveling kreeg geen kans wanneer jij en je partner elkaar slechts tijdens onvoorspelbare verloven zagen.

Alex keek naar Grant en Chuck, beiden in uniform. Zij en Luke hadden zich in de clubscene van Washington geworpen en ze wist hoezeer ze opvielen. 'Stuur je ze niet zoals ze nu zijn?'

Dan schudde zijn hoofd. 'Nee, ik scharrel ergens een paar zwarte spijkerbroeken en zwarte T-shirts van Gap bij elkaar.'

'Heb je ook al een kanaal om aan clubkleren te komen?' vroeg Alex.

Dan grijnsde. 'Je moest eens weten wat ik bij elkaar fiets wanneer er een moordenaar op vrije voeten is.'

Hoofdstuk 6

Tijdens de rit naar huis moest Alex aan de onbekende denken. Hij was duidelijk niet om zijn geld vermoord. Toen ze hem vonden, had hij een Cartier Roadster om zijn pols dat minstens vijf mille kostte. Ook drugs leken geen motief. Uit bloedonderzoek bleek dat hij geen gebruiker was en hij was niet het type van een dealer. En dan was er nog die andere homomoord. Was er misschien een seriemoordenaar die het op homo's had voorzien? Misschien leverde Dans clubsuggestie iets op.

Vakkundig wrong ze haar T-Bird in een microscopisch klein parkeerplekje niet al te ver van haar huis. Vanavond waren de parkeergoden haar goedgezind. Ze pakte haar aktetas – in feite een oude zadeltas – achter de stoel vandaan en sloot de wagen af. Voor ze van kantoor was weggegaan had ze een paar dingen geprint die ze thuis wilde lezen, als eerste een wetenschappelijk artikel over de Trophy Skulls.

Een stuk verderop zag ze het vertrouwde neonlicht: CURL UP AND DYE. Toen Alex naar deze voormalige schoonheidssalon verhuisde, had ze bijna alles gelaten zoals het was. Stoelen met haardrogers en drie muren met spiegels in de grote ruimte met linoleum op de vloer die als zitkamer diende. Aan de vierde wand hingen reclameplaten met haarstijlen van de jaren '60.

Alleen de slaapkamer – de ruimte waar vroeger de bikinilijn werd gewaxt – was helemaal opgeknapt. Een handgeweven, veel gebruikt kleed met goud en turkoois dat haar moeder, cultureel antropoloog, had meegebracht uit Birma. Boven het bed een foto van de tengere gebogen rug van een Aziatische vrouw van twee-entwintig, genomen door een ex-vriendje, een beroepsfotograaf die er met het model vandoor was gegaan. En vanavond, dacht ze

35

toen ze de slaapkamer in liep, de suggestieve geur en de gekreukte lakens van de middag-, avond- en ochtendseks met Luke. Die man wist wel hoe hij afscheid moest nemen.

Hij kon ook koken, wat hem nog aantrekkelijker maakte dan de gebruikelijke stroom kunstenaars, musici en dichters die een pitstop in Alex' liefdesleven hadden gemaakt. Alex opende de koelkast, zette de rest van Lukes chili met witte bonen en kip in de magnetron en schonk wijn in een waterglas (zij noch Luke was goed in afwassen en de voorraad wijnglazen was op). Ze opende haar laptop en onder het eten controleerde ze haar mail.

Ze nam het zichzelf zeer kwalijk dat ze al keek of Luke een verklaring over Vanessa had gemaild. Ze raakte helemaal depri toen ze besefte dat hij helemaal geen mailadres had gestuurd. Tot ze zich herinnerde dat hij nog niet eens in Londen kon zijn. Als arme musicus kon hij zich geen rechtstreekse vlucht veroorloven. Dus was hij naar Boston gevlogen, vandaar naar Reykjavik waar hij een tussenstop van vier uur had, en daarvandaan vloog hij naar Londen. Hij kon er pas om vier uur 's morgens Washingtontijd zijn.

Tussen de happen heerlijks door (op momenten als dit viel Alex voor het concept van een huisman) controleerde ze haar mail. In de geneticawereld had niemand enig idee wat het kruid kon zijn, maar een paar mannen die ze had leren kennen tijdens bijeenkomsten van de Amerikaanse Vereniging van Menselijke Genetici deden haar de groeten. Een van hen schreef dat ze er zo aantrekkelijk uitzag op de krantenfoto's nadat de Tattoo Killer was gearresteerd. Kwaad op Luke kwam ze er bijna toe een flirterig antwoord te sturen, maar ze wist hoever ze met date-gedrag kon gaan. Geen wetenschappers, geen artsen. Hoe vlot ze aanvankelijk ook leken, uiteindelijk wilden ze allemaal dat ze zich samen met hen zou settelen. Ze kon het zich niet voorstellen. Gesetteld zijn. Alleen al het woord was afschuwelijk. Het deed haar denken aan *settling*, met minder genoegen nemen dan waar je recht op hebt.

Na het eten zette ze zich aan het artikel over de Trophy Skulls. De auteur ging de geschiedenis van oorlogsbuit na en meldde onder andere hoe de scalpen van blanken werden verhandeld door oorspronkelijke Noord-Amerikaanse stammen en hoe gekrompen schedels werden geruild in Afrika. Zijn hypothese was dat de Vietnamese schedels een vergelijkbare rol speelden. Hij had de mannen die waren betrapt toen ze de schedels het land in wilden brengen ondervraagd. Een van hen ging er prat op dat hij de man wiens schedel hij had versierd zelf had gedood, maar de anderen hielden vol dat ze hun schedel op een andere manier hadden gekregen, zoals bij het pokeren, of door hem als eerbetoon uit de bezittingen van een dode maat te pakken, of gewoon door er een van de stapels skeletten te pakken die op de vele slagvelden te vinden waren. De connectie tussen een bepaalde schedel en de bezittende militair was net zo vaag als mist boven een rijstveld.

Alex ging naar de slaapkamer en zette de tv aan het voeteneind van het bed aan. Ze pikte nog net het eind van een interview van Barbara Walters met Abby Shane, de vrouw van de vice-president, mee. Abby was een blonde weervrouw in West Virginia toen Tommy Shane, toen strafpleiter, zijn eerste vrouw voor haar verliet. Maar ze was uitgeslapen en had in minirok samen met een Charlie's Angels-achtig groepje vriendinnen de staat doorkruist. Ze doken op bij autowasstraten en in bowlinghallen en zorgden ervoor dat haar nieuwe mannie tot gouverneur werd gekozen. Toen Bradley Cotter, de gouverneur van Connecticut, een man met blauw bloed, een running mate zocht om, in de woorden van de *New York Times,* 'de zuidelijke stemmen' en in die van de *New York Post* 'die van het blanke uitschot' te winnen, had Cotter contact gezocht met deze nauwelijks bekende gouverneur, die uit zijn tijd als strafpleiter een stel vakbonden en een kast vol afgrijselijke bruine pakken meebracht. 'West Virginia?' snoven de 'deskundigen'. 'Dat is toch die staat die ze hebben bedacht om Alabama enig gevoel van eigenwaarde te geven?' Maar het blauwe bloed en het bruine pak waren langs de andere kerels geglipt en hadden vorig jaar de eed afgelegd. Abby die met haar tweeëndertig jaar half zo oud was als haar man, had haar lange blonde Dolly-Partonkrullen geruild voor een kort donker Jackie-Kennedykapsel. En nu ze al bijna First Lady was, begon ze zelfs kleine ronde hoedjes te dragen.

Barbara Walters vroeg haar naar de officiële reis naar China die zij en de vice-president onlangs hadden gemaakt. Alex moest het Abby nageven dat ze de namen van de Chinese president en zijn adviseurs correct uitsprak. En ze kwam met een heel verhaal over een aangekondigde topconferentie.

Walters begon op wat persoonlijker terrein te spitten. 'Is het leeftijdsverschil tussen u en de vice-president niet af en toe een probleem?'

Abby trok haar gezicht in andere plooien, het werd het meisjesachtige masker dat Walters leek te willen zien. 'Mijn man is verschrikkelijk romantisch,' zei ze.

Ze gingen over op archiefmateriaal van Shane die een helemaal niet zo slechte versie van 'The Shadow of Her Smile' speelde waarbij Abby als een femme fatale over een antieke vleugel in het Witte Huis hing. Alex hoopte dat Shanes ex niet keek. Die werd vermoedelijk kotsmisselijk van al die mierzoete romantiek.

Abby's beeld ging over in het late nieuws, en ze zag dat ze het eerste onderwerp waren met een foto van de onbekende en de vraag om informatie. De foto toonde alleen het hoofd dat bij de aanval ongehavend was gebleven. Nu ze erover nadacht, vond Alex dat vreemd. De modus operandi wees op een crime passionel: de roos, het ontbrekende hart. Maar mensen die uit jaloerse woede doden, verminken meestal het gezicht.

Terwijl Alex daarop doorkauwde, verwijderde ze de sporen van Luke uit het heiligdom van haar slaapkamer. Hij had de afgelopen twee weken bij haar gewoond, vanaf het moment dat hij zijn spullen had opgeslagen en zijn huis in Arlington, Virginia, had verhuurd zodat hij op tournee kon. Ze haalde het bed af en neuriede in gedachten 'Ik ga die vent uit mijn haar wassen'. Waar kwam dat vandaan? Waarschijnlijk uit een of andere oude musical waar ze met haar grootmoeder naartoe was geweest. Ze rukte het hoesonderlaken van het bed en het leek of er een kleurige stoffen slang door de lucht vloog.

Ze bukte zich om hem op te rapen en toen besefte ze dat het de draagriem van Lukes gitaar was, het ding dat hij op een zondag op een vlooienmarkt bij het Capitool had gekocht. Ze opende het nachtkastje naast het bed. Ze wilde door niets aan hem worden herinnerd, maar het zou fijn zijn om een beetje geluk in haar slaapkamer te hebben nu hij weg was.

Hoofdstuk 7

De volgende morgen trof Alex Troy Nguyen bij Starbucks. Ze liet zijn chai-thee aan haar voorbijgaan en bestelde haar onmisbare dark roast. Ze waren nog niet eens bij een tafeltje aangekomen toen hij haar al begon uit te horen. 'Wat kunt u me vertellen over de Trophy Skulls?'

Alex trok een pijnlijk gezicht. 'Zo noemen we ze niet meer. Wordt u niet geacht de ontvangende partij bij te staan?'

'Aan welke term geeft u de voorkeur: oorlogsbuit, kandelaars of asbakken?'

Troy verhief zijn stem en mensen keken naar hen.

'Ssst,' zei Alex terwijl ze gingen zitten. 'En waarom valt u me lastig als u dat allemaal al weet?'

'Ik wil graag weten of u genoeg DNA hebt kunnen verzamelen om ze te identificeren. Ik moet beslissen of we ze gewoon aan de regering teruggeven, of dat we gaan proberen nabestaanden op te sporen.'

Alex dacht na over zijn vraag en nam af en toe een slok koffie. 'DNA-onderzoek zou niets opleveren,' zei ze uiteindelijk. 'Hoe komen we erachter met wiens DNA we de DNA van de schedels moeten vergelijken? Weet u wel hoeveel mensen er daar zijn gedood?' Ze had onmiddellijk spijt van haar vraag. Het ging over zijn land, over zijn familieleden en vrienden die waren omgekomen.

'Er zijn twee miljoen Vietnamezen omgekomen,' zei hij afgemeten. 'Meer dan dertig maal zoveel als aan Amerikaanse kant.'

Geen van beiden zei iets, was met zijn of haar gedachten bij de eigen band met die doden.

'Het is een lastige opgave,' zei hij. 'Maar u bent ook niet teruggeschrokken voor het identificeren van de as van het World Trade Center.'

Alex zuchtte. 'In dat geval begonnen we met de namen van vermisten die in de Twin Towers werkten. We wisten naar wiens DNA we moesten zoeken. Gezinsleden kwamen met haarborstels en andere voorwerpen die we konden onderzoeken en vergelijken. Trouwens, hoe weet u dat ik bij het WTC was?'

'Ik heb u gegoogled. Ik vind het fijn te weten met wie ik te maken heb.'

'Stalker,' zei ze.

'Vijf minuten tegenover iemand zeggen meer dan welke website ook zou kunnen,' zei hij. Hij wipte achterover met zijn stoel en begon op te lepelen: 'U hebt een irritante neiging tot onafhankelijkheid die volgens mij wijst op een afwezige vader, terwijl u tegelijkertijd af en toe enige compassie lijkt te vertonen, waarschijnlijk omdat u als kind voor een in zichzelf gekeerde moeder moest zorgen.'

'Dank u, dokter Freud. U hebt zich zeker als Nancy Reagans zielenknijper door uw medische studie heen geworsteld?'

'En u hebt vermoedelijk zitten slapen tijdens u coschap psychiatrie. Anders had u geweten dat uw kinderjaren bepalend zijn voor uw gedrag als volwassene.'

'Gelooft u niet in de vrije wil? Bijvoorbeeld dat ik ervoor heb gekózen u hier vanochtend te ontmoeten?'

Troy moest lachen. 'Het had niets met vrije wil te maken. U voelt zich gedwongen zich te kleden en te gedragen alsof u zich enorm afzet tegen de bestaande orde. Desondanks bent u een van de betrouwbaarste personen die u kent. Uw moeder was waarschijnlijk iemand uit het alternatieve circuit, het type waar je als kind moeilijk tegen in opstand komt omdat ze veel verder gaan in hun gedrag dan jijzelf.'

Troy had zoveel spijkers op de kop geslagen dat Alex zich er ongemakkelijk bij voelde. 'Genoeg genoten van dat gluren in mijn ziel,' zei ze. 'Ik moet naar mijn werk. We zien elkaar weer op de Vietnamese ambassade bij de overhandiging.'

'Hebt u die memo ook niet gekregen?'

'Welke?'

'Die waarin staat dat de ceremonie met alles erop en eraan zal plaatsvinden in het Witte Huis, op nieuwjaarsdag.'

Daar ging Wiatts idee van een geruisloze overhandiging.

'Zeg dat het niet waar is,' zei Alex tegen Barbara. Vandaag zaten er Butterfingers in de snoeppot, een duidelijke vooruitgang vergeleken met de Smarties van gisteren.

'Wiatt springt zowat uit zijn vel,' knikte Barbara.

'Wiens idee is het?'

'Je zult het niet geloven, maar het komt van de vice-president. Hij had het briljante idee om van de gelegenheid gebruik te maken om de Vietnamese regering te vragen de krijgsgevangenen en MIA's, de vermisten, terug te vragen.'

'Denkt hij echt dat er daar nog Amerikanen zijn?'

'Shane is een uitgekookte politicus. Voor iemand die zich net als George W. Bush aan de dienst in de National Guard heeft onttrokken, haalt hij alles uit die oorlog wat eruit te halen valt. Hij was een van de eerste gouverneurs die Vietnam hebben bezocht zodra de grenzen weer opengingen. Hij is twee keer mee geweest met groepen die MIA's gingen zoeken, en dat heeft hem heel veel steun opgeleverd van voorstanders van het recht op wapenbezit, lieden die meestal niets van de Democraten moeten hebben.'

'Kan Wiatt er niets tegen doen?' President Cotter en Wiatt waren kamergenoten geweest op Yale.

'Dat zit er niet in. Nadat Shane zijn suggestie gisteren heeft bekendgemaakt via de *Washington Post*, is zowel de populariteit van Shane als die van Cotter met vijftien procent gestegen.'

'Nou, fantastisch.'

'Maar de zet van de vice-president heeft ook een goede kant. Beide partijen, zowel de Vietnamese regering als het Witte Huis, willen er politiek voordeel uit halen. We hebben nog een paar weken de tijd, dus kunnen we proberen de schade op een creatieve manier te beperken. Wiatt heeft al besloten dat jij de leiding hebt over de teruggave van de schedels.'

'Waarom ik?'

'Omdat het een menselijker indruk maakt als een arts dat doet in plaats van een militair. Hij heeft een afspraak voor je gemaakt met het hoofd protocol van het Witte Huis voor later vandaag.'

'Ga je mee?'

'Ik kan niet. Ik haal Lana vanmiddag van school en dan rijden we door naar de Bronx voor de verjaardag van mijn moeder.'

'En bij de ceremonie?'

'Ja, dan ben ik er in ieder geval. En niet te vergeten een lid van het Vietnamese parlement, hun Nationale Vergadering, hun ambassadeur en nog zo wat lieden. En verder nog een psychiater van het NIH, een zekere dr. Troy Nguyen. Heb je hem al ontmoet?'

Alex liet haar ogen rollen. 'Niet bepaald iemand met fluwelen handschoenen.'

'Ja, bij mij deed hij ook al zo kortaf. Wapperde met een of ander stom memo en gaf me bevel een kamer voor hem te regelen.'

Alex liet haar hand met een klap op het bureau neerkomen. 'Worden wij hier met hem opgescheept? Heeft Wiatt geen stennis geschopt?'

'Nee, Wiatt heeft sergeant-majoor Lander zelfs gevraagd ervoor te zorgen dat hij in kamer 160 terecht kan. Wiatt zelf wil hoe dan ook buiten de schijnwerpers blijven en deze Nguyen kan mooi als bliksemafleider dienen.'

'160? Moest je hem nou echt de kamer recht tegenover me geven? Waarom kon hij niet naar de AFIP-voorpost in Maryland?'

'Ik begrijp hoe je je voelt. Hij doet alsof het kantoor van de juridische afdeling een veredeld secretariaat te zijnen dienste is. Vanochtend stormde hij hier binnen en eiste dat ik hem zijn eigen beveiligde faxverbinding zou bezorgen. Wat moet een rouwbegeleider daar in godsnaam mee?'

'Waarom probeer je hem niet terug te detacheren naar het NIH?'

'Beschouw hem maar als een soort verzekering.'

'Verzekering?'

'Zijn talenkennis is belangrijk. Toen Robert McNamara tijdens de oorlog een bezoek bracht aan de nationale kathedraal in Saigon, probeerde hij in het Vietnamees "Lang leve Zuid-Vietnam" te zeggen. Maar hij klungelde met de intonatie en deelde hun mee dat "de zuidelijke eend wil gaan liggen".'

Alex schoot in de lach en stak haar hand uit naar een tweede snoepje. 'Ik vind dokter Nguyen koppig, eigenwijs en – '

Barbara lachte. 'Dat doet me denken aan een zekere genetica die ik ken.'

Alex schudde geërgerd haar hoofd.

'Alex, de Vietnamese regering breekt de staf over ons in de wereldpers naar aanleiding van die Trophy Skulls. Als dr. Nguyen de prijs is die we moeten betalen om ons gezichtsverlies enigszins te beperken, dan moet dat maar.'

Alex overwoog het. 'Drie hele weken?' vroeg ze.

Barbara knikte. 'Maar zodra de schedels terug zijn, zit hij weer bij het NIH.'

Bij het verlaten van Barbara's kamer moest Alex weer denken aan de eerste keer dat ze naar het Witte Huis was geweest, twee jaar geleden. Tijdens een rondleiding op zaterdagmorgen hadden Luke en zij in de garderobe gevrijd. Een bezoek met het doel schedels uit te wisselen sprak haar minder aan.

Hoofdstuk 8

Toen ze bij haar lab kwam, zag ze dat er een pakje voor de deur lag. Er zat een boek in, afkomstig van Troy: *Vietnamese gewoonten en legenden*. Er was een briefje bij: 'Minder dan een maand voorbereidingstijd.'

Alex nam het boek mee naar haar kantoortje, ging zitten en bladerde het door. Geluksgetallen. Gelukskleuren. En een aantal pagina's met gele stickers die betrekking hadden op de manier waarop men met de doden omging. Ze keek op van haar lectuur en wierp een blik op de overige schedels.

De kleinste was zwart van de rookaanslag, met een kaarsstompje dat in een gat boven op de schedel was geramd en vier sigarettenpeuken tussen de grijnzende tanden. Alex verhuisde de schedel naar de tafel in het lab. Met rubberhandschoenen aan haalde ze de sigaretten uit de mond. Die hadden meer dan dertig jaar geleden duizenden kilometers vanuit Vietnam met deze persoon meegereisd en het leek niet gepast om ze gewoon maar weg te gooien. Ze wist nog niet goed wat ze ermee moest beginnen, dus stopte ze ze elk in een eigen bewijszakje en legde ze op een plank in de kast met chemicaliën die nodig waren voor DNA-sequenties.

Ze maakte gebruik van de techniek die zich had bewezen: ze richtte stoom op de schedel. Het kaarsvet liet gemakkelijk los, op het onderste stuk van de kaars na dat tot midden in de schedel stak. Ze zette de schedel weg op de tafel en deed een stap achteruit om ernaar te kijken. Het gezicht was donker, maar het stuk schedel dat onder het kaarsvet had gezeten vertoonde een griezelig witte glans die deed denken aan de vrijgevochten meiden uit de jaren twintig met hun platinablonde, korte golvende kapsels. Dat was het moment waarop Alex besefte dat er iets helemaal mis was. Dit zouden de schedels van vijandelijke soldaten zijn. Maar toen ze de ronde kin en de lichte verhogingen boven de oogkassen zag, realiseerde ze zich dat dit de schedel van een vrouw was.

Ze liep om de tafel heen en probeerde zichzelf aan te praten dat er niets aan de hand was. In Vietnam hadden toch ook vrouwen en zelfs jonge kinderen met wapens lopen zwaaien. Deze vrouw had zich waarschijnlijk verkleed als soldaat en iemand had haar doodgeschoten, van een afstand. Ja, zo moest het zijn gegaan.

Alex kwam op haar uitgangspunt terug en bleef recht voor de schedel staan. Ze stak haar hand erin en voelde wat steentjes. Ze keek in de schedel en zag dat het geen steentjes waren maar nekwervels. Daar ging haar theorie van per ongeluk doodgeschoten. Deze vrouw was gewurgd, van dichtbij, van aangezicht tot aangezicht.

Alex trok een rolkruk onder de werkbank vandaan. Ze ging even zitten, recht voor de schedel, om tot rust te komen. Ze had in haar lab voortdurend met de overblijfselen van dode mensen te maken, maar die waren bijna altijd gedood door infecties of vergif. De dood door een ziekte had iets willekeurigs, iets van een lotsbestemming en uiteraard iets natuurlijks. Een moord, of het nu in oorlogstijd of vredestijd was, was toch zoiets als een klap in het gezicht van de wereld.

Ze probeerde vergeefs de rest van het roet te verwijderen. Beneden het witte mutsje waar het kaarsvet had gezeten, bedekte een donkere laag de ogen, neus en kin. De schedel leek op een gesluierde vrouw uit het Midden-Oosten die op een afschuwelijke manier was gedood.

Alex boog zich naar voren om de schedel recht in de ogen te kunnen kijken en probeerde zich de vrouw in leven voor te stellen, lachend, pratend. Maar in plaats daarvan zag ze alleen maar de gruwelijke laatste momenten van de gesluierde vrouw voor zich.

Ze zette de schedel terug op de boekenkar in haar kantoortje en maakte daarna de tafel in het lab schoon. Ze stond op het punt het kaarsvet en de kaarsen die van de schedel waren gekomen weg te gooien toen ze iets in de kaarsstomp uit de schedel van de vrouw zag zitten. Het leek een papiertje.

Ze opende een la en pakte een pincetje waarmee ze anders minieme stukjes longweefsel uit eeuwenoude lichamen plukte wanneer ze de genenvolgorde van het Spaanse-griepvirus probeerde vast te stellen. Het kaarsvet rond het papier liet zich gemakkelijk verwijderen. Nadat er een kaars in de schedel was opgebrand, was er een briefje in de schedel gestopt waarna er weer een kaars in was gezet, alsof iemand had geprobeerd het briefje te verstoppen.

Het handschrift was onregelmatig en er zaten gaten in het papier. Alex bekeek het en vermoedde dat degene die het had geschreven dat had gedaan op een betrekkelijk zachte en zeker niet vlakke ondergrond. Misschien zijn eigen schoot of been. De woorden, slordige letters met dik rood potlood, stonden als wonden op het papier en het duurde even voor ze ze had ontcijferd. 'Ik ben er slecht aan toe en heb de knokkelkoorts, de wraak des Heren voor wat we hebben gedaan. Nick goot benzine op de vier hutten en wij schoten de zes brandende spleetogen die wegrenden dood. Prijsschieten. Heer, wees ons genadig. S.F.'

Het briefje hield abrupt op.

Alex werd bedolven onder een stroom vragen. Wie had het geschreven? Wie was Nick? Wat hadden ze gedaan?

Ze las het briefje nog een keer in de hoop dat het een andere betekenis zou krijgen. Toen keek ze de schedel van de vrouw recht in de oogkassen, deed de vrouw stilzwijgend een belofte en liep de gang door naar Wiatts kamer. Ze legde hem het briefje voor en ging in een stoel tegenover hem zitten. 'Dit heb ik in een van de schedels gevonden.'

Ze hielp hem de rommelige tekst te ontcijferen en hield zijn reactie zorgvuldig in de gaten. Een oplaaiende woede, daarna droefheid. Hoofdschuddend zei hij: 'Het is onmogelijk om erachter te komen wat dit betekent.'

'Het doet mij aan een tweede My Lai denken,' zei Alex.

Wiatt dacht even na. 'Blake, hoe komt het toch dat wanneer ik je een eenvoudige klus geef, jij kans ziet er iets van te maken waarbij ik alles op alles moet zetten om de schade te beperken?'

Ze wist dat hij doelde op haar optreden in de zaak van de Tattoo Killer, toen er een DNA-test fout was gegaan met als gevolg de snelle achtervolging en uiteindelijke arrestatie van een vooraanstaande overheidsfunctionaris die onschuldig bleek te zijn.

'Volgens mij is dit hét moment om u te vragen me te verlossen van dr. Troy Nguyen.'

'We hebben nu juist alle Vietnamese hulp nodig die we maar kunnen krijgen.' Hij knikte naar de deur en boog zich weer over zijn werk. 'Geef dat briefje maar aan luitenant Findlay. Zij weet hoe krijgsraadzaken moeten worden aangepakt. Maar laten we hopen dat het zover niet komt.'

Alex vertrok en liep de hoek om naar de kamer van de juridische afdeling. Op slot. Natuurlijk, Barbara was weg, naar de Bronx.

Ze was niet van plan een dertig jaar oud briefje onder haar deur door te schuiven. Dus liep Alex terug naar haar eigen kamer, stuurde haar vriendin een mailtje over haar vondst en legde het gekreukte papiertje op een plank.

Om vier uur kwam Wiatt bij haar langs. 'Ik rij met je mee als je naar het hoofd protocol gaat. Ik moet haar baas spreken.'

Alex verbaasde zich over de nonchalante manier waarop hij kon voorstellen even bij de president langs te gaan. Die vrolijke studietijd moest een hechte band hebben gesmeed. Misschien hadden ze allebei in Skulls & Bones gezeten, of Fish & Chips, of hoe die geheime genootschappen op Yale ook mochten heten.

Een soldaat van de afdeling vervoer wachtte hen voor het AFIP op in een gepantserde auto. Wiatt opende het portier voor haar en ze schoof als een haas over de achterbank. Tussen het achtercompartiment en de chauffeur zat een glazen wand. Geluiddicht, vermoedde Alex. Onderweg naar het Witte Huis vroeg Wiatt: 'Wie heb je over dat briefje in die schedel verteld?'

'Alleen u.'

Hij wreef over zijn kin. 'Vanaf nu regelen luitenant Findlay en ik die zaak, zonder jou. Beschouw de kwestie maar als vertrouwelijk.'

'Waarna niemand er meer iets van verneemt?'

Wiatt keek haar met een kille blik aan. 'Nee, we doen het zoals het hoort. Alleen niet in alle openbaarheid. De Amerikaanse soldaten in Vietnam waren de meest eerzame mannen over wie ik ooit het bevel heb gevoerd. In de hele oorlog hebben zich maar tweehonderdvijftig van onze mensen overgegeven, en niet één is er overgelopen. In de Tweede Wereldoorlog zijn er hele pelotons overgelopen en aan de kant van de Duitsers gaan vechten. Toch worden Vietnamveteranen van van alles beschuldigd.' Hij wist waar hij het over had. Het jaar ervoor had de president hem willen laten benoemen tot hoofd van de FBI, maar zijn stafchef had het hem afgeraden met de mededeling dat te veel medailles uit die oorlog een affront voor de bevolking vormden.

'Mijn vader heeft in Vietnam gevochten,' zei Alex zachtjes.

'Ik durf erom te wedden dat hij niet als een soort doorgedraaide moordmachine is teruggekomen.'

'Nee,' zei ze. 'Hij is helemaal niet teruggekomen.'

Wiatt boog het hoofd. 'Sorry, Blake. Dat wist ik niet.'

Het kostte kolonel Jack Wiatt geen enkele moeite om de president te spreken te krijgen. Hij nam de overdonderde Alex mee. Ze had niet gedacht ooit zo'n bijna-privé-ontmoeting met de aantrekkelijke ex-gouverneur van Connecticut te hebben. Wat zou Barbara jaloers zijn. Die had als jong meisje al de activiteiten van politici gevolgd zoals andere vrouwen filmsterren of het Engelse koningshuis volgen. Ze wist waarschijnlijk niet wie de laatste Oscars of Grammy's hadden gekregen, maar ze kende de verjaardagen, stemuitslagen en buitenechtelijke relaties van de presidenten. Voor Barbara was Washington D.C. één meeslepende soap.

De president hield de Franse krant *Le Monde* op. De schedel van de Schreeuwer staarde hen vanaf de voorpagina aan. 'Dit komt mijn internationale reputatie niet ten goede,' zei hij.

'Waarom laat je ze dan naar het Witte Huis komen?' vroeg Wiatt. 'Daarmee kom je in het middelpunt te staan.'

'Dat was ook mijn eerste reactie, maar Shane heeft me dat uit het hoofd gepraat. En hij had gelijk. We moeten ons van onze beste kant laten zien. Toen de communisten in Laos de lichamen van Amerikaanse soldaten terugstuurden, behandelden ze ze als vuile was, stopten ze ze in oude koffers. Ik wil ze laten zien dat we meer fatsoen hebben.'

Terwijl de president en de kolonel zaten te praten, keek Alex naar de vierde aanwezige, een majoor van de mariniers die op drie meter van de opperbevelhebber stond, met een aktetas die met een handboei aan zijn pols vastzat. Alex vond dat hij eruitzag als een van de geldkoeriers in een film over drugsbaronnen.

President Cotter zag dat Alex naar de marinier zat te kijken. 'De codes veranderen elke dag,' zei hij. 'Elke morgen krijg ik een kaartje met een rij nummers, niet alleen voor de atoomwapens, maar ook om de Air Force One een andere koers te laten vliegen. Ik bewaar dat lijstje in mijn portefeuille. Ik stopte ze altijd in mijn binnenzak, tot Jimmy Carter me vertelde dat ze bij hem een keer in de stomerij terecht waren gekomen.

Wil je Sheila nog even gedag zeggen?' vroeg de president aan Wiatt. Cotter keek naar een scherm op de muur met allemaal gekleurde stippen. In de antichambre was een scherm waarop te zien was waar elk lid van de familie van de president zich in het Witte Huis bevond, evenals die van de vice-president.

'Beveiliging wil dat we allemaal een transpondertje dragen,' zei de president tegen Alex en wees op een piepklein speldje met een platte kop op zijn revers. 'Er zijn honderddertig kamers, dus als er wat aan de hand is, weten ze waar ze mijn gezin of dat van de Shanes kunnen vinden.'

Alex tuurde naar de plattegrond van het Witte Huis met honderden genummerde stippen. De gouden stippen waren die van de president en zijn gezin. Nummer 1 was de president, en hij was bij hen in de kamer. Twee zou dan wel de First Lady zijn, Sheila Cotter, en drie hun zoon. De rode stippen moesten dan die van de vice-president en zijn vrouw zijn. Die waren allebei in een kantoor in de westelijke vleugel; heel dicht bij elkaar, viel Alex op.

'Matthew verzet zich ertegen,' zei Cotter, doelend op zijn zoon van zestien. 'Hij heeft het ding een keer op zijn kussen geprikt zodat iedereen dacht dat hij sliep. En toen is hij naar buiten geglipt en met vrienden naar de film gegaan.'

'Geef hem niet te veel op zijn donder,' zei Wiatt. 'Als je bedenkt wat wij op die leeftijd uithaalden...'

Cotter lachte. 'Daar wil ik niet meer aan herinnerd worden. Bovendien zegt Sheila dat ik zonder Matthew in de peilingen ergens onderaan zou bungelen.' De tienerzoon van de president was de lieveling van de lezeressen van *Seventeen*. Hij had een donkere krullenkop, een gebruind en getraind lijf (honkbal, skiën, trekking, in elk jaargetijde zou hij zich buitenshuis weten te redden) en een vlotte manier van doen in het openbaar. Vorig jaar had hij een stel flierefluitende Europese royals zover gekregen dat ze samen met hem op vier continenten huizen hadden gebouwd voor Habitat for Humanity. De prinsen en prinsessen hadden het beschouwd als een pr-stunt, maar hij had de hele zomer door gezaagd en getimmerd. Alles wat Alex over hem in de pers te weten was gekomen, was positief. De Cotters hadden óf de beste publiciteitsagent van de wereld, óf Matthew was echt een aardige knul.

Een magere vrouw met een stijve grijze suikerspin van haar kwam de kamer in. Beatrix Graham, hoofd protocol. Ze wierp een blik van afgrijzen op Alex' spijkerbroek en zuchtte. Hoofdschuddend zei ze zachtjes: 'Hiertegenover sta ik machteloos.'

Wiatt en Cotter vertrokken om de First Lady gedag te zeggen. Zij zou niet aanwezig zijn bij de teruggave van de schedels omdat ze die week met haar zoon een aantal universiteiten ging bezoeken. Toen ze de kamer uitgingen, hoorde Alex Wiatt tegen de opperbevelhebber zeggen: 'Er is een ontwikkeling waar ik het met je over wil hebben.'

Beatrix sloot de deur achter de twee mannen, ze wees Alex een stoel en ze ging zitten.

Beatrix vertelde dat de ceremonie zou plaatsvinden in de East Room. 'Die heeft de juiste plechtstatigheid. Er hebben daar zeven presidenten opgebaard gelegen, met inbegrip van Abraham Lincoln en John F. Kennedy.'

Ze gaf Alex pen en papier en gebood haar alles op te schrijven wat ze zei. Er volgden instructies, een uur lang. Alex kreeg kramp in haar handen van het noteren van alles wat ze wel en niet mocht. Ze mocht geen broekpak dragen, noch badslippers, hawaïhemden, of iets wat de indruk kon wekken dat het een vijandig leger steunde. Ze mocht geen camera of geluidsapparatuur meenemen. Ze diende zich te houden aan het handboek etiquette van Letitia Baldrige. Ze mocht in het openbaar geen enkel make-upartikel tevoorschijn halen, en ook geen rok dragen die korter was dan een duimbreed boven de knie.

Terwijl Beatrix voortzeurde, voelde Alex zich klemgezet. Het was duidelijk dat de koningin van het protocol buitenlandse dignitarissen, filmsterren of topsporters die op het Witte Huis neerstreken niet kon lastigvallen met zo'n lang verhaal. Die trokken gewoon aan waar ze zin in hadden, verdomme. Maar Alex, als overheidsdienaar, kon geen kant op. Haar gedachten dwaalden af toen Beatrix een monoloog begon over wat voor tafelzilver er in welke situatie gebruikt diende te worden. Ze keek naar de stippen en zag dat rode stip nummer 1, de vice-president, nu met de gouden nummer 1 in dezelfde kamer was. De First Lady was er helemaal niet. De vice-president deed nu mee aan het gesprek dat Wiatt en de president voerden. En ze zag dat de rode nummer 2, Abby Shane, nam ze aan, buiten die kamer rondhing.

Beatrix Graham klapte in haar handen om Alex bij de les te krijgen.

Maar Alex popelde om naar haar lab te gaan, weg van deze protocolnachtmerrie, voordat Beatrix het in haar hoofd kreeg haar te leren een reverence te maken. 'Ik hoop dat u niet van plan bent naar de ceremonie dat pak aan te trekken.'

De oudere vrouw keek stomverbaasd omlaag naar het zwarte zijden kostuum dat ze aanhad; de zoom raakte haar been volmaakt op de goede hoogte: midden op de knie. Ze ging met haar rechterhand naar haar parelketting en wreef erover alsof het een talisman was. 'Waar slááf dat op?'

Alex gaf haar de pen terug. Daarna mikte ze het schrijfblok in de prullenbak. 'Ik weet niet welke etiquetteboeken u hanteert, maar in ieder geval geen multiculturele. Zwart is de ongelukskleur voor Vietnamezen.'

Beatrix Graham kruiste gealarmeerd haar handen over haar jasje.

'Zegt u maar tegen kolonel Wiatt dat ik naar het AFIP ga. Er wacht me daar nog wat echt werk,' zei Alex en liep naar de deur.

'Maar de ceremonie – ' zei Beatrix.

Alex keek achterom. 'Ik ken een fantastisch charmante Vietnamese heer, meneer Troy Nguyen. Misschien kunt u hem hier laten detacheren zodat hij u op protocolgebied kan bijspijkeren.'

Met een smile koerste Alex naar het metrostation. Misschien had ze twee vliegen in één klap geslagen.

Hoofdstuk 9

Terug in het AFIP kocht Alex in de kantine een cola en een pinda-kaas-banaansandwich als avondeten. Ze zag Troy ergens hele-maal achterin zitten, zeker tien meter van het dichtstbijzijnde be-zette tafeltje vandaan, en besloot bij hem te gaan zitten. Ze voelde zich lichtelijk schuldig omdat ze hem Beatrix Graham op zijn dak had gestuurd.

Hij maakte een vriendschappelijke omgang niet gemakkelijk door het enige tafeltje met maar één stoel te kiezen. Ze pakte er een weg bij een ander tafeltje en trok hem piepend over de vloer.

'Het ziet ernaar uit dat u de aandacht van de primaten hier hebt,' zei hij met een knik naar Grant, die hun kant op keek, net als een paar van zijn medebodybuilders. 'Is het niet deprimerend uw tijd tussen zoveel alfamannetjes te moeten slijten?'

Alex onderdrukte haar impuls een spitsvondige opmerking te maken en besloot in plaats daarvan zijn opmerking serieus te nemen. 'Wat mij eerlijk gezegd dwarszit, is het feit dat ze van die pokerfaces hebben. Je komt er bijna niet achter wat ze denken.' Alex zelf maakte drukke gebaren als ze sprak, trok haar wenk-brauwen op, lachte, werkte met haar neus.

'Heel anders dan u,' zei Troy. 'Bij u wordt een hele symfonie van gelaatsuitdrukkingen gespeeld, zelfs op het stukje tussen neus en kin.'

Alex gebaarde met haar hoofd naar de bezette tafeltjes. 'Ik krijg niet de indruk dat u tijdens uw nieuwe opdracht iets aan het scheppen van emotionele banden doet, gezien de afstand tussen u en de dichtstbijzijnde soldaat.'

'Ik was als kind in Vietnam al niet dol op Amerikaanse solda-ten en ik was niet van plan dat nu wel te worden.'

'Waarom hebt u deze opdracht dan geaccepteerd?'

'Ik had geen keus. De directeur van het NIH stond erop.'

Het viel Alex op dat hij, toen ze ging zitten, zijn arm over datgene waar hij aan werkte had gelegd. Ze keer ernaar en hij stopte het snel in zijn tas.

'U hoeft het helemaal niet weg te stoppen,' zei Alex. 'Ik lees geen Vietnamees.'

Troy keek op en haalde toen een stapel brieven uit de tas die naast zijn stoel stond. 'We hebben bijna tweehonderd brieven gekregen van mensen die willen weten of er een schedel van hun man, broer of zoon bij is. Ze vragen allemaal hetzelfde, en ze vragen het aan u. Wilt u de lichamen helpen een naam te krijgen?'

Alex tikte nerveus met haar rechtervoet. 'Er is gewoon geen enkele manier om de schedels te identificeren.'

Hij at de boterhammen met worst die hij van huis had meegenomen op en vouwde het zakje op voor hergebruik. 'Ik weet zeker dat u een manier vindt.'

Hij stond op en Alex kon haar broodje in haar eentje opeten.

Wiatt had gezegd dat ze zich niet met het briefje mocht bemoeien, maar terug in haar lab kon ze aan niets anders denken. In gedachten verzonken trommelde ze op de werkbank, tot ze bedacht dat ze geen DNA-code had om zich op te concentreren. Ze stopte ermee, en het werd stil in het lab, op het zoemen van de glimmende koelkast na waarin ze de monsters van de toxines bewaarde die ze voor haar werk aan vaccins tegen biologische oorlogvoering onderzocht.

In de vreedzame rust van haar lab besefte Alex dat er één verbinding met het verleden was die haar een kans bood de gebeurtenissen in het briefje terug te vinden. De eerdere rapporten over de Trophy Skulls, gedigitaliseerd door de man die er in de jaren '80 onderzoek naar had gedaan, gaven de namen van de militairen bij wie schedels in beslag waren genomen.

In de beslotenheid van haar glazen hok voerde ze de beschrijving van de schedel en de termen *zwarte rookaanslag* en *dikke kaars* in. Er verscheen een naam op het scherm. Soldaat eerste klasse Michael Carlisle had de schedel op 24 april 1972 het land binnengebracht.

Ze logde in op een militaire database die ze bij eerdere strafrechtelijke onderzoeken had gebruikt. Ze tikte 'Michael Carlisle' in en vond twee mannen met dezelfde naam uit het Vietnamtijdperk. Slechts een van hen was in 1972 met groot verlof gestuurd. Hij kwam uit West Virginia, was twee keer naar Vietnam gestuurd, de eerste keer in 1969. Hij was parachutist geweest, getraind in parachutespringen, duiken, eerste hulp aan het front en had bij de luchtlandingstroepen gediend. Hij had driehonderd reddingsvluchten op zijn naam staan en een Air Force Cross gekregen voor een missie waarbij hij uit een laagvliegende, plompe HH-43 Huskie-helikopter was neergelaten en hangend aan de kabel, de vijand bestokend met zijn M-16, drie neergehaalde piloten stuk voor stuk in veiligheid had weten te hijsen.

Wat de schedel betrof, die zei hij met kaarten te hebben gewonnen. Was dat geloofwaardig, vroeg ze zich af. Of had Michael deze vrouw gewurgd, misschien tijdens een ruzie tussen gelieven?

Volg de aanwijzingen, hield Alex zichzelf voor. Wat wist ze tot nu toe?

Samoerai mochten in de strijd dan hoofden hebben afgehakt, maar was het waarschijnlijk dat een parachutist ook zo'n stunt had uitgehaald? Het kostte haar moeite het zich voor te stellen. De overgang van hoofd naar schedel was niet gemakkelijk. Had Michael Carlisle een vrouw kunnen wurgen om vervolgens de huid eraf te hakken of te koken? In het geheim? Waar de andere mannen bij waren? Misschien in een thriller van Thomas Harris, maar niet in een oorlog te midden van kogels en bommen. Het meest voor de hand liggend was dat de schedel, dagen of weken nadat de vrouw was vermoord, door een ander dan haar moordenaar was meegenomen van een slagveld of uit een uitgebrand huis.

Moeilijker was het om Michael Carlisle los te zien van het briefje in de schedel. Ze wist niet hoe vaak pelotons in de Vietnamese jungle het pad van andere Amerikaanse eenheden kruisten, maar lag het niet voor de hand dat, als hij de schedel met kaarten had gewonnen, dat van iemand uit zijn eigen eenheid was en dat het briefje sloeg op wreedheden die door die eenheid waren begaan?

Alex bekeek het briefje opnieuw, en richtte haar aandacht vooral op 'Nick' en de initialen *S.F.* Ze voerde kruiscontroles in de database uit om achter de namen te komen van de andere leden van de twee eenheden waarin hij had gediend. In het eerste peloton vond ze geen Nathan, Nick, Nicholas of Nate, en ook niemand met de initialen *S.F.* Hetzelfde gold voor de tweede eenheid.

Toen ontdekte ze nog een mededeling in zijn dossier. Bij de tweede eenheid had hij gediend tot februari 1972. Toen er van zijn peloton nog maar drie man over waren, was hij overgeplaatst. Hij was terechtgekomen bij het 302nd Aerospace Rescue and Recovery Squadron. Het onderdeel van haar vader.

Ze haalde diep adem en liet haar blik op de schedel van de vrouw rusten. Kon haar vader, de man die ze tientallen jaren had verafgood, deel hebben uitgemaakt van een groep die in koelen bloede burgers afmaakte?

Achter de computer haalde ze een lijst op van mannen die samen met haar vader in Vietnam hadden gediend. Ze kon nauwelijks ademhalen en ze voelde een stekende pijn achter haar ogen toen ze Russische roulette speelde met de namen van haar vaders peloton, in totaal meer dan vijftig man. Maar er knalde niets van het scherm. Geen Nick. Geen S.F.

Dat voelde beter. Zoals in het artikel over de Trophy Skulls stond, werden deze schedels geruild als honkbalplaatjes. Het feit dat Michael Carlisle de schedel van de vrouw in bezit had gehad, betekende nog niet dat zijn eenheid onschuldige burgers had gedood. En, zo hield ze zichzelf voor, het betekende al helemaal niet dat haar vader bij zoiets betrokken was geweest.

Maar een zweempje twijfel bleef. Van Dan had ze veel geleerd over de feilbaarheid van het leger. Wie zegt dat de gegevens juist waren? Er waren zoveel mensen naar Vietnam gestuurd. Het kon best zijn dat een paar eenheden elkaar daar hadden getroffen.

Ze ging aan haar tafel zitten met haar hoofd in haar handen. Haar vader was gesneuveld toen zij nog op de kleuterschool zat. Toen had ze nog niet over het emotionele repertoire beschikt om de gangbare stadia van verdriet en rouw te doorlopen. Maar nu, geconfronteerd met deze nieuwe link met haar vader, voelde ze een onredelijke woede omdat hij haar had verlaten. Hij kon een meisje van vijf in de steek laten, dus waar was hij nog meer toe in staat?

Ze ijsbeerde door haar lab en wou dat ze rookte. Dat deden de mensen toch in oude films wanneer ze helderder wilden denken? Maar Alex had nog nooit een sigaret aangeraakt. Haar moeder had genoeg slechte gewoonten voor hen beiden. Cubaanse sigaren, al die verhuizingen toen ze nog klein was en haar moeder de herinneringen aan de dood van haar man probeerde te ontvluchten.

Tijdens haar studie medicijnen had Alex alles geleerd wat er maar te leren viel over het Vietnam-Stresssyndroom. Daar hadden niet alleen soldaten last van. Haar moeder had net zo erg onder de oorlog geleden als degenen die erheen waren gestuurd. Alex herinnerde zich de dagen na de dood van haar vader, toen ze het gevoel had dat ze helemaal geen ouders meer had omdat haar moeder de meeste tijd huilend in bed lag. Toen ze negen, tien en elf was, verhuisden ze van staat naar staat en rukte haar moeder haar telkens weg bij nieuwe vriendjes en vriendinnetjes, omdat ze een plek met betere vibraties probeerde te vinden.

Haar moeder zou waarschijnlijk helemaal zijn verdwenen en ergens in Montana in een survivalistkamp met andere door de oorlog geflipte lieden zijn geëindigd, als ze niet een studie culturele antropologie had gedaan. Ze was nu wetenschappelijk medewerker aan het Oberlin College en zo verdiende Alex' moeder haar brood met haar obsessie, het geven van colleges over sociale bewegingen.

Daar kon Alex niets van zeggen. Was zij in haar werk niet ook bezig met haar obsessies? Ze was medicijnen gaan studeren om ziekten en rampen te bestuderen die mensen in de kracht van hun leven kunnen neermaaien.

Ze liep naar de geblakerde schedel, trok een rubberhandschoen aan en tastte de verhoging boven de oogkassen af alsof ze, door die aan te raken, de geheimen van de laatste uren van de vrouw kon ontdekken. Ze wou dat Barbara op het AFIP was. Ze had iemand nodig die haar ervan kon overtuigen dat de wereld nog steeds draaide, dat haar vader nog altijd de man was die ze zich herinnerde.

Ze trok de handschoen uit en logde op een andere database in voor meer informatie over Carlisle. Uit zijn dossier bleek dat hij na Vietnam een paar keer in het Veteranenhospitaal in West Virginia was geweest voor hoofdpijnen en emfyseem. Hoewel hij onder de wapenen was geroepen toen hij studeerde, was er nergens een aanwijzing dat hij als oorlogsveteraan gebruik had gemaakt van de regeling waarbij hij kosteloos kon studeren. Van de periode na 1974 waren helemaal geen militaire gegevens bekend.

Ze printte de gegevens. Ze dacht eraan het Veteranenhospitaal te bellen om zijn telefoonnummer, maar het was niet waarschijnlijk dat hij nog steeds op het adres woonde dat hij dertig jaar geleden bij het hospitaal had opgegeven. Ze zat een tijdje naar de print te kijken en zette toen met rood potlood een kring om zijn sofinummer.

Ze wierp een blik op haar horloge – bijna 21.00 uur – pakte de print en liep naar de vergaderruimte. Daar wist ze niet wat ze zag: korporaal Chuck Lawndale in het zwart gekleed. Hij leek meer op Lukes drummer dan op een militair.

'Sorry dat u me niet in uniform ziet, mevrouw,' zei hij. 'We gaan vanavond een paar andere clubs proberen.'

Alex kromp ineen. 'Chuck, ik ben niet zoveel ouder dan jij. Zou je me alsjeblieft bij mijn voornaam willen noemen?'

Hij schudde zijn hoofd. 'Ik vind dat dat niet kan, mevrouw.'

Alex besloot geen discussie over protocol te gaan voeren, niet nu ze hem een gunst ging vragen. Ze gaf hem het papier. 'Ik heb hier iemands sofinummer en ik ben op zoek naar een telefoonnummer, huidig adres en wat je verder ook maar over hem te weten kunt komen.'

'Gaat het over die onbekende?'

Ze schudde haar hoofd. 'Nee, het is een andere zaak waar Wiatt aan werkt.' Nou, dat was toch waar? Hoewel het er meer op leek dat Wiatt informatie over het lot van de vrouw van de schedel en het briefje dat erin zat probeerde onder te spitten.

'Geen probleem,' zei Chuck, draaide de klapwiekende figuurtjes op het scherm weg en haalde de nationale database van rijbewijzen naar boven.

'Hij is van hier,' zei hij even later. 'Woont zo'n drie kwartier rijden hiervandaan in Maryland.'

Alex tuurde over zijn schouder mee en noteerde het adres.

'Wilt u ook zijn telefoonnummer?'

Alex knikte. Maar dit was te belangrijk om het telefonisch af te handelen. Ze zou Michael Carlisle een bezoekje brengen.

Hoofdstuk 10

Met Carlisles adres op de stoel naast haar schoof Alex in haar T-Bird Georgia Avenue op. Ze drukte een toets van de autoradio in, in de hoop dat een van de twee zenders die ze meestal kon ontvangen het zou doen, maar haar pogingen liepen stuk op een doodse stilte. Misschien zou ze zichzelf eens verwennen en voor de kerst een nieuwe autoradio kopen.

Alex verviel in haar normale manier van rijden: scheuren, schijnbewegingen maken en langzame auto's omzeilen. In haar achteruitkijkspiegel zag ze een Jeep die haar leek te volgen – geen sinecure gezien haar doodsverachting als chauffeur.

Toen ze in de buitenwijken kwam, besloot ze dat ze geen zin had in zijn gezelschap, zelfs al was het maar een autofanaat die het leuk vond een blondje in een sportwagen bij te houden. Ze scheurde de afrit naar Highway 27 voorbij en vloog nog net voor het licht op rood sprong over het volgende kruispunt zodat ze de Jeep kwijt was. Ze draaide een zijstraat in en reed via een omweg naar de oprit van de 27.

Ze bleef een kilometer of twintig op Highway 27 en de achtervolger was nergens te zien. In een landelijk, bosrijk deel van Maryland ging ze van de grote weg af. De bomen, die overdag waarschijnlijk schitterend mooi waren, stonden er in het donker griezelig dreigend bij, met takken die voor de straatnaambordjes hingen zodat het moeilijk was Rampart Road te vinden. Op de kaart was het een miniem streepje geweest, een haardun lijntje op vijftien kilometer van de snelweg.

De brievenbus op de plaats waar Lompoc Road en Rampart elkaar troffen, was een grote, hightech rechthoek met slechts één naam erop: CARLISLE. Ze reed de onverharde weg op, maar vijftig meter verderop werd haar de weg versperd door een metalen hek. Dichterbij gekomen zag ze een toetsenpaneeltje en een camera. Ze drukte op de knop en kreeg antwoord van een man. Hij verzocht haar recht in de camera te kijken en te vertellen waar ze voor kwam.

'Ik wil Michael Carlisle spreken,' zei ze.

Even gebeurde er niets, toen draaide het hek soepel naar binnen. Ze volgde de weg tot ze bij een spectaculair huis kwam, een stel onder verschillende hoeken geplaatste moderne kubussen van glas en staal. Een man in een lage rolstoel deed haar open. Hij wierp een lange blik op haar hartvormige gezicht, liet zijn ogen toen over de rest van haar lichaam gaan. 'Ik weet niet wat je me komt verkopen,' zei hij, 'maar ik koop het.'

Hij wuifde haar naar binnen en verzocht haar hem te volgen. Met zijn gespierde armen bewoog hij de wielen rustig over de gladde marmervloer. Aan het eind van de gang kwamen ze in een spelonkachtige zitkamer met een plafond dat langzaam opliep naar een tien meter hoge glasgevel. Kaarslicht zorgde voor een zachte gloed en doordat er een heldere maan scheen, ontstond de illusie dat er geen afscheiding tussen het bos en de kamer was.

Alex keek om zich heen en zag dat er geen bank was, geen stoelen. Natuurlijk, die had hij niet nodig.

Hij liet zijn rolstoel plotseling zwenken en keek haar aan. 'Het gebeurt niet vaak dat hier een mooie meid me komt verrassen. Waar kom je voor?'

Alex verlegde haar aandacht van het bos naar de man. Ze tikte nerveus met een voet op de grond, stopte ermee, bezwaard omdat ze zich bewust werd van het functioneren van haar ledematen tegenover de dodelijke onbeweeglijkheid van zijn gebruinde voeten die uit de pijpen van zijn spijkerbroek staken.

Hij leek te genieten van haar gêne. Gezien het feit dat hij aan zijn rolstoel gekluisterd was, maakte hij een merkwaardig onbevreesde indruk.

'Ik kwam u een paar vragen stellen,' zei ze.

'Een vreemde tijd om langs te komen voor een bevolkingsonderzoek.'

'Nee, het is privé. Het gaat over Vietnam.'

Hij verstrakte in zijn stoel. 'Doe je jas uit,' zei hij. Hij keek haar strak aan, zijn woorden waren voor meer dan één uitleg vatbaar. Ze wist niet of hij haar nu uitnodigde te blijven of dat hij zeker wilde weten dat ze ongewapend was. Ze trok haar jas uit en liet hem op de grond vallen.

Onderzoekend bekeek hij haar spijkerbroek, zwarte coltrui en het heuptasje. Het leek hem te bevallen.

'Wil je wat drinken?' vroeg hij.

Ze zag een halfleeg glas op een granieten tafel. 'Wat drinkt u zelf?'

'Bourbon,' zei hij.

Alex knikte. 'Hetzelfde graag, met ijs.'

Hij wees naar een grote rij kussens bij de open haard. 'Daar zit je wel lekker,' zei hij. Alex keek gespannen toe hoe hij naar een barmeubel aan de andere kant van de kamer reed. Haar blik bleef op hem rusten terwijl ze een paar kussens rangschikte tot ze een stoelachtige opstelling vormden. Zittend op een paar kussens en met nog meer kussens als rugleuning zat ze bijna even hoog als hij in zijn lowrider.

Hij rolde tot voor haar met op de stoel voor zijn kruis een whiskyglas. Het was een rolstoel zonder enige opsmuk. Er zaten geen armleuningen aan, geen glashouder, geen motor, geen computer-besturing. Gewoon een stel wielen en een zitting en rugleuning van stof. Alex vroeg zich af waarom dat was. Als je het huis zo eens bekeek, kon hij zich de beste, stembestuurde die-alles-doet-wat-je-wilt Rolls-Royce onder de rolstoelen veroorloven. Misschien voelde hij zich met deze minder invalide. Was het gewoon een verlengstuk van zijn lichaam.

Alex nam het glas van hem aan en liet zich zakken in de pluchen kussenstoel die ze had gemaakt. Gespannen ging ze met haar hand over de luxueuze bleekgouden en bordeauxrode zijde en knikte naar de rolstoel. 'Bent u in Vietnam gewond geraakt?'

Carlisle keek haar even verbijsterd aan en zei toen: 'Nee, ik was daar helemaal in mijn element. De meeste kerels willen het niet toegeven, maar Nam was het beste wat me is overkomen. Daar heb ik geleerd uit welk hout ik ben gesneden. En ik ben er op mijn eigen twee benen vandaan gekomen.'

'Dit,' ging hij verder en maakte een pirouette met zijn rolstoel, 'heeft een klootzak van een vrachtwagenchauffeur me bezorgd, op die mooie Interstate 79 in West Virginia. Gelukkig had ik een verdomd goeie advocaat. Ik heb het volle pond gekregen.'

'Dat moet heel wat geweest zijn, als u dit ervan kon laten bouwen,' zei Alex met een blik op het uitgestrekte terrein voor het raam.

'Ik heb het gebruikt als beginkapitaal om een paar bedrijven op te zetten. Ik heb nu een onderneming voor risicodragend kapitaal, Carlisle & Sons, in Chevy Chase.'

'Hoe oud zijn die zoons?'

Hij lachte. 'Ik heb geen zoons. Maar een van de dingen die heb geleerd is dat de grote jongens niet willen investeren als ze niet het gevoel hebben dat je al een tijd meedraait. Het klinkt een stuk vertrouwenwekkender als je er een tweede generatie in hebt zitten.'

Hij leunde achterover, nipte rustig aan zijn bourbon en drong er niet op aan dat ze ter zake kwam. Ze observeerde hem een tijdje terwijl ze nadacht over de vele vragen die ze voor hem had.

Ze nam nog een slok bourbon en staarde naar zijn zeer ontwikkelde armspieren die uit de mouwtjes van een donkergrijs T-shirt kwamen. Ze keek wat verder omhoog en het viel haar op dat zijn lichte haar zijn uiterst waakzame zwarte ogen zo sterk liet uitkomen. Hij leek enigszins geamuseerd door haar nervositeit.

'Ik maak deel uit van een groep mensen in het Armed Forces Institute of Pathology die bezig zijn met de teruggave van schedels van Vietnamezen aan de Vietnamese regering. U hebt er waarschijnlijk wel iets over gelezen in de *Post*.'

Verbeeldde ze het zich dat zijn schouders verstrakten?

'Ja, dat heb ik. Maar wat heb ik daarmee te maken? Ik heb jaren geleden al een vent van het AFIP gesproken. Ik heb hem verteld dat ik die schedel had gewonnen met kaarten.'

Ze knikte. 'Dat staat ook in het dossier, maar er staat niet in wanneer dat kaartspel heeft plaatsgehad.'

Hij bekeek haar alsof ze gek was. 'Neem me niet kwalijk, hoor, maar mijn agenda had de gewoonte om weg te drijven wanneer ik weer eens door zo'n kutrivier in Nam waadde. En mijn secretaris is er zijn hoofd kwijtgeraakt, letterlijk.'

De harde woorden deden Alex pijn. Ze keek naar de steensculpturen aan de muur achter hem. Een soort hindoedansers, dacht ze. Wanneer buiten de bomen voor de maan heen en weer zwaaiden, bewogen de schaduwen van de beelden mee, voerden ze gecompliceerde dansen uit. Ze keek hem weer aan. 'We hoeven geen exacte datum te weten, alleen of u hem tijdens uw eerste of tweede uitzending daarheen hebt gewonnen.'

Ze merkte dat ze haar adem inhield. Ze hoopte met heel haar hart dat hij de schedel had gewonnen voordat hij bij haar vaders onderdeel was gekomen. Dat zou betekenen dat haar vader geen rol in de moordpartij kon hebben gespeeld.

'Wat dacht je nou? We bestonden van wat we op onze rug mee-droegen. Ik sjouwde met eten, medicamenten, munitie, touwen, noem maar op. Ik had geen plaats voor een schedel. Ik heb hem een paar dagen voor ik terugging gewonnen.'

Haar gezicht vertrok toen ze probeerde haar tranen terug te dringen. Wat had ze bereikt? Dat ze het alleen maar erger had ge-maakt. Door dit foute onderzoek had ze de schedel – en het brief-je dat erin zat – nu met haar geliefde vader in contact gebracht.

Ze stond op om weg te gaan.

'Ga je weer? Was dat alles?' vroeg hij. 'Zonder je zelfs maar voor te stellen?'

Ze stak haar hand uit en hij verplaatste de bourbon naar zijn linkerhand om de hare te schudden. Zijn hand was een beetje koud van het glas.

'Alexandra Blake,' zei ze.

'Hoor ik het goed? Alex Blake?' Hij bekeek haar van top tot teen. 'De kleine meid van de sergeant?'

Ze knikte. Haar hart bonsde nu deze verrassende link met haar vader werd gelegd. Sinds haar jeugd brandde ze van nieuwsgierig-heid naar haar vader. Bij de Wall, het Vietnamgedenkteken, had ze in het gras gezeten en de uitgebeitelde reeks van vierentwintig letters bekeken – *Alexander Northfield Blake* – die de enige ver-binding tussen haar en haar vader was. Haar moeder gaf geen antwoord op vragen over hem. Over zijn dood, op het hoogte-punt van hun liefde, kon ze niet praten. Maar nu bevond ze zich in één ruimte met iemand die samen met hem had gediend.

Hij hield zijn glas in evenwicht tussen zijn benen en nam haar handen in de zijne. Zij stond en hij zat, maar hij had zo'n enorme aanwezigheid dat hij boven haar leek uit te torenen. 'Mijn deel-neming,' zei hij plechtig en formeel.

Hij reed naar de granieten tafel, opende een la en haalde er twee dingen uit. Het ene was een joint die hij aanstak met een aftandse wegwerpaansteker die hij uit zijn broekzak viste. 'De sergeant was een prima kerel. Deed niet aan vriendjespolitiek, behield onder alle omstandigheden zijn waardigheid. Je werd alleen gek van zijn gewoonte om altijd met zijn handen te praten. Kijk, zo.'

Hij zwaaide wild met zijn armen zodat de as van zijn joint op de grond viel. Alex droogde haar tranen. Dat was precies zoals ze zelf ook sprak.

Carlisle gaf haar het andere ding. Het was zijn kaartje. 'Carlisle & Sons.' Een adres in Chevy Chase.

'Ik bewaar al mijn waardevolle spullen in een safe op kantoor. Ik heb daar ook wat foto's van ons onderdeel. Misschien zit er een bij met je vader. Kom eens langs, dan haal ik ze tevoorschijn.'

Alex nam het kaartje aan en knikte.

'En kom ook nog eens terug naar mijn bos,' zei hij met een sluw lachje terwijl hij haar ongegeneerd maar toch ook wel vleiend van hoofd tot voeten bekeek. 'Als je iets van de sergeant in je hebt, kick je misschien ook op het gevaar.'

Hoofdstuk 11

De pieper op Alex' nachtkastje ging die nacht om één uur af. Haar hart sloeg een paar keer over, zoals altijd wanneer de adrenaline door haar van zijn slaap beroofde lichaam joeg. Ze bevrijdde zich van de in elkaar gedraaide lakens, belde Dan op zijn mobiel en noteerde het adres dat hij met zijn zware stem doorgaf. 'We hebben een doorbraak in de zaak van de onbekende,' zei hij.

De straat in Georgetown lag in een dure wijk, met zuilen en geglazuurde baksteen die glansde in het maanlicht, en goed bijgehouden gazons. Voornamelijk grote huizen en een flatgebouw met zes luxeappartementen, van recente datum.

Alex betrad appartement C, de plaats delict. Dan, Grant en Chuck waren er al. De witte vloerbedekking, de muren in de hal en de rand van de voordeur zaten onder de bloedsporen. Het keiharde onderzoekslicht bescheen een geknakt boeket verwelkte gele rozen met walgelijk lange stelen. Een bordeauxrode leren aktetas stond op zijn kop en de inhoud lag uitgespreid op de grond.

Grant overhandigde Alex een visitekaartje. Door het zwarte poeder dat erop zat wist ze dat het al was onderzocht op vingerafdrukken. 'M. Ronald Gladden, C.P.A., Ernst & Young', met een adres in D.C. en in Ho Chi Minh City. Alex keek op van het kaartje naar een gelikte, originele Mapplethorpe-foto bij de voordeur: de glanzende rug van een naakte man. Geen poster maar een gesigneerde foto. 'Niet de accountant van mijn opa, dat is wel duidelijk,' zei ze.

Alex draaide het kaartje om. Achterop had de dode zijn privé-telefoonnummer geschreven.

'De majoor had gelijk,' zei Grant. 'Een knaap die gisteravond op de poëzieavond in My Left Hand was, heeft de dode – ik bedoel voor hij dood was – afgelopen maandag opgepikt. Hij herkende hem van de foto die we overal hebben laten zien.'

'Waarom heeft hij zich niet gemeld toen de foto op het nieuws was?' vroeg ze.

'Hij heeft geen televisie,' kwam Chuck ertussen. 'Televisie is slecht voor zijn kunst, zegt hij.'

'De dichter zei dat hij hem net had leren kennen en dat ze dinsdag samen naar de film zouden gaan,' zei Grant. 'Toen hij niet kwam opdagen, heeft hij hem tweemaal gebeld vanuit een cel bij de bios. Maar toen nam hij aan dat Gladden gewoon zo'n – en ik citeer – zo'n knaap van neuken en wegwezen was.'

Chuck vulde hem aan. 'Ik heb via mijn laptop bij Southern Bell gekeken en er is dinsdag inderdaad vanaf de bioscoop driemaal naar dit nummer gebeld, telkens met een tussenruimte van tien minuten. Via het nummer zijn we aan dit adres gekomen, en toen hebben we de majoor ingeseind.'

Dan maakte zich los van de man in ochtendjas die hij had ondervraagd, een buurman van de onbekende die vertelde dat Ron Gladden het laatste halfjaar in Vietnam had gewerkt. Dan ging naar Alex en praatte haar bij. 'Ik vind dit een fijne plaats delict. Hij heeft iets heel eigens met die rozen en een lijk dat door de voordeur is weggesleept. Dat is een handtekening. Ik moet alleen nog uitdokteren van wie.'

Alex werd naar de keuken getrokken. Een vliegticket op het aanrecht en een aangebroken blikje pâté de foie gras in de koelkast bevestigden wat Dan al had voorspeld: Gladden had op weg naar huis een paar dagen in Parijs doorgebracht. Met een gehandschoende hand opende ze de keukenkast en kwam oog in oog te staan met een rij kruiden, allemaal met etiketten in het Vietnamees. In het potje dat het meest vooraan stond zat iets roods. Ze opende het en snoof. De geur was moeilijk te definiëren: kaneel, hibiscus en kruidnagel.

Toen ze in de woonkamer terugkwam, was de fotograaf klaar en kon Alex zich concentreren op haar onderzoek daar. Ze liet haar blauwe licht in concentrische cirkels rond de bloedplas schijnen om te zien of ze enig DNA-materiaal van de aanvaller kon vinden. Dan zei dat de kans daarop klein was. Te oordelen naar de vegen op het tere, zijdeachtige papier om de rozen had de moordenaar handschoenen gedragen.

'Maar we hebben geluk met dat papier,' zei Dan. 'Dit zijn geen rozen uit de supermarkt of van de benzinepomp. Het papier alleen al moet een fortuin hebben gekost.'

Alex keek hem met een schuin oog aan.

'Ik ben een tijd uit de gratie geweest,' legde hij uit. 'Met mijn karakter en werktijden moet je geregeld bij de bloemist langs voor bloemen om het goed te maken. Ik laat vanochtend de duurdere bloemisten controleren.'

Tot nu toe leverde het blauwe licht niets op. Gewoonlijk stikte het in een bewoond huis van het DNA van de bewoner: haren, huidschilfers, bewijzen van amoureuze ontmoetingen. Maar deze knaap moest voor hij van zijn reis terugkwam zijn huis door een schoonmaakploeg hebben laten aanpakken. Er was nauwelijks enig spoor van Ron Gladden te vinden, laat staan van zijn moordenaar.

Het was frustrerend. Hier binnen was het een bloedbad, maar er was niet gevochten. Bij de autopsie waren er geen tekenen gevonden dat hij zich had verdedigd en onder zijn nagels was geen DNA van een ander aangetroffen.

Na een kwartier speuren trok een flauw schijnsel Alex' aandacht. Er zat een heel klein beetje bloed op een doorn van een van de rozen. Met een beetje geluk had de moordenaar zich ongemerkt aan een van de doorns geprikt, door zijn handschoen heen, en had hij zo zonder het te weten een spoortje van zichzelf achtergelaten.

Alex was bezig de rozen in een zak te stoppen toen Grant de slaapkamer uit kwam. 'Een hoop sieraden, en tweeduizend dollar in contanten in de kast,' zei hij. 'Hij heeft ook een groot schoenenrek in zijn klerenkast.'

Alex schudde haar hoofd. 'Wat ben jij er voor een? Twee avonden in de clubs en je verandert in een *Queer Eye for the Straight Guy*.' Ze liet haar blik over de dure stereo-installatie gaan, over de 42-inch plasma-tv die het grootste deel van de muur in beslag nam. 'We weten al dat beroving geen motief was. Er zijn maar weinig overvallers die hun doden in een vuilcontainer gooien.'

Chuck kwam de kamer binnen met in zijn gehandschoende

handen een fraai vormgegeven computertoren waarvan een zijpaneel was verwijderd. Hij wees op een lege contrastekker. Iemand had de harde schijf eruit gehaald. Met deze computer konden ze niets meer beginnen.

'Volgens mij is het als volgt gegaan,' zei Dan. 'Gladden deed de deur open voor degene die de bloemen kwam bezorgen. Afgaande op deze vlek hier,' en hij wees op een bloedspetter bij de deur, 'hield de dader het wapen achter het boeket verborgen en heeft hij hier uit alle macht toegestoken, nog voor de deur achter hem dicht was.'

Alex bekeek het bloedpatroon. 'Het lichaam stond nog toen het hart eruit is gehaald,' zei ze. 'Dat betekent...'

Dan knikte. 'Het laatste wat ons slachtoffer op deze aarde heeft gezien was een vent die zijn hand in zijn borst stak om zijn hart eruit te halen.'

Hoofdstuk 12

Om zes uur, na amper vier uur slaap, werd Alex wakker met de vraag of de twijfel over haar vader misschien alleen een droom was geweest. Ze zette de tv aan het voeteneind op CNN om kalm de dag in te glijden. Er werd een fragment uitgezonden van een speech van de president van de vorige avond. Daarin beloofde hij de Amerikaanse afhankelijkheid van Arabische olie te verminderen, elders naar reserves te zoeken en belastingverlaging te geven aan bedrijven die nieuwe technieken voor oliewinning ontwikkelden. Het viel Alex op dat hij in het harde studiolicht iets stugger leek dan hij in werkelijkheid was.

Ze rolde uit bed om te gaan douchen toen CNN naar een volgend onderwerp ging en ze bukte zich om het toestel uit te zetten toen ze oog in oog kwam te staan met de schedel van de Schreeuwer en een reportage over kritiek vanuit de hele wereld op de militair die hem had gestolen. *Kín nhu'bu'ng*, zo noemden de Vietnamezen dat. De geheimen van het graf. Of, bozer, het grafroofincident.

Alex douchte en trok een andere spijkerbroek en een andere zwarte coltrui aan. Toen ze door de woonkamer van de Curl Up and Dye met zijn linoleumvloer liep, zag ze dat het rode lampje op haar antwoordapparaat knipperde. Er moest zijn gebeld toen ze in Gladdens appartement was. Ze drukte de toets in en hoorde Luke een improvisatie op een klassieke song doen: '*The way you wear your hat, the way you sip your double espresso Carmel Macchiato, the memory of all that, no, no, they can't take that away from me...* Hé, Alex, besta ik al niet meer voor je? Het is nu twee uur 's nachts bij jou. Een platenbaas uit Amsterdam heeft gisteravond mijn optreden gezien en me uitgenodigd om een paar dagen naar Amsterdam te komen. Ik ben nu op weg naar het vliegveld. Hij heeft vrienden met wie ik volgens hem moet kennismaken.'

Toen het apparaat zweeg, ging Alex in een van de droogkapstoelen zitten. Ze voelde het aantrekken en afstoten dat er in haar omgang met Luke voortdurend was. Intimiteit, vreugde over de liedjes die hij voor haar maakte. Jaloezie en nare voorgevoelens wanneer hij vijfduizend kilometer ver weg was en wat 'vriendinnen' zou gaan treffen, waar meestal ook een langbenig model of een nymfomane groupie toe behoorde.

Maar, zo dacht Alex, kunnen die vrouwen in twintig seconden een fruitvliegje ontleden of een gen kloneren? Ze schoot in de lach bij de volgende gedachte: wie zou dat willen?

Ze probeerde zichzelf ervan te overtuigen dat ze waarschijnlijk toch geen vrij had genomen om hem in Barcelona te treffen. Waarom zou ze avonden aaneen in rokerige clubs doorbrengen om Luke steeds dezelfde songs te horen spelen? Bovendien had ze een connectie met haar vader ontdekt, via Michael en de schedels, en ze had zich voorgenomen uit te zoeken waar dat heen voerde.

In het AFIP voerde ze de naam Ron Gladden in de sequencer in. Door de simpele handeling van iemand een naam geven kreeg ze het gevoel dat er enige vorderingen werden gemaakt. Ze haalde de forensische analyse van Gladdens genen naar de monitor waarvan de computer was gekoppeld aan de Applied Biosystems voor DNA-bepaling. Haar eerste stap zou zijn de samenstelling van vijf genen in het bloed op de roos te vergelijken met de analoge genen van Gladden om te zien of het bloed van de dode was. Ze deed het bloed in een cocktail van enzymen om het DNA in stukken te breken en vermeerderde daarna de hoeveelheid DNA van dat bloed met behulp van een polymerase-kettingreactie. Zo kreeg ze voldoende DNA voor haar proeven en hield ze genoeg over voor de advocaten van de moordenaar wanneer hij op basis van haar DNA-werk zou worden vervolgd.

Ze stipte haar portie van het DNA-monster op een microchip en stopte die in de sequencer. Tien minuten later waren de vijf genen in het monster gesequencet, vergeleken met Gladdens DNA, en bleek dat er geen match was. Dat was een fantastisch begin.

Het betekende dat het DNA van de moordenaar kon zijn. Het kon natuurlijk ook het bloed van de bloemist zijn die het boeket had gemaakt. Wanneer Dans mensen de bloemenzaak hadden opgespoord, kon ze mondslijmmonsters van het personeel nemen om dat uit te sluiten.

Met ingehouden adem begon ze aan de volgende stap, het vergelijken van het bloed aan de doorn met de DNA-profielen van veroordeelde criminelen in de database van CODIS. Misschien lachten de genoomgoden haar opnieuw toe en kon ze de verdachte aanwijzen nog voor Dan met de baas van de dode had gesproken. Niet dat ze er veel vertrouwen in had dat ze zoveel geluk zou hebben. Meestal waren het de domme misdadigers die in de database van de FBI eindigden, zoals de man die een overvaltekst achter op een op zijn naam gestelde cheque schreef. Een uur nadat hij de overval had gepleegd, vond de politie hem op zijn thuisadres, dat op de cheque stond. Niet de kille precisie die ze Gladdens moordenaar toedichtte.

Terwijl ze wachtte tot CODIS klaar was met vergelijken, dacht ze na over andere tests die ze kon gebruiken. De hoek waaronder de bajonetsteek was toegebracht suggereerde dat de moordenaar kleiner was dan Gladden. Ze bestudeerde de sekschromosomen in het bloed van de roos om te zien of dat van een vrouw was. Nee, het was XY. Degene die zich had geprikt was een man. Ze liet een berichtje voor Dan achter met de mededeling dat hij bij vrouwelijk personeel van de bloemist geen wangslijm hoefde af te nemen.

Het duurde afschuwelijk lang voor CODIS klaar was met het vergelijken van het DNA-profiel van het bloed op de roos met dat van alle boosdoeners in het land. Een verkrachter in Kansas, een seriemoordenaar uit Colorado, een witteboordencrimineel uit Delaware, een man hier in Washington die het kind van zijn vriendin had verdronken. Elke dag werden er honderden mannen veroordeeld voor smerige, onbeschrijflijke misdaden en een paar dagen daarna werd hun DNA-profiel in CODIS ingevoerd. In feite werden gedurende de twintig minuten sinds Alex haar vergelijking in gang had gezet, vier nieuwe moordenaars en zes gewapende overvallers aan de database toegevoegd.

Eindelijk kwam CODIS met de uitslag: geen matches. Degene die zich aan de roos had geprikt, was geen veroordeelde misdadiger, tenminste niet in de VS. Gefrustreerd overwoog Alex hoe ze meer uit die database kon halen. De CODIS-gegevens konden worden gekoppeld aan sommige demografische gegevens over misdadigers, waaronder het ras waartoe hij zich rekende. Anderhalf uur lang was ze supergeconcentreerd bezig met het schrijven van een computerprogramma om te zien of het mogelijk was aan de hand van een DNA-monster te bepalen wat het ras van de moordenaar was. In de genetica was dat een heet hangijzer. Door al die gemengde huwelijken in de smeltkroezen van de wereld was het moeilijk aan de hand van de genen vast te stellen van welk ras iemand was.

Alex hoopte een ruwe benadering te kunnen maken. Terwijl ze zat te rekenen, dacht ze terug aan de colleges genetica en de waarschuwing van de hoogleraar die had gezegd: 'Er is meer genetische variatie binnen de rassen dan tussen de rassen.' Met andere woorden: zwarten verschilden vaak meer van elkaar dan van een plaatselijk Ku-Klux-Klanlid.

De rest van de ochtend probeerde ze haar nieuwe protocol toe te passen. Het was bijna lunchtijd toen de eerste resultaten binnenkwamen. Er was een kans van zes procent dat het bloed van de doorn afkomstig was van een Hispanic, voor een niet-Hispanic blanke was het drie procent, vijftien procent voor een zwarte Amerikaan en 76 procent voor 'overige'.

Dat schoot lekker op. Wat betekende dat, 'overige'? De wereld telde maar zo'n vijfduizend etnische groepen, van Pima-indianen tot Samoanen. Haar volgende stap zou zijn dat ze in de database van de National Library of Medicine ging kijken door welke recessieve genetische ziekten de verschillende etnische groepen van elkaar werden onderscheiden. Zwarte mensen hadden vaker de sikkelcelziekte, en Asjkenazische joden de ziekte van Tay-Sachs. Misschien kon ze de etnische achtergrond van de moordenaar achterhalen door latente ziektegenen in zijn bloed te onderzoeken.

Toen haar computer begon met het identificeren van pathogene mutaties in het bloed van de doorn, stapte kolonel Wiatt met een strak gezicht het lab binnen. Alex verstijfde en ze bereidde zich voor op een uitbrander. Kwam hij haar straffen omdat ze eerder dan hij uit het Witte Huis vertrokken was? Was hij te weten gekomen dat ze naar Maryland was gereden voor een bezoek aan Carlisle?

Hij had iets in zijn hand, een zwart-witfoto. Hij gooide hem voor haar neer en ze keek naar de afbeelding: een portretfoto van een soldaat van midden veertig.

'Kolonel David Braverman,' zei hij, alsof dat haar iets zou zeggen. Ze staarde naar de foto en keek toen op naar de lange man voor haar.

'De Missing in Action in Vietnam met de hoogste rang,' ging Wiatt verder.

Nog steeds geen idee waar hij naartoe wilde.

'Het Vietnamese ministerie van Binnenlandse Zaken heeft zijn stoffelijk overschot gevonden. Ze willen hem teruggeven tijdens de ceremonie op het Witte Huis.'

'Prachtig,' zei Alex.

'Je schijnt het maar niet te snappen, Blake. Nu zijn wij aan de beurt. Je moet uitzoeken wie die mensen zijn.' Hij wees met een strak, kort gebaar naar de boekenkar.

'Dat gaat niet,' zei Alex.

Wiatt keek haar kwaad aan, daarmee aangevend dat haar reactie onacceptabel was. 'De president heeft persoonlijk gevraagd of er komende vrijdag, wanneer hij een ontmoeting met de Vietnamese ambassadeur heeft om de plannen voor de uitwisseling af te ronden, in ieder geval één schedel kan zijn geïdentificeerd.'

'Maar – '

Wiatt legde haar met een streng vingertje het zwijgen op. 'Dat is geen verzoek, dr. Blake. Dat is een bevel.'

Hij maakte rechtsomkeert en beende weg. Met zijn lange benen legde hij de afstand van haar hok tot de deur in een paar stappen af.

Nijdig om de onredelijkheid van de opdracht die ze had gekregen, verliet Alex haar lab op zoek naar medeleven – en chocola – bij Barbara.

'Hoe was de verjaardag?' vroeg Alex haar.

'Lana wilde niet meer weg. Ik vergeet dat familie zoveel voor haar betekent, hoe ze snakt naar het gezinsleven waar ik aan probeerde te ontsnappen door uit huis te gaan.'

'Zoals?'

Barbara lachte. 'Ze is het hele weekend met mijn vader bezig geweest om *Het laatste avondmaal* in duizend stukjes te leggen.'

Alex ontdeed een KitKat van zijn wikkel en probeerde zich voor te stellen hoe Barbara in zo'n milieu was opgegroeid. Ze wilde losbarsten in een tirade over Wiatt toen Barbara haar op haar computerscherm wees.

'Dat geval met dat briefje in die schedel ziet er niet fraai uit,' zei Barbara.

'Hoezo?'

Barbara wees op een website met de eenvoudige naam 'Oorlogsmisdaden'.

'Na Bosnië hebben een paar rechtenstudenten van het Chicago-Kent College of Law een database opgezet van genocidegevallen en andere oorlogsmisdaden.'

Alex bekeek de links. Je kon op de website zoeken op etnische groepen (wreedheden tegen Koerden bijvoorbeeld), op de soort oorlogsmisdaad (verkrachting in Haïti), op datum of plaats van incident (Abu Ghraibgevangenis) en nog een aantal categorieën. Er waren foto's van slachtoffers, een huiveringwekkende reeks van in elkaar geslagen, verbrande, gefolterde, uitgehongerde, ge-elektrocuteerde, neergestoken, gecastreerde en onthoofde mensen.

'Je zult het niet geloven, maar het ministerie van Justitie wilde deze site verbieden,' zei Barbara. 'Zieke sekssites voor boven de achttien hadden er allemaal een link naar. Sommige kerels geilden op foto's van mensen die waren gefolterd, van vrouwen die waren verkracht.'

Er waren dagen dat Alex meer over haar medemens te weten kwam dan haar lief was.

'Amnesty International heeft via een rechtszaak die sluiting voorkomen,' ging Barbara verder. 'Het zijn voornamelijk slachtoffers van oorlogsmisdaden en getuigen die over recente gebeurtenissen in bijvoorbeeld het Midden-Oosten of Zuid-Amerika schrijven...'

'Ik heb een vermoeden: er staan ook rapporten uit Vietnam op.'

'Precies. Niet uit die tijd, zoals de verslagen uit Bosnië, dus het is niet duidelijk hoeveel gewicht je eraan moet toekennen. De website is pas in 1992 opgezet. Maar moet je nu eens kijken.'

Alex las een beschrijving, in gebroken Engels, van het plat-branden van een dorp in de buurt van Qui Nhon. De bewoording was griezelig gelijk aan die welke met rood potlood op het papier in de schedel was gekalkt. Benzine. Vier hutten. Ook het aantal slachtoffers kwam overeen: zes Vietnamese burgers.

'Er staat geen datum bij, dus is het moeilijk om na te gaan welke Amerikaanse troepen er toen in dat gebied waren. Maar misschien weet Amnesty International hoe we in contact moeten komen met degene die dit op de site heeft gezet.'

'We weten dat het incident heeft plaatsgehad vóór 1972,' zei Alex. 'Toen is de schedel ons land binnengekomen.'

Alex las verder. Het dorp werd beschreven als liggend op twee uur lopen ten westen van Qui Nhon. 'De getuige was toen een jongen van zeven. Hij zag hoe zijn vader voor zijn ogen werd doodgeschoten.'

Er viel een ongemakkelijke stilte toen de twee vrouwen over-spoeld werden door de afschuw die het beeld opriep.

Alex, die de tekst van het briefje uit haar hoofd kende, wist dat de beschrijving op de website precies overeenkwam met waar de schrijver 'Nick' van had beschuldigd. 'Stel dat het hetzelfde inci-dent betreft?' zei ze.

'Dan behandelen we het net als elk strafrechtelijk onderzoek en slepen we de smeerlappen die het hebben gedaan voor de krijgs-raad.'

Alex verstijfde. Ze vroeg zich af of een krijgsraad tot in het graf kon reiken. En of, in het zeer onwaarschijnlijke geval dat haar vader erbij betrokken was geweest, haar moeder de onthullingen zou overleven.

Hoofdstuk 13

Alex schoof rond het middaguur bij Grant en Chuck aan in de vergaderruimte voor het laatste nieuws over de zaak-Gladden, maar Dan was in geen velden of wegen te bekennen. Om kwart over twaalf kwam hij eindelijk afgepeigerd binnen. 'Alsof ik mijn handen al niet vol heb aan het onderzoek, moet ik nu ook nog de hand van de burgemeester vasthouden.'

Alex keek hem vragend aan.

'Washington heeft al tientallen jaren afgrijselijk hoge misdaadcijfers,' zei Dan.

'Dat de vorige burgemeester coke snoof, hielp ook niet echt,' zei Grant.

'Ja, maar de politieke dieren hier konden altijd wijzen op het kroonjuweel, Georgetown,' zei Dan. 'Dat was veiliger dan Palm Beach, veiliger dan Grosse Pointe. Veiliger dan Palo Alto.'

'Stukken veiliger dan Manhattan,' zei Grant.

Alex voelde al welke kant het op ging. 'Maar nu is er in zijn Georgetown een brave burger vermoord, in zijn eigen huis nog wel...'

Dan knikte. 'Een brave burger die in dezelfde straat woonde als twee senatoren, een ambassadeur en een achterspeler van de Redskins. Hizzoner hing een uur nadat we Gladdens lichaam hadden gevonden al bij Wiatt aan de telefoon met de mededeling dat hij deze misdaad snel opgelost wilde zien.'

Alex kon zich niet voorstellen dat Wiatt dat zomaar had gepikt. 'Ik neem aan dat Wiatt hem heeft gezegd dat-ie de pot op kon.'

'Zo simpel is het niet,' zei Dan. 'Het blijkt dat het AFIP om meer labruimte te kunnen creëren van plan is een aanpalend perceel te kopen dat eigendom is van de gemeente.'

Aha, dacht Alex, politiek als kunstvorm.

'Zo, dat was een vrolijk begin,' zei Dan. 'Hoe staan we ervoor?'

Grant meldde dat zijn Weapons of War-programma de bajonet had geïdentificeerd. Hij had het betreffende wapen niet in zijn verzameling (een feit dat hij met een teleurgesteld tuitmondje opmerkte, als een jongetje wiens ouders hem niet de allernieuwste Grand Theft-game wilden geven). Maar met behulp van Chucks computer had hij de dossiers van de veteranenhospitalen kunnen inzien en hij had ontdekt dat deze wond afkomstig was van een Sovjetbajonet, een Moisin Nagant, die de Noord-Vietnamezen tijdens de oorlog gebruikten.

Alex stak een hand uit naar de foto van het wapen waar Grant mee zwaaide. Ze dacht aan haar vader in Vietnam. Bommen en bajonetten. De risico's die hij elke dag had gelopen. De gespletenheid van de gevaren van de oorlog met daardoorheen de herinneringen aan een vrouw en een dochtertje thuis.

Alex gaf de foto terug en hoorde Chuck vertellen dat het alibi van de dichter waterdicht was. Op het tijdstip dat Ron Gladden was vermoord, had hij zijn grootmoeder bezocht in haar verzorgingshuis, zoals hij elke dinsdagavond deed. En er was geen enkele aanwijzing dat hij ooit bij Gladden thuis was geweest.

Het vinden van de bloemist was gemakkelijk geweest: in een bloemenzaak in Virginia met bijbehorende kas was dinsdag na sluitingstijd ingebroken. De eigenares had aangifte gedaan, ook al was er maar één boeket meegenomen, zodat de glasverzekering zou uitkeren. Pas toen Dan op haar stoep stond, besefte ze dat ook haar bestelauto was meegenomen. Zij had als enige aan het boeket gewerkt, dus het bloed aan de roos, met mannelijk DNA, was van de moordenaar.

Uit de tests voor etnisch gefundeerde genetische ziekten die Alex had gedaan, bleek dat de moordenaar een mutatie in zijn hemoglobine-gen had, een vorm van hemoglobine (Hb) E/bèta-thalassemie. Dat zou niet van invloed zijn op zijn gezondheid, maar zorgde er wel voor dat hij vijfentwintig procent kans had op een kind met ernstige thalassemie in het geval dat de moeder dezelfde mutatie had. Die informatie was voor Alex van belang, niet omdat ze zich zorgen maakte over de toekomstige voortplanting van de moordenaar, maar omdat het suggereerde dat hij uit Zuidoost-Azië kwam, waar deze mutatie behoorlijk vaak voorkwam.

Alle sporen leken op een Vietnamese connectie te wijzen, maar hoe die connectie eruit moest zien, was volstrekt onduidelijk, en ook hoe die kon reiken tot in een chic appartement in Georgetown. Dan zette de telefoon in de vergaderruimte op de speaker en draaide het privénummer van de baas van de vestiging van Ernst & Young in Ho Chi Minh City zoals Saigon tegenwoordig heette. Gregory Ramsey wist niets van Gladdens privéleven in Vietnam en kon zich niet voorstellen dat hij er een had. 'Ron was vaak nog op kantoor wanneer ik om negen of tien uur naar huis ging,' zei Ramsey. Gladdens meerdere was terughoudend als het ging om nadere bijzonderheden over de precieze transacties waar Gladden aan had gewerkt. Maar hij nam geen blad voor de mond toen hij het had over de rol van regelaar die accountantskantoren in Vietnam speelden. 'We worden door bedrijven over de hele wereld ingehuurd om hun entree in Zuidoost-Azië te versoepelen. Toestemming om hier een bedrijf te vestigen betekent bij tientallen instanties in de rij staan. Wij kennen het systeem en weten hoe we iemand erdoorheen moeten loodsen.'

'Waarom willen bedrijven zo graag zakendoen in Vietnam?' vroeg Dan.

'Het is qua grootte het dertiende land van de wereld, met meer inwoners dan alle Europese en bijna alle Zuid-Amerikaanse landen. Bovendien heeft het de hoogste graad van alfabetisme – meer dan negentig procent – en een van de goedkoopste reservoirs aan arbeidskrachten. De mensen hier kunnen bestaan van anderhalve dollar per dag.'

Alex geneerde zich. Voor dat bedrag had ze niet eens haar dagelijkse koffie bij Starbucks.

'Door uw werk hebt u toegang tot veel vertrouwelijke informatie over de ondernemingsplannen van mensen,' zei Dan.

'Optimaal. Maar we worden ook betaald voor onze discretie. Wat we van de ene cliënt horen, zal nooit het oor van een andere cliënt bereiken.'

'Is het mogelijk dat Gladden zich daar niet aan heeft gehouden?'

'Tot nu toe heeft geen enkele cliënt een vreemde actie ondernomen. Wanneer een van hen gedetailleerde informatie over een ander zou hebben, zouden we verschuivingen zien. Een actie om een product sneller op de markt te brengen, of naar olie gaan zoeken bij de boorlocatie van een ander. Hier gedraagt niemand zich alsof hij iets belangrijks weet.'

'Voor welke cliënt heeft Gladden het laatst gewerkt?'

'Dat kan ik u niet zeggen,' zei Ramsey.

Alex, Grant en Dan keken elkaar aan. Ze konden hem niet echt bedreigen met een dagvaarding. Het gezag van de gerechtshoven van Washington D.C. reikte niet tot in Ho Chi Minh City.

'Moet u horen,' zei Dan. 'Hoe vertrouwelijk kan dat nou zijn? U hebt een lijst van klanten op uw website staan.'

'Ik zou u graag helpen, maar geheimhouding is nu eenmaal ons beleid.'

'En als we het nu eens zo doen dat ik u de namen van uw site stuk voor stuk voorlees en u "nee" zegt wanneer het niet zijn laatste cliënt is.' Dan liet hem geen tijd voor een antwoord en ging meteen van start.

'General Electric.'

'Nee.'

'Intel.'

'Nee.'

'Procter and Gamble.'

'Nee.'

'Westport Oil.'

Er heerste stilte op de lijn. Even dachten ze dat de verbinding met Vietnam was verbroken.

'Bent u daar nog, Mr. Ramsey?'

'Ja'

'Bedankt voor uw hulp.'

'Graag gedaan. En laat me weten of ik verder nog iets voor u kan doen. Ron was een prima vent, naar mijn smaak een beetje te flamboyant, maar hij deed het heel goed op kantoor.'

Alex vroeg zich af hoe een prima vent, en een accountant nog wel, met een bajonet in zijn borst kon eindigen.

Toen Alex en Grant de vergaderruimte verlieten, hoorde zij een hese vrouwenstem zeggen: 'Kom eens een keer bij me langs.'

Ze liepen met zijn tweeën door de gang. 'Je gaat me toch niet vertellen dat je je collectie trucjes hebt uitgebreid met buikspreken,' zei Alex.

'Nee. Maar moet je kijken.' Hij haalde een mobiele telefoon uit zijn zak en drukte op een paar knoppen. De stem sprak nu Frans, daarna Russisch, en veranderde toen in een mannenstem die in een voor Alex onbekende taal sprak.

'Vietnamees,' verklaarde hij.

'Wat bedoel je?'

Toen hoorde ze haar eigen vraag terug in het Spaans. '¿Que significa?'

Grant liet haar de telefoon zien; hij leek een beetje op een BlackBerry. 'Voor onze militairen en diplomaten in het buitenland. Hij vertaalt vanuit het Engels naar vijfenveertig verschillende talen, en vice versa. Hij kan ook geschreven teksten, zoals documenten van de vijand, vertalen in geschreven of gesproken Engels.'

Langzaam kwam Alex op nog een mogelijkheid: 'Kan hij ook van geschreven Engels naar gesproken Engels vertalen, en omgekeerd?'

'Fluitje van een cent.'

'Heb je nog een bètatester nodig?'

'Heb je nog niet genoeg te doen? Moord, biologische oorlogvoering, de muziek-scene hier?' Toen Alex tijdens een van Lukes optredens in een club in Arlington Grant tegen het lijf was gelopen, had ze iets moeten zeggen wat maar weinig afgestudeerde artsen van in de dertig zullen zeggen: 'Ik hoor bij de band.'

'Nee, niet ikzelf. Hij zou fantastisch zijn voor Lana, de dochter van Barbara. Die is doof. Dan kan ze in contact blijven met het thuisfront wanneer ze de deur uitgaat.'

'Geen probleem. Wacht, we hebben nog een oudere versie met geschreven-tekst-naar-stem maar zonder vertaalmodule. Die is haar van harte gegund.'

Alex liep met hem mee naar zijn lab waar hij in een la in een grote hoeveelheid chips en kabeltjes spitte en ten slotte een fraai vormgegeven zwart mobieltje tevoorschijn haalde. Hij gaf het aan Alex met de woorden: 'Is ze knap, die dochter van Barbara?'

'Hou op, Grant. Het kind is vijftien.'

Hij grijnsde. 'Vragen kan geen kwaad.'

Terug in haar lab realiseerde Alex zich dat ze in de zaak-Gladden op een dood spoor zat. Ze richtte haar aandacht weer op de boekenkar en pakte de vrouwenschedel. Ze wilde meer van haar te weten komen, dichterbij komen.

Anders dan bij Gladdens moordenaar kon ze op de schedel geen standaard DNA-test uitvoeren. Het soort DNA waarmee haar sequencer werkte, was meestal afkomstig uit de celkern zoals die in bloed, slijm of ander weefsel te vinden was. Dat soort DNA bevatte 30.000 genen, half om half geërfd van elke ouder.

Een schedel kon wel een ander soort DNA opleveren. Mitochondriaal DNA, geërfd van alleen de moeder, bevatte maar 37 genen die de energievoorziening voor de cel verzorgden. In Argentinië hadden genetici met behulp van mitochondriaal DNA van de botten de demonstranten geïdentificeerd die door de junta waren vermoord. De botten van de jonge, idealistische studenten waren geretourneerd naar waar ze hun leven begonnen waren, hun moeders.

Ze schraapte wat bot uit de binnenkant van de schedel en deed het in een enzymenoplossing om het DNA geschikt te maken voor het sequencen. Toen ze de A's, T's, G's en C's van het mitochondriaal DNA van de vrouw zag, voelde Alex zich beter, alsof ze nu officieel aan elkaar waren voorgesteld. Dit DNA was de eerste stap in het identificeren van de vrouw. Ze moest nu alleen nog een levende verwant van moederskant vinden – de moeder zelf, een grootmoeder, of een broer of zus van de dode vrouw – en dan kon ze bepalen van wie de schedel was.

Om een uur of vier liet het slaapgebrek zich gelden en besefte Alex dat ze moest pauzeren om haar hoofd helder te krijgen. Ze zei tegen Dan dat hij haar de komende twee uur op haar mobieltje kon bereiken en richtte de steven van haar T-Bird naar Chevy Chase.

Ze liet haar auto achter in handen van een parkeerbediende in de ingewanden van een nieuw kantoorgebouw van tien verdiepingen. De knaap bekeek de T-Bird met een zekere begeerte. Ze zag voor zich hoe hij er, terwijl zij boven was, mee door de stad zou scheuren. 'Niet de stad ermee uit,' zei ze. 'Ik ben maar even bij Carlisle and Sons.'

De lift had een vloer van perzikkleurig marmer en een donkere lambrisering. Volgens de plattegrond op de begane grond zat Carlisles onderneminkje op de bovenste verdieping. Niet gek voor een vroegtijdige schoolverlater uit West Virginia.

Toen ze op deur van het Carlisle-kantoor klopte, nodigde een vrouwenstem haar uit om binnen te komen. Daar had een spannende vrouw van begin veertig met voortijdig grijs haar in een stijlvolle coupe een pittig gesprek met een FedEx-chauffeur. Ze benadrukte hoe belangrijk het was dat het pakje binnen twee dagen in Phnom Penh was.

Alex hield even de pas in terwijl ze de vrouw opnam. Ze had Carlisle aangezien voor iemand in wiens leven de vrouwen kwamen en gingen, iemand die zijn macht gebruikte om een Playmate of the Month voor zich te laten werken. Maar deze dame leek competent en voortvarend. Alex zou zich in acht moeten nemen. Ze was net zo erg als Troy Nguyen door zonder voldoende informatie meteen klaar te staan met een oordeel.

'En u,' vroeg de vrouw toen de bode weg was, 'wat komt u hier doen?'

Alex stak haar Michael Carlisles naamkaartje toe. 'Ik wil hem spreken.'

De vrouw gaf haar een hand. 'Jij moet Alex zijn,' zei ze. 'Ik ben Ellen Meyer.'

Ze ging Alex voor de gang door. Ze kwamen langs een ruimte die Michaels werkkamer moest zijn. Alex zag een fraaiere rolstoel, voorzien van een computerscherm en een toetsenbord. Ze liepen door naar een kamer van zes bij negen met boekenplanken vanaf de vloer tot ongeveer Alex' hoofd, zodat alle boeken voor iemand in een rolstoel bereikbaar waren. Michael verwelkomde Alex en stelde Ellen voor als zijn zakenpartner.

'Ik ben zo verstandig geweest haar weg te halen bij DuPont, waar ze verantwoordelijk was voor de internationale markten.'

'En in een vlaag van verstandsverbijstering heb ik een goede pensioenvoorziening opgegeven voor deze onzekere baan.'

'Was het om mij of de mijlen? Je moet toegeven dat je je hier kunt uitleven.'

Ellen wendde zich tot Alex. 'Ik ben honderdvijftig dagen per jaar onderweg. Mijn frequent flyer miles kunnen me gestolen worden. Maar hij heeft gelijk, ik hou van mijn werk.'

Alex keek met een scherp oog naar de manier waarop Ellen naar haar 'partner' keek en vroeg zich af of ze niet alleen van haar werk maar ook van de man hield.

Toen Ellen hen alleen had gelaten, bekeek Alex de boeken eens wat nauwkeuriger. De boeken over geschiedenis, economie en politieke filosofie zagen eruit alsof ze vaak geraadpleegd werden. Er lagen er zeker tien opengeslagen op tafel.

'U bent een man vol verrassingen, Mr. Carlisle,' zei Alex.

'Dat werkt altijd in mijn voordeel.'

'Uw huis was heel anders dan ik had verwacht, en nu ik dit zie...'

Hij gebaarde dat ze in een van de gemakkelijke stoelen voor de enige muur zonder boekenkasten moest gaan zitten, een raam van vloer tot plafond met een weids uitzicht. 'Je hebt te veel tv-films gezien,' zei hij. 'Een doorgedraaide Vietnamveteraan...' Hij kwam in zijn kale rolstoel achter haar staan en legde zijn handen zachtjes om haar nek. '... ziet een mooie dokter aan voor een Vietcongstrijder en wurgt haar.'

Hij maakte een eind aan de quasi-wurggreep en gedurende een moment beroerden zijn vingers de zachte huid van haar hals. Daarna haalde hij zijn handen weg en kwam voor haar staan. 'Vietnam-Stresssyndroom? Lulkoek.'

Ze keek naar de goudkleurige coltrui onder zijn dure beige pak. Hij was een aantrekkelijke man en de lijnen in zijn gebruinde gezicht maakten hem eerder interessant dan oud. Robert Redford als een succesvolle steunpilaar in de wereld van het durfkapitaal. Geen man, zo probeerde Alex zichzelf te overtuigen, die in koelen bloede een aantal burgers zou afslachten.

'Ik kan me niet voorstellen dat ik ooit zo'n doorgedraaide veteraan zou zijn die zich ergens op het platteland van Montana verborgen houdt,' ging hij verder. 'Ik ben veel te verslaafd aan een leven vol actie.'

'Waarom heb je dan ontslag uit militaire dienst genomen?'

Michael lachte. 'Ik kon privé hetzelfde doen en er veel meer mee verdienen. Dat wil zeggen, tot mijn ongeluk.'

'En waarom dan nu in zaken?'

Zijn ogen fonkelden. 'Daar kan ik veel meer schade aanrichten. En op het zakelijke slagveld maakt het geen donder uit dat mijn benen niet meer zijn wat ze waren.'

Hij gebaarde met zijn hoofd naar de planken die voor hem niet bereikbaar waren, die vol stonden met wat beleggingsbankiers *deal memento's* noemden: gedenkplaten en sculpturen die herinneren aan belangrijke financiële transacties waarbij bedrijven werden verworven of afgestoten. Carlisle had een forse verzameling van dit soort souvenirs: kleine boortorens, luchtvloten, computerchips, zelfs een miniatuurbekertje van Ben & Jerry. Hij was in ieder geval betrokken geweest bij een paar grote gedwongen bedrijfsovernames.

'Als je er een speelgoedtreintje doorheen laat rijden, heb je een complete stad.'

'Dat is toevallig net de deal waar we mee bezig zijn. We willen een hogesnelheidstrein aanleggen tussen Phnom Penh en Hanoi. Het is net of iedereen een stuk van de Vietnamese taart wil. En om dat te krijgen, moeten ze iemand hebben die het klappen van de zweep kent. Iemand zoals ik.'

'In dat geval zou je zeggen dat Amerika die oorlog uiteindelijk toch heeft gewonnen.'

Met een glimlach reed Carlisle naar een plank met politiek-filosofische teksten – van Aristoteles tot Machiavelli – en schoof een paar delen opzij. Er werd een paneeltje zichtbaar waarop hij een paar toetsen indrukte en met een zwierig gebaar een safedeurtje opende. Toen Alex erin keek, zag ze een revolver op zo te zien een paspoort liggen, een paar doosjes van het soort waar meestal juwelen in zitten, een stapel bankbiljetten en een paar dunne archiefmappen. Hij bladerde even door de mappen en haalde er een foto uit. Nadat hij de safe had gesloten, hield hij de foto zo voor zich dat hij in één oogopslag zowel de foto als de vrouw voor hem kon bekijken.

'Je lijkt heel erg op hem,' zei hij.

Het wonder van recessieve genen, dacht ze. Ze had het blonde haar en de bleke huid van haar vader en leek in niets op haar Roma-kleurige moeder wier grootmoeder Ava vanuit Hongarije naar de VS was geëmigreerd.

Michael Carlisle rolde dichter naar haar toe en liet de foto op haar schoot vallen. Ze pakte hem op en staarde naar haar vader, die ze drie decennia eerder voor het laatst had gezien. Een stroom herinneringen. De keren dat ze voor het ontbijt stilletjes pannenkoekjes hadden gebakken en een uur met hem samen was geweest voordat haar moeder opstond. Zijn bewondering voor elk nieuw dingetje waar ze mee kwam: een pirouette van ballet, een vuurvliegje in een jampot. Ze had wel andere foto's van hem gezien, maar deze niet. Hongerig liet ze haar blik erover gaan in een poging elk detail te onthouden. De manier waarop hij gehurkt zat, zijn wapen op de grond naast zich. Hoe hij zijn ogen dichtkneep tegen de zon, zoals hij soms ook deed als hij lachte. De manier waarop de man helemaal rechts naar hem keek, met een combinatie van angst en respect. Die man was Michael Carlisle.

Alex keek op naar Michael. 'Hoe was hij?' vroeg ze zachtjes.

Hij dacht even na. 'Een fatsoenlijke kerel. En dat was niet gemakkelijk daar.'

'Mag ik de foto houden?' vroeg ze. 'Dat zou ik heel erg op prijs stellen.'

Er trok een lach over zijn gezicht. 'Als je vrijdag met me uit eten gaat.'

Alex overwoog de uitnodiging. Ze wilde nog zoveel meer dingen over haar vader weten. 'Goed, maar ik betaal. Wat eet je het liefst?'

'Alles, behalve rijst,' antwoordde de knappe man in het beige kostuum. 'In Vietnam heb ik genoeg rijst gehad voor de rest van mijn leven.'

Hoofdstuk 14

Terug op het AFIP staarde ze naar de foto van de blonde man van vijfentwintig, haar vader, met zijn brede schouders en twinkelende ogen. Dit was de man die ze als kind had aanbeden. Het was vreemd hem in gerafelde gevechtskleding te zien, met een geweer, bemodderde schoenen. Midden in de jungle, waar overal de dood loerde, was het poetsen tot alles glom veranderd in een gehavende vermoeidheid. Door de samengeknepen ogen waarmee hij de foto uit keek, was het of hij vergeefs probeerde Alex te zien.

Ze zuchtte. Dat was maar al te waar. In haar hart en verbeelding keek ze nog altijd naar hem en hij wist niets van haar. Tenzij je natuurlijk geloofde in wat Troys boek vertelde over de manier waarop de geesten van onze voorvaderen onder ons leven.

Ze staarde naar de foto en vroeg zich af of ze hem zou scannen en naar haar moeder zou mailen. Maar ze realiseerde zich dat het haar te veel van streek zou brengen. Ze zou wel wachten tot ze haar weer zag en het onderwerp dan aanroeren. Ze zette de foto op een plank in haar lab tegen een grote fles met het etiket 'Thioglycollate Medium'.

Ze deed een stap achteruit. Haar hele leven had ze tegen hem opgezien, ook al was hij gesneuveld toen ze nog op de kleuterschool zat. Maar deze foto onderstreepte wat Wiatt had gezegd: het waren toen nog jongens.

Terwijl ze wachtte tot ze werd opgepiept voor een doorbraak in de zaak-Gladden, keerde ze terug naar haar boekenkar. Ze pakte een andere schedel om eraan te werken. Deze viel wat minder op dan de andere omdat hij met licht beige en groen was beschilderd. Nu ze de schedel van dichtbij bekeek, zag ze dat de schilder talent had. Hij had een impressionistisch rijstveld geschilderd, met heel kleine stipjes.

Om deze schedel hing een heel andere sfeer dan bij de andere die ze al had schoongemaakt. De soldaat die dit had gedaan, had de schedel met respect en een zekere integriteit behandeld. Deze schedel had niet dienstgedaan als kandelaar of asbak. De beschildering leek een beroep te doen op het vermogen om de eigen menselijkheid te bewaren, om schoonheid te zien, om uit te stijgen boven de verlammende angst van een jongen in een ver land.

Omstreeks 21.00 uur belde Dan met de mededeling dat de politie de man had opgepakt die de andere homomoord had gepleegd. 'Het ging om een mislukte drugsdeal.'

'Dus een seriemoordenaar kunnen we uitsluiten?'

'Ja. De politie heeft een verband kunnen leggen met Colombia, en wij richten ons op Vietnam.'

Alex bedankte hem dat hij haar op de hoogte hield, hing op en slenterde naar de automaat om iets te eten te scoren. Dr. Troy Nguyen stond er ook; hij trok aan een knop zodat de laatste Cheeto's in de uitgiftebak vielen.

'Shit,' zei Alex. 'Daar gaat mijn avondmaal.'

Hij maakte het zakje open en hield het haar voor. 'Ga uw gang,' zei hij.

Ze stak haar hand in het zakje, voelde de knapperige oranje snippers aan haar vingers en mikte een Cheeto in haar mond. 'Moet u niet thuis eten, bij uw gezin?'

Hij aarzelde even. 'Geen gezin hier.'

Ze liet het even bezinken. 'En uw zoontje dan?'

'Hè?'

'Die honkbalwedstrijd laatst.'

'O, dat is iets van Big Brother waar ik bij betrokken ben, de Vietnamees-Amerikaanse jeugdcompetitie.'

Terwijl hij aan het woord was, dook zij in de zak en kwam met een handvol Cheeto's boven.

'Hier, neem de rest ook maar,' zei hij. 'Ik wil er niet de schuld van krijgen dat u van de honger in uw lab bent flauwgevallen.' Hij gaf haar het zakje, maar ze aarzelde. 'Ik weet iets beters,' zei hij. 'Ik nodig u uit voor een echte maaltijd.'

Hoofdstuk 15

Thai King was helemaal vol, voornamelijk omdat er zo laat nog maar weinig restaurants in de buurt van het AFIP open waren. Terwijl Troy en Alex aan de bar zaten te wachten, bracht een actualiteitenprogramma op een aan de muur hangende tv verslag uit van het nieuwe beleid van de president voor het zoeken naar andere energiebronnen. Maar dit initiatief kreeg minder uitzendtijd dan de wapenfeiten van de vrouw van de vice-president. Blijkbaar was Abby Shane op eigen gelegenheid teruggekeerd naar China waar ze samen met de dochter van president Wang Hui Yu uitgebreid was gaan winkelen in Shanghai. De nieuwslezer sprak van een moederlijke belangstelling die Abby voor het meisje had, maar de foto's vertelden een heel ander verhaal. Zij en Abby kwamen uit een boetiek, allebei in dezelfde pastelkleurige strakke leren broek en leren designer-jack. Ze scheelden maar een paar jaar. De presentator sloot af met de opmerking dat de Second Lady contact had gelegd met de jeugd in China en Shanghai wat, te oordelen naar de beelden, bestond uit het bezoeken van een aantal disco's met een stel Chinese boeven die net als echte criminelen perfect hadden geleerd hun gezicht achter hun jack te verbergen wanneer er een camera opdook. Alex nipte aan haar tweede gin-tonic; een slecht idee, bedacht ze, op een dag met weinig slaap en al even weinig eten. Ze voelde zich een beetje licht in het hoofd worden.

Op de kruk naast hen zat een student met een koptelefoon op het ritme van de muziek tegen de bar te schoppen zodat Troys bier in zijn glas stond te klotsen. Toen er na drie kwartier nog geen zicht op een vrijkomende tafel was, gooide Troy een paar dollarbiljetten op de tapkast en pakte Alex' arm. 'Ik heb een beter idee,' zei hij.

Hij bracht haar naar zijn auto en reed naar een gebouw met vier appartementen in een rustige straat. Ze liepen de trappen naar de bovenste verdieping op waar zijn flat was. Hij bood haar nog een gin-tonic aan, maar zij koos jasmijnthee uit een delicaat porseleinen potje op het aanrecht. Hij zette haar op een kruk aan de kamerkant van een doorgeefluik zodat ze hem kon zien koken.

'Het is zo klaar,' zei hij. Hij had die avond zalm willen eten, maar had niet genoeg voor twee. Dus grilde hij hem en mengde hem met boekweitnoedels, sugar snaps en licht graan. Hij maakte een salade met kruisbessendressing en diende het eten op in de eetkamer.

'Mijn hemel, dit zou ik ook verrukkelijk hebben gevonden wanneer ik niet zo'n honger had gehad,' zei ze.

'Ik vind het prettig om goed te eten, ook als ik alleen ben,' zei hij. 'Ik weet zeker dat het komt door een jeugd zonder genoeg te eten.'

Alex dacht erover na. Ze had altijd genoeg te eten gehad, maar haar jeugd vertoonde andere grote gaten. Zoiets als een inkleurtekening van Norman Rockwell waarvan maar de helft van de cijfertjes was ingekleurd.

Ze keek naar een foto op het dressoir achter Troy. Een Vietnamese vrouw van in de dertig met een halfbloedkleuter. De vrouw op de foto deed haar denken aan de vrouw met de sluier. Wiatt had elke discussie over die schedel en het briefje erin afgekapt. Ze vroeg zich af of ze de kolonel moest vertellen dat ze Michael Carlisle had gesproken, degene die de schedel het land in had gebracht. Nee, nog niet, besloot ze. Ze had tijd nodig om zich te overtuigen van haar vaders onschuld.

Troy volgde haar blik en rekte zich uit om het fraaie bamboelijstje te pakken. 'Dit is mijn moeder. Ik was acht toen ik uit Vietnam wegging.'

'Kwam ze niet mee?'

Hij schudde zijn hoofd en zijn mondhoeken zakten treurig naar beneden. 'Twee jaar na de dood van mijn vader vond mijn moeder troost bij een Amerikaanse soldaat. Vlak voor de val van Saigon stuurde ze me naar mijn oom in Jakarta. Die verhuisde uiteindelijk met me naar de Verenigde Staten, naar Minnesota. Zij is altijd in Vietnam gebleven, wachtend op de terugkeer van haar soldaat.'

Zijn verdriet veranderde in verbittering; hij liet zijn stem een stuk stijgen en deed zijn moeder na: 'Hij heeft beloofd om terug te komen.'

'Wat ellendig.'

Hij wees naar het meisje op de foto. 'Mijn halfzusje Lizzie.'

Alex keek naar het bleke haar, de slungelig lange benen. Duidelijk het kind van de soldaat. 'Waar is ze nu?'

'Die vent is nooit teruggekomen, noch voor haar noch voor mijn moeder. Lizzie probeert al jaren de VS binnen te komen.'

'Ze is het kind van een Amerikaan. Waarom lukt het niet?'

'Omdat er geen bewijzen voor zijn.'

'Maar dat zie je toch aan haar.' Alex dacht aan eerdere vaderschapskwesties, begin negentiende eeuw, lang voor een DNA-test een man aan een kind koppelde. Men hield dan in de rechtszaal een huilende baby op en bepaalde of die op de van vaderschap beschuldigde man leek. Ze durfde er wat om te verwedden dat een heleboel kale kerels met een rode kop ten onrechte tot het onderhoud van een kind waren veroordeeld.

'De wet vertoont een lacune,' zei Troy. Het kind van een Amerikaanse moeder is, waar het ook ter wereld komt, Amerikaans staatsburger. Maar het kind van een Amerikaanse vader is pas Amerikaans staatsburger als hij het kind wettelijk erkent.'

'Dat lijkt me niet eerlijk.'

'Er is zelfs een uitspraak van het Amerikaanse Hooggerechtshof over. De vader was een Amerikaanse soldaat die tijdens de oorlog in Vietnam was gelegerd. Hij nam het kind mee naar de VS om het hier groot te brengen. Toen de jongen in de twintig was, raakte hij in moeilijkheden en werd hij door de Amerikaanse immigratiedienst het land uitgezet. Het maakte niet uit dat de vader hem hier ruim tien jaar had grootgebracht. De pech was dat de man niet volgens de federale wetgeving zijn vaderschap had erkend.'

'Maar er moet toch iets aan te doen zijn?'

Hoofdschuddend zei hij: 'Het ziet er heel slecht uit voor Lizzie. Iedereen gaat ervan uit dat die schattige half-Amerikaantjes na de oorlog Vietnam uit konden, met boten en vliegtuigen. Maar er zijn er honderden die nu helemaal geen land hebben. Vietnam wil ze niet hebben en de VS houden de deur dicht. Sinds de dood van mijn moeder, vijf jaar geleden, woont Lizzie in een kamp voor displaced persons bij de grens met China. Ze is persona non grata; ze is bijna dertig centimeter langer dan de meeste Vietnamese vrouwen en ze heeft tatoeages en ze is koppig, niet direct het soort vrouw dat daar gemakkelijk een man vindt. Dus is ze gedumpt in een kamp dat slecht wordt verzorgd en met afschuwelijk slechte hygiënische toestanden. Ik kan je niet vertellen hoeveel advocaten hier en in Vietnam ik heb betaald om te proberen haar te redden. Geen mens wil proberen een uitspraak van het Hooggerechtshof aan te vechten.'

Alex dacht aan Barbara die al heel wat juridische wonderen had verricht. 'Misschien weet ik iemand die hier geknipt voor is.'

Zijn gezicht vertrok even van woede. 'Dat is zo typisch Amerikaans, denken dat je iets duizenden kilometers verderop wel even kan regelen.' En bijna fluisterend: 'Mijn vader geloofde in jullie, die dacht dat de Amerikanen de Zuid-Vietnamezen wilden helpen. En moet je zien wat het hem heeft opgeleverd.'

Ze volgde zijn blik naar een andere foto. Haar adem stokte toen ze besefte dat het een armzalig kerkhof was.

'We hadden geluk,' zei hij. 'We hebben zijn lichaam bijna intact teruggekregen. Alleen zijn gezicht was weg: een kogel door zijn hoofd. Maar de begraafplaats voor de Zuidelijken, waar hij is begraven, ligt helemaal in puin. De weduwen van de Noordelijken kregen een pensioen, mooie begrafenissen op de Truong Son-begraafplaats bij Dong Ha in Quang Tri. Hun man was een *liet sy*, een martelaar. Mijn moeder werd alleen maar uitgelachen. De familieleden van de Zuid-Vietnamezen, de mensen die jullie geacht werden te helpen, hebben sindsdien voor hun gulheid moeten boeten.'

Alex zat met gebogen hoofd, maar keek Troy nu aan. 'Het spijt me. Ik weet niet wat ik hierop moet zeggen.'

Troy verhief zijn stem. 'Daarom zijn die Trophy Skulls zo belangrijk. Jullie, Amerikanen, denken helemaal niet meer aan die oorlog, behalve wanneer een van jullie politieke kandidaten zich ergens voor moet generen. Heeft hij gediend of heeft hij zich gedrukt? Heeft hij een paar spleetoogvrouwen of -kinderen doodgeschoten tijdens de acties die een oorlogsheld van hem hebben gemaakt? In Vietnam is momenteel een van de best bekeken tv-uitzendingen een programma van een halfuur over de laatste dagen van Vietnamese MIA's. Dat helpt hun nabestaanden hun beenderen te vinden.

De doden zijn lid van het gezin. We vereren hen elke dag en offeren papieren replica's van de dingen die ze in het hiernamaals nodig hebben, zoals kleren, een wasmachine, een piano, noem maar op. Wanneer iemands sterfdatum niet bekend is, of wanneer hun beenderen onvindbaar zijn, zwerft zijn geest doelloos rond en kunnen wij er niet goed voor zorgen.'

Alex keek opnieuw naar de kerkhoffoto en zag dat er een papieren huisje naast stond. 'Is dat het huis van je vader?'

Hij knikte en ze bekeek het van dichterbij. 'Waarom is het papier bij alle ramen omhoog gevouwen?'

Hij schoof wat op zijn stoel en legde zijn handen rustig voor zich op tafel. 'Zo ziet een Vietnamees zichzelf, als een huis met alle ramen open. We zijn duizend jaar lang door vreemden aangevallen: de Chinezen, de Fransen, de Cambodjanen en de Amerikanen. Maar onze cultuur en ons geloof hebben we weten te behouden. Al die mensen van buitenaf waren slechts een boze wind die aan de ene kant ons huis in woei en aan de andere kant weer eruit.'

Alex dacht over haar vaders dood en vroeg zich af wat ze voor hem zou offeren. Haar hart kromp ineen bij de gedachte dat ze zo weinig van hem wist, behalve dan dat hij van haar hield. Had hij hobby's? Hield hij van lezen? Alles wat de vijfjarige Alex van zijn leven wist had plaatsgevonden in de warmte van zijn armen om haar kleine lijfje. Alex besefte dat Troy naar haar zat te kijken en wachtte tot ze iets zou zeggen. Ze kwam terug uit de wolk van herinneringen. 'En jij,' zei ze. 'Wat voor papieren ding zou jij geofferd willen krijgen om je leven in het hiernamaals gemakkelijker te maken?'

Hij antwoordde zonder enige aarzeling. 'Een motorfiets. Die heb ik altijd al gewild.'

Zijn opmerking verbrak de spanning. Ze stonden op om de borden weg te brengen en Alex bood aan af te wassen.

'Nee,' zei hij. 'Ik breng je terug. Je hebt belangrijk werk te doen aan de schedels van mijn landgenoten.'

Alex vroeg zich af of de doden belangrijker konden worden dan de levenden. Neem nou Troy, die haar aanbod om zijn zus te helpen afsloeg, maar anderzijds vond dat ze moest helpen met het identificeren van de schedels van mensen die hij niet kende. Ze bedankte hem voor het maal en daarna reden ze in stilte terug naar het AFIP.

Hoofdstuk 16

De volgende morgen draaide Alex zich om in bed en stak haar hand uit naar Luke. Toen ze een leeg kussen vond, opende ze met een schok haar ogen en herinnerde ze zich dat hij vijfduizend kilometer verderop was.

Ze liet zich uit bed glijden en trok een grote mannenochtendjas aan die zelfs haar, met haar lengte van ruim een meter zeventig, veel te groot was. Ze liep op haar blote voeten naar haar werkhoek, opende een bureaula, pakte er een papiertje uit en draaide het handgeschreven Londense telefoonnummer dat erop stond.

Aan de andere kant klikte een antwoordapparaat aan. *Hey, mates!'* zei een stem. 'Hier de Tuttles. Laat ons weten wat je van ons nieuwste nummer vindt.' Onder de stem zwol een gitaar aan en zangers vielen in. Ze luisterde naar het eerste couplet en constateerde dat Lukes stem er niet bij was. Ze bleef luisteren naar het tweede couplet maar vond het toen belachelijk een intercontinentaal tarief te betalen om naar slechte rock te luisteren. Ze zou op een ander tijdstip nog eens bellen en proberen Luke live te horen te krijgen.

Onder het aankleden was op het ochtendnieuws de jongste aflevering te zien van wat Alex 'Abbygate' noemde. Dag twee van haar bezoek zag er duidelijk heel anders uit. Bezoeken aan ziekenhuizen, kijken naar een toneelstuk op een school. De regering had haar danig gekortwiekt. Maar ze hadden haar niet afgesneden van haar nieuwe vriendin. Ze had Lil, de dochter van de Chinese president, voor de volgende week uitgenodigd op het Witte Huis voor het officiële aansteken van de lichtjes in de kerstboom.

Tijdens de vergadering van tien uur vertelde Dan zijn team wat hij van de directeur van Westport Oil had vernomen. 'De Vietnamese regering gaat de exploitatierechten van een olieveld in het Phu Khanhbekken voor hun zuidkust verkopen,' zei hij. 'Toen ze dat in 2006 deden met de olievelden voor de noordoostkust, vormden zes bedrijven een joint venture die meer dan een miljard vaten heeft gescoord.'

Grant floot zachtjes. 'Zo pak je die kamelendrijvers een keer terug.'

Dan knikte. 'Ron Gladden werd geacht aan informatie over het potentieel van het nieuwe veld te kunnen komen zodat Westport de optiefase kon overslaan en meteen een bod op de boorrechten kon doen. Op die manier kon Westport Shell, British Petroleum en de regeringen van China en Nederland een slag voor zijn. Dan zou een klein bedrijf als Westport ervandoor zijn gegaan met de grote buit. Maar Gladden was de enige die iets van het rapport af wist. Westport heeft Ernst & Young een voorschot van twee miljoen dollar betaald maar hun rapport ging in rook op toen hun medewerker werd vermoord.'

'Hij zal ze vooraf toch wel een soort voorlopig overzicht van de inhoud hebben gegeven?' zei Chuck.

'Nee. Vanuit Vietnam kun je niet veilig e-mailen. Aan hun kant kijken er te veel overheidsdiensten mee. En het werkt niet altijd goed. Onze regering heeft al het mailverkeer begin dit jaar al een aantal maanden stopgezet.'

'En back-ups op zijn kantoorcomputer?' vroeg Chuck. 'Ik kan zijn harde schijf nakijken als jij kunt regelen dat ze die opsturen.'

'Toen Gladden weer naar de VS werd overgeplaatst, hebben ze zijn harde schijf helemaal leeggemaakt voor zijn opvolger.'

Nu begreep Alex beter waarom er bij Gladden was ingebroken: de omgekeerde aktetas en de ontbrekende harde schijf. De moordenaar had blijkbaar achter dat rapport aan gezeten.

'Het spoor voert ons naar Nam,' zei Dan. 'We kunnen vanavond met een transportvliegtuig van de marine naar de Filippijnen en vandaar met een charter naar Ho Chi Minh City. Wie van jullie is helemaal bij met vaccinaties?'

Alex wist dat Dan zelf helemaal bij was. Vaak vierde hij de afsluiting van een zaak door als een speer naar een of ander Verweggistan te vliegen omdat zijn vrouw daar aan het werk was. Hongersnood in Biafra. Een revolutionair leider in Ecuador. De nieuwste Nobel-vredesprijswinnaar in Sudan.

'Ik niet,' zei Chuck hoofdschuddend en met een sip gezicht. Dit had een fantastisch verzetje voor hem kunnen zijn, een spoor volgen buiten de VS.

Grant antwoordde ook ontkennend, maar met een lichtelijk weggetrokken gezicht dat grote kerels soms krijgen bij de gedachte aan een naald.

'Shit, jongens,' zei Dan. 'Jullie zijn toch in dienst gegaan om iets van de wereld te zien?'

Langzaam rijpte er een idee in Alex' hoofd. Ze stak haar hand op. 'Ik kan mee. Omdat ik met infectieziekten werk, heb ik elke vaccinatie gehad die maar denkbaar is. Ook al zouden Chuck en Grant vandaag alle vaccinaties halen, dan nog duurt het een week voor die hun werk doen.'

Dan ademde half fluitend langzaam uit, terwijl hij de voors en tegens van Alex' meegaan afwoog. 'Je bent hier niet voor opgeleid.'

'Ik kan in ieder geval bij de besprekingen zitten en bevestigen wat er is gezegd en gedaan als het tot een rechtszaak komt.' Aan de andere kant, dacht ze, was het misschien beter als Dans ondervragingen plaatsvonden zonder iemand erbij. Hij stond bekend om zijn onorthodoxe methoden. 'En verder is er iets met de schedels wat ik beter ter plaatse kan afhandelen. Daar heb ik vermoedelijk een middag voor nodig.'

'Goed,' zei Dan. 'Maar bij het minste gevaar zit je weer in je hotel of in het vliegtuig naar huis. Begrepen?'

Grant wierp haar een verbijsterde blik toe, alsof hij zich afvroeg wat ze daar als meisje te zoeken had.

'Dan,' zei Alex, 'ik werk dag in dag uit met vergiften. Eén foute beweging, één vergissing met het mengen, één speldenprik in mijn handschoen en ik ben er geweest.'

'Kan wel zijn, Alex, dat is jouw zaak. Maar ik ben niet van plan je tijdens mijn wacht te laten sneuvelen.'

Voor ze naar huis ging om te pakken, liep ze kamer 160 even binnen.

'Misschien ben ik in staat een van de schedels te identificeren,' zei ze tegen Troy.

Zijn meestal bezorgde gezicht lichtte op. 'Hoe?'

'Ik weet bijna zeker dat hij afkomstig is uit een dorpje ten westen van Qui Nhon. En ik heb wat mitochondriaal DNA uit het botweefsel kunnen halen.'

'Dus je kunt de moederlijn volgen?'

Alex knikte.

'Waarom denk je dat je de moeder kunt vinden?' vroeg hij. 'Er zijn zoveel vrouwen die een zoon of zoons hebben verloren, zelfs in een klein gebied.'

'Deze schedel is anders: hij is van een vrouw.'

Alex zag de schok op Troys gezicht.

'Weet je,' zei ze, 'ik wil absoluut geen internationaal incident veroorzaken. We moeten een manier bedenken zodat ik DNA van mensen kan verzamelen zonder de wereld te verklappen dat het hier om de schedel van een vrouw gaat.'

Troy zette grote ogen op. 'Ga je erheen?'

Ze knikte.

'We zouden bloed kunnen vragen tijdens het wekelijkse MIA-programma.'

Alex was faliekant tegen. 'Veel te openlijk.'

Troy dacht even na. 'Ik ken een jurist in die provincie, ene Mr. Kang. Hij heeft me geholpen Lizzie het land uit te krijgen. Hij heeft een broer die arts is.'

Alex knikte. 'Ja, prima.'

'Ten westen van Qui Nhon, zei je?'

'Ja, twee uur lopen.'

Troy opende een la en ontvouwde een kaart. 'Hier ongeveer. Waarschijnlijk Lo Duoc.' Hij wees op een gebied dat iets van de kust af lag, en keek op. 'Heb je enig idee hoe oud de moeder nu zal zijn?'

Te oordelen naar de kiezen van de vrouw en de stevigheid van de schedel was ze toen begin twintig. Aangenomen dat haar moeder bij de geboorte in de jaren vijftig tussen de vijftien en de veertig was, zou ze nu tussen de zeventig en de vijfennegentig zijn geweest. 'Boven de zeventig,' zei Alex. 'Maar als de moeder niet meer leeft, is een van haar kinderen ook goed. Ze hebben allemaal dezelfde mitochondriën.'

Troy werd helemaal enthousiast. 'Ik bel Kang meteen op zijn huisadres. Het is daar elf uur 's avonds, maar ik kan hem vermoedelijk wel uit bed halen.'

Hij vouwde de kaart op en gaf hem aan haar. 'Neem die maar mee. Ik stel je zorg voor de geesten zeer op prijs.'

Ze voelde zich schuldig toen ze de kamer uitging, met de kaart in de hand. Meer over de omsluierde vrouwenschedel te weten komen was maar een van de drijfveren om naar Vietnam te gaan.

Alex verliet Troys kamer in de hoop dat het goed was wat ze deed. Ze voelde een soort verwantschap en verantwoordelijkheid omdat ze de schedel van de jonge vrouw onder haar hoede had. Maar ze voelde er niet voor een diplomatieke wond te slaan die niet zou kunnen genezen – of dingen over haar vader te leren die beter in nevelen gehuld konden blijven.

Hoofdstuk 17

Alex had nog nooit in een militair transportvliegtuig gezeten, en ze had zich voorbereid op een klein, aftands straalvliegtuig zoals je ze in oude films zag, vooral toen Dan het toestel omschreef als een C-40A Clipper van de marine. Toen het tijd werd om aan boord te gaan, zag ze tot haar verbazing dat het op de bekende Boeing 737 leek maar dan een die meer was ingericht voor het vervoer van lading dan van passagiers. De voorraden en uitrusting die het toestel vervoerde, zo vertelde Dan, waren voor een project dat president Cotter had opgezet. In 1992 hadden de VS hun marinebasis in Subic Bay op de Filippijnen gesloten, een basis ter grootte van het gebied van de San Francisco Bay. Na die basis bijna een eeuw te hebben gebruikt, waren de militairen vertrokken met achterlating van onontplofte munitie, chemicaliën, brandstofvoorraden en gevaarlijk afval. Kort na zijn inauguratie had Cotter een Filippijns-Amerikaanse werkgroep opgericht om de basis schoon te maken. De vier andere passagiers, die zeker tien rijen van Dan en Alex af waren gaan zitten, waren de voormalige basiscommandant, een hoge functionaris van de genie en twee onderzoekers van de Environmental Protection Agency.

Dan zat bij het gangpad en Alex bij het raam. Terwijl het toestel bij de startbaan stond te wachten, bladerde hij een stapel jaarverslagen van Westport Oil door. Uit een verzendbon bleek dat de toezichthouder van de beurs ze had laten bezorgen. Ze moest één ding toegeven: als je voor een overheidsdienst werkte, was het verbazingwekkend eenvoudig om informatie bij andere diensten op te vragen. Big Brother was beslist niet alleen *watching*, hij en zijn broers en zussen roddelden er ook lustig op los.

'Ik kan me West Virginia niet voorstellen als een broedplaats voor oliebedrijven,' merkte Alex op.

'Dan vergis je je,' zei Dan en gaf haar het jaarverslag van 1999. Op de omslag stond een afbeelding van een aandelencertificaat van de Ritchie Mineral Resin and Oil Company of West Virginia uit 1869.

Toen ze het verslag doorbladerde, zag ze een foto van een jonge Tommy Shane, advocaat. Dan keek over haar schouder mee. 'Volgens de baas van Westport Oil heeft Shane jarenlang in de raad van commissarissen gezeten. Toen hij vice-president werd, moest hij zijn aandelen in een trust onderbrengen. Iets met federale wetgeving over strijdige belangen.'

Ze bladerde iets verder en stopte bij een andere foto. Daarop stond de president-directeur van Westport Oil naast een bureau in gesprek met een aantrekkelijke secretaresse. 'Is dat niet Abby Shane?' vroeg ze. Ze wist het niet zeker omdat de vrouw er te jong uitzag.

Dan knikte. 'Lang voor ze een Shane was. Bennett Anderson, de baas van Westport, vertelde dat ze slimmer is dan ze eruitziet. Slim genoeg om na een jaartje bij Westport een van de commissarissen, de programmadirecteur van een lokale poot van CBS, zover te krijgen dat hij haar een baantje als weervrouw gaf.'

Eerst CBS, dan Shane. Abby beklom de ladder naar succes via de ene na de andere commissaris, dacht Alex.

'Hoe kwam Westport Oil überhaupt tot het besluit in Vietnam zaken te gaan doen?' vroeg Alex. 'Volgens die man van Ernst & Young in Ho Chi Minh City is het niet gemakkelijk.'

'Anderson is met Shane mee geweest naar Vietnam op een MIA-reis om vermisten te zoeken. Een oom van zijn vrouw is een van de vermisten.'

De start was een beetje woelig, maar toen het vliegtuig op hoogte was, deed Alex haar jasje uit en propte het tegen het raam. Ze wilde tijdens de vlucht zoveel mogelijk slapen zodat ze bij aankomst goed wakker was. Ze was al snel onder zeil en werd weer wakker toen Dan aan haar schouder schudde.

Verbaasd opende ze haar ogen want ze begreep niet waar ze was. De mannen achter in het vliegtuig keken allemaal naar haar.

'Je schreeuwde,' zei Dan. 'Je moet een nachtmerrie hebben gehad.'

Alex probeerde zich te herinneren waar haar onbewuste haar mee naartoe had genomen. 'Ik droomde van spinnen en ratten en Mr. Glover.'

'Mr. Glover?'

Alex schudde haar hoofd. 'Dat was het hoofd van mijn school in Cleveland.'

Dan moest lachen. 'Wat was er zo eng aan hem?'

Alex dacht terug aan haar kleuterschooljaar. 'Zijn manier van kijken en praten. Mijn moeder beschreef hem aan haar vriendinnen als "Alfred Hitchcock zonder diens warmte".'

'Wil je, nu je wakker bent, iets eten?'

Ze schudde haar hoofd. In haar droom was alles langsgekomen waar ze als vijfjarige de meeste angst voor had gehad. Ze was teruggegaan naar de tijd dat haar vader in Vietnam was gesneuveld.

Om, terwijl ze haar gevoelens onderzocht, verdere bemoeienis met Dan uit te sluiten, deed ze haar ogen weer dicht. Ze dacht aan het vliegtuig dat haar vader op zijn eerste uitzending naar Vietnam, in 1971, had meegenomen. Net vierentwintig, jonger dan zij nu was, was hij de jungle in gestuurd. Het was voor hem, net als voor zoveel jonge kerels van zijn generatie, de eerste keer geweest dat hij naar het buitenland ging. Hij was gedwongen geweest afscheid te nemen van zijn jonge vrouw en baby van een jaar. Was hij bang geweest? Opgefokt?

Hij zat toen al een paar jaar in dienst. Misschien had hij tijdens de vlucht zitten kaarten met de jongere jongens in de hoop hun angst te verminderen. Misschien hadden ze het gehad over hun meisje of hun familie. Misschien hadden ze in stilte zitten bidden. Zoals bij zoveel andere gelegenheden in haar leven, voelde Alex een golf van leegte door zich heen rollen. Ze wilde haar vader zoveel vragen, maar dat kon niet.

Ze opende haar ogen en vouwde de kaart van Vietnam open die Troy haar had gegeven. Op de kaart zette ze met een rood en een blauw potlood stippen. Het leek wel op het kinderspelletje waarbij je de puntjes met elkaar moest verbinden. De blauwe stippen waren de plaatsen waar haar vaders eenheid was geweest, de rode die van Michael Carlisles eerdere eenheid.

Toen ze het briefje in de schedel had ontdekt, had ze geen idee gehad waar het voorval had plaatsgevonden. Maar toen ze de beschrijving op de War Crimes Website had gelezen, was ze er bijna zeker van dat het in de buurt van Qui Nhon was geweest, in het dorpje Lo Duoc.

Alex verkrampte en ze besefte dat ze haar adem inhield toen ze de gangen van de twee mannen naging. Ze haalde opgelucht adem toen ze zag dat geen van beiden ooit in de buurt van Lo Duoc gestationeerd was geweest.

Als reactie op haar zucht keek Dan op van zijn lectuur. Hij zag de routes die ze op de kaart had gezet. 'Heb je een grotere tour door Vietnam gepland dan je me hebt gezegd?'

'Nee, ik ga alleen maar na waar mijn vader allemaal is geweest.' Ze wees op de blauwe route. 'Hij is een paar dagen in Ho Chi Minh City geweest, maar nooit in Lo Duoc, de plaats waar ik bloed ga afnemen.'

Dan wierp een blik op de kaart. 'Zo'n oorlog is geen georganiseerde rondreis. Die heli's vlogen overal heen. Bovendien is dat rotlandje niet groter dan New Mexico. De afstanden zijn maar klein. Het is heel goed mogelijk dat je vader wel in Lo Duoc is geweest.'

Hoofdstuk 18

Hun volgende vliegtuig landde op Tan Son Nhut aan de noord-westrand van de stad die vroeger Saigon heette. Eind jaren zestig was het de drukste luchthaven ter wereld geweest qua aantal starts en landingen. Tijdens het taxiën pakte Dan Alex' hand en prevelde zachtjes een gebed voor haar vader en zijn collega-soldaten die in dat deel van de wereld waren omgekomen. Zijn actie verbaasde Alex. Dan was helemaal niet religieus en hij was te jong om daar te hebben gediend. Hij was als marinier uitgezonden naar de Golf en ruim gedecoreerd teruggekomen. Maar de doden van de Vietnamoorlog hingen ook nog dreigend boven de huidige generatie soldaten.

Na zesentwintig uur vliegen kwamen ze aan. Het was zondag negen uur 's avonds volgens Alex' bioklok, maar maandag tien uur 's morgens lokale tijd. In Ho Chi Minh City wist Alex niet wat ze zag: de verbijsterende rijen mensen op motorfietsen die kriskras door elkaar reden. Ze nam het zichzelf kwalijk dat ze zo weinig wist van het land dat zo nadrukkelijk in haar leven aanwezig was. Wanneer ze 'Vietnam' hoorde, dacht ze 'jungle'. In plaats daarvan bevond ze zich in een van dikke dieselwalmen vergeven motorversie van de Indy 500.

Ze zetten hun bagage, inclusief Alex' tanks met vloeibare stikstof voor het vervoer van het DNA, neer in Hotel Majestic. Na te hebben gedoucht en ontbeten lieten ze zich in een taxi naar het kantoor van Ernst & Young brengen.

Toen George Ramsey hen voorging naar zijn werkkamer, vertelde Dan hem wat ze van Anderson hadden gehoord. 'Ik moet weten wat er hier met een oliedeal gebeurt. Wie beslist er over de boorrechten?'

'Bij de laatste grote deal was dat de Vietnamese minister van Binnenlandse Zaken, Huu Duoc Chugai.'

'Wat weet u over hem?'

'Merkwaardige kerel. Een grote jongen in de Communistische Partij, maar hij heeft wel op Harvard een MBA behaald. Na terugkeer leidde hij zijn ministerie als een bedrijf uit de Fortune 500, koos met zorg zijn opvolger en verhuisde naar de Qui Hoc.'

'De wat?' vroeg Dan.

'De Nationale Vergadering, zeg maar hun parlement. Chugai heeft nog een dikke vinger in de pap op zijn ministerie, en nu speelt de politiek een grotere rol in het geheel. Hij richt zich op de presidentsverkiezing van juli volgend jaar waarbij hij de strijd aangaat met "de kroonprins", een lid van de Qui Hoc die de voorkeur heeft van de huidige president.'

'Wanneer valt die beslissing over de Phu Khanh-deal?'

'Volgende week. Wij gaan volledig onderuit wanneer dat verdwenen rapport niet snel boven water komt.'

Alex keek Ramsey aan. 'Is het niet vreemd dat er maar één exemplaar van zo'n belangrijk rapport is?'

Hij schudde zijn hoofd. 'Bedrijfsspionage groeit hier harder dan het toerisme. Gevoelige documenten worden nooit gekopieerd. We gingen er natuurlijk niet van uit dat onze man zou worden vermoord.'

Toen Dan hem vroeg naar Gladdens privéleven, verwees die hen naar de Vietnamese receptioniste. Volgens haar at Gladden meestal laat bij Blue Ginger, een restaurant in een voormalige journalistenclub waar buitenlanders welkom waren. Het restaurant had pompoensoep van het menu geschrapt: dat was wat Amerikaanse krijgsgevangenen tijdens de Vietnamoorlog als hoofdgerecht kregen opgediend. Gladden werkte altijd over en ging dan naar het buitenissig aangeklede restaurant, at er gegrilde tonijn en luisterde er naar de livemuziek.

Hij week maar zelden van die gewoonte af, maar de receptioniste had hem wel een keer op een ongewone plek gezien. Ze was op weg naar de opera toen ze in een zijstraat niet zo ver achter het theater de lange, blonde Gladden zag uittorenen boven de donkerharige mannen in de drukke straat met eettentjes die gerechten serveerden zoals mus en gestoomde zijderups. Ze stond op het punt hem aan te roepen toen een Chinees op hem af ste-vende, hem stevig bij de elleboog pakte en een restaurant in duwde, alsof hij hen uit het zicht wilde hebben. Het had haar zorgen gebaard dat Gladden zich in zo'n buurt had begeven en ze was opgelucht toen hij de volgende dag op het werk was ver-schenen.

'Zag de man eruit als een minnaar?'

Ze keek hem in verwarring aan. 'Nee, hij toonde geen genegen-heid voor Mr. Gladden.'

'Maakte Gladden een bezorgde indruk toen hij de volgende dag op zijn werk verscheen?'

'Nee. Eigenlijk gaf hij meer de indruk dat hij...' Ze zocht naar het goede woord. 'Dat hij ergens trots op was.'

De receptioniste gaf hem de naam van het restaurant waar Gladden in verdwenen was. Xiao Xiong. Dan vroeg of hij even gebruik mocht maken van een scanner, computer en een printer. Eerst reageerde ze wantrouwend en onzeker, maar hij zei dat het hielp bij de opsporing van Gladdens moordenaar.

Hij zou naar het restaurant gaan voor onderzoek, terwijl Alex naar Lo Duoc ging. Misschien had Xiao Xiong meer potjes op het vuur dan mus of zijderups.

Hoofdstuk 19

Toen Alex op het vliegveld van Qui Nhon landde, stond dokter Kang haar in een amechtige oude Jeep op te wachten. Door het lawaai van de carburateur en de ventilatorriem was het bijna onmogelijk om tijdens de rit over de kuilenwegen naar Lo Duoc een gesprek te voeren. Toen Kang een enorme slinger om een gat heen maakte, restant van een mortierinslag tijdens de oorlog, moest Alex snel de stikstoffles achterin grijpen zodat hij niet uit de Jeep zou stuiteren.

Tijdens het nomadische bestaan met haar moeder was Alex vertrouwd geraakt met de ritmes en geuren van tientallen steden en stadjes, maar het dorpje Lo Duoc leek in niets op de plekken die ze kende. De geuren waren nog sterk verweven met het land, overdadige plantengeuren, vleugen van emotie in het zweet en gezwoeg van de mensen die er liepen.

Kang had geregeld dat Alex bloed kon afnemen bij families waarvan tijdens de oorlog in en rond Lo Duoc dochters, moeders of zussen verdwenen waren. In rijen stelden ze zich op om zich door Alex te laten prikken. Ze voelde zich nederig worden door de waardigheid waarmee zelfs jonge kinderen met uitgestoken arm en zonder een kik te geven hun levensbloed kwamen afgeven. Ze was kwaad op zichzelf omdat ze hier alleen iets kwam halen, zonder iets te geven. Er waren zwangere tieners bij met buiken die uitpuilden boven treurig schriele benen. Ze had vitamines voor hen moeten meenemen. Een man met koorts tilde zijn arm voor haar op, maar hij was zo uitgedroogd dat de naald nergens in zijn lichaam vocht kon vinden. Zijn been was ontstoken geraakt door een ongeluk tijdens zijn werk op het land. Waar waren haar hersens geweest dat ze er niet aan had gedacht antibiotica mee te nemen?

Dokter Kang zag de bezorgdheid in haar ogen. 'We weten niet waar we moeten beginnen. Er is zoveel nodig en de gezondheidszorg is zo ontoereikend.' Zijn Engels was goed. Van 1963 tot 1975 had een Nieuw-Zeelands chirurgenteam in het provincieziekenhuis in Qui Nonh burgers behandeld. Kang was als jongetje door hen gefascineerd en na zijn studie medicijnen had hij een co-assistentschap in Nieuw-Zeeland weten te krijgen.

'Ik schaam me dat ik geen medicijnen of verbandmiddelen heb meegenomen,' zei ze. Ze opende haar koffertje. Zij en Dan hadden allebei malariapillen meegekregen, een potje antibiotica en, voor het geval ze in een Vietnamees ziekenhuis moesten worden opgenomen, schone naalden zodat ze niet het gevaar liepen hepatitis of aids op te lopen via naalden die patiënt na patiënt waren gebruikt. Ze liet Kang zien wat erin zat en gaf het hem toen.

Hij bedankte met een plechtige knik.

Omdat hij tijdens de oorlog in deze streek had gewoond, snakte ze ernaar hem te vragen of hij iets wist van een bloedbad daar in de buurt. De gelegenheid deed zich voor toen ze pauzeerden en in de schaduw uitrustten en hun dorst lesten. Alex had uit het hotel een kipsandwich en wat gedroogde banaanschijfjes meegenomen, maar vond het niet passend die ten overstaan van de uitgehongerde bevolking te nuttigen. Ze had een van de zwangere meisjes haar lunch toegeschoven en erop aangedrongen dat ze voldoende zou eten zolang de baby in haar buik groeide.

Een oudere man had Kang trots een stuk geitenkaas gegeven. Hij had de geit naar de bloedafname meegenomen om ermee te pronken. In de schaduw deelde Kang de kaas met Alex, waarna hij een grote stekelige vrucht opensneed en haar een deel van het gele vruchtvlees aanbood. Ze trok haar neus op voor de stank, maar het smaakte zoet als ijs.

'Doerian,' zei hij. 'Zoals wij zeggen: hij stinkt naar de wc en smaakt naar de hemel.'

Alex lachte en likte het laatste beetje doerian van haar vingers. 'Ik vind het ontzettend aardig van u.' En na diep adem te hebben gehaald ging ze verder: 'U hebt met de Amerikanen zeker veel ellende meegemaakt.'

Hij knikte.

'Ik heb gehoord dat er zich, niet ver hiervandaan, iets heeft af-gespeeld waarbij veel onschuldige slachtoffers zijn gevallen.'

Kangs ogen werden speldenknopjes. 'De mensen gaan daar niet meer heen. De geesten zijn te boos en op die plek wil niets meer groeien.'

'Wat weet u ervan af?'

'We woonden toen in Qui Nhon en de stad werd overspoeld door vluchtelingen uit dat plaatsje en andere dorpen. Kort daarop overleed mijn moeder en in mijn dromen verwar ik soms haar dood, bij ons thuis, met de moordpartij daar.'

'Dat moet afschuwelijk zijn geweest. Hoe oud was u toen dat gebeurde?'

'Dat was in 1969. Ik was toen veertien.'

Alex slaakte een diepe zucht van verlichting. Negentien negen-enzestig was twee jaar voor haar vader voor het eerst naar Viet-nam ging.

Kang leek in gedachten verzonken. Alex keek naar de golvende rijstvelden in de verte. Ze had haar vader dertig jaar geleden in Vietnam verloren, en voor de tweede keer toen ze dat briefje had gelezen en aan hem was gaan twijfelen. Maar vandaag had ze hem teruggekregen.

Hoofdstuk 20

Die avond aten Alex en Dan in Ho Chi Minh City in een restaurant aan de rivier. Haar uniform – zwarte coltrui en spijkerbroek – sloeg nergens op in dit tropische klimaat, dus had ze na haar terugkeer uit Lo Duoc een witte jurk met een ruime boothals gekocht. En voor wat extra dollars had de winkelier er een paar elegante leren sandaaltjes bij gedaan.

'Je ziet er schitterend uit,' zei Dan.

Ze wist dat dat niet alleen door de jurk kwam, maar ook door de last die ze kwijt was. Alles om haar heen leek nu dubbel opwindend. Haar neus werd gekieteld door de geur van een haar onbekende vis. Ze wilde naar de kade rennen en in een van de houten boten springen of de straat op stormen en zelf een riksja berijden.

Het kostte haar moeite zich in te houden en te luisteren naar Dans verslag van de gebeurtenissen van die middag. Hij was met een stapel flyers met een foto van Gladden naar restaurant Xiao Xiong gegaan met het idee dat een Chinees en een blonde man opgevallen moesten zijn. Maar er was geen Vietnamees te zien. Het hele restaurant zat vol Chinese mannen van twintig, dertig jaar. De man achter de bar zei dat hij de man op de foto niet herkende, maar hij maakte een nerveuze indruk en keek voortdurend vanuit zijn ooghoek naar een grote kerel aan een hoektafel met allemaal mannen om zich heen.

Dan was op de enorme man toegelopen. De anderen aan de tafel hielden op met eten en keken vragend naar hun baas. Die klapte in zijn handen ten teken dat ze zich rustig moesten houden. Hij nam de foto aan en zei zonder die te bekijken: 'Nooit gezien.'

'Vreemd,' zei Dan. 'Ik heb gehoord dat hij uw vriendje was.'

Een van de mannen aan de tafel stond op en haalde uit naar Dan. De marinier ontweek hem en de vleesbonk zei iets in het Chinees. De man ging zitten, ziedend.

'Wat is er met de man van de foto gebeurd?' vroeg de leider.

'Hij is vermoord,' zei Dan.

'Zuidoost-Azië kan een gevaarlijke plek zijn voor Amerikanen. Ik dacht dat ze dat wel hadden geleerd.'

Dan keerde de man de rug toe en begon flyers uit te delen aan de andere gasten en wees daarbij op het gratis internationale telefoonnummer onder op de flyer. 'We stellen geen vragen als u belt met informatie over de knaap. Dus wie weet?' Hij keek de zaal door en wreef zijn vingers tegen elkaar alsof er geld in zat. 'Het is de moeite waard.'

Toen Dan zijn rekening betaalde, had de man achter de bar hem bij het teruggeven van het wisselgeld recht aangekeken. Waarop Dan de fooi met een biljet van twintig dollar had verhoogd.

'Twee straten verderop heb ik het wisselgeld bekeken.' Dan gaf Alex een biljet van vijfduizend dong. De bartender had erop geschreven: Ly Chinh. Phu Khanh.

'Is Ly Chinh een persoon? Iemand die iets met het boorproject te maken heeft?' vroeg Alex.

'Dat dacht ik eerst ook, maar het bleek een bar te zijn. Een bar waar een moord werd gepleegd enkele dagen voordat Gladden naar de VS terugkeerde. We hebben voor morgen een afspraak met een lokale diender. Over de telefoon wilde hij niet veel kwijt, alleen dat de moordenaar nog niet is gevonden.'

Hun eten arriveerde en Dan vroeg Alex hoe het die middag met haar project was gegaan. 'Fantastisch,' zei ze met de gedachte aan haar vader. En ze voegde eraan toe: 'Ik hoop dat ik, als ik weer in mijn lab ben, een van de families met de schedel in verband kan brengen.'

De volgende dag vlogen Dan en Alex in een klein vliegtuig naar een verwaarloosd vliegveldje in de regio Phu Khanh, en vandaar namen ze een bus naar de haven bij het off-shore olieveld waar Westport Oil op had willen bieden. De bar en het politiebureau lagen beide een paar kilometer van de haven. Dan en Alex begonnen aan de wandeling naar het adres dat Dan van inspecteur

Ngoc Heip had gekregen. De mannen die hen onderweg rokend en spottend aankeken, leken het hier voor het zeggen te hebben. Zonder het zich bewust te zijn, klopte Dan onder zijn arm waar normaliter zijn holster zat. Maar zijn Beretta was er natuurlijk niet. Een bezoek aan een paar accountants was geen rechtvaardiging voor alle paperassen die nodig waren om een wapen door de douane te krijgen.

De groezelige types die hem onderzoekend bekeken, toonden iets meer respect nadat hij op zijn jasje had geklopt. Ze hadden niet door dat hij ongewapend was. Maar ze dromden wel meer samen. Alex begon na te denken over de vraag hoe Dan en zij zich deze opdringerige kerels van het lijf konden houden. Dan sloeg beschermend een arm om haar heen, klaar om haar een ferme zet te geven in de richting die op dat moment het veiligst was.

Een stuk verderop kwam een stelletje een bar uit gestruikeld en trok de aandacht van de mannen. Misschien leken ze een gemakkelijker prooi, of misschien werden ze afgeschrikt door Dans 'wapen'.

'Het zijn net New Yorkse kakkerlakken,' zei Dan. 'Hoe goed mijn moeder onze flat in Brooklyn ook schoonhield, die glanzende bruine spikkels schoten altijd weer over de vloer. Op sommige plaatsen raak je ongedierte zomaar niet kwijt.'

Alex volgde Dan een haveloos houten gebouw in op het adres dat de inspecteur had gegeven. De man liet hen in de ontvangstruimte met houten banken eerst een tijd in hun sop gaarkoken. Een diender achter de balie deed of hij geen Engels kende, maar hij had wel een Brits wetboek voor zich liggen.

De inspecteur kwam na een halfuur tevoorschijn. Hij zag dat Dan in de veertig was, net als hijzelf, te jong om in Vietnam te hebben gevochten. Dat leek de vijandigheid die Ngoc Heip in het telefonische contact had getoond te verminderen. Daarentegen leek hij zich door Alex' aanwezigheid niet op zijn gemak te voelen.

'En vanwaar uw belangstelling voor een kroeggevecht in een armzalig havenstadje?' vroeg hij in vormelijk Engels met een Brits accent.

'We onderzoeken een moord in de VS die verband kan houden met de moord in de bar,' zei Dan.

'Dat lijkt me hoogst onwaarschijnlijk.'

'Om ons een plezier te doen dan.'

Heip liep naar een archiefkast en haalde er een dossiermap uit. Terwijl hij erin keek, hield hij hem dicht tegen zijn borst. 'Wat wilt u precies weten?'

'Onze man, een Amerikaan, is misschien vermoord uit wraak. Hij heeft Vietnam enkele dagen na de moord verlaten. We proberen een verband te vinden.'

Heip liet Dan een foto zien. 'Hij is misschien te erg voor de jongedame.'

Alex verstrakte. 'Ik ben arts.'

'Zoals u wilt.' Heip schoof haar de foto onder haar neus.

Geen Vietnamese man, zoals ze had verwacht. Een Brit, wiens gezicht tot moes was geslagen in een wit overhemd doordrenkt met bloed.

'Wat deed hij hier?' vroeg Alex.

Heip bladerde door het dossier. 'Cameron Alistair. Geoloog die hier voor een bepaalde opdracht was.'

Alex wendde zich tot Dan. 'Denk jij dat Gladden hem misschien heeft vermoord?'

Heip liet een luid gesnuif horen. 'Hij is vermoord door een Chinees die we nog niet hebben gevonden. Maar we hebben hier door de drank voortdurend van die vechtpartijen.'

'Deze Alistair ziet er niet uit als een drankzuchtig type,' zei Alex. Zijn gezicht vertoonde geen enkel teken van chronisch alcoholisme.

Heip keek in het dossier en gaf haar met tegenzin gelijk. 'Volgens de barman had hij twee biertjes op.'

'Wie is er begonnen?' vroeg Dan.

'Ly Chinh is niet het soort oord waar iemand toegeeft iets te hebben gezien. Tegen de tijd dat wij op het toneel verschenen, was bijna iedereen alle kanten op gestoven. De barman beweerde dat hij, toen het gevecht uitbrak, achter was om nieuwe glazen te halen. Hij kwam terug toen hij iemand hoorde vallen en hij zag een Chinees naar buiten rennen, met de jas van de dode.'

Dan dacht even na. 'Zijn jas?'

Heip liet zijn blik op Dans shabby regenjas vallen. 'Het was een oude jas volgens de barman. Vermoedelijk niet veel beter dan die van u. Ik weet niet goed wat hij ermee moest.'

'Bent u uit DNA-proeven iets meer over de moordenaar te weten gekomen?' vroeg Alex.

Heip snoof opnieuw. 'U bent al net zo'n dromer als agent Duoc hier.' Hij knikte in de richting van de man achter de balie, die driftig in het Britse boek over forensische wetenschap zat te lezen. 'We hebben amper geld voor wapens, dus al helemaal niet voor laboratoriummateriaal. Behalve als iemand pal voor onze neus wordt vermoord, leiden onze onderzoeken meestal tot niets. Het grootste deel van de tijd zijn we met papieren bezig, sturen we rapporten over de criminaliteit naar de Centrale Partij. En we schieten een paar, hoe noem je dat, boeven neer als we ze op heterdaad kunnen betrappen.'

'En het onderzoek van Alistairs appartement?' vroeg Dan.

Weer een lach. 'Dat was alweer aan een ander verhuurd. Mr. Alistair zou die avond naar Cambridge vliegen. Zijn werk hier zat erop.'

'U hebt toch zeker wel iets van een spoor?' zei Alex.

'De dader was een Chinees. Dat betekent dat we ons kunnen beperken tot de 84.000 Chinezen die in Vietnam wonen. Tenzij het natuurlijk een Chinese toerist is geweest.'

Dit leidt tot niets, dacht Alex. Daar was Dan het kennelijk mee eens, want even later bedankte hij de inspecteur en stonden ze weer op straat.

Terug bij de haven belde Dan met de receptioniste van Ernst & Young. Toen hij ophing kon hij melden dat Gladden eerder op de dag dat Cameron Alistair was vermoord een ontmoeting met hem had gehad die betrekking had op Westport Oil.

'Waar gaan we nu heen?'

'Naar huis. Ik regel dat een Chinees-Amerikaanse MP van de Filippijnen de sporen in het restaurant in Ho Chi Minh City volgt. Wij kunnen het spoor in de VS weer oppakken.'

Hoofdstuk 21

Toen ze op de marinebasis van Norfolk landden, was het vrijdagmorgen acht uur. Dan gaf Alex opdracht rechtstreeks naar huis te gaan, maar in plaats daarvan ging ze naar haar lab.

Daar aangekomen opende ze het tankje met vloeibare stikstof en terwijl ze de damp die eruit opsteeg wegwuifde, bracht ze de bloedmonsters over in een tank in het lab. Troy kwam met thee en een paar loempia's. 'Ik wil dat je je concentreert op het bloed en niet buiten je lab komt,' zei hij.

'Nou, laat me dan aan het werk gaan.'

Op weg naar buiten bleef Troy staan om naar de op zijn kant liggende vrouwenschedel te kijken. Zijn blik viel op de kartelige nekrand waar de botten gebroken waren. Hij zei niets bij het weggaan, maar zijn ogen waren woedende spleetjes.

Hij was weg voor Alex kon reageren. Ze wist niet goed hoe iemand de pijn voor de familie van die vrouw ongedaan kon maken. Maar ze was ervan overtuigd dat het analyseren van de monsters in de tank een stap in de goede richting was. Omdat het bloedbad in 1969 had plaatsgehad en de vrouw op dat tijdstip al dood was geweest, analyseerde ze alleen bloed van families die dochters hadden gehad die rond die tijd waren verdwenen. Tegen de middag had ze twintig families afgehandeld zonder een match te hebben gevonden. Ze kreeg een beetje het gevoel dat ze de zaak had geflest. Had ze tientallen mensen valse hoop gegeven?

Ze keek naar de vrouwenschedel die haar bezigheden in het oog hield. Ze pakte een volgend monster uit de tank, haalde er met het Gentra-apparaat de DNA uit en begon daarna de sequentie van de DNA van het monster te bepalen. Terwijl de sequencer draaide en één voor één als een snoer van kralen een reeks chemische letters uitspuugde, voerde ze de naam en het adres van de familie in de computer in. Het monster was gegeven door de moeder van een vermiste vrouw, Binh Trang. Net op het moment dat de sequencer klaar was, kwam ze bij het apparaat terug.

De plompe machine had als een zwijgzame, vierkante boeddha goedgunstig naar het monster gekeken. Het mitochondriaal DNA kwam overeen met dat van de vrouwenschedel.

Alex voelde zich trots. Ze had de schedel van de vrouw geïdentificeerd binnen het belachelijk krappe tijdsbestek dat Wiatt haar had opgelegd. Het Witte Huis kon de familie van de vrouw uitnodigen voor de overhandiging.

Ze belde Wiatt en vervolgens Troy. Troy nam meteen op. De opwinding in Alex' stem bij het noemen van zijn naam verried de uitslag nog voor ze haar mond verder opendeed.

'Ik kom er nu aan,' zei hij.

In Vietnam was het middernacht. Troy belde. Hij had dan wel geen opleiding tot rouwbegeleider gehad, hij wist wel dat de mededeling dat ze haar dochter misschien terugkreeg voor Binh Trang iets van de zwaarte van het verdriet waar ze drie decennia onder gebukt was gegaan kon wegnemen. Troy hield zijn hand voor de hoorn en vertaalde voor Alex wat de vrouw op dat moment tegen hem zei. 'Ze zegt dat ze altijd heeft geweten dat ze haar dochter zou terugkrijgen. De naam van de moeder betekent "vrede" in het Vietnamees.'

Troy ging verder met het gesprek. Wat hij zei bleef voor Alex onduidelijk.

Ze bestudeerde hem zoals hij aan het woord was. Hij was laaiend enthousiast dat hij dit telefoontje kon plegen. Maar allengs klonk hij bedrukter. Hij sprak Vietnamees, maar Alex zag een uitdrukking van ongeloof op zijn gezicht verschijnen.

Nadat hij had opgehangen, was hij stil. 'Ik dacht dat een van de Amerikaanse soldaten haar dit had aangedaan,' zei hij, wijzend op de kartels aan de onderrand van de schedel. 'Daar moet ik mijn verontschuldigingen voor aanbieden. Ze heeft zich opgehangen.'

Ook Alex was overhaast tot de onjuiste conclusie gekomen.

Troy ging verder. 'Voor ze haar fatsoenlijk konden begraven, braken er in dat gebied gevechten uit, en toen de familie terugkwam, was haar lichaam verdwenen.'

Het gaf Alex een vreemd gevoel van Troy een verontschuldiging te krijgen. Misschien was de dood van de jonge vrouw niet veroorzaakt door Amerikaanse soldaten. Maar het briefje in haar schedel was het bewijs dat er een geweldsincident van grotere omvang had plaatsgehad. En het identificeren van de schedel was voor Alex de eerste stap op weg naar de identificatie van de soldaten die onschuldige burgers hadden gedood.

Na het succes met de schedel waagde Alex zich aan een poging tot het oplossen van een ander probleem. Ze bracht een bezoek aan Barbara en vroeg haar hoe Troys zus Lizzie naar de Verenigde Staten zou kunnen emigreren.

'Zo te horen heb je een wapenstilstand gesloten met je vervelende psychiater,' zei Barbara.

'Het gaat me niet zozeer om Troy als wel om zijn zus. Ik weet wat het is om zonder vader op te groeien.' Net als Lana, dacht Alex erachteraan, maar ze wilde haar vriendin niet met zo'n opmerking beledigen.

'Vind je het leuk om vanavond bij mij en Lana te komen eten?' vroeg Barbara.

'Ik heb andere plannen.'

Barbara trok een wenkbrauw op. 'Plannen die je niet hebt voorgelegd aan mama Findlay? Zaken of een pleziertje?'

Alex dacht even na. 'Allebei, denk ik.'

Daarna ging ze naar huis voor een broodnodig dutje voor het etentje.

Hoofdstuk 22

Het vinden van een rijstvrij restaurant was heel wat moeilijker dan ze had gedacht. Cubaanse restaurants hadden zwarte bonen met rijst. Bij de Italiaanse was het risotto wat de klok sloeg. Japanse? Die al helemaal niet met hun rauwe vis op rijst. En Southern food had jambalaya.

Alex liet haar keus uiteindelijk vallen op het trendy restaurant Fare dat zich beroemde op Amerikaanse gerechten – burgers met ganzenlever, clubsandwiches met filet mignon en kreeft – moderne video art en ruime zitplaatsen. Er was genoeg te doen om een gesprek gaande te houden, en het was toegankelijk voor iemand in een rolstoel. Alsof Michael toegankelijkheid nodig had. Hij leek haar iemand die nog eerder met zijn rolstoel als was het een terreinwagen over de tafels zou klimmen dan zich te laten weerhouden daar te komen waar hij wilde zijn.

Hij was vroeg gekomen en had de beste tafel weten te bemachtigen, het verst van de andere vandaan, in zijn eigen enclave. Op de muur tegenover hem was een metershoge video van een blonde dame met lipstick die ogenschijnlijk in gesprek was met een vriendelijk ogende oudere man op de muur achter Michael. Alex ging zitten en hij wees op vier knoppen op hun tafel. Met twee ervan kon je het gezicht van de man of de vrouw veranderen, met de andere twee de stemming: smekende vrouw en afwijzende man. Agressieve vrouw en kwaaie man. Erotische vrouw en onzekere man.

'Voor het geval we geen gespreksstof meer hebben?' vroeg Alex.

Hij boog zich in zijn rolstoel naar voren. 'Ik heb niet het idee dat mannen zich in jouw gezelschap snel vervelen.'

'Dat zei mijn baas vorige week ook al. Hij verlangde naar de jaren V.A., Voor Alex.'

'Wat had je gedaan? Een schaap gekloneerd?'

De wijnkelner kwam hun kant op. Zoals al het personeel had hij een bowlingshirt met het plaatje van een Amerikaanse staat erop. Het zijne was van Texas, met lasso's op de borst. Hij bracht hun een zilveren blad met een fles met een amberkleurige drank en twee kristallen glazen.

'Heb jij besteld?' vroeg Alex.

'Ik zag een bourbon van tweeëntwintig jaar oud op de kaart staan.'

Mr. Texas schonk de glazen in en Michael hief het zijne om te toasten. 'Op de schedel die ons heeft samengebracht,' zei hij. 'Dat hij ruste in vrede.'

'Het is geen hij.'

Dat leek Michael te verrassen. Hij floot zachtjes. 'Wat een klotenoorlog.'

Ze knikte. 'Er is eigenlijk heel veel gebeurd sinds onze laatste ontmoeting. Ik ben naar Lo Duoc geweest.'

Ze lette op zijn reactie, iets van angst of schuld. Maar in plaats daarvan begon hij te lachen. 'Nu je het land hebt gezien, kun je misschien begrijpen waarom ik elke kans om erheen te gaan aangrijp.'

Ze dacht aan de rijstvelden en de waterbuffels buiten de stad, de pittige geuren en de overdadige plantengroei.

'Het heeft een elegant ritme,' ging hij verder. 'Bijna iedereen leeft van een dollar per dag. Ze bestaan van wat het land opbrengt, leven op het land waar de meeste mensen nog nooit een toilet hebben doorgespoeld. Daar heb ik geleerd dat ik niet hoef te leven in een land waar ik uit dertig merken deodorant kan kiezen.'

'Doen je reizen je niet denken aan...' ze worstelde ermee; het lukte haar niet rechtstreeks de oorlog te noemen, '... aan je eerste keer daar?'

'Wanneer ik terugdenk, probeer ik vooral de herinnering op te roepen aan de vrouwen in ranke bootjes en witte kleren die op het ondiepe water armen vol lotussen verzamelden. Dat beeld loutert de andere herinneringen, de rauwe die onverwacht opduiken. Zoals een stapel lijken van een bombardement door mijn eerste squadron. Mijn maat Andy en ik legden ze allemaal op een rij en dekten ze een voor een af met een stuk dekzeil met het idee dat we ze zo eer bewezen. Maar ze werden er alleen maar anoniem door. Identieke bulten met voeten die onder het dekzeil uitstaken. Op één vent na, wiens linkerbeen was afgerukt. Ik zie altijd nog die ene schoen uitsteken.'

Alex huiverde bij dit aangrijpende beeld. Toen kwam de serveerster met een bowlingshirt met Colorado erop. Ze had alleen oog voor Michael en boog zich naar hem over zodat hij een blik tussen haar Rocky Mountains kon werpen. Hij bestelde een kotelet met ahornsiroop. De serveerster draaide zich naar Alex, bijna alsof ze haar vergeten was, en noteerde met tegenzin haar bestelling: een omelet met asperge en kruiden.

'Tijdens de oorlog gebruikte ik bij de acties elke cel in mijn lichaam,' zei Michael. 'Alsof je tien zintuigen extra hebt. En dan kom je hier terug en hoef je er maar vijf te gebruiken. Het is alsof je daar een volledig ontwikkeld menselijk organisme bent, en als je hier komt in plankton verandert.'

'Een merkwaardige manier van denken,' zei Alex. 'Ik zou denken dat de meeste mensen blij zijn dat ze uit de gevarenzone zijn. Het klinkt bijna alsof je het mist.'

'Het is moeilijk uit te leggen. Er was niets wat me in de weg zat. Ik had niets aan mijn negen jaar school, aan wie ik kende, aan hoeveel geld ik wel of niet had. Het enige wat gold was hoe ik die extra zintuigen gebruikte.'

Michael stak zijn hand in de aktetas naast zijn stoel. 'Ik heb nog een foto gevonden, genomen door een van de Donut Dollies.'

'Donut Dollies?'

'Ja, de vrouwen van het Rode Kruis die ons met een vliegtuig eten en spelletjes kwamen brengen. En soms zelfs donuts.'

Alex pakte de foto aan. Het was haar vader en profil, met zijn jeugdige korte haar boven een gezicht met een vaag lachje. Hij maakte een weemoedige indruk, en leek veel jonger dan op de andere oorlogsfoto's van hem. Ook de compositie drukte gevoel uit. De fotografe had duidelijk om haar onderwerp gegeven. 'Waar is die genomen?'

'In een dorpje in de buurt van Khe Sanh. De dag ervoor waren we betrokken geweest bij een fel vuurgevecht in een belangrijke gevechtszone daar in de buurt. Ze hadden ons gezegd dat het een normale missie was om een neergehaalde piloot te redden, maar de Vietcong had een zware hinderlaag gelegd. Je vader schreeuwde bevelen, maar die gingen verloren in het schieten en de kreten van de dorpelingen. Vier van onze mensen sneuvelden, en je vader schold via de radio de vent verrot die ons daar zonder ondersteuning naartoe had gestuurd. Na afloop hadden we dat fantastische gevoel van nog in leven te zijn, die combinatie van pure vreugde en hevige schuld omdat je het hebt overleefd.'

Maar uiteindelijk had haar vader het niet overleefd. 'Het is me nooit gelukt die oorlog helemaal achter me te laten,' bekende ze. 'Maar dat is iets persoonlijks. Het is vreemd beroepshalve betrokken te zijn bij iets wat zich ook op oorlog richt.'

Haar omelet werd opgediend. 'Ontbijt als diner?'

Alex prikte wat omelet op haar vork en bracht hem naar haar mond. 'Bedoel je dat het een verkeerde keuze is?'

Hij boog zich naar haar toe en aaide even over haar pols toen de vork haar mond naderde. 'Nee, het is geen verkeerde keuze,' zei hij. Ze wist dat hij op meer dan alleen haar voedselkeuze doelde.

'Wat herinner jij je van een zekere Nick?'

Zijn ogen vernauwden zich enigszins en het was of hij heel ver weg was. 'Vreemde vraag. Ik ken niemand die zo heet. Waarom vraag je dat?'

'Er zat een briefje in de schedel die jij het land in hebt gebracht met die naam erin.'

'O ja? Iets dramatisch?' Hij begon op zijn gemak op de knoppen op tafel te drukken en de video's te veranderen terwijl hij naar haar antwoord luisterde.

'Dat onderzoeken we nu.'

'Het is lang geleden. Een heleboel van de jongens die daarheen zijn gestuurd, hebben alleen als kanonnenvoer gediend. Alle kans dat die Nick dood en begraven is.'

'Ze had ook vier sigaretten in haar mond. Zegt jou dat iets?'

'God, daar heb ik jarenlang niet meer aan gedacht,' zei hij. 'Die dateren van een van mijn laatste dagen daar, na dat vuurgevecht waar ik het net over had.'

'Waarom vier?'

Michael zweeg. Even later zei hij: 'Eén voor elke man die die dag bij Khe Sanh was gesneuveld. Iemand die ter dood veroordeeld is, krijgt een laatste sigaret, maar onze soldaten kregen zelfs dat niet. Het was een eenvoudig ritueel. Vier van ons namen voor hen hun laatste trekje.'

Troy had haar verteld over Vietnamese doodsrituelen, maar uit Michaels woorden werd haar duidelijk dat elke cultuur er alles aan doet om de overgang van haar doden te vergemakkelijken.

Het volgende halfuur ging hun gesprek alle kanten op. Hij werd gestimuleerd door haar indrukken van Vietnam en zij was dankbaar voor elke kleinigheid over haar vader. Ze vertelde hem over Troys zus en de bikkelharde uitspraak van het Hooggerechtshof. Ze bestelden een dessert en speelden allebei met de knoppen op tafel en creëerden een merkwaardige verzameling videostellen die elkaar over de tafel heen onhoorbaar toespraken.

'Kies je favoriete vrouw,' zei Alex.

Hij klikte de eerste op, met een duidelijk opgepepte borstpartij. 'Niet slim genoeg,' zei hij.

De tweede, een brunette met een bril, voldeed ook niet. 'Niet interessant genoeg.' Er volgde een reeks klikken gevolgd door afkeuringen. 'Veel te neurotisch.' 'Wat een ego!' 'Te schijterig.' 'Lijkt veel te veel op onze serveerster.'

Hij bukte zich naar de stekker naast de tafel. Hij trok hem uit het contact en het scherm achter Alex werd zwart. Haar lange, golvende lokken tekenden zich nu duidelijk af tegen het donkere scherm.

'Kijk, deze vrouw vind ik intrigerend,' zei Michael.

Maar voor Alex antwoord kon geven, kwam de bedrijfsleider aangesneld. 'Het spijt me dat de video het niet doet,' zei de jonge man met de kaart van Californië op zijn shirt. 'Ik laat onmiddellijk onze technische man komen.'

Alex en Michael lachten samenzweerderig. Toen de bedrijfsleider weg was, zei Michael: 'Niemand verwacht van een invalide dat hij zich misdraagt.' Hij stopte de stekker weer in het contact. 'Als je in een rolstoel zit, kom je zelfs nog weg met moord.'

Toen de videovrouw weer flikkerend op het scherm verscheen, knikte de opgeluchte bedrijfsleider hen door de zaal heen toe. Alex verontschuldigde zich en ging naar het toilet. Ze verheugde zich erop meer over haar vader te weten te komen, en ook – dat moest ze toegeven – over deze man. Kon ze interesse opbrengen voor hem? Ze trok altijd op met jongere mannen, musici, kunstenaars, acteurs, dichters van achter in de twintig. Deze man was oud genoeg om, inderdaad, haar vader te zijn.

Op weg naar hun tafel gaf ze in het voorbijgaan haar creditcard aan de serveerster. Ze wilde hoe dan ook betalen. De serveerster keek naar Alex' spijkerbroek en daarna door de zaal naar haar aantrekkelijke oudere tafelgenoot.

'Schat, zo'n vent kan zich jou best veroorloven,' zei ze. 'Zo verpest je het voor ons allemaal.'

'Hij kan zich er wel tien veroorloven,' zei Alex. 'Maar toch wil ik dat je het van mijn kaart afschrijft.'

Toen ze zich omdraaide, klapte Michael net zijn mobieltje dicht. 'Mijn jongste deal loopt een beetje mis, dus ik moet ingrijpen.'

Alex drukte op de knop tot er een motorrijder op het videoscherm achter hem verscheen. 'Dan zoek ik mijn heil maar weer bij mijn oude vriendje.'

Hij pakte haar hand. 'Laat de hoop nog niet varen. Als je donderdagavond komt, maak ik eten.'

Ze genoot van de lichte huivering van gevaar die ze voelde bij het idee weer in het bos te zijn. 'Ja, waarom niet? Hoe laat?'

'Acht uur. Ik kies ingrediënten van A tot Z...'

'Van artisjok tot zwezerik?'

'... zodat alles waar je lichaam naar hunkert er is.'

Hoofdstuk 23

De bediende bij Fare reed Michaels oude voertuig voor: een minstens tien jaar oude VW-bestel met een kenteken uit West Virginia. Michael moest lachen om Alex' reactie. 'Een maat van me heeft er na het ongeluk het een en ander in geïnstalleerd.'

Hij opende het bestuurdersportier en Alex keek erin.

'"Het een en ander" is zwak uitgedrukt,' zei ze. Het interieur van de bus leek wel een Space Shuttle die zich voordeed als een vriendelijke Kever. De passagiersstoel was eruit gehaald en met een druk op de knop kwam er een hellingbaan naar buiten zodat Michael de wagen in kon rijden. Tijdens het omhooggaan kwam hij op een punt oog in oog met haar. Hij legde zijn hand in haar nek, bracht zijn gezicht naar het hare en kuste haar. Ze rook zijn aftershave en snoof de mix van peer en peper op die ze herkende als Nino Cerruti. De liefkozing in haar nek wond haar op en ze beantwoordde zijn kus met een verve die de bediende leek te amuseren. Ze stapte achteruit en haalde diep adem.

Ze zag dat de achterbank vol lag met een slaapzak, een plunjezak en een kooktoestel. 'Reisplannen?' vroeg ze.

'Altijd, meisje,' zei hij. Met zijn sterke armen tilde hij zichzelf moeiteloos vanuit de rolstoel op de bestuurdersplaats. 'Dat nummer "Ramblin' Man" gaat over mij. De volgende keer wil ik jou mee hebben.' Hij gaf de bediende twintig dollar en reed weg.

Alex had haar auto niet besteld omdat ze had besloten een wandeling door de buurt van het restaurant te maken waar boetieks en galeries nog laat open waren en het publiek verleidden daar kerstinkopen te doen. Ze was van plan geweest die avond nog een paar uur met Michael door te brengen en zag geen kans om te schakelen en naar het AFIP te gaan nu Michael die plannen zo abrupt had omgegooid.

Een galerie die werk van vrouwen vertoonde, had die avond een vernissage en serveerde alcoholhoudende cider en verrukkelijke Zweedse kerstkransjes. Alex liep er binnen, bewonderde het werk en luisterde naar de kunstenaressen die vertelden wat hen tot de keuze voor verf, stoffen of keramiek had gebracht. Een oplichtende sjaal in de kleuren donker blauwgroen, roze en diep paars drong zich op als het volmaakte kerstcadeau voor haar moeder. De galeriehoudster verpakte het in handgeschept papier, deed er een lint om en maakte het geheel niet af met een strik maar met een speld gemaakt van een oude mahjongsteen. Haar moeder zou hem prachtig vinden, dacht Alex. Aangemoedigd door deze geslaagde aankoop ging ze een platenzaak in om een cadeaubon voor Lana te kopen, het eerste artikel voor de kerstkous die ze van plan was vol te stoppen met cadeautjes voor haar vriendin van vijftien.

Op weg naar de kassa zag Alex een bak met cd's en het opschrift 'Plaatselijk talent'. Ze kon er niets aan doen. Ze rommelde in de bak tot ze Lukes band, de Cattle Prods, had gevonden. Er was één cd, *Wasted*, en toen ze die omdraaide, keek ze in Lukes vurige ogen die zo in tegenspraak waren met zijn ontspannen grijns. Omdat ze hem altijd steunde, verhuisde ze een stuk of tien van zijn cd's naar voren zodat ze eerder zouden worden gekocht. Toen ging ze naar een computer, voerde de titel van een van zijn nummers in en liep de winkel uit met de cadeaubon voor Lana en een cd voor zichzelf.

Thuisgekomen schonk ze zich een glas bourbon in en zette de nieuwe cd op. 'Ramblin' Man' galmde door haar kamer, gevolgd door Willie Nelsons 'On the Road Again', en Bob Segers meeslepende reisnummer 'Turn the Page'.

Toen ze die avond insliep, wees haar rechtervoet naar beneden, als op het gaspedaal. Misschien werd het tijd dat ze weer eens op reis ging.

Hoofdstuk 24

In haar nachtmerrie verdronk ze. Het water om haar heen was koud, en de treurige dreiging van haar wazige denken leek haar te prikkelen tot terugkeer naar een somber bewustzijn. IJs. Ze moest door het ijs gezakt zijn. Ze kon zich niet bewegen, kon geen adem halen door het grote gewicht van het ijs boven haar.

Ze voelde een druk op haar luchtpijp en besefte dat het geen droom was. Er zat een zwaar iemand met een bivakmuts boven op haar die met beide handen haar keel dichtkneep. Ze schopte naar hem door het beddengoed heen, maar door de manier waarop hij haar vasthield, kon ze hem niet van zich af schoppen. Met veel heen en weer bewegen lukte het haar wel haar linkerarm onder het dek vandaan te krijgen. Wild klauwde ze naar zijn gezicht, maar het enige effect was dat ze de muts zo verdraaide dat die voor zijn ogen zat. De druk van zijn vingers werd even iets minder, maar hij nam niet de moeite een hand te gebruiken om hem recht te trekken. In plaats daarvan rechtte hij zijn rug zodat ze niet meer bij zijn hoofd kon en drukte hij nog harder op haar keel.

Ze draaide haar gezicht naar rechts en beet hem in zijn linkerpols, het enige deel van zijn lichaam binnen het bereik van haar tanden. Even later spuugde ze de smaak van leer uit. Ze ramde haar vuist in zijn borst. Hij pakte de vuist met zijn rechterhand en mepte haar met haar eigen vuist op haar neus. Ze voelde het bloed uit haar neus sijpelen.

De vingers van zijn linkerhand verhoogden de druk op haar keel. Zijn rechterhand lag op haar vuist zodat ze door haar neus bijna geen adem meer kreeg. Hij boog zich voorover alsof hij iets wilde gaan zeggen, maar er kwam geen geluid uit zijn mond.

Alleen een lichte vislucht, zoals in het restaurant in Ho Chi Minh City.

De pijn en de duizeligheid werden even opzijgezet door haar woede. Ik ben nog niet klaar. Nog niet klaar met liefde, werk, met leven. Ze duwde haar bovenlijf naar voren, gaf hem een kopstoot. Haar rechterarm maakte zich los van het dek en zwaaide naar het nachtkastje. In de mist van een verdwijnend bewustzijn opende ze het laatje. Ze greep Lukes gitaarkoord en zwiepte het als een strop om de hals van de man. Met een ruk trok ze de strop dicht en gooide haar lichaam naar rechts toen hij zijn handen ophief om de riem weg te trekken. Abrupt gooide ze haar lichaam omhoog zodat ze onder hem vandaan gleed terwijl ze wild aan het koord bleef trekken dat hun zwetende, hijgende lichamen verbond. Ze zwiepte haar lichaam verder naar rechts en viel uit bed. Het koord beet in zijn vel, bracht zijn ademhaling tot stilstand, kapte zijn bewegingen af. Met haar hele gewicht bleef ze trekken, veel langer dan nodig was. Het was of aan het gitaarkoord blijven hangen haar enige doel in dit leven was. Alsof het hele universum om deze ene handeling draaide.

Ten slotte verloor de adrenaline die haar had aangespoord zijn werking, en ze besefte dat haar keel pijn deed en dat ze kramp in haar schouderspieren had. Ze rook de stank op haar bed waar de man zich in zijn laatste levensmoment had bevuild. Toch kon ze het niet loslaten, kon ze niet geloven dat het gevaar geweken was. In plaats daarvan zette ze zich met haar voeten af tegen zijn lichaam, bleef ze met haar rechterhand trekken en reikte ze met haar linker naar zijn hals om te voelen of er nog een hartslag was.

Toen ze zeker wist dat hij dood was, barstte ze in tranen uit, uit woede en onbegrip. Zoiets overkwam haar niet. Ze was onderzóékster van gevallen, geen slachtoffer. Opeens wilde ze dat ze een vuurwapen in huis had. Ze moest wapens hebben, alarmsystemen. Misschien zelfs wel een man. Voor het eerst in haar leven voelde Alexandra Northfield Blake zich kwetsbaar.

Ze lag op het tapijt, naakt en bevend. Toen vermande ze zich. Ze stond op, wreef over haar keel, en ging met haar rechterhand door haar lange, blonde krullen. Nog steeds licht in het hoofd wendde ze zich tot het lijk. 'Zo, makker, je hebt het recht te zwijgen.'

Toen viel ze terug op de vloer. Ze had iemand het leven ontnomen. Die gedachte was zo gruwelijk dat het haar koud om het hart werd.

Zeker, ze was aanwezig geweest bij mensen wier leven wegebde. Elk van hen herinnerde ze zich als lid van een Grieks koor dat aan de rand van haar dagelijks bestaan stond. De zeventienjarige met kogels doorzeefde Puerto Ricaanse knaap die was gestorven op de spoedeisende hulp van het New York-Presbyterian toen ze hem niet snel genoeg naar de OK had kunnen rijden. Het meisje van dertien van Upper East Side die het niet had kunnen opbrengen haar ouders te vertellen dat ze zwanger was. Ze had de baby ter wereld gebracht op het toilet van de gastenbadkamer in hun appartement op Park Avenue, maar was doodgebloed kort nadat ze in het ziekenhuis was binnengebracht. De zielen van drie mensen waren ontsnapt tijdens haar co-schap chirurgie op de SEH waar iedereen had gedaan wat hij kon. Maar die mensen waren gestorven door omstandigheden waar ze geen macht over had. Geweld. Ziekte. Misschien zelfs, zoals sommige mensen zouden zeggen, als straf van de goden. Ze staarde naar haar handen. Deze man was dood door haar.

Ze trok de indringer de bivakmuts van zijn hoofd in de verwachting een jonge junk te zien, het gangbare uitschot. Maar wat ze zag was een Vietnamese man van in de vijftig.

Ze pakte de telefoon naast het bed en toetste Dans nummer in. Toen hij opnam, fluisterde ze: 'Iemand heeft geprobeerd me te vermoorden.'

In de autopsieruimte van het AFIP moest Alex zich vasthouden aan de balie omdat de wereld begon te tollen. Dan schoof snel een stoel onder haar en legde even zijn hand op haar schouder tot ze rechtop bleef zitten. Ze kraakte een dankjewel dat de pijn in haar keel losmaakte. Terwijl ze zat, bestudeerde ze langdurig de Latijnse tekst aan de muur die in zoveel mortuaria te zien is. HIC LOCUS EST UBI MORS GAUDET SUCCURRERE VITAE. Dit is de plek waar de dood vreugde beleeft aan het onderrichten van hen die leven.

Hen die leven, dacht Alex. Haar hand ging naar haar hals en raakte de plek aan waar hij had geprobeerd haar levensgeest eruit te persen. Misselijkheid overspoelde haar en ze boog zich voorover om haar hoofd naar haar knieën te brengen. Maar na tien centimeter jammerde ze het uit van de pijn.

Ze ging rechtop zitten en richtte haar aandacht op de activiteiten om haar heen. Het was geruststellend te zien dat Thomas Harding een Y-vormige incisie in de borstkas van de man maakte. Hij merkte dat ze naar hem keek en knikte haar toe, met een ernstige blik van medeleven. Nadat ze een paar keer diep had ademgehaald, liep ze ietwat wankel naar de snijtafel en keek neer op het lichaam van haar aanvaller. Hij was klein, niet groter dan zijzelf, iets meer dan 1,70 meter. Tijdens de aanval zou ze hebben gezworen dat hij groter was, 1,95 of zo. Misschien was dat een verklaring voor het feit dat ooggetuigen, waar jury's altijd zo dol op zijn, er soms zo volstrekt naast zitten.

Haar status was juridisch gezien mistig. Ze was slachtoffer van een misdaad, en nu was ze zelf ook een moordenaar. Ze mocht niet deelnemen aan de autopsie. Maar Dan had gezien dat de avond zijn tol van haar had geëist en hij was bereid toegeeflijk te zijn. Toen ze tegen hem had gezegd dat ze alleen over het gebeurde wilde praten als dat in de autopsieruimte kon, had hij een hele reeks regels overtreden en haar haar zin gegeven.

Alex wist dat het dwaas en dom was, maar ze wilde zich er nog steeds van verzekeren dat hij echt dood was, en dat het geen horrorfilm was waarin de slechterik telkens weer opstaat zodat het publiek kreten van angst slaakt en de heldin opnieuw voor haar leven moet vechten. Alex knipperde met haar ogen, vocht tegen de tranen.

Ze had geweigerd naar de SEH te gaan, maar nu vroeg ze zich af of ze niet toch in ieder geval een röntgenfoto moest laten maken. Ze luisterde een tijdje naar haar ademhaling maar hoorde geen onheilspellend piepend geluid dat wees op een snelle turbulente luchtstroom door een vernauwing in het bovenste deel van de luchtpijp.

Ze slikte, hoestte daarna. Het voelde allemaal rauw aan, maar ze was er zeker van dat er niets werd geblokkeerd. Er kwam weer een aanval van duizeligheid. Misschien moest ze toch om een second opinion vragen. Kreeg ze wel genoeg zuurstof binnen? Zat er een botsplinter dwars in de luchtpijp? Of was ze gewoon bang?

'Ik had je nooit moeten meenemen naar Nam,' zei Dan. 'Dit moet verband houden met die trip. Misschien de politie, of de oliezoekers of de mensen in de bar. Of die lui die je in Lo Duoc hebt bekeken.'

Harding onderbrak Dans zelfkastijding met enkele aanvullende gegevens. 'Ik heb net de labuitslag van zijn bloed en maaginhoud. Deze vent heeft je niet vanuit Vietnam kunnen volgen. Te oordelen naar zijn spijsvertering is hij al minstens een week in het land.'

'Dat slaat nergens op,' zei Dan. 'Wat heeft het voor zin om Alex te vermoorden?'

Hoge hakken klikten de ruimte in en een aantrekkelijke zwarte vrouw beantwoordde de vraag. 'Misschien dat de wereld er veiliger maar minder interessant door wordt voor mannen tussen de achttien en tachtig.'

Alex stortte zich in de open armen van haar vriendin Barbara. 'Je huis is nu een plaats delict, dus kom je met mij mee.'

Alex maakte geen tegenwerpingen.

Hoofdstuk 25

Toen Alex haar ogen opende, zag ze Lana koortsachtig bezig in gebarentaal. Het meisje liet haar handen toen langs haar lichaam vallen en vroeg: 'Is alles goed met je? Wat is er gebeurd?'

Alex ging rechtop zitten en bekeek haar spiegelbeeld in de passpiegel. Het werd omrankt door de parafernalia die de kroniek van het leven van een vijftienjarige vormen. Een halsketting met een half hart, de medailles voor hardlopen en basketbal, een stoffige sjerp met *Camp Fire Girl*.

Alex wreef over de bult boven haar rechterwenkbrauw en keek naar het blauwe oog eronder. Toen ze de vorige avond aan het gitaarkoord hing, had ze nauwelijks gemerkt dat ze, toen ze uit bed viel, met haar hoofd tegen het nachtkastje aan was geklapt. Maar nu werd ze naar van de pijn in haar rechterslaap. Ze probeerde haar blik scherp te stellen op haar hals om te zien of die opgezet was en herinnerde zich wat ze tijdens haar studie medicijnen had geleerd. Er kan weinig zichtbaar letsel zijn, maar de dood door inwendig letsel kan tussen zesendertig uur en een paar weken na het voorval intreden. Er bestond een onduidelijke medische term voor: decompensatie van de interne structuren.

Ze keek Lana recht aan zodat het meisje haar lippen kon lezen. Alex was blij dat Lana over deze speciale deskundigheid beschikte, omdat al het spreken boven fluisteren haar keel in brand zette. 'Ik ben nu helemaal in orde, Lana,' fluisterde ze. 'Iemand heeft vannacht geprobeerd me kwaad te doen, maar het komt helemaal goed.'

Alex keek op de Prinses-Jasmijnklok, een overblijfsel uit de tijd dat Lana in groep vier zat en helemaal weg was van de film *Aladin*. Alex vermoedde dat Lana de klok hield omdat ze als jong zwart meisje weinig merchandisingartikelen van gekleurde filmheldinnen tegenkwam. De klok gaf half acht aan.

Barbara kwam de kamer in. 'Lana, ik heb pannenkoekjes gebakken.'

'Maar Alex – '

'Met Alex komt het goed. Ze heeft alleen rust nodig.'

Lana ging de kamer uit, een beetje beverig van de confrontatie met Alex' letsel.

'Zo, nu kunnen we praten,' zei Barbara. 'Hoe voel je je nu echt? Krijg je genoeg adem? Moeten we naar het ziekenhuis?'

'Ho ho, kalm aan.' Alex stond op. Haar knieën begaven het en Barbara greep haar bij haar elleboog om haar overeind te houden.

'Terug in bed jij.'

'Maar Dan – '

'Ik heb hem al gebeld. Er is niks nieuws te melden. Rust nou eerst maar uit en als je je dan goed genoeg voelt, kunnen we naar het AFIP.'

Alex wist dat Barbara gelijk had. Als ze met het onderzoek wilde kunnen helpen, moest ze helemaal de oude zijn. Alex ging weer in het tweepersoonsbed liggen. Toen ze in Lana's kamer rondkeek, besefte ze dat Barbara haar dochter de grootste slaapkamer had gegeven, een hoekkamer met aan twee kanten ramen waarvan er een uitkeek op de binnenplaats van het flatgebouw. Ach, de offers die moeders voor hun dochters brengen, dacht Alex met een schuldgevoel. Als dat hele gedoe met die schedels achter de rug was, nodigde ze misschien haar moeder wel uit om naar D.C. te komen. Het beeld van haar moeder – een veel jongere moeder – die haar instopte toen ze de mazelen had, deed Alex geleidelijk weer in slaap vallen.

Toen ze 's middags wakker werd, ging ze langzaam rechtop zitten en liet ze haar benen over de rand van het bed bungelen voor ze probeerde op te staan. Onvast liep ze naar de badkamer waar ze het bad liet vollopen. In de geruststellende warmte trok ze haar knieën op en liet ze haar hoofd onder water zakken zodat ze haar haar kon wassen. Een krachtige massage met de shampoo was een poging elk luchtje van haar aanvaller weg te wassen.

Toen ze zich afdroogde, besefte ze dat ze bekaf was van zoiets onbetekenends als een bad. De rode vlekken in haar nek verkleurden tot blauwe plekken, en haar keel deed allemachtig pijn, maar ze was wel rustiger en beter uitgerust.

Ze kleedde zich aan en liep naar de huiskamer waar Barbara aan de vierkante houten tafel voor vier personen zat. De keuken was te klein om als woonkeuken te fungeren en deze tafel was zowel eettafel als Barbara's bureau. Haar laptop stond geopend voor haar.

Alex liep naar Barbara toe en sloeg van achter haar armen om haar heen. 'Dank je.'

Barbara gaf een klopje op Alex' hand. 'Pff, je bent toch bijna familie,' zei ze.

Alex ging tegenover Barbara zitten. Dat was zo. Ze hadden geen van tweeën familie in de buurt, dus zochten ze raad bij elkaar, en soms ook troost.

'Waar is Lana?'

'Ik heb haar naar een vriendinnetje gestuurd. Ik wist niet zeker hoe deze dag verder zou verlopen.'

Alex spaarde haar stem omdat praten nog steeds pijnlijk was. De stilte tussen hen voelde prettig. In de flat heerste een fijne gezinssfeer zoals ze sinds haar jeugd niet meer had gekend. De aankleding combineerde Barbara's smaakvolle, heldere lijn en gedempte kleuren met Lana's grillige verfraaiingen. Op een buffet in de woonkamer stonden twintig of meer kleurige kandelaars waarvan Lana een aantal zelf had gemaakt. Het was een soort verzameling. Bijna elke vakantie kocht Lana er een voor haar moeder, maar ze weerspiegelden natuurlijk haar eigen interesse. Een beer van houtsnijwerk toen Lana negen was. Een kleurrijke kandelaar van gedraaid glas voor de laatste Moederdag. Misschien kon Alex er voor de kerst een van zilver vinden.

Barbara vroeg Alex of ze Luke wilde bellen. Alex bedacht hoe Luke misschien dezelfde weg was gegaan als Karl de beeldhouwer, Skip de fotograaf en andere uitgestorven mannensoorten in haar leven. Hij was nu ruim een week in Europa en nog steeds had hij niets laten horen over die mysterieuze Vanessa. 'Nah, maar ik wil nu wel aan het werk.'

De dames liepen langzaam de straat uit naar Barbara's Subaru. Alex vroeg haar bij een drugstore te stoppen zodat ze een sterkere pijnstiller kon kopen. Haar heuptasje mocht dan aan de kleine kant zijn, onder de essentiële artikelen die ze bij zich had, bevond zich wel een injectiespuit voor het afnemen van DNA bij een verdachte, handschoenen voor het verzamelen van bewijsmateriaal, en een receptenbriefje voor noodgevallen. Ze bekeek de gorgeldranken op een schap en koos die welke haar keel het meest zou verdoven. Ze moest kunnen praten als ze bij het onderzoek wilde helpen.

Barbara vond dat Alex wat lipstick op moest doen voor ze de apotheker, een buitengewoon knappe, blonde jonge man, benaderde. 'Dat zou de volmaakte man voor je zijn,' zei ze.

Alex liet haar ogen rollen. En het ontging haar niet dat, ook al schreeuwde haar gezicht met de bloeduitstortingen, de verfomfaaide neus en de grote jaap boven haar oog gewoon om aandacht, de apotheker alleen oog had voor Barbara met haar lange benen en verrukkelijke figuur. Alex mikte een pijnstiller in haar mond, slikte en fluisterde tegen haar vriendin: 'Hij is niet in míj geïnteresseerd.'

Alex en Barbara knikten naar de bewaker bij de ingang van het AFIP, zetten hun naam in het boek en gebruikten Alex' sleutel om de deur naar de centrale gang te openen. Ze gingen even naar het toilet zodat Alex met het gorgeldrankje de pijn in haar keel kon verzachten. Daarna liepen ze de gang door naar Alex' lab. Met een andere sleutel aan de ring opende ze de deur.

Terwijl ze dat deed, keek ze achterom naar Barbara en plaagde ze haar met de apotheker. Maar Barbara reageerde anders dan Alex verwachtte. Haar mond viel open en ze wees naar het labinterieur.

Alex draaide zich om en zag open kasten en laden, de vloer bedekt met papieren. Haar adem stokte. Haar laboratorium was haar heiligdom, het rustgevende thuis dat ze als kind nooit had gekend. Deze aanblik was bijna net zo'n aanranding als de moordenaar in haar huis. Voordat Barbara haar kon tegenhouden rende ze naar binnen en opende ze de koelkast waar ze de kweken van dodelijke infectieziekten bewaarde. Er leek niets weg te zijn, maar ze zou haar laptop moeten hebben om zeker te weten dat het aantal en de soorten kweken die daarin stonden overeenkwamen met die in de koeling. Alex wilde verder het lab in omdat haar eerste impuls was de bende op te ruimen. Maar Barbara riep haar naar de gang terug.

'We moeten Dan waarschuwen,' zei ze. 'Hoe is dit in hemelsnaam mogelijk in een bewaakt militair complex?'

Dan was nog aanwezig, bezig met het verwerken van de gegevens van de Vietnamese man die Alex had aangevallen. Sinds die moordpoging was hij niet meer naar huis geweest en had hij niet geslapen. Hij trof Alex en Barbara in het lab. Omdat hij voelde hoezeer de recente gebeurtenissen Alex aangrepen, legde hij zijn handen op haar schouders. 'Je komt hier helemaal overheen,' zei hij. 'Daar zorg ik voor.'

En tegen Barbara: 'Lijkt het je ook geen goed idee om haar mee te nemen naar jouw kamer en daar te wachten?'

'Praat niet over me alsof ik er niet bij ben,' zei Alex. De agressie was een gevolg van de combinatie van adrenaline en pijnstillers. 'Het is míjn lab en ik moet weten wat er aan de hand is.'

Barbara keek Dan schouderophalend aan. Op een moment als dit was ze niet van plan tegen Alex in te gaan.

'Goed,' zei Dan. 'Eens kijken of we kunnen ontdekken wat er is gebeurd.'

Hij opende en sloot de deur van het lab een aantal malen, bukte zich en bekeek het slot. 'De inbreker had een sleutel.'

Ze probeerden het tijdstip te bepalen. De avond ervoor was schimmig. Diner. De poging tot moord. De autopsie. Alex probeerde zich te herinneren of ze na de autopsie nog in haar lab was geweest. Barbara herinnerde zich dat ze er was geweest. Alex was naar het lab geweest om haar sporttas te halen, omdat daar ondergoed, een T-shirt en een shortje in zaten. Ze piekerde zich suf of ze de deur, nadat ze haar kleren had gepakt, misschien niet op slot had gedaan. God wist dat ze erg veel aan haar hoofd had gehad.

'Goed,' zei Dan. 'Dat betekent dat de inbraak ergens tussen drie uur 's nachts en nu heeft plaatsgehad. Laten we ervan uitgaan dat hij niet op een druk tijdstip is binnengekomen, dus niet na zes uur vanmorgen. Dan gaan we de bewakingstape van vannacht bekijken.'

Bij de hoofdingang van het AFIP knikte de bewaker naar Alex. 'U hebt die vent die u wilde vermoorden mooi om zeep gebracht, hè?'

Alex huiverde. Iemand te hebben gedood, ook al was het dan uit zelfverdediging, was niet iets om trots op te zijn. Maar de kerels her en der in het gebouw behandelden haar al met een beetje meer respect. 'Wat mij betreft is het niet voor herhaling vatbaar,' zei ze.

'Amen,' zei de bewaker terwijl hij Barbara, Alex en Dan het kamertje achter het wachtlokaal binnenliet en de bewakingstape afspeelde, te beginnen met de beelden vanaf drie uur 's nachts.

Het viel Barbara op dat de camera boven de balie van de bewaking zo hing dat hij neerkeek in de shirts op de boezems van de dames. 'Hoe zit dat? Heeft Grant dat ding gericht?'

Alex nam zich voor in het vervolg in de gaten te houden hoe ze ging staan wanneer ze een topje aanhad.

'Als je het over de duvel hebt...' zei Barbara toen op het scherm Grant te zien was die naar de balie kwam en zich uitschreef. Alex kreeg de indruk dat hij voor de camera poseerde; toen realiseerde ze zich dat hij altijd zo stond om zijn spieren goed te laten uitkomen.

Dan keek in het boek en noteerde de tijd van Grants vertrek. 'Half vier,' zei hij.

Terwijl Grant wegliep, kwam er een driesterrengeneraal aan. Hij was nog een eind van de camera verwijderd en zijn profiel was in het zwakke tl-licht niet meer dan een veeg. Grant salueerde en het beeld van de man werd gedeeltelijk afgedekt toen Grant hem passeerde. Alleen de dichte, krullende zwarte haardos met een voor zijn voorhoofd hangende grijze lok was boven Grants hoofd zichtbaar. Dan keek in het boek naar de naam van de man. 'John Joseph Persh...' De handtekening ging over in een rechte lijn. Je kwam er niet achter hoe de volledige naam was. Op het scherm was van achteren te zien hoe hij met een sleutel de binnendeur naar het AFIP opende.

Er waren maar weinig mensen die tussen vier en zes uur het AFIP binnenkwamen. Dan spoelde snel door het komen en gaan van een tiental andere mensen, stopte als ze langs de camera kwamen om erachter te komen welke naam er bij welk beeld hoorde.

De meeste mensen behoorden tot zijn eigen team en waren in het holst van de nacht bezig met de bewijzen van de aanval op Alex.

Even na vijf uur verscheen Grant weer op het scherm. Hij had een grote doorzichtige bewijszak bij zich met een kussen van haar bed en Lukes gitaarkoord. Het kwam als een schok voor Alex. Ze had er niet aan gedacht dat mensen als Grant nu door haar huis stampten en de privézaken zagen die ze weghield van haar werk. Ze had gedacht dat het bewijsmateriaal zou worden verzameld door anonieme mensen, onbekenden. Hoeveel mensen kenden nu de vierletterige toegangscode van haar huis? Die had ze twee weken geleden veranderd in *L-U-K-E*, zodat haar af en toe dyslectische minnaar het niet zou vergeten. Nu voelde ze zich net een ongelukkig schoolmeisje wier leraren een briefje met een vurige liefdesverklaring hebben ontdekt.

Er verscheen kantinepersoneel met een speciale kaart die alleen toegang tot de kantine gaf. Andere camera's volgden hun bezigheden aldaar. Geen van hen was langer weg dan voor een bezoek aan het toilet, te kort om naar Alex' lab te gaan en daar een puinhoop van te maken.

Er arriveerden en vertrokken nog meer militairen, deel van het leger van meer dan achthonderd mensen die bij het AFIP werkten maar die onbekenden waren voor de drie in het wachtlokaal. Troy arriveerde om half zeven.

Barbara keek Alex aan. 'Wat heeft een rouwverwerkingsconsulent hier op een zaterdag bij het ochtendkrieken te zoeken?'

Hoofdstuk 26

Een inbraak bij het AFIP was ernstig genoeg om er de minister van Defensie over in te lichten. Wiatt arriveerde halverwege de middag na een bespreking in het Pentagon te hebben afgebroken. Toen Dan en Alex zijn kamer binnenkwamen, kwam hij achter zijn bureau vandaan om haar gekneusde gezicht en gehavende hals van dichtbij te bekijken. 'Wanneer ben je voor het laatst op de schietbaan geweest?'

Alex kneep haar ogen tot spleetjes. 'Ik heb nooit geleerd te schieten, punt uit. Ik heb hiervoor lesgegeven, weet u nog wel? Wetenschappelijk medewerkers biochemie waren niet direct voor de hand liggende doelwitten.'

Wiatt wendde zich tot Dan. 'Zorg dat ze dat gaat doen.' Hij liep terug naar zijn bureau en ging zitten. 'Wat weten we van de aanvaller?'

'Vietnamees, begin vijftig,' zei Dan. 'Volgens Harding wijzen de toestand van zijn gebit en zijn darminhoud erop dat hij onlangs in de VS is aangekomen, ongeveer een week geleden. Voor een beroepsmoordenaar is hij een beetje uit vorm, met een lichte artritis.'

Wiatt keek Alex aan. 'Dat is waarschijnlijk je redding geweest.'

Dan legde een vel papier op tafel. 'Hier is de verrassing.'

Alex herkende er twee DNA-profielen in, gemaakt door het lab van de FBI, want ze mocht haar eigen zaak niet behandelen. Op het ene stond 'Zaak-Gladden' en op het andere 'Zaak-Blake'. Ze waren identiek.

'Waarom zou hij Blake willen vermoorden?' vroeg Wiatt. Toen vergastte hij hen op een van zijn zeldzame lachjes. 'Niet dat ik zelf niet af en toe met de gedachte heb rondgelopen.'

Dan schudde zijn hoofd. 'Geen idee waarom hij het op Alex

had gemunt. De echte vraag is waarom hij Gladden moest hebben. Als we die zaak hebben opgelost, komen we er ook achter hoe Alex in gevaar kon komen.'

'Maar die inbraak dan?' zei Alex. 'Toen was mijn aanvaller al dood.'

'Over de inbraak gesproken,' zei Wiatt terwijl hij haar een enorme partij incidentrapporten overhandigde. 'Je had vergiften voor biologische oorlogvoering in dat lab, en nu moeten we de regering de zekerheid geven dat er niets weg is.'

'Shit,' zei Alex. 'Ik realiseer me net dat ik de inhoud van elk petrischaaltje moet controleren om zeker te weten dat er geen cultuur met een gif is meegenomen en vervangen door iets heel onschuldigs.'

'Je bedoelt dat iemand misschien materiaal voor een biologisch wapen heeft gestolen?'

Alex knikte. Ze zou de experimenten van de afgelopen maand over moeten doen om opnieuw de cultures te krijgen die ze van slachtoffers van de vogelgriep had gemaakt. 'Ik moet alles wat er staat weggooien. Zelfs als hij niets heeft verwisseld, kan hij iets bij de cultures hebben gedaan, en als dat zo is, worden al mijn toekomstige experimenten met die cultures onbetrouwbaar.'

Wiatt richtte zich tot Dan. 'Hoe kan iemand van buitenaf de beveiliging omzeilen?'

'Bijna iedereen die vannacht binnen is geweest is in orde,' zei Dan.

'Bijna?'

'Er is een generaal die heeft getekend. Maar op de band is zijn gezicht niet goed te zien. Tot nu toe weten we niet wat hij kwam doen.'

'Jezus, dat kan van alles zijn,' zei Wiatt. 'Bevoorradingskwesties, kwaliteitscontrole in het pathologielab, een rondleiding door Weapons of War in verband met de financiering... Er komen voortdurend hoge pieten langs. Hoe heet hij? Ik ken de meeste kerels op dat niveau wel.'

'Het tekenen van het boek is een rommeltje.'

De felheid van Wiatts blik maakte de aanwezigen duidelijk dat degene die achter de balie had gestaan zeer binnenkort een aanzienlijk minder aangename taak zou hebben. Gedacht werd aan latrinedienst.

Dan pakte een fotokopie van de bladzijde waarop de generaal had getekend. John Joseph Persh...

Wiatt zei: 'Black Jack Pershing?'

'Kent u hem?' vroeg Alex.

'Dat is de naam van een generaal die het bevel voerde over de Amerikaanse troepen die in de Eerste Wereldoorlog in Europa hebben gevochten. Hij is in 1948 overleden. Deze vent heeft met een valse naam getekend.'

'Hoe hebt u dat verband zo snel gelegd?' vroeg Alex.

'Ik heb in Vietnam gediend met zijn kleinzoon, tweede luitenant Richard Warren Pershing. Hij is begraven op Arlington, naast Black Jack.'

Dan zei: 'Wanneer iemand een valse naam gebruikt, is het meestal een grap voor insiders, of het duidt op een waanidee van de betrokkene, degene die hij zou willen zijn. Ik zet Chuck meteen aan het werk: gegevens over de geboorteplaats van John Joseph Pershing, bij welke onderdelen hij heeft gediend, welke wapens hij beheerste... Dat kan ons helpen de valse Pershing op te sporen.'

'Maar dan weten we nog niet hoe hij hier heeft kunnen binnenkomen,' zei Wiatt.

Dan wendde zich tot Alex: 'Heb jij je sleutels aan iemand uitgeleend?'

'Nee, die heb ik altijd bij me.'

'Altijd?'

Alex liep een doorsneedag na. De sleutels zaten in haar heuptasje, behalve wanneer ze ze eruit haalde om een deur te openen. Wanneer ze naar sport ging, borg ze het heuptasje in haar locker.

'Shit,' zei ze. 'Ik geef ze soms aan een parkeerbediende.'

Dan en Wiatt keken elkaar aan.

'Daar heb ik nooit aan gedacht,' zei ze. 'Aan die sleutels is niets te zien wat mij met het AFIP in verband brengt.'

'Als dat de zwakke plek blijkt te zijn,' zei Dan, 'dan heeft onze man een tijdje nodig gehad om uit te zoeken hoe hij in je buurt kon komen. Waar heb je je auto laten parkeren sinds de moord op Gladden?'

'Gisteravond, bij restaurant Fare. Toen heb ik ongeveer anderhalf uur geen zicht op mijn sleutels gehad. En voor we naar Vietnam gingen, zijn ze drie kwartier in beheer geweest bij een bediende in een kantoorgebouw in Chevy Chase.'

'Ik moet van allebei het adres hebben,' zei Dan.

In haar lab zag Alex dat een ze voicemailbericht had. 'Bedankt voor je heerlijke gezelschap gisteravond,' klonk Michaels stem. Alex vroeg zich af waarom hij haar hier had gebeld, maar ze herinnerde zich dat ze hem de eerste avond haar AFIP-kaartje had gegeven, maar niet het nummer van haar mobieltje of vaste telefoon thuis. 'Wanneer je dinsdagavond komt, heb ik alles in huis waar je maar trek in zou kunnen hebben. Deze keer geen onderbreking, dat beloof ik.'

Alex wist dat ze die afspraak moest afzeggen. Maar op dit moment was een telefoontje met Michael haar te veel. Ze belde hem later wel.

In haar lab, dat nauwelijks herkenbaar was, voelde ze zich alleen nog maar beroerder. De lui van de technische recherche hadden er een nog grotere puinhoop van gemaakt dan de indringer. Alle kasten stonden open. De sequencers waren van de muur geschoven en zaten onder het zwarte vingerafdrukpoeder.

Ze liep rond en nam de toestand in ogenschouw. De hoogwaardige laboratoriumapparaten waren niet beschadigd. De indringer was er niet op uit geweest om te vernielen, hij had iets gezocht.

Aangezien het AFIP zich op dezelfde basis bevond als het Walter Reed Medical Center, rekende ze erop dat ze een schoonmaakploeg van de operatieafdeling daar kon lenen. Ze belde Dan. 'Kan ik gaan opruimen?'

'Nog niet. We hebben helemaal niets van de inbreker. Geen vingerafdrukken, behalve de jouwe.'

'Hoe weet je dat het een man was?'

'Een gefundeerde gissing op basis van de grootte van de handschoenafdrukken. Van een man of een groter dan gemiddelde vrouw. De onvindbare generaal was een man.'

Alex keek naar de grond en vroeg zich af of ze bezig was bewijsmateriaal te vervuilen. 'En schoenafdrukken?'

'Op die vloer is niet veel te vinden. Buitenshuis zou het anders zijn geweest. Waarom ga je niet naar Barbara's huis. Rust lekker uit, dan gaan wij nog een keer met de stofkam door het lab en zien we elkaar morgenochtend weer bij Harding. Kijken wat hij nog meer over het lijk te weten is gekomen.'

Eerlijk gezegd voelde ze zich weer een beetje duizelig. 'Goed dan,' zei ze.

Maar toen ze had opgehangen, besloot ze te proberen de gangen van de inbreker na te gaan. Als hij niet op zoek was geweest naar de biotoxines maar naar iets anders, waar zou hij dan eerst hebben gekeken? Waarschijnlijk in haar bureau.

Voorzichtig liep ze het lab door naar haar glazen hok achterin. Ze bukte zich om een bureaula te openen, maar bedacht dat het voor de man efficiënter was geweest op haar plaats te gaan zitten, de papieren op het bureau door te bladeren en dan de laden naast haar stoel te openen. Ze rolde haar stoel achteruit en zag een heel klein stukje roze vezel dat aan een van de wielen geplakt zat. De technische recherche had het niet gevonden omdat ze haar stoel niet hadden verplaatst.

Ze liep het lab weer in, trok een paar handschoenen aan, pakte een steriel pincet en plukte daarmee de vezel van het wiel van de stoel. Hij was vermoedelijk van de kleren van de indringer gevallen waarna de stoel eroverheen was gereden toen hij hem weer onder het bureau had geschoven.

Ze bekeek hem nauwkeuriger. Heel jammer dat de beveiligingstapes in zwart-wit waren. Misschien dat het een match met iemands shirt of trui zou opleveren. Maar toen besefte ze dat het niets uitmaakte. Bijna iedereen die het gebouw was binnengekomen, was in uniform geweest, vooral tussen drie en zes uur. De enige uitzondering waren Troy – die ze nog niet zo snel in het roze voor zich zag – en de schoonmakers, voornamelijk mannen.

De vezel leek dik, waarschijnlijk te dik voor het soort truien dat de mensen tijdens de gematigde winters in D.C. droegen. Het was eerder een stukje tapijtgaren. Ze zou het bij Dan achterlaten voor ze naar Barbara terugging. Ze opende een kast in haar werkhoek op zoek naar een bewijsmateriaalzakje zoals ze had gebruikt om de sigarettenpeuken van de geheimzinnige omsluierde schedel in te bewaren. Terwijl ze de vezel in het zakje liet zakken, realiseerde ze zich dat er iets van de plank weg was. Ze was er zo op gebrand geweest met zekerheid vast te stellen dat er niet met haar biotoxines was gerommeld, dat ze zich nu pas realiseerde dat het briefje uit de schedel van de vrouw was gestolen.

Had Wiatt het meegenomen om het bloedbad in de doofpot te stoppen? Alex rende de gang door naar zijn kantoor. 'Kolonel, hebt u iets uit mijn lab meegenomen?'

'Wat zou ik mogelijkerwijs willen hebben dat van jou is?'

'Het briefje uit de schedel, over dat bloedbad.'

'Onze president heeft zeer binnenkort een ontmoeting met de Vietnamezen en jij bent een briefje kwijt dat hem een hoop ellende kan bezorgen?'

'De enigen die wisten dat het daar was zijn ikzelf, Barbara en u. Tenzij u iemand in het Witte Huis ervan hebt verteld.'

'Miss Blake,' zei hij, zoals altijd wanneer hij kwaad was het dr. weglatend. 'U bent slordig met uw sleutels en nu bezorgt u me ook nog een mogelijke nationale crisis.' Hij wees haar de deur. 'Ik hoop dat het academische bestaan u beviel, want zodra u klaar bent met de schedels, schop ik u terug daarheen.'

Hoofdstuk 27

Alex ging op weg naar de vergaderruimte om het roze draadje dat ze op de vloer had gevonden af te geven. Grant stond achter Chuck en las op het computerscherm over de echte John Joseph Pershing, die in het jaar 1866 aan de militaire academie West Point was gaan studeren, een man die achter Pancho Villa aan had gezeten, in de Spaans-Amerikaanse oorlog had gediend, in de Eerste Wereldoorlog had gevochten en daarna stafchef van de Amerikaanse landmacht was geweest.

Alex kwam erbij staan. 'Geboren in Linn County, Missouri,' zei ze.

'Moet je kijken,' zei Chuck. 'Tijdens de Tweede Wereldoorlog, toen hij in de tachtig was, heeft hij drie jaar in een speciaal voor hem gebouwd appartement boven op het Walter Reed Hospital gewoond.'

'Een man naar mijn hart,' zei Grant terwijl hij naar een zin in het dossier wees.

Alex boog zich naar voren en las. Blijkbaar was deze tachtig-jarige uiterst vitaal gebleven. De knappere verpleegsters kwamen geregeld zijn kamer uit terwijl ze over de plek wreven waar hij hen, zo bezwoeren ze, had geknepen.

'Dat was in de jaren '40, Grant. Als je tegenwoordig een ver-pleegster knijpt, slaat ze je knock-out.'

Dan kwam binnen, maar Alex vroeg met een hoofdknik of hij weer mee de gang op ging waar ze hem onder vier ogen kon spreken.

'Wiatt heeft me net in alle toonaarden laten weten dat je niet meer op de zaak-Gladden zit,' zei Dan.

'Wel verdomme,' zei Alex. 'Het kan best zijn dat hij iets ver-bergt.' Snel bracht ze Dan op de hoogte van het verdwenen briefje.

Dan verstrakte. 'Ik heb een dode accountant, een aanslag op een van mijn medewerkers, en nu ontbreekt er bewijsmateriaal van een oorlogsmisdaad. Wat kan in godsnaam het verband zijn?' Hij keek naar Alex' bont en blauwe gezicht. 'Kun je je iets verdachts herinneren? Ben je gevolgd, heb je vreemde telefoontjes gehad?'

Alex schudde haar hoofd.

'Goed, rust maar lekker uit. Ik handel Wiatt wel af.'

Ze bedankte hem, gaf hem het draadje en pakte in het lab haar jas. Misschien kon ze door weg te gaan ontdekken wie het op haar gemunt had en waarom.

Hoofdstuk 28

De volgende dag, zondag, kondigde Barbara aan dat ze thuis wilde werken terwijl Alex uitrustte. Alex protesteerde zachtjes, maar haar gemangelde lijf snakte naar rust. Ze nam een lang bad, kleedde zich aan en ging naar de woonkamer waar ze koffie dronken. Lana logeerde bij een vriendinnetje.

'Zo, op naar de auto,' zei Barbara. 'Ik heb een verrassing voor je.'

Twintig minuten later stopten ze op de parkeerplaats bij een gebouw met een bord waarop JANE'S HOUSE stond.

Alex opende de deur in de verwachting dat ze in een restaurant gingen brunchen, maar werd geconfronteerd met de scherpe lucht van een schietbaan.

'Nee, dat kan ik niet,' zei ze.

'Doe niet zo gek. Kan-niet heeft voor jou nog nooit bestaan, dus nu ook niet.'

Ze werden begroet door een stevig gebouwde vrouw van achter in de veertig met kort haar. 'Bent u Jane?' vroeg Alex.

De vrouw wisselde een blik met Barbara. Daarna stak ze Alex haar hand toe. 'Denise,' zei ze.

'Denise was mijn schietinstructeur in Norfolk toen ik daar gestationeerd was.'

'Luitenant Findlay was een van mijn beste leerlingen,' zei Denise. 'Een goeie scherpschutter.'

'Dan kan ik je beter niet tegen krijgen,' zei Alex tegen Barbara.

Er stond iemand anders voor de deur en Denise ging haar binnenlaten. Barbara nam Alex mee het gebouw in.

'Ik snap het niet. Wie is die Jane?'

'Jane was de zus van Denise. Die is één keer te veel door haar vriend in elkaar geslagen en daarna doodgebloed. Denise heeft ontslag uit de dienst genomen en deze sportschool opgezet waar ze mishandelde vrouwen zelfverdediging leert.'

Vanuit de kleedkamer kwam een vrouw in taekwondopak de gang in. Ze was bijna net zo bont en blauw als Alex; ze knikte haar toe en zei: 'Pas goed op jezelf.'

'Bedankt,' zei Alex. De vrouw ging een andere ruimte in waar al een stuk of tien andere taekwondoka's stonden opgesteld.

'Maak je geen zorgen,' zei Barbara. 'We pakken het rustig aan.'

Ze nam Alex mee naar een lege dansstudio met aan één wand een tot aan de zoldering reikende spiegel. Ze gingen op een meter van de spiegel staan.

'Neem nu de schiethouding aan die volgens jou bij een hand-vuurwapen hoort,' zei Barbara.

Alex ging rechtop staan, in spreidstand met haar voeten recht naar voren, precies zoals ze op tv in politieseries had gezien.

Barbara gaf een zetje tegen haar schouder en bracht haar gemakkelijk uit haar evenwicht. 'Om te schieten moet je steviger staan. Kijk, zo.' Ze ging in spreidstand staan en zette toen haar linkervoet verder naar achteren. En ze boog zich iets naar voren. 'Ga staan zoals een bokser staat, dan heb je een beter evenwicht.'

Alex volgde haar instructies op.

'Niet slecht, maar je linkervoet moet nog iets verder naar achteren. Je bekken moet in een hoek van vijfenveertig graden ten opzichte van het doel staan.'

Alex gehoorzaamde. 'Je hebt gelijk. Dat voelt een stuk steviger.'

'Nu je schouders iets naar voren. Neus boven de tenen noemen we dat. Dan vang je de terugslag beter op.'

Toen ze tevreden was met Alex' houding, pakte Barbara een sleuteltje en opende haar attachékoffertje. Er kwam een semi-automatisch pistool uit. Ze controleerde tweemaal of het niet geladen was.

'Allemachtig,' zei Alex en liet haar schiethouding varen. 'Heb je dat ding bij jou thuis, waar Lana is?'

'Ik weet wat ik doe. Hij zit in een afgesloten kistje met een combinatieslot én een gewoon slot. En het kistje staat ergens hoog op een plank in mijn slaapkamer.'

Toch verraste deze nieuwe informatie over haar vriendin haar.

Alex was opgegroeid bij een anti-oorlogmoeder en had daardoor bepaalde ideeën over wat voor soort mensen een wapen in huis hadden. En daar paste Barbara niet in.

Barbara gaf Alex het wapen. 'Schiethouding.'

Alex' rechterhand klapte voorover door het gewicht van het wapen.

Barbara zei: 'Bij het vasthouden van een pistool moet je aan twee dingen denken: stevig vastpakken en hoog vasthouden. Je moet het gevoel hebben dat je hem fijnknijpt. Kijk nu naar de korrel.'

Alex kneep in het koude metaal en tuurde over het vizier naar de korrel. Ze zag zichzelf in de spiegel, een ongerijmd beeld: een bont en blauw gezicht en een glanzend grijs wapen.

'Goed, meid, we gaan het proberen.' Barbara pakte het pistool terug en ging Alex voor naar een andere ruimte waar drie vrouwen aan het schieten waren. Terwijl Barbara gehoorbeschermers en een veiligheidsbril voor haar uitzocht, keek Alex naar de vrouw aan de andere kant van de schietbaan. Ze was hoogstens een meter vijftig, een spichtig vrouwtje, maar ze schoot voortreffelijk. Als zij dat kon, kon Alex het misschien ook wel.

De vrouwen deden bril en gehoorbeschermer op, maar Barbara schoof de laatste bij Alex iets terug zodat ze nog met haar kon praten. Ze nam haar mee naar baan 4 en laadde het wapen.

'Richt alleen op het doel,' waarschuwde ze. 'Richt op het doel en haal de trekker in een vloeiende beweging over. Kijk, zo.' Barbara vuurde, recht in het hart van het doel. Zoals zij het deed, leek het gemakkelijk.

'Nu jij,' zei ze en plantte Alex voor zich neer. Die nam de schiethouding aan, met een droge mond. Ze nam het wapen over van Barbara die haar liet zien hoe ze de vingers van haar rechterhand eromheen moest leggen en daarna haar greep met haar linkerhand moest stabiliseren. 'Eén vloeiende beweging van de trekker, terwijl je inademt,' zei ze. Toen duwde ze Alex' gehoorbeschermer terug en deed een stap achteruit.

Alex keek naar het kartonnen doel dat al was gewond door Barbara's schot door het hart. Ze drukte af en was verbaasd over de terugslag en hoe de loop een fractie van een seconde ná het schot leek op te springen.

Ze had op het hart gemikt, maar de kogel was lager terechtgekomen, meer in de buurt van de testikels. Het vrouwtje van de verste baan keek haar aan en lachte.

Barbara trok Alex' gehoorbeschermer weg en zei: 'Je had je hand een beetje te laag op de kolf, vandaar die terugslag en de lage treffer. Maar,' ging ze verder met een blik op het nieuwe gat in het doelwit, 'in ieder geval heb je die meneer daar heel ongelukkig gemaakt.'

Een uur later waren ze weer bij Barbara thuis en probeerde Alex de gebeurtenissen van die morgen in overeenstemming te brengen met de vredige rust in de flat van haar vriendin. Ze vond het fijn Lana weer te zien en haar uit te leggen hoe ze de telefoon moest gebruiken die ze van Grant had losgekregen. Wanneer mensen aan de andere kant tegen Lana praatten, verschenen de woorden op een computerscherm zodat ze kon zien wat er werd gezegd en kon antwoorden. Voor de vriendin aan de andere kant zou het een gewoon gesprek zijn.

Lana wijdde het apparaat in door haar grootmoeder in de Bronx te bellen. Kort voor het eten daagde Alex Lana uit voor een spelletje gin rummy. Het meisje genoot van de tijd met haar surrogaattante, maar het viel Alex op dat ze met haar moeder heel kortaf was. Barbara probeerde te doen of er niets aan de hand was, maar ze was duidelijk blij dat er iemand anders was die zich met haar dochter bemoeide.

Na het eten stopte Alex *Amélie* in de dvd-speler. Ze keek graag met Lana naar buitenlandse films omdat het haar op gelijke voet met haar dove vriendinnetje bracht: ze moesten het allebei van de ondertitels hebben, zonder het geluid.

Afgezien van zo nu en dan wat gegiechel en 'ah' en 'o' waren ze betrekkelijk stil zodat Barbara een meter verderop rustig aan het kleine tafeltje op haar laptop kon werken. Ze nam wat papieren over de inbraak door en zocht uit hoe het met de kans op nationalisatie voor Troys zus Lizzie zat. Toen de aftiteling van de film kwam, stoof Lana weg om met haar nieuwe telefoon haar vriendinnen te gaan bellen.

Barbara draaide zich om naar Alex. 'Het ziet er niet best uit voor Troys zus.' Ze had de uitspraak van het Hooggerechtshof op haar scherm staan. 'De rechters leken meer belang te hechten aan het recht van de soldaten om te neuken dan het recht van kinderen op een vader.'

'Mooi is dat. Alle macht aan de sperminator,' zei Alex.

'Deze jongen is tijdens de Vietnamoorlog geboren, moeder Vietnamese, vader Amerikaan. Zijn vader haalde hem naar de VS toen hij zes was en bracht hem hier groot als een permanente inwoner. Maar toen hij in de twintig was en in de problemen kwam, zette de VS hem uit. Hij was hier illegaal omdat zijn vader zich niet aan een onduidelijke regel had gehouden die eiste dat hij, toen de jongen nog klein was, onder ede verklaarde dat het zijn zoon was. Als de rollen waren omgekeerd en de moeder Amerikaanse was geweest, was hij automatisch Amerikaans staatsburger geworden.'

Alex las de uitspraak over Barbara's schouder mee. De rechters leken huiverig voor het toestaan van de mogelijkheid dat duizenden kinderen van Amerikaanse militairen het staatsburgerschap zouden krijgen. In de uitspraak stond dat in 1969, het geboortejaar van de jongen, 1.041.094 Amerikaanse militairen in het buitenland waren gestationeerd. En dat dankzij de moderne transportmogelijkheden jaarlijks vijfentwintig miljoen Amerikanen naar het buitenland gingen. Alex wierp vol afgrijzen haar handen in de lucht. 'Het Hooggerechtshof gaf de Amerikaanse mannen dus vergunning om buitenlandse vrouwen te neuken en zich niets aan te trekken van hun verantwoordelijkheid als ouder.'

'Daar lijkt het wel op,' zei Barbara.

'Dus einde oefening?'

Barbara zuchtte. 'Ik ben bang van wel. Troys zus blijft in Vietnam.'

Hoofdstuk 29

Toen Alex de volgende morgen het AFIP binnenkwam, zei de bewaker: 'U moet direct bij kolonel Wiatt komen.' Wiatt begroette haar door haar de *New York Times* onder de neus te schuiven. Op de voorpagina stond een foto van Mymy, de Vietnamese wier schedel Alex had geïdentificeerd. Alex sloeg een pagina om en het werd nog erger. Dokter Kang was in Vietnam in het wekelijkse MIA-programma verschenen waarin hij had verteld van Alex' inspanningen om de vrouw te identificeren. En hij had onthuld dat haar schedel in 1969 was verdwenen tijdens een niet-uitgelokte aanval op een aantal burgers. De verslaggever was er zelfs in geslaagd aan de hand van oude douanerapporten vast te stellen dat Michael Carlisle de schedel in 1972 het land in had gebracht.

'Wat heb je ter verdediging aan te voeren?' vroeg Wiatt.

'Ik dacht niet...'

'Precies. Je dacht niet!'

Alex liet zich niet uit het veld slaan. 'Staat er iets in over het briefje?'

'Nee, dat is nog niet boven water.'

'Misschien dat u dan nu wilt uitzoeken wat zich daar heeft afgespeeld.'

'Je hoeft mij niet te vertellen hoe ik mijn afdeling moet runnen. Je hebt me al genoeg ellende bezorgd.'

Alex' reactie werd onderbroken door Dan en Grant die binnenkwamen om te rapporteren over haar sleutels. De bedrijfsleider van Fare was er honderd procent zeker van dat er niemand aan haar sleutels had gezeten, en ze geloofden hem. Uit angst dat er een Jag of een BMW zou worden gestolen, hingen de sleutels niet, zoals bij de meeste restaurants in D.C., op een bord naast de deur maar bij hem op kantoor.

Bij de bediende van het gebouw waar Michaels kantoor was gevestigd, lag het heel anders. Om vijf uur 's avonds, het tijdstip waarop Alex was gekomen, was het spitsuur met mensen die hun auto wilden. De bediende werkte alleen, draafde de parkeerplaats over en haalde auto's op. De parkeerplaats was een nachtmerrie, een soort Rubiks kubus, en getuigde van de hoge grondprijzen. Vaak moest de man een of twee auto's verplaatsen om bij de auto te komen die hij hebben moest. De sleuteltjes waren vaak lange tijd onbewaakt.

'Wat had je daar te zoeken?' vroeg Wiatt aan Alex.

'Eten met Michael Carlisle.'

'Die man die in de *Times* wordt genoemd?'

Alex knikte.

Hij wendde zich tot Dan. 'Wist jij hiervan?'

Dan schudde zijn hoofd.

'Ik heb de andere huurders gecheckt,' zei Grant. 'Een medische kliniek en een paar advocatenkantoren. Op de begane grond wat winkels: een Starbucks, een boekwinkel en een zaak met vitamines. Geen reden waarom een van hen bij zoiets als dit betrokken zou zijn.'

'Dat is één manier om aan de krijgsraad te ontkomen,' zei Wiatt. 'Steel het bewijsmateriaal.' Hij leek bijna opgelucht bij de gedachte dat het briefje veilig opgeborgen was.

'Ho even,' zei Alex. 'U denkt toch niet echt dat Michael Carlisle achter de inbraak in mijn lab zit? Er is geen link tussen hem en de gebeurtenissen in het briefje.'

'O, ben je nu ook al zijn verdediger?' zei Wiatt. 'Laat hem oppakken, want ik wil hem spreken.'

'Maar – '

'Je wou toch zo nodig een onderzoek?' zei Wiatt.

'Indrukwekkend, hoor, die onderscheidingen in alle kleuren van de regenboog,' zei Michael tegen kolonel Wiatt. 'Ik denk dat u op veel plaatsen een stukje van uw ziel hebt achtergelaten.'

'Zeg, korporaal Carlisle,' zei Wiatt, 'ik wil geen gezeik. We gaan alleen even uitzoeken waar je de schedel van die vrouw vandaan hebt.'

'Ik ben al heel lang geen korporaal meer,' zei Michael. 'Ik heb al sinds 1972 niet meer in iemands kont hoeven kruipen. Voor het geval het u nog niet is opgevallen: ik ben een buuur-ger.' Hij rekte het woord en lachte.

Alex keek door de doorkijkspiegel naar Michael. Ze stond in haar eentje in een soort donkere kast naast de verhoorkamer. Wiatt had haar gevraagd naar de ondervraging te kijken voor het geval Michael iets zou zeggen wat in tegenspraak was met wat hij haar had verteld.

Alex had Dan dringend verzocht niet mee te komen. Ze wilde niet worden afgeleid terwijl ze de man beoordeelde.

'Bij een aanklacht wegens oorlogsmisdaden maakt het niet uit of je in gevechtspak loopt of in driedelig grijs,' zei Wiatt. 'Kijk het Wetboek van Militair Strafrecht er maar op na. Voor de krijgsraad wordt zelfs een burger behandeld alsof hij een militair was.'

'Krijgsraad. Waar slaat dat in godsnaam op?'

'Er zat een briefje in die schedel over soldaten die vier hutten in brand hebben gestoken en onschuldige burgers hebben gedood.'

Alex zag een donkere wolk over Michaels gezicht trekken. Zijn handen, die op de wielen van zijn rolstoel lagen, bewogen een beetje zodat hij heen en weer schommelde toen hij sprak. 'Wat ik me herinner is het volgende. Ik zat te pokeren met mijn derde onderdeel. Jeeter zette al zijn geld in met een hand die ik gemakkelijk kon slaan. Toen hij me in plaats van de poen de schedel aanbood, heb ik die geaccepteerd. Jezus, als schooljongen zat ik te kijken naar *The Addams Family* en *Dark Shadows*. Een schedel met een kaars erin haalde die herinneringen weer boven.'

'En hoe kwam die Jeeter aan de schedel?'

'Over dat soort dingen praatte je niet.'

'Is er nog iemand om dat verhaal te bevestigen?'

'Dat moet je de Muur maar vragen. Daar zijn ze nu allemaal.'

Alex zag dat het Michael pijn deed die opmerking te maken. Zoveel doden, onder wie haar vader. Tot nu toe was er niets, als ze naar de man keek, wat haar wantrouwen wekte.

Wiatt veranderde van tactiek. 'Met wie heb je vrijdag vanuit het restaurant gebeld?'

Michael reed zijn stoel iets naar voren. Hij leek verbaasd. 'Wat heeft dat ermee te maken? Mijn telefoontje had betrekking op een financiële kwestie. Wat heb jij daarmee te maken?'

'Dokter Blakes sleutels zijn gestolen, en waarschijnlijk gekopieerd, terwijl ze bij jou in het gebouw was. En de avond dat jullie zaten te eten, is er ingebroken in haar lab. Er is toen bepaalde informatie over de schedel gestolen.'

Michael zei gnuivend: 'Het lijkt me dat er een belangrijk deel van je bewijsmateriaal pleite is.'

'Leuk dat je dat zo grappig vind. Dokter Blake was niet blij toen iemand haar dit aandeed.' Wiatt liet een foto op Michaels schoot vallen. Hij was genomen vlak nadat Dan bij haar thuis was gearriveerd en toonde haar met een bleek gezicht, voor zover er geen bloed overheen stroomde, en de afdruk van handen in haar hals.

Alex kon zich niet herinneren dat de fotograaf die foto had gemaakt. Ze zag hem in Michaels hand en besefte hoe dicht ze bij de dood was geweest.

'Wie heeft dit gedaan?' Michaels handen balden zich tot vuisten.

'We dachten dat jij dat wel zou weten. Het is gebeurd na dat telefoontje van je.'

'Ben je gek? Waarom zou ik Alex wat willen aandoen?'

'Misschien vond je dat voor de krijgsraad verschijnen niet paste bij je huidige strategie in zaken. Geef ons gewoon die brief, dan maken we een deal.'

Michael keek omlaag naar de foto van Alex en daarna op naar de rustgevende foto aan de muur van Frank Lloyd Wrights huis bij Fallingwater. 'Ik heb geen briefje, verdomme, en ik heb niks te maken met de oorlogsmisdaad die je hebt beschreven. Maar jij bent ook in Nam geweest, kolonel. Hebben we niet allemaal wel iets strafbaars gedaan? We hebben hun land verwoest en miljoenen mensen afgeslacht. We hebben er vijftien miljoen ton munitie op gegooid, meer dan tweemaal zoveel als we in de zogeheten goede Tweede Wereldoorlog hebben gedaan.'

Wiatt onderbrak hem. 'Laat het maar aan je advocaat over om op de sentimenten te spelen. Als we erachter komen dat je ook maar iets met dat incident te maken had, wordt je bewegingsvrijheid beperkt tot minder dan die rolstoel.'

'Dan wordt het knap vol in die cel. Want als ik word opgebor-gen, gaan alle vier de legeronderdelen mee.' Michael liet zijn rol-stoel naar de deur van Wiatts kamer zwenken en rolde naar bui-ten met de kalme souplesse van een man met wie niet valt te spotten.

Hoofdstuk 30

's Middags begon Alex met het op orde brengen van haar lab en te proberen haar gedachten over Michael op een rijtje te krijgen. Hij leek geschokt door het feit dat haar iets was overkomen. Ze kon niet geloven dat hij achter de moordpoging of de inbraak in haar lab zat. Maar hij had wel de schedel het land in gebracht. Hij deed zaken met Vietnam. Om maar niet te spreken van het feit dat hij uit West Virginia kwam waar ook Westport Oil was gevestigd. En hij was zijn zaken toch ook begonnen met de schadevergoeding na een auto-ongeluk daar?

Alex belde naar Barbara. 'Hoe kom ik aan informatie over een rechtszaak betreffende een auto-ongeluk?'

'Heel eenvoudig: je moet de juryuitspraken op dat punt nagaan. De meeste staan online in Lexis.'

Dat probeerde Alex, maar omdat ze niet wist in welk jaar het ongeluk had plaatsgehad, moest ze alle juryrapporten van West Virginia doorwerken en schoot ze verschrikkelijk slecht op. Ze lazen als een rampenkroniek. Mensen raakten volledig verlamd door een foute anesthesie, baby's werden achterlijk door fouten in een laboratorium. Ze besloot het anders aan te pakken en opende de nieuwsdatabase van Lexis waar ze naar Michael Carlisle liet zoeken. Hij had gezegd dat de jury een zwaar vonnis had geveld. Misschien was er in de pers aandacht aan besteed.

Inderdaad vond ze het verhaal, dat dateerde van tien jaar geleden. Tommy Shane, een kleurrijke advocaat, had er voor zijn cliënt, Michael ('Mick') Carlisle, een schadevergoeding van twee miljoen dollar uitgesleept.

Ze drukte haar neus tegen het scherm om zeker te weten dat ze het goed las. Toen sloot ze haar ogen en probeerde zich te herinneren wat er in het briefje stond. Ze was er zeker van geweest dat de dader daarin Nick werd genoemd. Had ze zich misschien vergist? Was wat zij als 'Nick' had gelezen in werkelijkheid 'Mick' geweest? Had Wiatt het bij het rechte eind? Had Michael – Mick – het briefje gestolen om een schandaal over zijn diensttijd te voorkomen? Iemand die heel goede zaken in Vietnam deed, kon dat allemaal kwijtraken als bekend werd dat hij burgers had afgeslacht.

Ze wist dat Wiatt nu alle remmen losgooide in het onderzoek naar Michaels antecedenten. Misschien zette hij het Witte Huis en de geheime dienst er wel op.

Ze kon zich van Michael niet voorstellen dat hij het bevel voor een massaslachting had gegeven. Maar wat wist zij van oorlog? Waarschijnlijk minder dan ongeacht welke soldaat in het gebouw ook.

Omdat ze wilde weten of Dan al iets meer over het draadje wist, ging ze bij hem langs. Chuck vertelde dat hij in de autopsiezaal was.

Toen ze daar binnenstapte, legde Harding een vinger op haar kin en wierp een ernstige blik op de vervagende blauwe plekken. 'Dat ziet er veel beter uit,' zei hij.

Harding had een lijklade opengetrokken en Alex keek met toegeknepen ogen naar de man op de snijtafel. De man die had geprobeerd haar te doden. Misschien kwam ze weer op krachten, misschien ook was de herinnering aan wat er op dat bed was gebeurd aan het vervagen, want de man die daar uitgestrekt lag, leek nu ouder en kwetsbaarder. Misschien zou deze laatste aanblik van hem de plaats innemen van zijn heftige aanwezigheid in haar nachtmerries.

'Zodra ik hem had geïdentificeerd als een Vietnamees die onlangs in de VS was aangekomen, meldde de Vietnamese ambassade zich om te regelen dat hij naar zijn land wordt teruggebracht,' zei Harding. 'Het lichaam wordt vandaag nog naar Hanoi teruggevlogen.'

'Is zijn identiteit bekend?' vroeg Alex.

'Nee,' zei Harding. 'Hij heeft geen tatoeages, geen moedervlekken, geen enkel specifiek kenmerk. Niets dan een kogel die is blijven steken bij zijn luchtpijp. Gezien de positie daarvan zou de kogel best stomheid veroorzaakt kunnen hebben.'

Dat brokje nieuwe informatie riep bij Alex herinneringen wakker. De man boven op haar had niet gepraat. Ze herinnerde zich nu zijn krachtige vingers om haar keel en de stille, rustige ademhaling zelfs toen ze terugvocht.

'Recent letsel?' vroeg Dan.

'Nee, gezien de manier waarop het weefsel ermee is vergroeid zit die kogel er minstens enkele decennia in.' Harding liep naar de werkbank, pakte een medicijnflesje met een stukje metaal erin, kwam terug en liet het rondgaan.

Grant, de tsaar van het Weapons of War-programma, herkende het meteen. 'Een kogel van een Amerikaanse M-16, met het kaliber van 5,56 millimeter, afgevuurd tijdens de Vietnamoorlog.'

'Of de Amerikaanse Oorlog, zoals zij hem noemen,' zei Dan. 'Misschien was zijn bezoek hier veel persoonlijker dan we dachten.'

Barbara kwam binnen met Troy achter zich aan. 'De ambassade heeft dokter Nguyen gebeld. Ze hebben met hem te maken gehad naar aanleiding van de schedels en vroegen of hij kon helpen bij de terugkeer van het lichaam.'

Het viel Troy niet eens op dat Alex' gezicht was toegetakeld. Zijn ogen werden onmiddellijk naar de ingezonken borstkas van het lijk getrokken. Hij richtte zijn blik op Harding en er was iets van woede in te lezen. 'Waar zijn de inwendige organen?'

'Standaardprocedure bij een autopsie,' zei Harding en richtte zijn blik op een reeks stopflessen, objectglaasjes en trays met delen van de dode Vietnamees.

'Zo kunt u hem niet terugsturen,' zei Troy. 'Wij geloven dat het lichaam in zijn geheel moet worden begraven.'

Harding liet het tot zich doordringen. 'O, net als othodoxe joden.'

'Precies,' zei Troy.

'Betekent dat dat we met een zaak-Kohn te maken hebben?' vroeg Barbara. Ze besefte dat niemand wist waar ze het over had. 'Het leger heeft ooit autopsie gepleegd op een zekere Marc Kohn, een orthodox-joodse militair die onder verdachte omstandigheden was omgekomen. Toen het leger bepaalde organen had verwijderd en vasthield, spanden zijn ouders een rechtszaak aan op grond van schending van hun geloofsovertuiging. Ze kregen een schadevergoeding van 210.000 dollar.'

'Hoe is het in godsnaam mogelijk?' zei Grant. 'Deze vent heeft geprobeerd een van onze mensen te vermoorden en dan zouden we door zijn familie worden aangeklaagd?'

Troy keek Alex aan, woog zorgvuldig de ernst van haar blauwe oog. Hij bood haar geen vertroostende woorden maar richtte zich tot de groep als geheel. 'Ik vind het net zo erg voor dokter Blake als u allen, maar hem treft geen schuld. Het was zijn lot te handelen zoals hij deed en het was Alex' lot nog niet te sterven.'

Alex was niet blij met de woorden 'nog niet'.

'Het lot heeft er niets mee te maken,' zei Grant tegen Troy.

'Voor de wet maakt dat niets uit,' zei Barbara. 'Hoe je het ook wendt of keert, de familie draagt geen schuld voor de moordpoging. In de zaak-Kohn stelde het hof dat de eis van de ouders gerechtvaardigd was omdat ze emotioneel leden onder de wetenschap dat hun zoon geen goed leven in het hiernamaals had omdat zijn lichaam niet als een geheel was begraven.'

'Nou, dan stoppen we toch wat kranten in zijn borstkas zodat het lijkt of alle organen er nog in zitten,' zei Grant.

'Gebruik dan ook meteen zijn huid om er een lampenkap van te maken als u toch bezig bent,' snauwde Troy. 'Denkt u dat het in het geloof alleen om uiterlijkheden gaat? Dan bent u niet erg slim.'

Troy deed een stap in Grants richting, die meteen klaarstond om Troy een dreun te verkopen. Dan duwde Grant achteruit.

'Oké, oké,' zei Dan, 'dit is gemakkelijk op te lossen. De organen hebben geen enkele bewijskracht want ze zijn op geen enkele manier met de misdaden verbonden. Harding kan hem openen en ze weer terugstoppen.'

'Alsof je de maag en de lever weer in de kalkoen terugdoet,' zei Grant, waarop Troy hem kwaad aankeek.

'Maar de kogel houden we,' zei Dan.

De Vietnamese chauffeur van de begrafenisauto sprak een beetje Engels. Troy vergezelde het lichaam naar Dulles Airport om ervoor te zorgen dat de kist zonder bureaucratisch gemier op het vliegtuig naar Hanoi werd gezet. Toen hij in het AFIP terugkwam, trof hij Dan en Alex in de vergaderruimte aan.

'De Vietnamese overheid weet meer over het lichaam dan ze

wilde loslaten,' zei hij. 'Het wordt naar de begraafplaats Truong Son gebracht.'

'En dat wil zeggen?' zei Dan.

'Dat is de begraafplaats voor mensen die voor de Noord-Vietnamezen hebben gevochten. En de vrachtbrief leek erop te wijzen dat het transport niet wordt betaald door de ambassade, maar door het ministerie van Binnenlandse Zaken. En de versiering van de kist wees erop dat de man een generaal was.'

Dan knikte. 'Bedankt. Ik neem het mee in het onderzoek.'

Troy wierp Dan een geringschattende blik toe. 'Ik vertel dit omdat ik Alex wil helpen.'

Hij draaide zich om en wilde weglopen, maar hij bleef staan om de zwart-witfoto's van de plaats delict van de zaak-Gladden die aan de muur waren geprikt te bekijken.

'Welke rol spelen de rozen?' vroeg hij.

'Voor de generaal mij aanviel, heeft hij een man in Georgetown vermoord met een bajonet die hij had verborgen in een bos rozen,' zei Alex.

Troy keek plotseling op. 'Welke kleur hadden de rozen?'

Die vraag overviel Alex. 'Geel. Hoezo?'

Troy begon te ijsberen. 'De kleur van het verraad,' zei hij. Toen draaide hij zich om en verliet de kamer.

Hoofdstuk 31

De volgende morgen kwam Dan naar Alex' lab. 'Vanochtend zat er bij de post voor de baas van Westport Oil een cd-rom. De naam van het bedrijf stond erop en Ron Gladdens handtekening.'

'Gestuurd voor hij werd vermoord?' vroeg Alex.

Dan schudde zijn hoofd. 'Met een poststempel van hier van afgelopen woensdag. Dus een week na de moord,'

'Dat slaat nergens op,' zei Alex. 'Waarom zou je een rapport stelen om het vervolgens op te sturen naar degene die het toch al had zullen krijgen?'

'We proberen te ontdekken wat er met het ding is gebeurd nadat Gladden hem is kwijtgeraakt,' zei hij. 'Anderson zegt dat er bedrijfsgeheimen op staan, dus is hij niet van plan hem hierheen te sturen, maar direct nadat ik het te horen kreeg, is Chuck op een vliegtuig naar West Virginia gestapt. Hij meldt dat het een gecodeerd pdf-bestand is dat niet kan worden veranderd. Niemand kan er dus informatie aan hebben toegevoegd. In het ergste geval is de cd gekopieerd. Het enige vreemde is dat het ding naar rozen ruikt.'

Alex dacht aan de omgekeerde aktetas in Gladdens appartement en de rozenblaadjes op de grond. 'Gestolen tijdens de moord op Gladden?'

Dan knikte. 'Dat is het meest waarschijnlijk. Chuck kijkt of hij DNA kan vinden en ik wil dat jij het sequencet als hij terug is.'

'Natuurlijk,' zei Alex.

'Ik weet wel dat je je mannetje staat, maar pas alsjeblieft goed op. Er staat nu te veel op het spel. De schedels, de oliedeal... Wil je dat ik iemand op je zet?'

'Hoe bedoel je?'

'Ik kan een MP vrijmaken en als beveiliger voor je inzetten.'

Alex schudde haar hoofd. Ze overdacht haar situatie. Ze logeerde bij Barbara en Lana en het laatste wat ze wilde was hen in gevaar brengen. Vermoedelijk zou ze een dezer dagen weer naar haar eigen huis gaan, als ze de confrontatie aankon. 'Ik red me wel,' zei ze.

Dan keek de blondine met het blauwe oog en de bult op haar hoofd lang en doordringend aan. Hij lachte. 'Dat geloof ik best. Maar kom voorlopig even niet in de problemen. Ik heb al genoeg onderzoeken onderhanden.'

Michael liet 's middags een boodschap voor haar achter. 'Je kolonel vertelde me wat er is gebeurd. Alles goed met je? Ik zou de vent die het heeft gedaan met alle liefde wurgen.'

Ze luisterde de boodschap tweemaal af en stond in dubio of ze zou reageren. Ze besloot het niet te doen en begon met de bewerking van het DNA dat Chuck van de cd had weten te halen.

Binnen het uur kon ze Dan melden dat het DNA op het schijfje van drie mensen was: van Gladden, van de man die hem had vermoord en Alex had aangevallen, en van de ontvanger, Bennett Anderson van Westport Oil.

'Dan zou het zo gegaan kunnen zijn,' zei Dan. Hij zwaaide met de goedkope Bic-pen waar hij mee had zitten schrijven. Glimlachend zag Alex de pen van links naar rechts door de lucht dansen. Het leger bestelde Parker-pennen. Dan had zo weinig vertrouwen in de betrouwbaarheid van alles wat het ministerie van Defensie leverde, dat hij zelfs zijn eigen pennen meebracht.

'Gladden kreeg het vertrouwelijke rapport over de kwaliteit van de oliereserves van Cameron Alistair voor zijn cliënt Westport Oil. Maar voordat Gladden het opleverde, liet hij het uitlekken naar een concurrent, misschien, gezien de persoon met wie hij een ontmoeting had, een Chinees bedrijf of de Chinese regering zelf. Om een of andere reden viel dat verkeerd bij mensen van het Vietnamese ministerie van Binnenlandse Zaken, misschien omdat ze er persoonlijk voordeel van hadden als de deal met Westport zou doorgaan.'

'Dus vereffenen ze de rekening door Gladden te laten vermoorden – gele rozen vanwege het verraad – en duwen zo de deal weer in de goede richting door de cd naar Westport te sturen?'

Dan knikte.

'Maar waarom moesten ze mij hebben?'

'Goeie vraag. Door jouw DNA-werk zouden we hem kunnen aanwijzen als de dader, maar hij hoefde alleen maar op een vliegtuig te stappen en hij was veilig.'

Alex probeerde te bedenken waarom hij haar had willen vermoorden. Maar elke diepspittende gedachte die ze zou kunnen hebben loste op in het gevoel van de handen van de man om haar nek. Net als bij een advocaat die zichzelf verdedigt, heeft een onderzoekster die haar eigen misdaad probeert op te lossen een idioot als cliënt.

Dans pen bleef midden in de lucht hangen. 'Misschien heeft het wel helemaal niets met de moord te maken. We kunnen niet uitsluiten dat het iets met het briefje in de schedel te maken heeft.'

'Maar waarom?'

'Wanneer het ministerie, of iemand die ermee verbonden is, rekent op een deal met Uncle Sam, is het laatste wat hij op dit moment wil het bewijs van een massamoord.'

'Lijkt me nogal vergezocht,' zei Alex. 'Hoe zouden ze moeten weten van het briefje? Het kan toch net zo goed gestolen zijn door iemand dichter bij huis, iemand die het Witte Huis probeert te beschermen? Er lijken hier een hoop mensen te zijn die me ervan proberen te overtuigen dat zowel op het persoonlijke als op het politieke vlak een krijgsraadzaak op dit moment een te riskante onderneming is.'

Diep in haar hart was Alex echter opgelucht bij het idee dat de opdracht om haar te vermoorden duizenden kilometers hiervandaan was gegeven. Dat idee verzwakte haar verdenking dat Michael er iets mee te maken had.

'Wees gewoon heel erg op je hoede. Ik zal je een pistool bezorgen, zonder dat iemand er iets van hoeft te weten.'

'Zodat ik overdag tégen wapenbezit kan zijn en 's nachts vóór.'

'Ik kan me jou niet goed voorstellen als iemand die iets voor zich kan houden. Er is een grotere kans dat je een soort maatschappelijke beweging wilt beginnen, Feministen voor het Tweede Amendement of zo.'

'Prachtig,' zei Grant die net binnenkwam. 'Ik zal een van mijn mensen een logo laten ontwerpen. Deze keer maar niks met borsten en billen, hè?'

Alex keek hen hoofdschuddend aan. 'Wat een mazzel dat ik zulke geëvolueerde collega's heb.'

Daarna liep ze de gang in naar Barbara's kamer. 'Ik wou even melden dat ik vanavond weer naar mijn eigen huis ga,' zei ze.

'Weet je het zeker, meisje?' vroeg Barbara. 'Het is nog maar een paar dagen geleden. Misschien dat je wat meer afstand moet nemen voor je weer naar huis gaat. Je kunt net zo lang bij ons logeren als je wilt.'

'Barbara, je bent een schat. Maar ik moet er toch een keer doorheen. Hoe langer ik het uitstel, hoe bedreigender de hele zaak wordt. Over een paar dagen ben ik zo bang dat ik nooit meer alleen durf te wonen. Ik moet gewoon het diepe in.'

'Wil je dat ik meekom? Ik kan je helpen met opruimen en de hemel weet dat je ook wel wat interieurtips kunt gebruiken.'

'Nee joh, Lana is blij dat ze weer een tijdje met jou alleen is na een overdosis tante Alex.'

'Laat me niet lachen. Ik lijk momenteel wel de laatste die ze wil zien. Ze is ten opzichte van mij heel ontwijkend en lichtgeraakt.'

Alex vond Lana net zo lief als altijd. 'Misschien is ze bezig haar vleugels uit te slaan, wil ze los van je komen.'

'Ja, misschien is het inderdaad de leeftijd. Maar als je weer eens met haar gaat eten, moet je maar een goed woordje voor me doen. Volgens mij zitten we nu in de fase waarin mama geen goed kan doen.'

Hoofdstuk 32

Alex zette haar auto voor de *Curl Up and Dye* met het idee dat het, nu het lichaam van de man die haar had willen vermoorden in Vietnam terug was, wel klopte dat zij ook naar huis terugging. Ze toetste de vier cijfers voor het openen van het hek in en bedacht toen dat deze kleine veiligheidsmaatregel niet had geholpen. Ze liep het gangetje door naar de deur aan het eind ervan en aarzelde om de sleutel in het slot te steken. Misschien had ze Barbara's aanbod om mee te gaan moeten accepteren. Eigenlijk wist ze niet goed of ze er wel klaar voor was haar huis alleen te betreden.

Ze leunde tegen de muur van het gangetje. Elke dag liep ze door het gangetje haar huis in en uit, maar ze had er nooit enige aandacht aan besteed. De verf bladderde; misschien moest ze de muren maar eens verven. En er een plant neerzetten, of een kunstwerk aan de muur hangen.

Ze giechelde. Wat een vreemde gedachten kon een mens toch krijgen. De indringer had haar doodsangst aangejaagd, haar in een moordenaar veranderd en nu veranderde de hele gebeurtenis haar in een Martha Stewart.

Ze prikte de sleutel in het slot, duwde de deur open en stapte haar huis in.

Het eerste wat haar opviel, was de geur. Niet de geur van ontlasting en dood die ze had verwacht, maar een vage combinatie van desinfectans en citroen. God zegene Dan, dacht Alex. Die moet het huis, nadat de bewijzen waren verzameld, door professionals hebben laten schoonmaken. Ze keek rond in de grote kamer met zijn kappersstoelen en de doorzichtige plastic droogkappen. In de hoek stonden Lukes gitaarrek en de versterkers die zijn band gebruikte als ze repeteerden. Geen stofje zat erop. Ze bukte zich. Ook geen stofmuizen onder de stoelen. Absurd, dacht Alex. De kamer had er nog nooit zo netjes uitgezien.

Ze wierp een blik in de keuken waar een nieuwe ruit was ingezet. Ze zag een dun snoertje van het raam naar de muur ernaast lopen. Dan had haar gezegd dat hij een alarminstallatie had laten aanleggen. Geen kans dat er nog iemand door een raam kwam.

Alex ging terug naar de woonkamer, ging in een kappersstoel zitten en luisterde haar voicemail af. Het eerste bericht was van Luke.

'Allemachtig, ben je nog wel eens thuis, Alex?' Hij klonk pissig. 'Ik bel om je alvast gelukkig kerstfeest te wensen. Ik heb de kans om op een benefietconcert in Kazachstan te spelen en ik weet niet zeker of ik daarvandaan kan bellen. Het betekent een grote doorbraak voor me.'

Alex hoorde op de achtergrond een ongeduldige mannenstem. 'Kom nou, man.'

'Nou, alle liefs, Alex,' zei Luke en hing op.

Ze zat haar vraagtekens te zetten bij een grote doorbraak in Kazachstan toen het volgende bericht begon.

'Tante Alex, pas goed op jezelf. En nogmaals bedankt voor de telefoon. Ik vorm een echte bedreiging nu ik iedereen kan bellen. Ik zal je missen vannacht, ook al snurk je soms.'

Alex glimlachte en stond op, en haar beeld werd door de spiegels op drie wanden weergegeven. Oké, ze had een ferm blauw oog. Het zag eruit alsof ze in een van de beginronden van een vedergewichtgevecht knock-out was gegaan.

Met een kritisch oog bekeek ze het krakend nieuwe witte mannenoverhemd dat ze aanhad, met de figuurnaden die de stof bij haar middel innamen. Het flatteerde haar en ze besefte dat het feit dat de soldaten bij het AFIP haar de laatste dagen uitgebreid bekeken niet alleen te maken had met haar blauwe oog. Maar het was niet het uiterlijk dat bij haar paste. Ze had het overhemd te leen van Barbara. Alex was blij dat ze in haar eigen huis was, met haar eigen kleren, haar eigen bed.

O ja, het bed. Alex liep de slaapkamer in, voelde de spanning in haar borst en een hapering van haar hart toen ze weer op de plek van de moordpoging stond. Eerst keek ze een tijd naar het goud- en turkooiskleurige handgeknoopte kleed dat haar moeder uit Birma had meegebracht. Er zat een bruine, wigvormige vlek op, een centimeter of zeven lang, die in vorm overeenkwam met de jaap boven haar oog die ze had opgelopen doordat ze met haar hoofd tegen het nachtkastje was geknald toen ze aan het gitaarkoord had gehangen om haar leven te redden. Ze stond even stil bij de vraag wat ze voelde bij het zien van haar bloed op het kleed. Was het een teken van haar kwetsbaarheid (de aanval), of van haar kracht (de keiharde laatste ruk waarmee ze haar aanvaller van het leven had beroofd)? Hoe het ook zij, ze besloot het kleed te houden. Het feit dat haar bloed vermengd was met het zweet van de Birmese vrouwen die dit meesterwerk hadden geknoopt, had iets poëtisch.

Het bed was echter iets heel anders. Bij de herinnering aan wat daar was gebeurd, zou ze nooit kunnen slapen. Bovendien was de matras meegenomen voor onderzoek zodat er alleen een afdankertje van een hoofdeinde over was (gekregen van haar hospes tijdens haar studie) en een partij springveren. Luke en zij hadden een scala aan plezier in dat bed beleefd (evenals een paar andere minnaars, in een ordelijke monogame rij), maar Luke was nu net zo buiten beeld als de ontbrekende matras.

Alex ging op het kleed zitten. Met haar vinger volgde ze de vorm van de bloedvlek en ondertussen dacht ze na over het bed. Hoe kwam ze om negen uur 's avonds aan een ander bed? En een bed kiezen was een heel serieuze zaak. Je had te maken met de afmetingen: queensize of kingsize. En met het model: sleebed, hemelbed, gietijzer met spijlen, antiek met houtsnijwerk, gelikt modern Deens? Ze wist niet zeker of ze al bestand was tegen zo'n Rohrschachtest op beddengebied.

Ze liep naar de keuken en ontkurkte een fles wijn om haar thuiskomst te vieren. De cabernet prikte in haar nog pijnlijke keel op zijn weg naar binnen. Ze bladerde de Gouden Gids door en begon te bellen. Uiteindelijk vond ze een futonwinkel die nog open was en waarvan ze de eigenaar zover kreeg dat hij diezelfde avond nog een matras bracht en haar oude bed meenam. Ze vond het best om een tijdje op de grond op een futon te slapen – bijna op ooghoogte met het kleed – tot ze had besloten wat voor bed bij haar paste.

Hoofdstuk 33

De volgende morgen klopte Troy op de deur van haar lab. Hij droeg een blad met een porseleinen theepot en twee tere kommetjes.

'Ha, jasmijnthee,' zei ze. Ze ging hem voor naar haar glazen hok terwijl ze rondkeek om zeker te weten dat er geen papieren rondzwierven over de vertrouwelijke krijgsraadzaak, en hielp hem de kopjes en de pot op haar bureau te zetten.

'Je ziet er afschuwelijk uit,' zei hij bij hun eerste slokjes.

'Ik heb niet goed geslapen,' zei ze. 'Het viel niet mee om weer thuis te zijn.'

'Ongelukkige geesten blijven hangen.'

Alex dacht even na. Was haar huis veranderd door de aanwezigheid van een treurende geest, of was ze zelf veranderd? Ze voelde een merkwaardig nieuw soort verwantschap met de militairen te midden van wie ze werkte. Ze probeerde niet te geloven dat ze door iemand te doden toegang had gekregen tot een exclusieve mannenclub.

Troy boog zijn hoofd, een verwarrend formeel gebaar. 'Ik wil je bedanken voor de identificatie van Mymy's schedel. Haar geest zal je erkentelijk zijn voor je vriendelijke daad.'

Alex vond het niet prettig over een deel van het skelet te praten alsof het een menselijk wezen was dat een oordeel over haar velde. En ze hield niet van de manier waarop Troy maakte dat ze zich in haar eigen laboratorium niet op haar gemak voelde, de enige plaats waar ze zich altijd beschermd en thuis voelde.

Alex nam een laatste slok thee en zei: 'Ik moet weer aan het werk. Maar we hebben nog altijd geen Thais gegeten. Ik weet een heel goed restaurant in Adams Morgan...'

Hij boog het hoofd. Alex herinnerde zich dat hij meestal zijn lunch van huis meenam. Kennelijk deed hij het zuinig aan.

'Ik trakteer,' zei ze.

Hij dacht even na en zei toen ja.

'Het ruikt hier helemaal goed,' zei Troy toen ze die avond het restaurant binnengingen. Hier werden authentieke Thaise gerechten geserveerd, niet de gezoete, opgeklopte Amerikaanse versies. Je zat er aan picknicktafels met plaats voor tien man. Troy en Alex werden naar een tafel met zes mensen gebracht. Troy keek vol belangstelling naar hun tafelgenoten die met rietjes van een halve meter uit grote emmers *laukhaaw* dronken, whisky van gefermenteerde rijst. 'In Jakarta zaten mijn oom en zijn vrienden hele avonden *laukhaaw* te drinken.'

Toen de groep hem dat hoorde zeggen, vroegen ze de restauranteigenaar nog twee rietjes te brengen en nodigden ze Troy en Alex uit mee te doen. Alex nam een teugje. 'Niet slecht.'

De eigenaar mengde zich erin: 'Daarom staat Thailand wat betreft alcoholisme op de vijfde plaats in de wereld. Hij telde de andere vier af op zijn vingers: 'Na Zuid-Korea, de Bahama's, Taiwan en Bermuda.'

'Hoe komt het dat het hier geen probleem is?' vroeg ze.

Hij wees naar een bordje bij de kassa waarop stond dat je eenentwintig moest zijn om drank te mogen kopen. 'We eisen een legitimatie!'

De straffe drank leek bij Troy herinneringen los te maken en hij vertelde Alex over zijn emigratie naar Jakarta.

'Ben je nog wel eens terug geweest naar Indonesië?' vroeg Alex.

Hij schudde zijn hoofd.

'En naar Vietnam?'

'Twee keer. Maar je moet één ding goed begrijpen: degenen die zijn gebleven zijn kwaad op degenen die zijn weggegaan, hoeveel we ook voor hen proberen te doen. Vietnam is een enorme hoeveelheid beroepsmensen kwijtgeraakt. Er werken meer Vietnamese artsen buiten Vietnam dan daar. Meer dan drie miljoen mensen hebben het land om politieke of economische redenen verlaten.'

'Of omdat ze te jong waren om te beslissen, zoals jij,' zei Alex.

Hij knikte. 'Wanneer we teruggaan, zien we er anders uit. Omdat we niet zijn grootgebracht op een dieet van rijst, zijn we groter, zwaarder. In de hotels en op de markt moeten we meer betalen dan degenen die zijn gebleven en we hebben een denigrerende bijnaam: Viet Kieu. Waarbij men vergeet dat de Viet Kieu jaarlijks meer dan een miljard dollar via banken naar Vietnam sturen, en dat bedrag kun je verdubbelen vanwege wat er contant binnenkomt in koffers of wat er via minder officiële kanalen wordt verstuurd.'

Alex realiseerde zich nu waarom Troy voor een dokter op zo'n bescheiden voet leefde. Uit de wrok in zijn stem kon ze opmaken waar zijn geld heen was gegaan.

'Het doet me denken aan de Cubanen in Miami,' zei ze.

'Het is enigszins vergelijkbaar, maar die wonen tenminste op een plaats waar ze met genoeg mensen zijn om enig politiek gewicht in de schaal te leggen. Wij zijn over het hele land verspreid. Waar ik me het kwaadst om maak, is dat de naoorlogse generatie in Vietnam helemaal weg is van Amerika, meer dan ik, maar zich tegelijkertijd ver verheven voelt boven ons, degenen die hier wonen.'

'Wat bedoel je met 'helemaal weg van'?'

'Toen president Clinton Hanoi bezocht, kwamen er duizenden jongeren op af. Een op de vier Vietnamezen keek naar zijn toespraak op de televisie. En ter gelegenheid van Tet vroeg in 2000 het tijdschrift *Youth – Tuoi Tre* – aan jonge mensen wie ze het meest bewonderden. Hillary Clinton kreeg daarbij evenveel stemmen als onze minister-president. Ze was populairder dan alle leden van het politbureau.'

'Oei, dat zal de regering daar goed pijn hebben gedaan.'

'Voldoende in ieder geval om de censors van de staat binnen een uur na de verschijning 120.000 exemplaren van het tijdschrift te laten vernietigen.'

Alex probeerde zich een populariteitspoll onder de jeugd van de VS voor te stellen. Zou er een politicus op de lijst voorkomen? Niet zolang er popsterren en basketballers te bewonderen vielen.

Troy vervolgde: 'Vietnam is nog steeds geobsedeerd door de VS, maar de Amerikanen denken zelfs nooit aan Vietnam. Laat staan aan alle Lizzies die ze er hebben achtergelaten.'

Alex zette haar stekels op. 'Ik denk de hele tijd aan Vietnam, aan mijn vader daar. En denk je niet dat de ceremonie op het Witte Huis Vietnam weer op het wereldtoneel zal zetten? Door alle aandacht die de media aan de overhandiging hebben besteed, leren ze de kinderen op de basisschool deze maand over de Vietnamese nieuwjaarstradities.'

Troy slurpte het laatste beetje van de drank van de buren op en maakte toen een buiging voor hen. 'Misschien. Wie weet wordt de ceremonie in het Witte Huis wel een... hoe zeg je dat? Grote klapper.'

Hij zwaaide naar de bediening en bestelde nog een enorm vat *laukhaaw* voor de tafel. Hij begon Thaigrappen te vertellen voor de hele tafel – een ontwapenende, levendige kant van Troy die Alex niet kende. Ze vroeg zich af wat voor andere aspecten van zichzelf hij verborgen hield.

Een leuke brunette aan de tafel vroeg hoe Troy aan zijn voornaam kwam. 'Die klinkt me niet Vietnamees in de oren.'

Hij werd weer ernstig. 'Toen ik hier kwam, namen ze me mijn naam af. Die luidde Phuc, en dat betekent "geluk" of "zegen", maar mijn leraar in de zesde klas van de basisschool in Minnesota moet hebben gevonden dat het te on-Amerikaans klonk, of te veel als "fuck", dus die heeft me de naam van een of andere blonde acteur gegeven.'

'Troy Donahue,' zei Alex. Ze was er al die tijd van uitgegaan dat zijn naam meer mythisch was, als een Griekse stad uit de oudheid.

'Ja, als kind werd ik uitgelachen om die naam. Ik denk dat ik als Fuck heel wat meer te vertellen had gehad.'

In de loop van de avond dronken hun tafelgenoten meer dan hun deel van de tweede *laukhaaw*. Troy en Alex werden ervoor gespaard dat ze totaal kapot waren en konden zich concentreren op het dessert bestaande uit mango en plakrijst dat twintig minuten later werd gebracht. Troy bood aan haar naar huis te brengen en Alex kon alleen maar giechelen. 'Is het niet zo dat degene die rijdt niet hoort te drinken?' vroeg ze.

Hij grijnsde schaapachtig. 'Ik voel me prima. Ik ben dit spul al op mijn negende gaan drinken, dus ik ben er zo langzamerhand immuun voor.'

Alex geloofde niet in die immuniteit gezien zijn rood aangelopen kop. Maar het was leuk hem zo geanimeerd, zo open mee te maken. 'Ik woon hier vlakbij,' zei ze. Ze dacht aan haar lege huis waar nog steeds iets van de avond van de moordpoging hing.

Alsof hij haar gedachten ried, zei Troy: 'Dan breng ik je thuis.'

Hoofdstuk 34

Troy was verrast door de tientallen spiegelbeelden van hen beiden op de spiegelmuren van Alex' huis. 'In mijn land hangen sommige mensen een spiegel naast de voordeur om een draak weg te jagen,' vertelde hij. 'Met zoveel spiegels als hier kun je het hele Iraakse leger weghouden, plus het kartel van de Colombiaanse drugsbaronnen.'

Alex liet het ronde plateau met nagellakken draaien en maakte een uitnodigend gebaar naar een van de haardroogstoelen. Troy begreep er niets van.

'Is dit je húís? Of verdien je bij als kapster?'

'Nee, hier woon ik.' Ze pakte zijn hand en gaf hem een rondleiding. 'Dit is de keuken,' zei ze terwijl ze de volgende ruimte binnengingen. Ze wees naar de ruimten daarachter. 'Daar zijn mijn slaapkamer en mijn werkkamer.'

'Ja, dat lijkt er meer op,' zei hij en ging aan de keukentafel zitten. 'Die andere stoelen doen sterk denken aan executies in de San Quentin.'

'Troy, ik mag je wel als je onder invloed van *laukhaaw* bent. Dan ben je een stuk grappiger.'

Hij trok een lelijk gezicht, alsof ze hem van lichtzinnigheid beschuldigde.

Ze ging tegenover hem zitten en een tijdje zei geen van beiden iets.

'Heeft hij hier geprobeerd je te vermoorden?'

'In de slaapkamer,' antwoordde ze.

'Een Vietnamees, net als ik.'

'Nee, helemaal niet zoals jij.'

'Maar toch ben je nu bang volgens mij.'

Alex legde haar handen op tafel en begon nerveus te trommelen. *GGATC CTCAC*, het bèta-thalassemia-gen. Ze realiseerde zich dat daarmee de code van het DNA van haar aanvaller begon.

'Ja, ik vind het moeilijk om hier terug te zijn,' zei Alex. 'Maar dat heeft niks met jou te maken. Ik heb uitgebreid nagedacht over mijn gevoelens. Barbara zegt dat iedereen ergens bang voor is. Ik denk dat ik geluk heb gehad, want voor dit gebeurde heb ik me nooit kwetsbaar gevoeld.'

'Je vriendin heeft gelijk. Iedereen heeft iets te vrezen. En iets te verbergen.'

'Wat is jouw angst?'

'Dat mijn leven zinloos is, geen betekenis heeft.' Hij was weer de ernstige Troy.

'Dat meen je toch niet echt?' zei ze verrast. 'Kijk eens naar al die mensen die je helpt in je psychiatrische praktijk.' Alex vond het een naar idee dat ze hem met haar eerdere opmerkingen had gekleineerd. Ze wilde dat hij zich weer ontspande en vrolijk werd.

'Waarom denk je dat ik het aantal patiënten heb teruggedraaid en een gewone baan bij het NIH heb geaccepteerd? Ik pas niet bij mijn patiënten. Hoe kan ik mensen helpen die in een stad als Washington uit eigen zak een zielenknijper kunnen betalen? Een stel kerels met een midlifecrisis. Wat heb ik ze te bieden waar ze wat aan hebben? Hoe moet ik mezelf ertoe brengen iets om hun problemen te geven? Ik heb zoveel ergere dingen meegemaakt. Ik wil dat mijn leven meer betekent dan dat ik een klankbord ben voor een of andere verveelde ambtenaar. Ik wil iets betekenen.'

'Maar je bent er toch voor de jongens? Je besteedt toch tijd aan hen als Big Brother?'

Hij keek naar zijn handen, daarna op naar Alex. 'Dat stelt niet zoveel voor. Maar die jongens begrijp ik. Jouw nachtmerries begrijp ik ook. Kom, dan stop ik je in bed.'

Hij stond op en liep naar de slaapkamer. Ze volgde hem en vroeg zich af wat ze zich nu op de hals haalde. Hij keek een tijd naar de futon en de vlek op het kleed. Toen knielde hij naast het bed.

'Maak je klaar voor de nacht, dan vertel ik je een verhaaltje,' zei hij.

Alex pakte een nachthemd uit de kast, trok het in de badkamer aan en poetste haar tanden. Toen ze de badkamer uit kwam, had Troy het dek op de futon teruggeslagen, maar zat hij nog steeds geknield op de grond.

Ze ging in bed liggen en deed het licht uit. Door de half dicht-gedraaide jaloezieën verlichtte een baan maanlicht de kamer.

'Ik weet zeker,' fluisterde Troy, 'dat de nachtmerries morgen niet terugkomen.'

'Hoe weet je dat?'

'Omdat je aanvaller vandaag is begraven. Zijn geest vindt rust en zal zich niet meer met je bemoeien.'

Troy stak een hand uit en streelde haar haar. Ze werd verrast door wat hij zei: *'Dúa bé xinh x?n.'*

Alex begon te huilen. De woorden riepen een herinnering op die tientallen jaren terugging, naar ver voor de moordpoging. 'Wat betekent dat? Toen mijn vader met verlof thuiskwam, noem-de hij me ook zo.' Ze vroeg zich af hoe het kon dat ze het zich überhaupt herinnerde. Pas nu was het weer in haar bewustzijn opgedoken.

'O, het kan zijn dat hij een kinderliedje heeft gehoord. Het be-tekent "een mooi kindje".'

Troy begon te zingen, heel zachtjes. Alex nam aan dat het een slaapliedje was. Ze luisterde naar de rustgevende cadans van het liedje. Ze zou proberen zich te herinneren hoe het gevoel van zijn woorden als een vleug wierook door haar slaapkamer zweefde. Ze voelde dat de herinnering haar later zou troosten, het beeld van de man met de gespierde handen om haar keel zou verbannen.

Alex keek Troy aan. Zijn ogen vielen bijna dicht van de slaap en hij was duidelijk dronken. Niet in staat nu achter het stuur te kruipen.

Ze ging rechtop zitten. 'Het is al laat. Waarom blijf je niet sla-pen? Jij neemt de futon en ik slaap op de grond in de andere kamer.'

Troy keek naar de gewatteerde deken die over een stoel in de hoek van de slaapkamer hing. 'Ik ga wel met de sprei in de spie-gelkamer slapen. Maak me wakker als je een nachtmerrie hebt.'

Alex knikte, maar ze betwijfelde of ze hem nog zou moeten sto-ren. Haar lichaam dreef al weg naar dromenland.

Toen Alex de volgende morgen de deur van de badkamer opende, stond Troy in zijn boxershort voor de wastafel, zijn haar nat van het douchen. Hij ging met een lik van haar tandpasta langs zijn tanden.

'Oeps, ik wist niet dat je hier was,' zei ze. In de spiegel zag ze littekens als traptreden over zijn onderarmen omhoogklimmen. Hij volgde haar blik en draaide zich naar haar om. 'De eerste tijd in Amerika voelde ik me zo platgeslagen. De jongens hier hadden spirit, iets wat mij totaal ontbrak. Ik maakte er een gewoonte van mezelf te snijden om mezelf te bewijzen dat ik iets kon voelen.'

Alex raakte zijn rechterarm aan, ging met haar vinger over de littekens. Hij trok zijn arm met een ruk terug.

'Je weet wat ze over psychiaters zeggen,' zei hij. 'Die gaan psychiatrie studeren omdat ze zelf in de knoop zitten.'

Hij ging de badkamer uit en kleedde zich in de woonkamer aan. Ze gunde hem zijn privacy tot ze aan zijn voetstappen hoorde dat hij zijn schoenen aanhad. Toen pas stapte ze bij hem naar binnen. 'Je gaat toch nog niet? Ik wilde je een van mijn wereldberoemde gorgonzola-omeletten aanbieden.'

Hij kwam naar haar toe en stak zijn hand uit voor een schutterige afscheidshanddruk. 'Ik heb van jongs af aan geleerd niet met eieren te ontbijten als ik die dag iets belangrijks moet doen.'

Hij bedankte haar en was de deur uit voor ze hem kon vragen wat er dan wel zo verdomd belangrijk was.

Hoofdstuk 35

Toen Alex de volgende dag met Barbara in de kantine zat te lunchen, maakte ze haar heuptasje open en gaf ze haar vriendin drie enveloppen van de Pentagon City Mall. 'Jij en Lana zijn zo lief en gastvrij geweest, daar wilde ik je voor bedanken.'

Barbara opende de enveloppen: geschenkbonnen van Macy's, Champs Sports en Victoria's Secret. Tijdens de logeerpartij was het Alex opgevallen dat haar vriendin wel wat dingen kon gebruiken, zoals nieuwe handdoeken.

'Hiermee kun je iets kopen voor het huis, iets voor Lana en iets voor jezelf,' zei Alex.

'Hm. Ik vraag me af wat bij wat hoort.'

'Ik heb een hint voor je: ik heb mezelf zojuist benoemd tot toverfee van je seksleven.'

Barbara schoot in de lach. 'Afgaand op de manier waarop je het jouwe regelt, staat me heel wat te wachten.'

Tegen het eind van hun maaltijd kwam Dan naar hen toe met een krant en een fles champagne. Hij wees naar een artikel in de *Financial Times* waarin stond dat Westport Oil de boorrechten voor het Phu Khanh-olieveld had binnengehaald.

'Anderson denkt dat onze ongeëvenaarde opsporingscapaciteiten ertoe hebben geleid dat hij de cd-rom heeft teruggekregen,' zei Dan. 'Vandaar dat hij deze fles heeft laten bezorgen.'

'Hoe heeft Westport kunnen winnen als de informatie is uitgelekt?' vroeg Alex. 'Beide bieders hadden dezelfde informatie over de oliereserves en de waarde ervan.'

'Onze regering kon er iets bij zetten wat de andere bieder niet kon: de officiële teruggave van de schedels.'

Barbara keek hoe Dan het lood van de champagnekurk peuterde. 'Je weet dat we als overheidsdienaren geen giften ter waarde van meer dan twintig dollar mogen aannemen,' zei ze.

Dan liet haar de fles Cuvée Dom Perignon Vintage 1973 zien. Daarna liet hij de kurk knallen. 'Zeker weten dat hij hem in de uitverkoop heeft gekocht,' zei hij.

Barbara mocht dan afkeurend kijken, Alex liet hem haar glas vullen.

'Weten jullie wie ons echt dankbaar moet zijn?' vroeg Dan. 'Vice-president Shane. Zijn aandelen Westport Oil zijn ondergebracht in een trust, maar wanneer hij zijn functie neerlegt, is hij acht miljoen dollar rijker.'

Barbara dacht erover na en hield hem toen haar glas voor. 'Als hij zoveel geld aan die deal kan verdienen, vind ik dat ik wel een slokje mag.'

Na de lunch liep Alex met Barbara mee naar haar kamer waar ze de deur achter hen dichtdeed. 'We moeten het over Wiatt hebben. Hij traineert de zaak van het bloedbad,' zei ze. 'Hij heeft Michael Carlisle verhoord, die er – daar ben ik van overtuigd – niets mee te maken heeft, en daarna is hij ermee gestopt. Ik ben bang dat hij de zaak in de doofpot wil stoppen nu het bedrijf van de vice-president die oliedeal heeft rond gekregen.'

Barbara knikte. 'De kolonel heeft me nog geen opdracht gegeven ermee te stoppen, maar nu het betrekking heeft op een nieuwe oliebron, leek hij het hele incident te beschouwen als een zaak van nationale veiligheid.'

'Gelul,' zei Alex. 'Wiatt wil niet dat zijn vriend in het Witte Huis in de problemen komt. Doet er iemand onderzoek naar de aantijgingen in het briefje?'

Barbara schudde haar hoofd.

'Ik weet hoe we erachter kunnen komen,' zei Alex.

'Weet je zeker dat je jezelf er niet van probeert te overtuigen dan Michael er niet bij betrokken was?'

Alex was dezer dagen nergens zeker van. Haar huis, haar lab, alles wat ze heel gewoon had gevonden, was binnenstebuiten gekeerd. 'Laat me even uitpraten. We weten dat het voorval heeft plaatsgehad in de buurt van Qui Nhon. We weten ook dat de schrijver van het briefje aan dengue, knokkelkoorts, leed.'

'Hoe ben je dat te weten gekomen?'

'Dat is wat de soldaten knokkelkoorts noemen. Het wordt veroorzaakt door een virus dat wordt overgebracht via muskietenbeten. Er bestaat geen behandeling voor en de gewrichtspijn is ondraaglijk. Het gevoel of je botten worden gebroken.'

'Is het dodelijk?'

'Soms. De patiënt krijgt bloedingen via de neus, de mond, de darmen. De bloedingen worden snel onbeheersbaar en dan bloedt de patiënt gewoon dood. Je kunt ze zelfs geen infuus geven, omdat ook dat een bloeding oplevert. Maar dat probleem kan ons juist helpen bij het onderzoek. Ik kan de medische gegevens van de soldaten met dengue matchen met de gegevens van troepenverplaatsingen om te zien welke eenheden waar waren. Als we een onderdeel vinden dat in de buurt van Qui Nhon is geweest met een Nick en iemand met dengue en de initialen S.F., kunnen we uitvogelen wie het bloedbad heeft veroorzaakt.'

'Het zal niet meevallen om oude medische dossiers te openen.'

'Het is altijd minder erg dan het leven van die arme jongen die moest toezien hoe zijn vader voor zijn ogen werd doodgeschoten.'

Barbara dacht na. 'Ik probeer een manier te bedenken om er een draai aan te geven. Ik kan zeggen dat je ze nodig hebt voor je werk, voor de biologische oorlogvoering.'

'Briljant als altijd,' zei Alex. 'En niet noodzakelijkerwijs onjuist. Het kan best zijn dat het me op dat terrein op ideeën brengt.'

Hoofdstuk 36

Barbara hield woord. Het lukte haar Alex toegang te laten krijgen tot de medische gegevens van de manschappen die vóór half 1972, toen de schedel naar de VS werd meegenomen, in Vietnam waren geweest en dengue hadden. Alex legde de dossiers van de militairen ernaast, maar de gevallen van dengue in de buurt van Qui Nhon waren talrijker dan ze had verwacht.

Ze liep haar glazen hok uit het lab in en rommelde er wat, zette de reagentia anders op de plank neer. Bijna alle sporen van de inbraak – en van de technische recherche daarna – waren verwijderd, maar in het lab heerste nog niet de ongerepte orde waar ze van afhankelijk was.

Terwijl ze een bekerglas een paar centimeter naar links schoof en het deksel van een doos pipetten sloot, vroeg ze zich af of Troy gelijk had met de boze geesten van de statenloze schedels. Haar problemen waren begonnen nadat de Trophy Skulls in haar leven waren gekomen. Ze vroeg zich af wat ze kon doen om vrede te sluiten met juist die geesten.

Pas 's avonds laat was Alex klaar met het nagaan van de eindeloze hoeveelheid combinaties van gegevens over Lo Duoc. Ze wist nu welke soldaten en zeelui er in de buurt waren geweest. Ze vond een paar Nicks, Nathans en andere mogelijk relevante namen, maar geen van hen had gediend in een onderdeel waarin een vent zat met de initialen S.F. en die ook nog aan knokkelkoorts had geleden. Daar ging haar fraaie theorie.

Terwijl ze aan haar bureau zat en overwoog wat haar volgende stap moest zijn, vroeg ze zich ook af of al die aandacht voor de Trophy Skulls van de afgelopen weken misschien een manier was om niet te hoeven denken aan de mensen in haar leven: Luke en haar moeder. Ze pakte de telefoon en belde.

'Alex!' zei haar moeder verbaasd. Meestal communiceerden ze met elkaar via e-mail. Ze leidden beiden een hectisch bestaan en vaak genoeg mailden ze elkaar midden in de nacht. Meer dan eens hadden ze om drie uur 's nachts een e-mailsessie met elkaar.

'Hoi,' zei Alex. 'Ik vroeg me af wat jij met de kerst doet. Zou je het leuk vinden als ik naar Ohio vloog?'

'Ach, Alex, je weet dat de feestdagen me niks zeggen.'

Dat was waar. Terwijl de moeders van andere kinderen kerst-sokken borduurden of kerstkransjes bakten, deed haar moeder of het gewone dagen waren. Haar vader was degene die elk jaar een engel met lange blonde haren voor haar meebracht. Alex had ze haar hele leven met zich meegesleept. 'We kunnen toch gewoon wat luieren en naar de film gaan,' stelde Alex voor.

'O nee, ik zit al helemaal vol. We gaan met een heel stel mensen te paard de Grand Canyon in naar het stadje waar de Hava-supai-stam woont. Het Bureau voor Indianenzaken probeert ze van hun land te verdrijven en we gaan een enorme protestactie houden.'

Ach, moeder. Nog steeds bezig de wereld te veranderen. Geen enkele goede zaak waar ze niet achter ging staan. 'Klinkt interessant,' zei Alex.

'Is alles goed met je?'

Alex dacht even na. Worden aangerand in je eigen huis en een inbraak in je lab vielen in het niet bij de zaken waar haar moeder mee te maken had. Genocide. Armoede. 'Ja hoor, ik vind mijn werk nog steeds leuk.'

'Behandel je weer patiënten?'

Alex aarzelde. Ze wist dat haar moeder haar antwoord niet prettig zou vinden. 'Bijna nooit. Ik doe interessant onderzoek naar infectieziekten.'

'Aha...' zei haar moeder met iets van teleurstelling in haar stem.

Alex wist weer waarom ze met haar moeder liever via e-mail communiceerde. Geen beladen stiltes. Geen onuitgesproken af-keuring.

'Nou, fijne feestdagen dan maar,' zei Alex. 'Geef dat bureau op zijn donder.'

'Insgelijks, schat. Zorg goed voor jezelf.'

Natuurlijk zou ze dat doen. Dat deed ze al vanaf haar vijfde.

'Oké, dag mam.'

'Dag meisje,' zei haar moeder en hing op voor Alex kon reageren.

Op weg naar huis zag ze dat de maan volmaakt rond was. Die bol leek haar ertoe aan te zetten de platgetreden paden te verlaten – rond te stuiteren in gewichtloze toestand of groene kaas te eten. Alex moest om zichzelf lachen en besloot de maan haar gangen te laten bepalen. Ze onderbrak de thuisreis en ging naar muziek luisteren in de Galaxy Hut in Arlington, waar Luke speelde als hij in het land was.

Alex keek niet eens naar het affiche naast de deur om te zien wat er die avond op het programma stond. Soms was het country, vaak rock, een enkele keer folk, maar vanavond maakte het haar niet uit. Ze wist dat ze het te lang zonder muziek had gedaan, zoals ze zich soms na een reeks mistroostige grauwe dagen realiseerde dat haar lichaam de helende stralen van de zon nodig had. Ja, muziek had ze nodig. Ze had duidelijk een tekort aan vitamine M.

De geluidsmuur die haar lichaam liefkoosde toen ze de volle zaal binnenkwam, was onmiskenbaar rock. De diepe vibraties van de bas gaven haar een duizeligmakende schok. Dit was een fantastisch idee.

Mac, de barman, kende haar goed en had een Old Weller met ijs voor haar klaarstaan tegen de tijd dat ze zich door de menigte naar de bar had geworsteld.

'Kom je luisteren of lonken?' vroeg Mac. Hij knikte in de richting van een appetijtelijke man met een bruinleren jack aan het eind van de bar die haar keurend opnam. Alex was geroerd door het feit dat Mac bezorgd was om haar welzijn.

'Ik kwam voor de muziek,' zei ze.

Mac knikte. Alex wist dat hij zijn best zou doen om mannen die haar wilden versieren te ontmoedigen zodat ze ongestoord kon genieten.

Ze stond al snel net als de rest van de aanwezigen te klappen en met haar voet te tikken. Het deed haar beseffen hoe stil het thuis was zonder Luke en zijn band die in haar woonkamer repeteerden. Daar kwam bij dat een week met Luke betekende dat ze een paar keer 's avonds naar een nieuwe band of een oude favoriet gingen luisteren.

Alex keek hoe de drummer zijn Gretch-drumstel op erotische wijze bewerkte met af en toe een kieteling van de Zildjian-bekkens. De leadguitar vormde de echo van het strakke ritme van de drummer op zijn snaren. Toen liep de gitarist naar de drummer, ging achter hem staan en zonder dat een van beiden een tel miste nam de gitarist de sticks van de drummer over en gaf hij hem zijn gitaar. Onder een daverend applaus rockten ze allebei door; beiden beheersten het instrument van de ander volkomen.

Er zat een energie in het optreden – een lijnrechte drive – die Alex herkende. Wanneer haar biotoxine-onderzoek goed liep, kende ze geen twijfels over de stappen die ze moest zetten. Het was alsof ze een musicus of een dichter was aan wie een song of gedicht zich in volle glorie openbaarde. Maar ze benijdde de musicus om het feit dat er bij hem, in tegenstelling tot de wetenschapper of dichter, sprake was van rechtstreekse interactie met zijn medebandleden en het publiek. Ze dacht er weinig over na, maar soms werd ze, als ze tussen alle activiteiten en drukte in haar leven door even op adem kwam, zich er opeens van bewust dat ze erg veel alleen was.

Maar dit was niet zo'n moment. Deze avond was ze deel van het protoplasma van het publiek en kregen haar neuronen door de muziek een nieuwe bedrading. Ze bleef tot twee uur, en ze voelde zich niet moe maar juist helemaal opgeknapt. Misschien was het gewoon dat ze het tastbare bewijs kreeg dat er nog een wereld buiten de grenzen van de AFIP-onderzoeken was.

Ze stuiterde van de energie toen ze bij de *Curl up and Dye* kwam. Wat ze had gelezen over dengue had haar op nieuwe ideeën voor een vaccineproject gebracht. Er was nog altijd geen remedie voor knokkelkoorts en Thailand was er nu van in de greep. De Trophy Skulls gingen binnenkort terug naar Vietnam en dan was zij niet langer hun hoedster. Maar misschien lieten ze een vaccin voor een dodelijke ziekte na. Troy had haar geleerd dat de zielen van de doden spullen zoals huizen en eten nodig hadden voor hun leven in het hiernamaals. Maar misschien wilden ze ook wel deel uitmaken van een sociale onderneming waar de wereld iets aan had.

Toen ze de deur van haar spiegelkamer opende, moest Alex om

zichzelf lachen. Tegen haar lichtelijk aangeschoten (drie whisky's) spiegelbeeld zei ze: 'Zet 'm op, meid.' Ze boog zich voorover naar het glas om te zien of haar ogen bloeddoorlopen waren. Vanuit haar ooghoek zag ze een rare donkere plek in een van de haardroogstoelen.

Met een ruk en ingehouden adem draaide ze zich erheen, bang dat het een inbreker was. In plaats daarvan zag ze een grafkrans met dode bloemen. Op het lint stond het gangbare RIP. Maar eraan geniet zat een kaartje: Vergeet Lo Duoc niet.

Ze rende naar de keuken, greep een mes en controleerde de slaapkamer en de klerenkast. Ze opende de badkamerdeur en keek in de douche. Degene die de rouwkrans had neergelegd was er niet meer.

Ze deed de buitendeur op slot en bekeek de krans nauwkeuriger. Met rubberhandschoenen aan draaide ze voorzichtig het kaartje om om te zien of er iets achterop stond. Op de plek van het nietje zat een druppeltje bloed ter grootte van een speldenknop. De schrijver had zich blijkbaar opengehaald aan het nietje.

Het was klein, maar genoeg. 'Hebbes,' zei ze.

Alex nam twee monsters van het spetje. Het ene zou ze aan Dan geven, het andere hield ze zelf.

Ze ging in de stoel naast die met de krans zitten en probeerde te besluiten wat ze ging doen. Dit was iets anders dan de Vietnamese indringer. Er was geen raam kapot, het slot was niet geforceerd. Iemand had zichzelf binnengelaten.

Maar wie had er behalve Luke en zijzelf een sleutel?

Toen bedacht ze wat een idioot ze was. Degene die haar sleutels had gekopieerd en zich toegang tot haar lab had verschaft, had natuurlijk ook haar huissleutel.

Was de inbreker van het lab ook degene die hier nu had ingebroken? Maar dat was niet logisch. De labinbreker had bewijsmateriaal over Qui Nhon laten verdwijnen. De huisinbreker wilde dat ze de zaak openbaar maakte.

Wie kon er verder aan haar huissleutel komen? Ze nam zichzelf de gedachte enorm kwalijk, maar ze dacht terug aan de nacht dat Troy was blijven slapen. Hij was eerder opgestaan dan zij. Hij had gemakkelijk haar sleutelbos van de keukentafel kunnen pakken en ermee naar een slotenmaker gaan.

Ze belde Dan. Hij droeg haar op haar huis te verlaten en ergens op een veilige plaats in de buurt op hem te wachten. 'Je bent thuis momenteel niet veilig.'

Maar ze verdomde het zich uit haar eigen huis te laten schoppen, zeker niet nu ze de moed had verzameld om er weer te gaan wonen. Ze controleerde de grendel een paar keer zodat ook iemand met een sleutel er niet in kon, en belde een slotenmaker. Dan mocht zo veel bewijsmateriaal komen verzamelen als hij maar kon vinden, maar daarna liet ze er een ander slot inzetten.

'Deze kende ik nog niet,' zei Dan toen hij het kaartje had gelezen. 'Ik heb heel wat pogingen gezien om onderzoekers van een onderzoek af te houden, maar bij iemand inbreken om te zeggen dat ze op een zaak moet blijven zitten...'

Hij bevestigde dat de indringer gebruik had gemaakt van een sleutel, keek rondom de stoel naar mogelijke sporen van de inbreker, en nam een foto van de krans.

Hij probeerde Alex zover te krijgen dat ze die nacht ergens anders heen ging, als het moest kon ze zelfs bij hem en Jillian logeren, maar ze hield voet bij stuk. In totaal was Dan er niet langer dan een kwartier, en de slotenmaker had een halfuurtje nodig voor het vervangen van het slot. Toen Alex weer alleen was, nam ze een slok bourbon om tot rust te komen. Ze dwong zichzelf rustig adem te halen, en dacht na over deze tweede inbraak. Wie had er baat bij dat ze het onderzoek voortzette? Wiatt wilde het in de doofpot stoppen. Troy daarentegen was bereid geweest de VS te laten boeten toen hij dacht dat een soldaat Mymy had gewurgd. Was hij op een of andere manier achter het bestaan van het briefje gekomen?

Ze ging naar de slaapkamer en vouwde voorzichtig de dikke sprei open waaronder Troy had geslapen. Haar onderzoek leverde inderdaad iets op. Er was een zwarte haar, met het haarzakje er nog aan. Ze stopte hem in een bewijszakje en deed dat in haar heuptasje. Toen controleerde ze voor de zekerheid nogmaals of het nieuwe slot en de oude grendel hun werk deden, kleedde zich uit, ging op de futon liggen en viel in een onrustige slaap.

Hoofdstuk 37

Toen de DNA-test bewees dat het bloed op de krans niet van Troy was, voelde Alex zich dwaas omdat ze hem had verdacht. Ook al had ze hem niet om toestemming voor de test gevraagd, of misschien juist daarom, ze had het gevoel dat ze een grens had overschreden, dat ze op fundamentele wijze inbreuk op zijn privacy had gemaakt.

Nu haar eerste theorie onhoudbaar was gebleken, vroeg ze zich af wie er verder zou profiteren als ze doorging met haar onderzoek in de krijgsraadzaak. Wiatt was ervan overtuigd dat Michael de hoofdverdachte was, ook al was geen van beide squadrons waarin hij had gediend volgens de lijsten in de buurt van Lo Duoc geweest en had er in geen van beide een soldaat met dengue gezeten.

Maar Wiatt was nu eenmaal wantrouwig en daarom bleef hij Michael vermoedelijk verdenken, niet van het bloedbad maar van het neerzetten van de rouwkrans in haar huis. Als er iemand anders uit de DNA-test rolde, ging Michael vrijuit.

Alex keek naar haar spiegelbeeld in de labkoelkast, gerustgesteld dat ze nog steeds een blondje in spijkerbroek was. Ze kreeg het gevoel dat ze popvampier Elvira was toen ze voorbereidingen trof om het DNA van weer een andere man in haar leven te testen.

Ze deed de kast open en zocht de vier zakjes met de sigaretten uit Mymy's schedel. Michael had haar verteld dat hij en drie andere soldaten er een paar trekjes van hadden genomen ter ere van de vier man die waren gesneuveld.

Ze nam de eerste sigaret om te bepalen of het DNA erop matchte met het bloed van de krans. Ze zocht de verkleuring die wees op opgedroogd speeksel van dertig jaar oud, nam er DNA uit en stopte het in een PCR-apparaat om het DNA zo te vermeerderen dat ze het kon analyseren. Een kwartier later bracht ze het DNA over op een chip en plaatste die in de gensequencer. Dat herhaalde ze voor de tweede en de derde sigaret, maar geen ervan leverde een match op.

Ze begon aan het sequencen van de vierde sigaret. De sequencer draaide een paar seconden maar begon toen raar te doen. Het scherm werd lichtblauw en er verscheen een tekst, INVALID RUN, zoals gebeurde wanneer ze een monster had vervuild met haar eigen DNA. Ze stond op het punt de vierde sigaret opnieuw te behandelen door zorgvuldig DNA van een ander plekje op de sigaret te halen, toen ze zich realiseerde dat de overeenkomst tussen het DNA op de vierde sigaret en dat van haarzelf begrijpelijk was. Op de vierde sigaret zat DNA van haar vader.

Het overdonderde haar. Zo dicht was ze in dertig jaar niet bij haar vader, bij zijn vlees en beenderen, geweest. Ze begreep nu waarom mensen in de middeleeuwen reliekschrijnen maakten, bewerkte kistjes met de huid of het haar of tanden van een gestorven heilige. Je voelde je nederig, zo dicht bij iemands essentie. Het was vreemd: hij was het en hij was het niet. Ze staarde naar de rode, blauwe, groene en oranje patronen op het scherm van de sequencer. Ze kon zich de kleur van zijn ogen niet goed meer herinneren, maar hier stond ze dan met de kleuren van zijn DNA voor haar neus. Voor een geneticus was het een bijna religieuze ervaring. Ze sloeg een digitale versie van de test op. Daarna deed ze deze vierde sigaret terug in zijn zakje op de plank. Ze begreep nu beter waar Troy het over had. De stoffelijke resten van de doden hielden hun macht over de levenden.

Hoofdstuk 38

De volgende morgen, de dag voor Kerstmis, wist Alex niets anders te bedenken dan naar haar lab te gaan. Terwijl ze aan de koffie zat, besefte ze dat ze zich er zelfs op verheugde. Over een week zouden de Trophy Skulls onderweg zijn naar Vietnam en kon zij zich weer geheel richten op haar werk met biotoxinen. En de knokkelkoorts was ook een nieuwe uitdaging. Haar werk aan de schedels zou in feite kunnen leiden tot een doorbraak in haar verdere onderzoek. Het zou best eens kunnen dat de oninteressante klusjes waarmee Wiatt haar opzadelde een goede kant hadden. En eerlijk gezegd viel hij haar niet zo vaak met opdrachten lastig.

Hmm, dacht ze. Had ze zojuist een welwillende gedachte gehad over haar baas, nota bene de man die haar wilde ontslaan? Ze moest wel heel erg veel last hebben van de kerstgedachte.

Tijdens de rit naar haar werk luisterde ze naar de publieke zender NPR die aandacht besteedde aan de groeiende populariteit van de oud-minister van Binnenlandse Zaken van Vietnam, nu parlementslid Huu Duoc Chugai, en hoe hij zich langzaam naar het presidentschap van zijn land toe werkte. In juli zou de verkiezing zijn. Hij was van plan de ceremonie met de Trophy Skulls in het Witte Huis en de Wetsport Oil-deal te gebruiken om de verhoudingen met de VS te verbeteren.

Ze had verwacht dat het AFIP verlaten zou zijn, op de bewaking bij de ingang na, maar toen ze het portier van haar auto dichtsmeet, zag ze Grant uit de zijne stappen.

Hij kwam naar haar toe en terwijl hij met zijn vingers in de lucht deed of hij iets intikte op het bedieningspaneeltje van een alarminstallatie, vroeg hij: 'Hoe is het met L-U-K-E?'

'Spaar me, Grant. Kunnen we niet doen of er nooit bij me is ingebroken?' Toen ging ze kalm verder. 'Luke is op tournee in Europa.' Nu waarschijnlijk met Vanessa, dacht ze. 'Waarom ben jij niet weg met de feestdagen?'

'Debra heeft bij de scheiding alle kerstversiering gekregen. Met alle andere waardevolle spullen.'

'Je kunt toch nieuwe kopen.'

'Ja,' zei hij, bij uitzondering serieus, 'maar ik ben er nog niet klaar voor.'

Nadat ze hadden ingetekend, nam Grant haar mee naar zijn lab. Toen ze daar waren, opende hij een kast en zei: 'Kijk eens wat Santa voor je heeft neergelegd.'

'Je weet best dat ik nooit op de lijst van brave meisjes kom.'

Hij lachte. 'Ja, daarom mag ik je wel.' Hij gaf haar een doos.

Alex was verbaasd. 'Dat had je niet moeten doen.'

'Dat heb ik ook niet. Bedank Uncle Sam maar, of liever de toewijzingscommissie van de Senaat, die veel guller is dan die ouwe Saint Nick.'

Alex maakte de doos open en zag een telefoon, net zo een als Grant Lana had gegeven. Enthousiast legde hij haar de eigenschappen uit. 'Met deze knop kun je dingen opnemen, voor het geval je een geniaal wetenschappelijk idee hebt en het wil vasthouden. En dit is de echte reden waarom je het ding krijgt: een matrix waarmee je uit en naar het Vietnamees kunt vertalen.'

Meestal beschouwde Alex Grants projecten als verspilling van belastinggeld, maar hier was ze dankbaar voor. Ze wilde iets tegen Mymy's moeder kunnen zeggen. Ze drukte op een knop en zei: 'Aangenaam kennis met u te maken.' Even later liet de telefoon blijkbaar dezelfde zin in het Vietnamees horen.

Ze kreeg opeens een weemakende ingeving. 'Grant, je hebt het ding toch niet geprogrammeerd om een grap met me uit te halen? Ik wil niet dat ik denk dat ik de Vietnamese ambassadeur in het Witte Huis begroet en dat ik er later achter kom dat ik hem heb verteld dat zijn gulp openstond.'

'Nee, je komt probleemloos nieuwjaarsdag door,' zei hij. 'Maar ik zou wel uitkijken als je hem op 1 april gebruikt.'

In haar kantoor dook Alex in de literatuur over het denguevirus. Er waren vier verschillende agentia die de ziekte veroorzaakten, DEN 1, 2, 3 en 4, die alle vier door muskieten werden overgedragen. Na de feestdagen zou ze een vriendje bij de Centra voor Ziektenbestrijding bellen en vragen of hij haar wat weefsel met het virus kon sturen zodat ze het kon sequencen.

Toen ze de koelkast opende om te kijken hoeveel ruimte voor nieuwe monsters ze had, werd ze onaangenaam getroffen door de kougolf en had ze even wat moeite met ademen. Ook merkte ze dat haar hartslag onregelmatig was. Misschien was dat de tol van het onderzoek.

Misschien ook was het een echt probleem. Ze werd 's nachts vaak wakker door een vreemd bonzen van haar hart. Ze kon altijd haar eigen DNA onderzoeken op een genetisch bepaalde aanleg voor hartkwalen. Maar wilde ze dat echt weten?

Langzaam rees de gedachte dat ze ook haar vaders DNA kon onderzoeken. Misschien zou hij, als hij niet was gesneuveld, toch nog jong aan een erfelijke cardiomyopathie zijn gestorven. Hem testen was eigenlijk een laffe uitweg. Als hij de genetische mutatie niet had, had ze geen genetisch bepaalde aanleg voor hartfalen geërfd en waren de onvoorspelbare oneffenheden in haar ecg niets om zich zorgen over te maken. En zelfs als hij wel aanleg voor een hartkwaal had gehad, dan nog was er vijftig procent kans dat zij die niet had geërfd. Als ze haar vaders DNA testte, zou ze wat informatie krijgen over de risico's die ze zelf liep zonder specifiek in haar eigen genetische kristallen bol te hoeven kijken.

Ze wierp een blik op het schaaltje met het DNA-monster met het etiket 'ANB-Alexander Northfield Blake'. Wat voor soorten tests kon ze op haar vaders DNA gaan doen? De hartgenen natuurlijk. Misschien ook alzheimer. Ze verdedigde de zoektocht door zich voor te houden dat als haar vader nog had geleefd, ze had geweten welke kaarten zijn genoom hem had toebedeeld aan de hand van de symptomen die hij had ontwikkeld. Moest haar die informatie worden onthouden alleen omdat hij jong gestorven was?

Ze zette het monster op de werkbank en ging aan de slag om er een laagje van op een genchip aan te brengen en het daarna te sequencen. De foto van haar vader keek haar vanaf een plank in het lab aan.

Toen zette ze het DNA weer in de koelkast. Ze zou haar vaders

DNA niet testen. Troy had gelijk. De doden moesten worden geeerd, maar in vrede kunnen rusten.

Die avond hing Alex de vier engelen die ze van haar vader had gekregen aan de droogkappen in haar woonkamer. Op weg naar huis was ze bij de Duane Reade-drugstore gestopt waar ze een al versierd kerstboompje had gekocht.

Ze zette het op Lukes gitaarstandaard en probeerde zich ervan te overtuigen dat het niet zielig was.

Het AFIP was op kerstdag gesloten en ze wist niet goed wat ze zou gaan doen. Barbara en Lana waren naar New York. Harding, die op zijn woonboot al vaker een kerstmaal voor haar had gemaakt, had een reis naar de Bahama's geboekt voor een benefietzeiltocht. Ach, je moest het van de zonnige kant zien, dacht ze. Ze kon eens wat uitrusten, een thriller lezen, en de medische tijdschriften die zich opstapelden.

Ze sliep uit en werd om tien uur wakker gebeld door haar mobieltje, waar ze het toestel op haar werk naartoe had doorgeschakeld.

'Ben je vandaag alleen?' vroeg Michael.

Alex zweeg even. 'Dat is een behoorlijk impertinente vraag.'

'Ik bedoel... als je nog geen plannen voor een kerstdiner hebt, ik richt bij mij thuis een groot feestmaal aan.'

Alex dacht een hele tijd na over de uitnodiging terwijl de telefoonverbinding kraakte. 'Weet je, ik ben met iets bezig. Kan ik je zo terugbellen?'

'Natuurlijk.'

Ze hing op en ging in een van de droogkapstoelen zitten. Ze trok de stugge plastic helm over haar hoofd als om de buitenwereld af te sluiten bij het overdenken van deze kwestie. Ze voelde zich bij Michael op haar gemak, wat alleen maar kon betekenen dat ze niets te vrezen had. Toen gaf ze zichzelf een vriendelijke uitbrander. Ze was een kei van een wetenschapper en een steeds beter forensisch onderzoeker. Maar gezien haar prestaties op het gebied van mannen was ze niet in staat voorspellingen over hen te doen.

Ze besloot haar beste wetenschappelijke logica op de situatie los te laten. Er stond nergens dat hij in de buurt van Lo Duoc was geweest. Hij was pas in 1969 in Vietnam gekomen, in de laagste rang. Hoe had hij dan opdracht voor een slachting kunnen geven? En zelfs als hij Mymy's schedel toen in handen had gekregen, had hij die aan het eind van zijn eerste uitzending mee naar huis genomen, niet toen hij in 1972 terug was.

Haar onsamenhangende gedachten bereikten een punt waarop de bewijzen in het voordeel van Michael uitvielen. Tevreden met de uitkomst belde ze hem op. 'Hoe laat?'

'Wat dacht je van vijf uur? Dan kun je me helpen de engel boven op de boom te zetten en daarna gaan we smullen.'

'Wat kan ik meebrengen?'

'Jij bent ruim voldoende, dus alleen jezelf.'

Toen Alex had opgehangen, realiseerde ze zich dat er in dat bos daar iets onweerstaanbaars was. Het vleugje gevaar maakte het alleen nog maar uitnodigender.

Daarna vroeg ze zich af of het onverantwoordelijk was wat ze deed – niet voor het eerst in haar leven. Misschien moest ze er niet heen zonder er iemand van op de hoogte te stellen. Ze probeerde te bedenken wie ze kon bellen die het haar niet uit haar hoofd zou willen praten. Ze wist dat Barbara nu wel in New York was. De beste oplossing was Barbara's voicemail op het werk in te spreken en te melden dat ze naar Carlisle ging. Alex was er voor 99 procent zeker van dat haar daar in het bos niets zou overkomen. Maar als er iets misging en ze niet terugkwam, was er op het AFIP in ieder geval iemand die wist waar ze moesten gaan zoeken.

Alex trok een zwarte spijkerbroek en een rode zijden blouse aan, en haar favoriete zwarte cowboylaarzen. In de badkamer trok ze een la open waarin ze nog een monstertje parfum vond dat ze ooit via de post had gekregen. 'Arrogance' heette het. Ja, ze was nu inderdaad arrogant.

Deze keer was de route bekend en de eerste twintig minuten verliepen snel. Ze ging op in het rijden en luisterde naar een rockzender die godzijdank geen kerstliedjes uitzond. Ze bedacht dat ze met haar muzikale smaak was teruggegaan naar de tijd vóór Luke. Ze had zijn cd's opgeborgen achter in de voorraadkast. Hij had een paar boodschappen ingesproken, maar het was of hij, telkens als ze hem ergens probeerde te bellen, alweer door was naar de volgende stad van zijn tournee. Of ze zei bij zichzelf dat ze te moe was voor lange gesprekken waarin ze hem vertelde wat er allemaal was gebeurd, inclusief de bijna geslaagde wurgpoging. Hoe zou ze het vinden als hij aanbood op een vliegtuig naar huis te stappen om voor haar te zorgen? En hoe zou ze het vinden als hij dat niet deed?

Toen Alex bij Michaels adres kwam, stond het hek al open. Ze reed naar het huis en hij liet haar binnen. De woonkamer had een gedaanteverandering ondergaan. Overal brandden kaarsen van verschillende grootte en tegenover de open haard aan de andere kant van de kamer stond een bank met een strik eromheen.

Michael zag haar vragende blik. 'Een cadeau voor jou, min of meer. De vorige keer dat je hier was, leek je niet echt gemakkelijk te zitten op die kussens.'

Alex glimlachte. Ze voelde zich gevleid dat deze knappe man in zijn leven een plek voor haar schiep. Op een eveneens nieuwe lage tafel voor de bank stond een vracht aan hors d'oeuvres: garnalen, tomaten en mozzarella, ham en meloen. Er was zelfs een trommel met kerstkransjes.

'Je gaat me toch niet vertellen dat jij die hebt gebakken?'

Michael schudde zijn hoofd. 'Nee, die heeft Ellen gemaakt.'

Alex voelde zich even ongemakkelijk. Ellen had ze waarschijnlijk gemaakt in de hoop deel uit te maken van dit tafereel. 'Hebben jullie iets met elkaar?'

Hij keek haar verbaasd aan, alsof die gedachte nooit bij hem was opgekomen. 'Nee, zij is helemaal zakelijk. Ze steekt geen vinger uit naar een straathond als ik die niet eens zijn middelbare school heeft afgemaakt.'

Die indruk had Ellen haar niet gegeven. Maar wie weet. Er waren vrouwen met bizarre ideeën over status. Dit in tegenstelling tot Alex in wier liefdesleven voldoende straathonden waren voorgekomen om een kennel mee te vullen.

Ze dacht aan het treurige boompje bij haar thuis en ze was blij dat ze hier bij Michael was. Hij boog zich naar voren een vulde voor haar een bord met hapjes. Ze knabbelde ervan en schonk de wijn voor hen in.

Ze babbelden over hun familie, films die ze hadden gezien, de ergste kerstgeschenken die ze ooit hadden gekregen. 'Een koningsblauw kostuum met korte broek toen ik zeven was,' zei

Michael. 'Mijn moeder moet het in de uitverkoop hebben gevonden. Ik ging zowat dood van ellende toen ik het aan moest naar de mis.'

'Ongeveer op dezelfde leeftijd kreeg ik het Rode Boekje van Mao,' zei Alex en zette haar lege bord neer. 'Niet dat ik het niet interessant vond, maar ik had op een jong hondje gehoopt.'

Michael legde nog een houtblok op het vuur.

'Het spijt me dat de *Times* over het verband tussen jou en de schedels heeft geschreven,' zei Alex. 'Ze hebben die informatie niet van mij. Het is maar dat je het weet.'

'O, maak je maar geen zorgen. Het enige gevolg was dat wat oude medescholieren me belden om te melden dat ze onder indruk waren van het feit dat mijn naam in de krant stond. Ik zei dat ik onder de indruk was van het feit dat ze konden lezen.'

Hij schonk haar nog eens bij en vroeg: 'Heb je kunnen vaststellen wie dat bloedbad op hun geweten hebben?'

'Nog niet,' zei ze.

'Maar jij bent toch de belangrijkste schakel tussen die zaak en de krijgsraad nu dat briefje zoek is.'

Ze zette haar glas neer en zat niet rustig. 'Of ik nou doorga of niet, die kerels worden toch wel gepakt.'

Hij boog zich naar haar toe. 'Alex, soms is het beter om geen slapende honden wakker te maken.'

Toen pakte hij haar hand en trok haar overeind. 'Nu heb ik je hulp nodig.'

Ze dacht dat hij haar ging vragen iets te doen wat verband hield met Lo Duoc, maar nee, hij hielp haar in haar jas en ging haar voor naar de tuin.

Alex zag een reusachtige dennenboom, misschien wel tien meter hoog, met snoeren niet-brandende lampjes eromheen. 'Hoe heb je...?' begon ze haar vraag, maar zag toen achter de boom een hoogwerker staan. In de metalen bak zat een bankje, groot genoeg voor twee personen, net als in een kermisattractie.

Michael reed erheen en gebaarde dat ze moest instappen. Er stond al een picknickmand waar een champagnefles uitstak. Ernaast stond een mand met kerstversiering.

Alex ging zitten en Michael hees zich uit zijn rolstoel op het bankje naast haar.

'Jij versiert, ik stuur.' Hij opende de champagne en schonk een glas voor haar in. Na de toast sloeg hij een arm om haar heen en fluisterde in haar oor: 'Ik wou je even laten weten dat de breuk in mijn ruggengraat bij L2 zit.'

Alex kreeg een kleur. Als arts wist ze precies wat dat betekende. Zijn benen waren verlamd, maar het ongeluk had zijn seksuele capaciteiten niet aangetast.

'Nou nou, mijn waarde dokter,' zei hij. 'Ik geloof dat ik je heb laten blozen.'

Hij lachte en wees met zijn hoofd naar de mand. Het volgende kwartier trok ze versieringen uit de mand en hing ze een voor een in de reusachtige boom terwijl Michael hen omhoog en om de boom heen stuurde. Sneeuwwitje en de Zeven Dwergen, een notenkraker, sneeuwvlokken en sterren. Zelfs een Scrooge.

Hij gaf haar een doos die achter het bankje had gestaan. 'Voor bovenop,' zei hij.

Alex opende de doos. In plaats van een blonde engel zat er een uit hout gesneden Vietnamese vrouw in.

'Jij zult de honneurs moeten waarnemen,' zei hij.

De hoogwerker kon niet bij de top komen zonder de takken eronder te beschadigen. Om de vrouw op de top te zetten, moest Alex gaan staan en zich over de rand van de bak waarin ze zaten buigen. Ze ging staan en keek naar beneden. Dit werd riskant.

'Vertrouw me,' zei Michael. 'Ik hou je vast.'

Michael bewoog het apparaat een stukje dichterbij, maar door de plotselinge beweging van de bak viel Alex bijna over de rand. Ze draaide zich naar hem om en vroeg zich af of hij het opzettelijk had gedaan om haar de stuipen op het lijf te jagen.

'Kom op, meisje,' jutte hij haar op. 'Je bent toch niet bang voor een beetje gevaar?' Hij legde zijn rechterarm om haar middel waarbij zijn vingers gespreid over de hele voorkant van haar spijkerbroek ter hoogte van de knoop lagen. Toen hij zijn linkerhand erbij legde, voelde ze een lichte druk van zijn vingers op de ritssluiting. Of het door de champagne kwam of door zijn aanraking, ze werd licht in het hoofd.

Ze draaide zich om en keek hem aan. Daarbij kwamen haar borsten ter hoogte van zijn gezicht. Ze pakte de piek en draaide zich weer om. Al die tijd hield hij haar vast.

'Daar gaat-ie dan,' zei ze. Ze boog zich helemaal naar voren, hield de piek met twee handen vast. Haar veiligheid lag volledig in zijn handen. Als hij haar losliet, viel ze dood.

Bij haar eerste poging haalde ze het net niet. Ze ging weer rechtop staan, haalde diep adem en boog zich opnieuw naar voren. Deze keer stond ze op haar tenen waardoor haar positie nog gevaarlijker werd. Ze voelde zijn linkerhand iets verschuiven en toen haalde hij hem helemaal weg. Hij hield haar nu alleen met zijn rechterhand vast. Haar hart sloeg over en ze draaide zich in paniek om, bang dat hij haar liet schieten.

Maar ze zag dat hij zijn linkerhand gebruikte om zich op te drukken zodat hij tegen de metalen rand van de bak leunde. Door zich iets naar voren te duwen kon hij haar dichter bij de top van de boom brengen. Ze zette het Vietnamese vrouwtje op haar plaats en daarna tuimelden ze achteruit op het bankje.

'Als team kunnen we alles aan,' zei hij en veegde het haar uit haar ogen.

Alex zei niets. Dat angstige moment had haar keel dichtgeschroefd. Ze haalde diep adem, sprak zichzelf bestraffend toe om haar al te levendige fantasie.

Hij reed de hoogwerker terug rond de boom en liet de bak daarna naar de grond zakken, naast zijn rolstoel. In één moeiteloze beweging zwiepte hij zich erin. Ze stapte uit en liep een paar meter achteruit om hun werk te bewonderen. De boom was adembenemend.

'Wacht maar tot de lampjes branden,' zei hij. Hij reed terug naar het huis en pakte voor hij naar binnen ging een groot houtblok.

In de kamer legde hij het stammetje op het vuur en porde het op. Alex ging op de bank zitten. Hij rolde naar haar toe en ging vlak naast haar op de bank zitten. Daarna pakte hij een afstandsbediening van de salontafel en deed de buitenverlichting aan. Aan de takken twinkelden tienduizenden kleine lichtjes. Een spotje op de nok van het huis verlichtte het Vietnamese vrouwtje in de top.

Hij draaide zich om en kuste haar. Hij streelde haar haar, wreef liefdevol over haar wang, ging met zijn handen naar haar borsten. Ze haalde zijn handen weg.

'Te veel en te snel?' vroeg hij.

Ze knikte.

'Geeft niet,' zei hij en streek met zijn rechterhand haar haar glad. 'Ik heb geduld.'

Hij noodde haar naar de eetkamer voor het diner. Na afloop daarvan zei ze: 'Ik kan je niet genoeg bedanken voor alles: de boom, het eten, en zelfs een bank.'

Ze stond op om te vertrekken.

'Je vergeet je laatste kerstcadeau,' zei hij.

Ze keek hem vragend aan.

'Wat je nog van me te goed hebt.'

Hoofdstuk 39

De volgende dag, 26 december, versierde Alex haar zwarte col met een stralend halssieraad bestaande uit piepkleine, brandende champagneflesjes. Lana had het haar vorig jaar cadeau gedaan en ze wilde het dragen naar de feestlunch op het AFIP. Geheel volgens traditie nam Dan een man of twintig van zijn ploeg, onder wie Babara, Alex, Chuck en Grant, mee naar een visrestaurant in D.C. Ze planden de lunch elk jaar in de week tussen Kerstmis en Nieuwjaar zodat hij niet hoefde te concurreren met familiebijeenkomsten en dergelijke. En ze konden samen treuren om het feit dat ze meestal die week moesten werken. Tijdens de feestdagen werden er veel misdaden gepleegd.

Toen ze The Catch binnenkwam, werd ze overdonderd door Dans kleding. Een marineblauw kostuum, gesteven wit overhemd en een gele stropdas. 'Waar dient die vermomming voor?' vroeg ze.

'Jillian krijgt vandaag een onderscheiding op de National Press Club.' Dan streek met een duim over de revers van zijn jasje om te laten zien dat het geen goedkoop spul was. 'Ik probeer door te gaan voor prijsechtgenoot.'

'Jillian is stapel op je,' zei Alex. 'Die zou het geen enkel punt vinden als je opdraafde in je ondergoed.'

'Eigenlijk heb ik het gedaan,' zei hij, 'omdat ik wil dat het haar dag wordt. Als ik in uniform verschijn, besteden de mensen te veel aandacht aan mij.'

Tijdens de lunch gaven ze elkaar de surprises die ze hadden gekocht. Ze hadden een tijdje terug een naam uit een pet getrokken en Alex had Grant gekregen. Ze had haar best gedaan om een T-shirt te vinden dat reclame maakte voor de plaatselijke YMCA.

Toen hij het pakje openmaakte, kon ze zich niet inhouden: 'Ter herinnering aan de avonden die je luisterend naar de Village People in allerlei clubs hebt doorgebracht.'

Dan had haar naam getrokken. Ze maakte het pakje met maf rendierpapier eromheen open. Het was een waterpistool.

'Omdat je geen echt pistool wilt kopen,' zei hij.

Toen hij een arm uitstak naar de surprise die Barbara voor hem had, viel Alex' blik op zijn manchetknoop: Semper Fi. Hij volgde haar blik. 'Jillian vindt het fijn als ik ze draag. Ze wil dat ik me aan het motto *Semper Fidelis*, Altijd Trouw, houd als ze weg is.'

Alex bleef zelfs niet wachten tot Dan zijn pakje had geopend. Ze verontschuldigde zich en haastte zich terug naar het AFIP.

In haar glazen hok ging ze de gegevens over troepenverplaatsingen in de buurt van Lo Duoc opnieuw na waarbij ze haar nieuwe kennis gebruikte. Het *S.F.* aan het eind van het briefje stond niet voor de initialen van een man, maar voor het motto van de mariniers.

Bij de nieuwe doorloop bleek er maar één peloton mariniers te zijn dat aan de criteria voldeed, het was bij Lo Duoc geweest en had een dengueslachtoffer: het 8ste Bataljon, 46ste Regiment Mariniers. Het werd aangevoerd door een vierentwintig jaar oude luitenant, Nick Papparaplous.

Nu Chuck en de anderen nog in het restaurant zaten, wist ze niet goed hoe ze aan de huidige verblijfplaats van de commandant kon komen. Ze ging naar het virtuele Vietnam War Memorial en voerde zijn naam in. Hij was niet in Vietnam gesneuveld. Wanneer Chuck terug was, kon hij kijken of de man een rijbewijs had en via het sofinummer kijken waar hij nu uithing.

Alex ijsbeerde door het lab, ongeduldig wachtend op de terugkeer van de datagoeroe. Ze vroeg zich af of die Nick te vinden was op een van de adressites of in een krantenzoekprogramma. Maar toen ze bedacht hoe Troy dingen te weten was gekomen over haar werk in de zaak van het World Trade Center, ging ze weer zitten en googlede Nick Papparaplous.

En daar had je hem.

Hij werd genoemd in een artikel van drie jaar geleden over Vietnamveteranen waarin werd opgemerkt dat velen van hen nu met jonge mensen werkten. Ze werden leraar op een middelbare school of schoolbuschauffeur of leider bij de scouting. De journalist vermoedde dat ze werden gedreven door het verlangen iets terug te doen voor de samenleving, en ook om een nieuwe generatie te leren de verschrikkingen van de oorlog te vermijden.

Nick Papparaplous was schoolbuschauffeur voor een junior high school in Bridgeport, Connecticut.

Alex drukte het artikel af en zocht Wiatt op in zijn kamer. Ze legde uit hoe ze had nagegaan wie de man in het briefje was. 'Laat iemand met hem gaan praten. Ik weet zeker dat het de gezochte man is.'

'Blake, dit is een uitermate ongeschikt moment. Ook als je gelijk hebt, kunnen we de zaak nu niet voor de krijgsraad brengen.'

Ze gaf niet toe. 'Dus u veegt het onder het tapijt tot na Cotter z'n ceremonie?'

Wiatt werd boos. 'Voor jou is het project klaar. Finito. Neem een paar dagen vrij, ga ergens op het strand zitten, maakt me niet uit. Het enige wat jij moet doen is de eerste januari met die schedels opdraven. Ik waarschuw je niet meer.'

Op weg naar de deur slaakte Alex een gefrustreerde zucht. 'En u ook gelukkig nieuwjaar.'

Hoofdstuk 40

De volgende morgen maakte Alex zich klaar om naar haar werk te gaan, maar begon toen kleren in een weekendtas te gooien. Wiatt had haar min of meer bevolen vrijaf te nemen en Dan had haar niet meer nodig in de zaak-Gladden.

Op Union Station nam ze een trein naar New York. Via haar mobieltje reserveerde ze een kamer in het Algonquin.

Terwijl de conducteur haar kaartje knipte met zo'n grappig apparaatje dat in de trein al tientallen jaren werd gebruikt, besefte ze hoezeer ze ernaar verlangde onder te gaan in de verrukkelijke anonimiteit van Manhattan.

Privacy was voor haar altijd heel belangrijk geweest. Op school had ze bijna nooit vriendinnen mee naar huis genomen omdat ze haar moeders depressie geheim wilde houden. Ze beschouwde informatie over jezelf als een geschenk dat je elkaar gaf als blijk van vertrouwen en intimiteit. Maar nu was haar leven opengelegd, geschonden. Rechercheurs hadden bij het onderzoeken van de moordpoging in haar huis rondgestampt, kussens en Lukes gitaarkoord geconfisqueerd en in laden en kasten gesnuffeld. Iemand, vermoedelijk Grant, had collega's bij het AFIP een beschrijving van haar huis gegeven. Nu en dan viel een van de gekloonde geüniformeerden in het gebouw haar lastig met een opmerking als: 'Hé, moppie, wil je me geen permanentje geven?'

Toen ze in New York op Penn Station uit de Metroliner was gestapt en in een taxi zat, veranderde ze opeens haar eindbestemming. Ze liet zich naar het Grand Central Station brengen en kocht een kaartje naar Bridgeport, Connecticut.

In de trein naar Bridgeport begon Alex te twijfelen aan haar besluit halsoverkop naar Nick Papparaplous te gaan. Zijn huidige baan als buschauffeur gaf de indruk dat hij te vertrouwen was, normaal. Maar als hij de man was die in Vietnam opdracht voor een bloedbad had gegeven, kon hij ook de man zijn die in haar lab had ingebroken om het briefje te bemachtigen. Alex huiverde toen ze doorredeneerde. Hij kon haar ook willen doden om te voorkomen dat ze tegen hem zou getuigen. Haar angst begon haar hoop te dwarsbomen. Ze begon nu te hopen dat de identiteit toch niet klopte.

Maar het spoor was duidelijk. Hij was als marinier in precies de goede periode in Lo Duoc gestationeerd geweest. Alex rechtte haar rug en kaarsrecht zag ze de slaapsteden van de New Yorkse forenzen langsschieten. Hoe gevaarlijk kon het er nou echt zijn als de horizon bespikkeld was met Starbucks-zaken en Gap-winkels?

In Bridgeport reed haar taxi te ver door, wat haar goed uitkwam. Ze wilde kunnen zeggen dat ze bij het verkeerde huis was als Nick er te gevaarlijk uitzag. Ze liep het stuk terug tot ze bij een bungalowtje in een straat met allemaal dezelfde huizen kwam. Dit deel van Bridgeport had niets van het aantrekkelijke Stamford of het van intellect bruisende New Haven: hier was de lagere middenklasse bij elkaar gekropen.

Met bonzend hart klopte Alex aan. De deur ging open. In plaats van de bikkelharde soldaat die ze dwaas genoeg had verwacht, deed een kortademige man met grijs haar open. Ze zag dat hij longemfyseem had, en misschien een hartkwaal. Beslist niet het monster dat ze voor ogen had gehad.

Toen Nick Papparaplous haar binnenliet, ging hij ervan uit dat ze een vriendin van zijn dochter Bridget was. Maar voor hij die kon roepen vertelde Alex hem dat ze voor hem kwam. In de zitkamer ging hij in een leunstoel met een versleten corduroy bekleding zitten. In een plastic bak op een bijzettafeltje lagen een tv-gids en twee afstandsbedieningen. Ernaast stond een portretfoto van een magere brunette, ongeveer van Alex' leeftijd. Natuurlijk, de leeftijden klopten.

Ze wist niet wat voor reactie ze moest verwachten, maar ze had op dat moment geen behoefte aan gebabbel. 'Ik ben hier om u vragen te stellen over Lo Duoc.'

'Die plaats zegt me niets.'

Nou, dacht Alex, u weet genoeg om te weten dat het een plaats was, geen persoon of nieuw drankje of soort verzekering die ze hem probeerde te verkopen. 'Soldaat Benjamin Lopata beweert iets anders.'

'Benjie was een grote schijtlaars. Bovendien, hoe kan hij je iets vertellen? Stemmen van gene zijde? Ze zijn allemaal dood, op mij na. Ik heb hun namen op de Wall zien staan.'

'Soldaat Lopata heeft een briefje geschreven en dat is onlangs boven water gekomen. Daarin staat dat u, Nick, het bevel hebt gegeven. Dat u de hutten hebt laten platbranden, op de burgers hebt laten schieten toen ze naar buiten kwamen.'

Nick sloeg zijn handen voor zijn ogen als om het tafereel buiten te sluiten. 'Nee, dat kan niet waar zijn. Dat is gewoon de nachtmerrie die ik heb. Hoe kun je dat weten, van die nachtmerrie?'

Alex ging zwijgend zitten, zei toen: 'Veel mannen hebben nachtmerries van die oorlog.'

Hij legde zijn handen in zijn schoot en knikte. 'Ik wilde net zo zijn als mijn vader. Als jongetje bad ik dat er oorlog zou komen als ik groot was. Ik wilde hem bewijzen dat ik net zo goed was als hij.'

'U kreeg niet bepaald het soort oorlog waar u op had gehoopt, hè?'

'Mijn vader lachte me uit toen ik vertrok. Noemde Nam een muskietenvijver, een onzinoorlog.'

'Wat gebeurde er toen u daar was?'

'De commandant zei dat ik niet moest opgeven hoeveel krijgsgevangenen we officieel hadden gemaakt vóór we ze meenamen in de helikopter maar nadat we waren geland. Sommige Noord-Vietnamese soldaten werden uit de choppers geduwd. Geen mens heeft ons ooit iets verteld over de Conventie van Genève.'

Alex was niet blij met de wending die het gesprek nam. Het klonk te veel als luitenant Calley die ter verdediging aanvoerde dat hij alleen maar bevelen had opgevolgd.

'Toen jullie in Lo Duoc aankwamen, had u het commando. U volgde geen bevelen op, u gaf ze.'

Hij begon te hoesten, zijn emfyseem stak de kop op door de stress van de herinneringen. 'In elke levensfase was ik helemaal het soort zoon dat mijn vader wilde. Ik was de beste schutter, ik haalde de hoogste cijfers. En toen kwamen we bij Lo Duoc. We kregen opdracht vier hutten in brand te steken omdat er voorraden van de Vietcong in zouden liggen. We wisten niet dat er mensen in zaten.'

'En toen die burgers en hun kinderen naar buiten renden, gaf u uw mensen opdracht het vuur op hen te openen.'

Haar beschrijving van de scène leek hem te schokken. 'Dit was een heel andere oorlog dan daarvoor. Charlie droeg geen uniformen. Het was iets anders dan een nazi neerleggen.'

'Maar u nam niet de moeite het uit te zoeken.'

Zijn ademhaling was snel en moeizaam. 'In mijn nachtmerrie ben ik bereid die mensen neer te schieten, kan niet schelen wie ze zijn. Na altijd alles goed te hebben gedaan, wil ik deze vergissing toedekken.'

Doordat een zware hoest zijn lichaam deed schudden, kreeg hij de laatste woorden er amper uit.

Vanuit de andere kamer klonk een stem. 'Gaat het, pap?'

Er kwam een vrouw de kamer in, het gezicht van de foto. Haar benen zaten in beugels en ze had een zware scoliosis, een vergroeiing van de ruggengraat. Uit de moeizame manier waarop ze zich voortbewoog, maakte Alex op dat haar ruggenmerg in zijn bewegingen werd beperkt doordat het door omringend weefsel was gefixeerd. De arts in Alex zocht naar de lichte groef in de huid van haar nek die wees op een shunt die de vloeistof die zich rond haar hersenen verzamelde afvoerde naar de buik waar hij zonder schade aan te richten in het lichaam werd opgenomen.

Nick keek Alex aan en zag dat ze begreep dat het meisje spina bifida had, een open rug. En toen besefte ze hoezeer de oorlog luitenant Papparaplous had gestraft. Agent Orange, het Amerikaanse ontbladeringsmiddel dat in Vietnam was gebruikt, kon kinderen met spina bifida veroorzaken.

'Je vader heeft rust nodig, lijkt me,' zei Alex.

Ze wendde zich tot Nick en gaf hem haar kaartje. 'Ik zou willen dat u met mijn baas over uw nachtmerrie komt praten.'

Hij knikte in de richting van zijn dochter. 'Dat gaat niet. Mijn verantwoordelijkheid ligt hier.'

De dochter bracht haar naar de deur en bewoog zich opvallend soepel op haar krukken.

'Het is fijn dat je voor je vader zorgt,' zei Alex.

'Hij zorgt voor mij. Mijn moeder heeft ons direct na mijn geboorte verlaten. Ik was niet de volmaakte speelpop die ze had verwacht, denk ik. Papa is degene die me niet als een hopeloos geval beschouwde en die niet toestond dat de artsen me als kind in een of andere inrichting lieten opnemen. Hij heeft twee stangen in de huiskamer aangebracht en me geleerd te lopen en hij heeft deze beugels laten maken. Dat ik zover ben gekomen heb ik aan hem te danken.'

Toen Alex afscheid nam, dacht ze aan hetgeen Papparaplous had gezegd over het niet willen maken van een vergissing. Die opvatting had in de handen van een bange soldaat geleid tot een bloedbad. Dezelfde opvatting had in de handen van een vader geleid tot een wonder.

Toen ze in het Algonquin aankwam, had ze in de trein ruim een uur de tijd gehad om na te denken over wat ze met Nick Papparaplous aan moest. Haar vurige wens hem te vinden was bevredigd. Het tijdpad dat ze zichzelf had opgelegd werd vager: het was duidelijk dat de man niet de benen zou nemen. Ze belde Barbara en vertelde haar wat ze had ontdekt.

'Je kunt maar niet de benen nemen en een onderzoek in gevaar brengen,' berispte Barbara haar. 'Die Nick van jou is waarschijnlijk al druk in de weer met advocaten. Er zijn regels die moeten worden gehandhaafd.'

'Barbara, de enige regels die ik tot nu toe heb overtreden zijn de regels die Wiatt stelt. Hij kan het vergeten dat deze man berecht wordt.'

'Ik weet van binnenuit hoe het systeem werkt. Beloof me dat je je er verder niet mee bemoeit, dan vraag ik iemand van de juridische afdeling om de zaak over te nemen. Wiatt heeft mij er nog niet afgehaald.'

'Nou, goed dan. Nu ik de man heb ontmoet, weet ik niet eens meer hoe ik erover denk. Hij is oud, ziek en hij zorgt voor zijn dochter. En hij heeft spijt.'

'Ben je hem nou aan het verdedigen?'

'Het is ingewikkeld.'

'Geldt dat niet voor alles?' zei Barbara.

Nadat ze hadden opgehangen, besloot Alex tot een laat diner in de Oak Room waar live-entertainment was. Terwijl ze werd overspoeld door de muziek, bedacht ze dat Michael nu helemaal was vrijgepleit. Ze behoorde zich bij hem te verontschuldigen, ook al had ze haar twijfel over hem nooit geuit.

Ze ging naar haar kamer en belde hem. 'Ik wil je uitnodigen om met me te gaan eten. Toen ik de eerste keer naar je huis reed, heb ik een café-restaurant gezien, bij de rivier de Rampart. Acht uur, is dat goed?'

'Betekent dit de inlossing van een belofte?'

'Dat nog niet, maar een goed maal is nooit weg.'

'Goed, een maaltijd dan. Maar misschien kan ik je ook overhalen tot het andere.'

Hoofdstuk 41

De volgende middag, in de vergaderruimte, gaf Dan Alex een foto. 'Generaal Tran,' zei hij. 'Ik heb de kist laten volgen en onderzoek naar de man laten doen. Dit is de man die geprobeerd heeft je te vermoorden.'

Alex draaide de scène van de moordpoging in gedachten af. Toen keek ze opnieuw naar de foto die veel weg had van de foto van haar vader op de plank in het lab. Twee jonge mannen, net geen jongens meer, meegesleurd in een conflict dat door anderen was veroorzaakt. Het spijt me, generaal, dacht ze, dat het voor u zo moest aflopen. Hij werd een stuk menselijker doordat hij nu een naam en een graf had. Misschien had ze nu minder last van angst als ze naar huis ging.

'Wat weet je over hem?' vroeg Alex.

'Heeft in de Amerikaanse oorlog een schotwond opgelopen en de afgelopen vijftien jaar voor de Vietnamese regering gewerkt. Een soort veiligheidsman voor het ministerie van Binnenlandse Zaken.'

Dan pakte de foto terug. 'Ik ben zover dat ik de zaak wil af-sluiten. We weten dat hij Gladden heeft vermoord, vermoedelijk uit wraak voor het lekken van het olierapport. We zijn er bijna he-lemaal zeker van dat hij jou moest hebben om het bloedbad onder de pet te houden.'

'Maar hoe wist hij dat, van het bloedbad?'

'Dat zullen we nooit weten. Maar volgende week om deze tijd zijn de Trophy Skulls terug in Vietnam en is alles weer normaal.'

'Als je het leven hier tenminste normaal noemt.'

Alex wachtte die avond een uur op Michael, maar hij kwam niet opdagen. Ze belde hem verscheidene malen op zijn mobiel. Ze bestelde voorgerechten toen de kelner boze blikken in haar richting begon te werpen omdat ze een tafeltje bezet hield zonder geld uit te geven. Maar het lukte haar niet iets te eten. Haar gevoelens tuimelden over elkaar heen. Had Michael het gevoel dat ze hem had bespeeld, en was dit zijn manier om haar terug te pakken? Ze dacht terug aan zijn stem de vorige avond. Hij klonk toen beslist alsof hij haar weer wilde zien.

Ze liet een grote fooi achter en haalde haar auto op. Toen ze Rampart Road opreed, zag ze een gewemel van politieauto's en een ambulance. Door het gedrang van hulpverleningsvoertuigen kroop het verkeer voort. Ze remde af tot ze op de maximumsnelheid zat en zag dat er een Volkswagenbus uit de rivier, die evenwijdig aan de weg stroomde, werd getakeld. Toen ze beter keek zag ze een kenteken uit West Virginia.

Ze gaf een ruk aan haar stuur en zette haar auto in het gras langs de rivier. De politie had de zaak al afgezet en een van de agenten wilde haar wegjagen. Ze ritste haar heuptasje open en haalde haar ID tevoorschijn. 'Ik ben arts.'

De jonge agent keek haar kwaad aan omdat ze door de afzetting wilde. 'Er is geen enkele behoefte aan uw diensten, mevrouw.'

'Maakt de passagier het goed?'

'Degene die met de auto in het water is terechtgekomen, is niet gevonden.'

Alex staarde naar het water, wenste vurig dat hij zou opduiken. Toen besefte ze hoe belachelijk die hoop was. Een man met een dwarslaesie bij de L2 maakte weinig kans in een rivier met winters koud water.

De bus werd op de grond gezet. De agenten openden het portier aan de passagierskant en het water gulpte naar buiten, samen met gehavende waterplanten met ovale bladeren. Alex zag het druipende, kale silhouet van Michaels eenvoudige rolstoel. Op bevel van de politie bleef ze op een afstandje staan, maar ze kon wel langzaam naar de andere kant van de bus lopen. Michaels doorweekte colbertje hing keurig over de rugleuning van de bestuurdersstoel, en op de achterbank lag een boeket. Tranen welden op toen ze zich realiseerde dat die bloemen voor haar bestemd waren.

Ze zag geen aktetas, documenten of iets bijzonders. Ze deed een paar stappen dichterbij en zag deuken in het bestuurdersportier. Iemand had hard op de bus ingeramd. Ze keek naar het wegdek. Er waren twee stel remsporen.

'Waar is het andere voertuig?' vroeg ze aan de agent.

Hij was traag met zijn antwoord. 'Dat vragen wij ons ook af.'

Terwijl hij wegliep om het verkeer te regelen, haalde Alex een zakje uit haar heuptasje en krabde wat zwartige of donkerblauwe verf van het Volkswagenportier die er bij de klap op was achtergebleven. Laat het alsjeblieft geen Lincoln Town Car zijn, dacht ze. In Washington waren die net zo gewoon als Camry's en Accords in de rest van het land. Om elf uur die avond reed ze zelf naar een bekwame chemicus in Quantico die beloofde dat hij de volgende dag om vier uur met een analyse van het monster zou komen.

Hoofdstuk 42

De volgende morgen om acht uur trof Alex Ellen Meyer op het kantoor van Carlisle & Sons. De politie was haar voor, dus zette Ellen haar in de vergaderzaal en ging ze verder met haar verklaring aan de twee mannen. Alex bekeek alle boeken en geschriften die open op tafel lagen. Een *Harvard Business Review* met een gele sticker bij een artikel over Zuid-Aziatische manieren van zakendoen. Vertalingen van gedichten van Nguyen Chi Thien, een Vietnamese schrijver en mensenrechtenactivist.

Er is niets moois aan mijn gedichten.
   Ze zijn als roofovervallen, onderdrukking, opgehoest tbc-bloed...

Alex raakte elk voorwerp eerbiedig aan. Zij vormden de begrenzing van Michaels laatste dag. Ze vroeg zich af wat hij had gedacht toen hij het gedicht las.

Ze keek op naar de boekenplank. De boeken waren opzijgeschoven en de deur van de safe stond op een kier. Ze stond op en opende hem helemaal. De kluis was leeg, op een paar mappen na, waaronder een met het etiket 'Foto's'. Ze pakte de map eruit en begon ze te bekijken. Op de eerste stond een Amerikaanse soldaat samen met militairen van het Zuid-Vietnamese leger. De volgende was van parachutist Michael die, hangend aan een kabel, probeerde een zwaargewonde soldaat te stabiliseren die in een soort mand een helikopter werd ingehesen. Aan de opnamehoek kon je zien dat de foto vanuit de helikopter was genomen. Er was ook een stukje profiel van een andere soldaat te zien. Alex' hart begon te bonzen toen ze hem herkende.

'Wel verdomme, wat doe je daar?' vroeg Ellen vanuit de deuropening. Ze had de politie weggestuurd.

'Hij stond open,' wierp Alex tegen.

'Helemaal niet. Ik ben hier vanochtend nog niet binnen geweest, en Michael laat hem nooit – '

Alex keek naar de hardhouten vloer, knielde en wees ergens naar. Het was een bruinige vlek, nog enigszins vochtig. In het midden lagen twee blaadjes met dezelfde lange elliptische vorm als van de blaadjes die de vorige avond uit het busje waren gespoeld.

Alex keek op naar Ellen. 'Ze zijn al sinds zonsopgang aan het dreggen maar hebben hem nog niet gevonden. Zou hij nog in leven kunnen zijn?'

Ellen keek naar de lege, open safe en bukte zich toen om naar de blaadjes te kijken. Uiteindelijk liet ze zich op de vloer zakken. 'Ik heb geen idee. Als er iémand negen levens heeft, is het die man wel. Hij is de enige van zijn eenheid die Vietnam heeft overleefd. En een ander zou dat auto-ongeluk van hem nooit hebben overleefd. Om nog maar te zwijgen van alle kroeggevechten en ruzies met jaloerse echtgenoten.'

Alex haalde haar benen onder zich vandaan en ging ook zitten. 'Als hij kans heeft gezien uit het water te komen, moet hij hulp hebben gehad om hier te komen.'

Alex en Ellen zaten een tijd in gedachten verzonken. Toen stond Ellen op en Alex volgde haar voorbeeld. 'Ik ga kijken wie hij mobiel heeft gebeld,' zei Ellen.

Ze verhuisden naar Ellens kamer en ze belde het telefoonbedrijf. 'Ik ben de beherend vennoot van Carlisle & Sons en we onderzoeken enkele gesprekken die een van onze medewerkers met zijn mobiel heeft gemaakt. Kunt u me de nummers geven die na vijf uur gistermiddag met die telefoon zijn gebeld?'

Ellen schreef de nummers op die ze doorkreeg. Het eerste nummer was dat van Alex.

Dat is het mijne, mimede Alex naar Ellen. Er was nog een telefoontje naar een nummer in D.C. om kwart voor acht en daarna niets meer. Met dat telefoontje konden ze twee kanten op: of het was van vlak voor het ongeluk, of even erna toen Michael uit het water kwam, als dat al het geval was geweest.

Het nummer hield de vrouwen bezig. Ze belden het, maar dat leverde niets op. De telefoon ging alleen maar over. Een tweede telefoontje naar het telefoonbedrijf maakte duidelijk dat het om een niet-geregistreerde mobiele telefoon ging, waarschijnlijk prepaid.

Quantico meldde zich die middag: donkerblauwe lak afkomstig van een Mercury Grand Marquis, het soort lak dat ze op kogelvrije portieren gebruikten. Favoriet bij het Corps Diplomatique.

'Dat moet de Vietnamese ambassade zijn. Wie anders?' zei Alex tegen Dan.

'Chuck, vertel Alex eens hoeveel ambassades we hier hebben, bijna allemaal met kogelvrije auto's en vaak een Marquis.'

Chuck, die achter zijn computer zat, keek in een adressenbestand. 'Wie had dat gedacht?' zei hij. 'In de twee blokken die bekendstaan als Embassy Row zitten eenenveertig ambassades.'

Alex liep naar hem toe en ging achter hem staan. De lijst was ontmoedigend lang. In de diplomatieke gebouwen op Massachusetts Avenue huisden ambassades variërend van de Engelse tot de Braziliaanse. Er zaten landen bij waar ze nog nooit van had gehoord, zoals Azerbeidzjan, Togo, Malawi. En op de lijst stonden nog niet eens de ambassades, zoals die van Vietnam, die niet op Mass Ave huisden.

'Maar welke andere club zou iets met Carlisle te verhapstukken hebben?'

'Weet je hoeveel diplomaten hier in de stad bij aanrijdingen betrokken raken?' vroeg Dan. 'Vooral lui die in hun eigen land links rijden? Diplomatieke onschendbaarheid is vooral bedoeld om onder verkeersovertredingen en aanrijdingen uit te komen.'

'Maar dit was niet in de stad,' zei ze. 'Het was een afgelegen weg ergens in Maryland. Laat het politierapport maar komen. De remsporen suggereren opzet. Dit was niet zomaar een aanrijding.'

Ze boog zich voorover zodat ze Dan pal in het gezicht keek. 'Bedoel je dat we het hierbij moeten laten? Dat we doen of er niemand is omgekomen? Dat we doen of ik geen hand in zijn dood heb gehad?' Alex herkende haar eigen stem nauwelijks.

'Door de diplomatieke onschendbaarheid hebben we geen toegang tot ambassadeterreinen om hun auto's te controleren,' zei

Dan. 'Maar ik weet iets anders. Ik zal op nieuwjaarsdag tijdens de ceremonie een aantal mensen de auto's laten controleren.'

'Dankjewel,' zei ze. Daarna ging ze weg en bracht de rest van de dag door met iemand die haar gevoelens begreep.

'Enig teken van hem?' vroeg Alex aan Ellen toen ze het kantoor van Carlisle & Sons weer binnenstapte.

'Nee,' zei Ellen. 'Van geen van zijn rekeningen is er iets opgenomen.'

'De eerste keer dat ik hier was, lag er een hoop geld in de safe.'

'Dat niet alleen, een heleboel mensen staan bij hem in het krijt, binnen en buiten allerlei regeringen. Maar,' zo voegde ze er met een zucht aan toe, 'hij heeft ook een lange lijst met vijanden.'

'Ben je bang dat er eentje achter jou aan komt?'

'Nee joh, de meeste mensen die hij kwaad heeft gemaakt komen uit landen waar de kijk op vrouwen het hen moeilijk maakt in mij een bedreiging te zien. Ze denken dat ik zijn secretaresse ben, of zijn masseuse.'

Alex herinnerde zich hoe nadrukkelijk Michael over Ellen had gesproken als zijn *zakelijke partner*. 'Kan ik je ergens mee helpen? Heb je zijn familie gebeld?'

'Die is er nauwelijks. Ik vond dit in de safe.' Ze schoof een bundel papieren in een lichtblauwe ringband naar Alex toe.

Michaels testament.

'Je moet de laatste bladzij eens lezen.'

Alex kreeg tranen in de ogen bij het lezen van zijn laatste wensen. Hij wilde worden gecremeerd en zijn as moest worden verstrooid boven het platteland van Vietnam.

'Hij hield van dat land,' zei Ellen.

'Weet ik.'

'Er is een hele groep mensen zoals hij, mensen die er hebben gediend. Ze proberen iets terug te doen voor wat ze hebben aangericht. Ze helpen bij het bewerken van het land, ze bouwen scholen. Wanneer hij maar kon ging Michael erheen om te helpen.'

'Wat denk je? Is hij nog in leven?'

Ellen kreeg weer kleur op haar wangen toen ze een plan ontvouwde. 'Ik heb geen idee. Maar ik weet waar we moeten gaan zoeken.'

De volgende dag kwam Barbara het laboratorium in. 'Ik weet niet hoe ik het je moet vertellen,' zei ze, 'maar de man die je in verband hebt gebracht met het bloedbad – '

'Nick Papparaplous?'

'Die is dood.'

Wankelend zocht Alex steun bij het werkblad. Ze dacht aan zijn emfyseem, zijn duidelijk slechte gezondheid. Ze hoopte dat haar bezoek hem niet te veel was geworden.

Barbara ging verder. 'Hij is vermoord.'

'O nee!' Alex voelde een golf van angst. 'Wat is er gebeurd?'

'Iemand heeft een brandbom op zijn huis gegooid.'

Alex hapte naar adem. 'En zijn dochter?'

'Die heeft niets.'

'God zij dank,' zei Alex.

'Hij was alleen toen het gebeurde. We krijgen het bewijsmateriaal.'

'Waarom krijgen wij dat?'

'We denken dat het in verband staat met de krijgsraadzaak. Alex, het huis is met napalm bestookt.'

Die avond keek Alex op tv en in de krant of er nieuws over de brand was. De dood haalde niet eens het nieuws. Als Barbara niet stilletjes de krijgsraadzaak aan het voorbereiden was geweest, had Alex er niet eens van geweten.

Toen ze die avond thuis zat, kon ze het beeld van de man en zijn dochter niet van zich afschudden. Had de Vietnamees hem uit wraak vermoord? Of had iemand binnen de Amerikaanse overheid hem vermoord om het Lo Duoc-incident in de doofpot te stoppen?

Alex wist dat het niet uitmaakte wie de verdikte benzine op het huis had gegooid, zijzelf was degene die de moord had veroorzaakt. Die nacht lieten vurige nachtmerries haar telkens angstig wakker schrikken.

Hoofdstuk 43

Op oudejaarsdag besteedden Alex en Troy de middag aan het klaarmaken van de schedels voor hun laatste reis. Naast een lading antibiotica stuurde Alex dokter Kang de gegevens over de plaatsen waar de soldaten die de schedels hadden meegenomen, gestationeerd waren geweest. Kang zou op landelijke schaal proberen de schedels en de bijbehorende families bijeen te brengen.

'Het is logischer,' zei Alex. 'Het spreekt toch meer tot de verbeelding wanneer deze herenigingen in Vietnam zelf geregeld worden. Ik had steeds het gevoel dat ik op verboden terrein was omdat ik zo ver van huis aan die schedels werkte.'

Troy knikte en pakte de schedels stuk voor stuk op en zette ze elk in een eigen houten doos die was bekleed met satijn. Minidoodskisten, dacht Alex. Terwijl ze met de schedels bezig waren, vertelde Troy haar over enkele tradities met Tet, het Vietnamese nieuwjaar.

'Kort voor Tet gaan de Vietnamezen in bad en wassen ze zorgvuldig alle vuil van vergissingen en tegenspoed weg. Daarna bewijzen we de god Ong Tao eer, de god die op oudjaar naar de hemel gaat en bij de Jaden Keizer van elke familie verslag uitbrengt over het zedelijk gedrag gedurende het afgelopen jaar.'

Alex dacht aan het zedelijk gedrag van haar familie, het AFIP, gedurende het afgelopen jaar. Voor het eerst had ze iemand gedood, en ook al was het uit zelfverdediging, ze wist dat deze actie haar had veranderd. Ze had getwijfeld aan het gedrag van haar vader, maar haar pogingen hem te zuiveren hadden geleid tot de moord op de vader van een andere vrouw. Ze vreesde dat ze de Jaden Keizer heel veel vergeving moest vragen.

'Als de ceremonie voorbij is, gaan wij Nieuwjaar vieren,' zei Troy. Hij raakte haar schouder aan en keek haar recht aan. Fysiek contact met Troy was zo ongewoon dat er een elektrische schok door haar heen joeg. Hij keek haar lachend aan. 'Je realiseert je hopelijk dat in Vietnam Nieuwjaar niet alleen een officiële feestdag is, maar ook ieders verjaardag.'

'Zelfs van Amerikaanse blondjes?'

'O ja, voor jou is Tet nog bijzonderder, omdat voor jou alles nieuw is.'

De volgende morgen zocht Alex in haar klerenkast naar iets om aan te trekken. Ze duwde hangertjes met zwarte broekpakken en zwarte coltruien opzij. Misschien verliep haar sociale bestaan daarom vaak zo rampzalig: te veel onheilzwanger zwart.

Een inventarisatie van haar kast leverde maar weinig jurken op. Ze trok een koningsblauwe jurk over haar hoofd aan en voegde er een halssnoer van zaadparels aan toe. Haar voeten schoof ze in haar enige paar hoge hakken, zwart met bandjes, een overblijfsel van een van de weinige shoppen-met-vriendinnen-ervaringen van haar leven. In haar dagelijks leven waren ze volstrekt onpraktisch. Je kon er niet mee de natuur in of motorrijden en ze waren alleen maar lastig als je moest rennen.

Een witte Hummer-limo haalde haar op bij het AFIP en zette koers naar de noordoostelijke ingang van het Witte Huis. De voertuigkeuze was het resultaat van lange onderhandelingen tussen Troy en Beatrix Graham. Het Witte Huis sprak zijn veto uit over een truck als transportmiddel van de schedels (niet eerbiedig genoeg) of een ambulance (te menselijk: het Witte Huis wilde niet dat omstanders zouden denken dat de VS echte soldaten had gegijzeld). Troy had met nadruk gesteld dat afmetingen, vorm en aard niets uitmaakten. Uiterst belangrijk was de kleur. Wit, als teken van rouw.

Vandaar dat Alex, Barbara, vijf jonge militairen, een chauffeur en twintig schedels in houten kistjes bekleed met satijn terechtkwamen in een tien meter lange Hummer. De auto, die voornamelijk werd gebruikt voor high school-eindfeesten, rook vaag naar corsages, J.Lo 'Glow'-parfum, bier en tienergefrunnik. Alex drukte de cd-speler open en trof er een cd van Missy Elliott in aan. Om een of andere reden was het nummer 'Lose Control' niet gepast tijdens de rit van deze morgen.

Men had Alex gevraagd bij de overhandiging de leiding te nemen, omdat een arts in die rol het respect benadrukte dat de Amerikaanse regering de schedels wilde betuigen. Ze was blij dat ze de belangrijkste rol in de ceremonie speelde omdat zijzelf de schedel van Mymy aan Binh, haar moeder, wilde kunnen overhandigen. Barbara en de jonge militairen zouden elk twee of meer minilijkkistjes dragen. Troy zou Binh en de andere Vietnamese burgers ophalen bij het Mayflower Hotel en dan naar het Witte Huis komen.

De Vietnamese overheidsfunctionarissen zouden op een veel spectaculairdere manier arriveren. Parlementslid Huu Duoc Chugai en drie stafleden van het ministerie van Binnenlandse Zaken vlogen met een Vietnamese privéjet naar Andrews Air Force Base. Nadat ze waren geland, zou een presidentiële Sikorsky UH-60 Black Hawk-helikopter hen rechtstreeks naar het gazon van het Witte Huis brengen. Ze zouden de stoffelijke resten van zes Amerikaanse MIA's meebrengen. David Braverman was verdwenen tijdens een aanval met vijf vliegtuigen op vijandelijke luchtdoelraketten in de provincie Thanh Hóa, Noord-Vietnam. Zijn stoffelijk overschot was het enige dat de Vietnamezen gemakkelijk hadden kunnen identificeren. Samen met de schedel waren ook zijn identiteitsplaatjes gevonden. Na de ceremonie zou Alex proberen bruikbaar DNA op de andere stoffelijke resten te vinden en die te identificeren, zodat ze aan hun familieleden konden worden teruggegeven.

De gastenlijst was met zorg samengesteld zodat er evenveel Vietnamese als Amerikaanse gasten waren. Het verbaasde Alex dat vice-president Shane niet méér uit de gebeurtenis probeerde te halen. Hij had geen zakenmensen uitgenodigd, wat verrassend was gezien zijn investeringen in Vietnam. De uitgenodigde Amerikanen waren heel gewone mensen, mensen die waken hielden voor MIA's, die nog altijd baden voor de terugkeer van hun echtgenoot, vader, zoon of oom uit Vietnam.

Bij het noordoostelijke hek stapten Alex en haar gezelschap uit de limo. Ze droeg hoogstzelden een jurk en door de hoge hakken voelde ze zich helemaal een tiener die naar een schoolfeest ging. De veiligheidschef bij het noordoostelijke hek, een man met een gelooide kop bekroond door witte stekeltjes, was duidelijk blij Barbara te zien. Hij keek naar de onderscheidingen op haar uniform en zei: 'Zo, Missy, je hebt het ver geschopt. Nu mag je door de voordeur naar binnen.'

Barbara schudde hem de hand. 'Alex, dit is Pug Davis. Hij werkt al in de beveiliging sinds Abe Lincoln hier huisde.'

Pug hield zijn hand naast zijn mond om te voorkomen dat de anderen hoorden wat hij tegen Alex zei. 'Op een keer, toen ze te laat was voor de vaandelwacht, moest ik Missy hier naar binnen smokkelen via de Marilyn Monroe-ingang.'

'Nou, nou, Mr. Davis, dat jij dat soort roddelpraatjes rondstrooit, had ik niet verwacht' zei Barbara.

Pug bekeek haar van top tot teen. 'Je ziet er fantastisch uit, Missy luitenant.'

Hij liet hen binnen, langs de tientallen televisiecamera's op het gazon: kleinere zenders, CNN, BBC en zelfs een ploeg uit Singapore. Ze filmden de aankomst bij het Witte Huis, maar bij de ceremonie zelf werden geen camera's of journalisten toegelaten.

De tweede horde die ze moesten nemen bestond uit veiligheidsagenten – mannen van de geheime dienst – die jonger, formeler en minder vriendelijk waren dan Davis. Ze sommeerden Alex en haar mensen de kistjes neer te zetten en fouilleerden hen grondig. De agent die de leiding had, verzamelde en registreerde de wapens die onderdeel van de gala-uniformen van de soldaten waren. 'Jullie kennen de regels, jongens,' zei hij en trok zijn jasje naar achteren zodat zijn holster zichtbaar werd. 'Hier is alleen de geheime dienst gewapend.'

Alex pakte haar kistje op en wilde het op de lopende band van de metaaldetector zetten voordat ze zelf door het detectiepoortje liep. De leider wierp zich tussen haar en de band om het te voorkomen. 'We hebben bevel van hogerhand geen stoffelijke resten door de metaaldetector te laten gaan. Dat zou een slechte indruk maken.'

Beatrix Graham stond te wachten met een wagentje. Ze zette de kistjes op het wagentje en vroeg een jongeman – vermoedelijk een regeringsmedewerker – om het te duwen.

De protocolexpert had Alex' advies zo te zien ter harte genomen. Ze droeg een wit pak, ondanks het jaargetijde. Alex keek naar Beatrix' voeten die naast het karretje meeliepen. Het moest Beatrix pijn hebben gedaan vóór Memorial Day witte schoenen te dragen.

Alex nam een van de zalmhapjes van het blad dat een geüniformeerde dienster haar voorhield. Toen ze er een hap van nam, viel haar de smaak van stukjes hardgekookt ei in de dressing op. Ze keek op haar horloge. Kwart over elf. Zou dit nog tot het ontbijt worden gerekend?

Ze moest denken aan Troy die de ochtend nadat hij was blijven slapen geen ei had willen eten. Moest je nagaan, een rationele arts die haar zei op de ochtend van een belangrijke dag geen eieren te eten omdat het dan niet goed uitpakte.

Troy en zijn Vietnamese gasten kwamen de zaal binnen. Alex stevende recht op hem af. 'Wie is nou Binh?' fluisterde ze hem toe.

Troy stelde haar voor en Alex herkende haar als de waardige vrouw uit de lange rij mensen die ze in Lo Duoc had gezien.

'Het was mij een eer in de aanwezigheid van het gebeente van uw dochter te zijn,' zei Alex terwijl ze een knop op haar telefoon ingedrukt hield. Toen ze uitgesproken was, kwam uit het kleine speakertje de vertaling van haar woorden in het Vietnamees.

Binh keek verbaasd, maar toen Troy de werking van het apparaat had uitgelegd, sloeg haar verwarring om in vreugde. Troy nam de telefoon over van Alex en liet Binh zien hoe hij werkte. Binh ratelde iets in de telefoon en het apparaat vertaalde. 'U hebt mijn dochter van de zwarte oceaan van de dood naar het troostende strand van haar familie gebracht. Wij zijn u dankbaar.'

Alex keek de vrouw stralend aan. Binh, in de zeventig, werd vergezeld door haar vader, die minstens negentig moest zijn. Het was de man met de geit. Hij leek vermoeid van de reis, maar knikte instemmend bij Binhs dankbetuiging. Tijdens hun gesprek gaven Alex en Binh elkaar telkens de telefoon. Binh beefde van opwinding, en haar blik dwaalde voortdurend af naar de verhoging waar de presentatie zou plaatsvinden.

Binhs vader neeg zijn hoofd in de richting van een paar stoelen. 'Mijn vader moet zitten.' Ze gaf Alex de telefoon terug en liep achter de oude man aan.

Alex ging naast Troy staan, die op rustige toon in het Vietnamees met een oudere Vietnamese stond te praten; ze hoopte dat een van de dozen de geest van haar zoon zou bevatten. De vrouw trok een lelijk gezicht toen haar oog op een van de beroemdste schilderijen in het Witte Huis viel, Monets *Ochtend op de Seine*. Misschien herinnerde het haar aan de langdurige Franse overheersing van haar land. Daarentegen werd ze naar Albert Bierstadts lumineuze *Vlinder* getrokken.

Alex liep in de richting van het podium. 'U bent die vrouw die zoveel moeite heeft gedaan om die Vietnamese schedels op te knappen,' zei een boze man van in de zeventig met kort grijs haar en het fitte uiterlijk van iemand die nog steeds aan zijn conditie werkt. 'Wat een geldverspilling. We zouden het moeten besteden aan het zoeken naar vermisten, zoals mijn zoon.'

'Ik vind het heel erg van uw zoon,' zei ze. 'Heeft hij in Vietnam gediend?'

Het gezicht van de man werd nog roder. 'Mijn zoon is nog steeds vermist. Onze familie levert al generaties lang militairen. U bent te jong om dat te begrijpen.'

Alex hield zich in. Ze kwam niet aan met haar vader en zijn dood ergens buiten Saigon. Zijn dood was niet zomaar een kaart die ze trok om het gesprek met deze hork te oliën. Troy kwam haar redden. Hij trok haar mee en zei haar dat voor deze man woede de enige manier was om met zijn verdriet overweg te kunnen. 'Laat ik eens kijken of ik mijn geld als rouwverwerkingconsulent waard ben,' zei Troy. Hij ging naar de man terug en sprak hem kalmerend toe. Maar de man pakte nu op luide toon uit: 'Voor mij bent u nog altijd de vijand.'

Een geheim agent nam de man terzijde en dirigeerde hem naar de bibliotheekkamer ernaast, waar de schedels stonden die buiten de ceremonie bleven.

Barbara stond te kletsen met een zwarte kelner, vermoedelijk iemand die ze nog kende uit haar tijd bij de vaandelwacht. Troy liep langzaam terug naar zijn Vietnamese gezelschap. Alex had alle hors d'oeuvres al geproefd en begon zich te vervelen. Ze merkte dat ze naar verscheidene gasten stond te kijken en probeerde hun medische geschiedenis te herleiden. Een van de Vietnamese mannen, iemand van haar leeftijd, liep langzaam en zijn ene been was korter dan het andere. Polio, schatte ze. Maar ook de Amerikanen waren niet zonder problemen. Mrs. Braverman was te zwaar en had, te oordelen naar de kloppende ader in haar gezicht, last van hoge bloeddruk. Een van de geheim agenten, een knappe man van in de veertig, had bleekblauwe ogen en donker haar met aan de voorkant een vijf centimeter brede baan grijs. Alex wist dat het wees op een genetische afwijking, het Waardenburg-syndroom. De meeste mensen die het hadden, waren volkomen gezond. Enkelen hadden gehoorproblemen.

Om kwart voor twaalf begon Beatrix Graham de belangrijkste mensen naar het podium te dirigeren. Alex, die Binh de schedel van haar dochter zou overhandigen, parlementslid Chugai, die Beverly Braverman de schedel van haar man zou geven. Binh. Beverly. Beatrix gaf ieder een strookje gekleurd papier. 'Kijk naar de tape op de vloer die bij uw kleur past,' zei ze. 'Wanneer de president binnenkomt, moet u afstand bewaren. Als u te dicht bij de president komt en als het niet is omdat hij u de hand wil geven, mag de geheime dienst u neerschieten.' Aan het slot van de ceremonie zou de president op het podium blijven staan en zouden de deelnemers een voor een naar boven worden geroepen om met de president op de foto te gaan.

Troy moest de kleuren hebben geadviseerd: tinten rood en geel, de kleuren van de Vietnamese vlag. Het verbaasde Alex dat vicepresident Shane, die aan de rand van de groep stond te praten met Bravermans zoon, geen podiumplaats had toegewezen gekregen. Hij plaatste zich altijd in het middelpunt van de belangstelling. De overhandiging was nota bene zijn bedenksel.

Juist op dat moment kwam Abby Shane binnen. Ze droeg een bleekroze jurk en een pillboxhoedje zoals Jackie Kennedy ze droeg.

Het gezelschap was niet zo groot, nog geen vijftig man, maar aller ogen richtten zich op Abby toen ze haar man kuste en zijn revers gladstreek. Het bevreemdde Alex enigszins dat Abby was binnengekomen zonder een geheim agent achter zich aan. Toen drong het tot Alex door dat, tenzij de bediening uit vermomde geheim agenten bestond, de enigen die ze als zodanig kon identificeren degene was die de boze man naar de bibliotheek had afgevoerd, en de man met de blauwe ogen en het grijze plukje haar.

Binh kwam naar Alex toe en knikte in de richting van de twee kistjes die plechtig op het podium waren neergezet. Ze pakte Alex' hand en Alex hielp haar naar boven zodat ze haar plaats op het podium kon opzoeken en het open kistje en het gezicht van haar dochter van dichtbij kon bekijken. Binh bukte zich en drukte een kus op het voorhoofd van de schedel. In haar stijve Engels zei ze: 'Mooi.' De tranen stroomden haar over de wangen en Troy kwam het podium op om haar te troosten. Omdat ze vond dat dit een privémoment was, draaide Alex zich om en liet haar blik op de schedel van de Amerikaanse piloot, MIA Braverman, vallen. Ze had nog niet eerder gelegenheid gehad om hem te bekijken en ze zag meteen dat er iets niet klopte. Dit kon met geen mogelijkheid de schedel zijn van iemand die in de oorlog had gevochten. De kleur was helemaal verkeerd en hij had ook niet de vlekken die de zeer zure Vietnamese bodem veroorzaakt. Ja, iemand had wel geprobeerd om hem er ouder te laten uitzien, misschien door hem samen met theebladeren te koken, maar dit was de schedel van iemand die pas onlangs was gedood. Alex pakte het kistje op om de schedel beter te kunnen bekijken. In een wip stond vicepresident Shane naast haar.

'Is er iets?' vroeg hij.

'Deze schedel is niet van Braverman.'

'Hoe weet u dat zo zeker?'

'Het tijdstip van overlijden klopt niet.'

Shane dacht even na, hield zijn gezicht toen vlak bij het hare en zei heel zachtjes: 'Maakt het echt zoveel uit? Zijn familie wil het kunnen afsluiten. Verstoor hun droom niet, dokter.'

Alex stond nog met het kistje in haar handen en ze merkte dat ze pijn in haar armen kreeg. Toen daagde het: 'Het is te zwaar.' Ze klonk nu onvermurwbaar. 'U moet het kistje laten controleren.'

Shane keek op de klok. 'Zet u het kistje maar terug. Ik laat het hoofd van de beveiliging er wel naar kijken.'

Alex zette het minilijkkistje neer. Shane knikte naar de man met het blauwe pak naar wie Alex al eerder had staan kijken, de man met vermoedelijk het Waardenburg-syndroom. Shane liep snel op de man af. De agent stond bij een raam en toen hij zich naar Shane toe draaide, werd zijn profiel zo beschenen dat zijn gelaatstrekken vlakker werden. Alex herkende hem als de man van de bewakingstape van de nacht waarin er in haar lab was ingebroken, de man die zich had voorgedaan als generaal.

Juist op dat moment kwam president Cotter vanuit zijn privévertrekken de zaal in. Alex liep op hem toe. Het was twee minuten voor twaalf en Beatrix Graham wierp haar dodelijke blikken toe omdat het duidelijk was dat zij de ceremonie ophield. Miss Graham zei tegen Troy dat hij van het podium af moest zodat Mrs. Braverman erop kon om naast Binh plaats te nemen.

Shanes vrouw pakte de hand van haar man en trok hem de zaal uit terwijl de veiligheidsagent op Alex af liep en niet naar de schedel. Alex was met een paar sprongen bij de president. Er klopte iets niet: de agent, de schedel. 'Er is iets helemaal mis,' zei ze tegen de hoogste baas van het land en hij bleef stokstijf staan. Toen ze dichter bij hem kwam, trok de agent zijn wapen en richtte het op haar. Ondertussen pakte Binh het kistje met haar dochters schedel om hem beter te bekijken. Ze wankelde enigszins en struikelde met het kistje in haar armen, van het podium af.

Op het moment dat de klok twaalf sloeg, ontplofte de nep-Bravermanschedel zodat er een V-vormige muur van vlammen en scherven door de zaal vloog. Door de kracht van de explosie werden mensen getroffen door rondvliegend meubilair en werden de vaste dingen vervormd zodat ze op dingen in een schilderij van Dalí leken. Alex draaide zich om naar het midden van de zaal op het moment dat het plafond naar beneden kwam. Ze hoorde Troy in het Vietnamees iets naar Binh roepen en zag, door het stof en de rook, hoe de blauwogige agent hem in de borst schoot. Alex slaakte een jammerkreet en wilde naar hem toe gaan, maar het vuur maakte zich meester van de ruimte en de rook prikte in haar ogen. Er viel een grote boekenkast om die net haar benen miste. Ze deed nog een stap naar voren, maar struikelde over een stapel boeken. De muren begonnen in te storten.

Alex lag plat op de grond, hevig geschrokken, en de president lag op zijn rug achter haar, door de kracht van de explosie teruggeblazen naar de kamer ernaast. Ze waren afgesloten van de rest van de mensen. Alex stond op, dook de kleine kamer in en brandde de vingers van haar rechterhand aan de smeulende deur die ze achter hen dichttrok.

Haar adem stokte bij het besef van de misdadigheid van de gebeurtenis. Een moordaanslag op de president. En een moord gepleegd door een geheim agent.

President Cotter lag in een plas bloed. Alex knielde naast hem neer en verwachtte een fatale hoofdwond. Maar toen ze het bloed met haar hand wegveegde, zag ze dat hij slechts een wondje op zijn slaap had, vermoedelijk van een rondvliegende scherf. Het meeste bloed was afkomstig uit zijn linkeronderarm waar zijn hoofd op rustte. Ze trok hem voorzichtig zijn jasje uit. Toen ze het jasje weggooide om ruimte te hebben, tikte het transpondertje tegen een stoelpoot. Ze wilde een tijdelijke tourniquet maken met behulp van haar panty, dus stak ze een hand onder haar rok om hem uit te trekken. Maar haar verbrande hand deed ontzettend pijn en ze kon er niet goed mee werken. Ze schakelde over op haar linkerhand en gebruikte die en haar tanden om de kousen om president Cotters bovenarm te knopen.

Hij verkeerde in een waas van pijn, raakte bijna in shock, maar ze merkte aan hem dat hij haar herkende. Ze wist ook dat de komende minuten voor hem het verschil tussen dood en leven uitmaakten.

'Ik kan u helpen,' zei ze. 'Blijf bij bewustzijn, geef er nog niet aan toe. Waar vind ik EHBO-spullen?'

Hij hief zijn hoofd van de vloer, spuwde wat bloed en verloor zo ongeveer het bewustzijn. Maar zijn ogen waren niet helemaal dicht en met zijn goede arm klopte hij op de vloer.

'Beneden?' vroeg ze.

Hij stak een duim op om aan te geven dat ze goed zat.

Alex keek om zich heen. In de hoek was een privélift. De temperatuur in de kamer begon te stijgen nu de vlammen de deur waar ze doorheen waren gekomen begonnen aan te vreten. Aan de hoekpunten van het kleed waarop de president lag, trok ze zijn lichaam naar de lift.

Tijdens de afdaling knielde ze naast de president. Ze was lichtelijk in paniek en kletste maar door, gewoon om te voorkomen dat hij zou wegzakken. Toen de liftdeur in de kelder openging, galmde het gejank van het evacuatiesein door de verlaten gang. Gelukkig wees een bordje de weg naar de ziekenafdeling. Ze sleepte het kleed met de president erop achter zich aan over de vloer. Toen ze bij de ziekenafdeling kwam, stond de deur op een kier. God zij gedankt voor de paniek bij een ontruiming. Ze had nog niet gedacht aan de mogelijkheid dat de ziekenafdeling dicht kon zijn. Nadat ze hem naar binnen had gesleept, deed ze de deur achter hen op slot.

Ze vond morfine en gaf de president een injectie in zijn achterwerk. Ze werd even giechelig bij de gedachte dat ze de First Ass had gezien. Daarna ging ze op competente wijze verder met haar werk. Ze verbond zijn gewonde arm, maakte de wond op zijn gezicht schoon en gooide daarna allerlei spullen in een kussensloop. Ze moesten daar weg zien te komen. Wie weet wat er hierna de lucht in ging.

In haar nervositeit ratelde ze maar door.

'Kalm nou maar,' zei hij. Zelfs die paar woorden waren hem al te veel en zijn ogen vielen weer dicht.

Alex hoorde voetstappen op de gang, twee of drie man, en de duidelijke instructies die via een walkietalkie werden gegeven. 'Pak die vent,' zei de stem met een zuidelijke zangerigheid. 'Ga in de rozentuin kijken. Vind je het lijk niet, dan is het zoeken en vernietigen. Duidelijk?'

De voetstappen gingen langs en verdwenen.

De president opende zijn ogen en zijn hersens kwamen traag op gang nu de morfine ging werken. Langzaam en heel moeizaam zei hij: 'Waarschuw... geheime... dienst.'

Alex schudde haar hoofd en legde geruststellend een hand op zijn goede schouder. 'Ik vind het naar dat ik het moet zeggen, Mr. President, maar volgens mij proberen zij u juist te vermoorden.'

Zijn ogen werden spleetjes bij zijn poging deze informatie te verwerken.

'Gaat u maar na. Niemand kan een bom het Witte Huis in smokkelen zonder medewerking van iemand binnen. De geheime dienst gaf de bevelen, liet de kistjes binnen zonder ze door de metaaldetector te halen en besloot de honden niet te gebruiken.'

Cotters blik werd wazig, de pijn van zijn verwondingen vermengde zich met de moeite die het hem kostte om het tot zich te laten doordringen.

'We moeten u het Witte Huis uit zien te krijgen,' zei Alex met onvaste stem. Ze onderdrukte een kreet van pijn toen ze haar verbrande hand een spoeling met een antibioticum gaf. Daarna verbond ze hem zodat hij enigszins bruikbaar werd.

Ze opende een kast om te zien of er iets was om over hun bebloede kleren aan te trekken.

Mazzel. Groene chirurgische kleding voor over haar eigen kleren en een groene broek die ze de president aantrok terwijl hij nog op de grond lag. 'Denkt u dat u kunt opstaan?'

Met haar hulp rolde hij zich op zijn linkerzij waarbij hij zorgvuldig vermeed druk uit te oefenen op zijn gewonde arm. Met zijn rechterhand greep hij een poot van een onderzoekstafel en hij trok zich op tot hij zat. Daarna stond hij op, zo dizzy dat hij bijna weer viel.

Hij leunde tegen de onderzoekstafel terwijl Alex hem een groene doktersjas over zijn overhemd aantrok. Op zijn bekende vroeggrijze haar zette ze een groen chirurgenkapje in de vorm van een douchekapje maar van gaas. Met een extra rukje trok ze het nog iets verder zodat het de bloederige plek op zijn slaap bedekte.

Leunend op haar probeerde hij te lopen. Op deze manier kwamen ze niet ver. Alex zag een grote verrijdbare afvalbak staan. Ze stopte de sloop met spullen in het ding en plantte er een bezem bij. Nu begreep ze wat modespecialisten bedoelden wanneer ze het hadden over het belang van accessoires. Pak er een afvalbak en een bezem bij en je ziet er niet langer uit als chirurgen maar als schoonmakers.

De president kon voortsjokken door de afvalbak voor zich uit te duwen zoals oudere mensen met een rollator.

Alex hield haar mond vlak bij zijn oor om boven het gejank van de evacuatiesirene uit te komen. 'Weet u waar de Marilyn Monroe-ingang is?'

Hij stuurde zijn rollator een gang door. Uit de ventilatieroosters boven hun hoofd kringelden dunne rooksliertjes. Als het vuur tot hier komt, overleven we het niet, dacht Alex. Dan zouden de flessen met zuurstof en andere gassen in de ziekenafdeling – die de president normaliter het leven zouden redden – exploderen en hen doden.

Alex dreef hem op door met haar linkerhand zachtjes op zijn onderrug te duwen. Maar hij bleef om de haverklap staan; hij kwam telkens maar een paar meter vooruit en moest dan op adem komen.

Ze gingen een hoek om en zagen de borstbeelden van Winston Churchill en Dwight D. Eisenhower staan. Een paar tellen later stonden de beelden op hun voetstuk te schudden toen een tweede ontploffing plaatsvond. De ziekenafdeling explodeerde. Alex gaf bijna toe aan haar doodsangst, maar nu was het de president die doorging. Hij toetste een nummer in op een paneeltje naast een deur tussen de twee borstbeelden. Terwijl ze Cotter hielp de afvalbak de deur door te manoeuvreren, viel de wankelende Churchill-buste op de grond.

Toen ze de deur achter hen had gesloten, zag ze dat ze zich in een opslagruimte bevonden. Stoffige bureaus en stoelen, tafels en bedden, alle denkbare meubilair – schimmen van vroegere presidenten – stond in wankele stapels om hen heen. De dreun van de explosie van daarnet had een eeuw aan stof doen opwarrelen en een buffet op hun pad laten vallen. Het lag op zijn zijkant met de poten van hen af.

Alex bukte zich om het opzij te duwen en vervloekte in stilte de handwerksman die dit zware mahoniehouten werkstuk had gemaakt. Met haar linkerhand probeerde ze de afvalbak, de rollator van de president, over het buffet te tillen. Ze had niet genoeg kracht in die arm om dat voor elkaar te krijgen. Dus gebruikte ze beide handen; ze schreeuwde het uit van de pijn die het gewicht van de bak tegen haar verbrande hand veroorzaakte. Ze zorgde ervoor dat de wielen het diamantpatroon van het inlegwerk langs de rand niet beschadigden, en vroeg zich af of mensen in het hiernamaals daarnaar werden beoordeeld: hoe zorgvuldig ze in hun laatste levensmomenten met woorden en daden waren geweest.

Ze deed de president voor hoe hij zich kon vasthouden aan een paar planken rechts van het omgevallen buffet zodat hij voetje voor voetje om het meubelstuk heen naar de deur achter in de ruimte kon schuifelen.

Het verbazingwekkende was dat de deur toegang gaf tot de geur van rozen in een bloemenzaak in de gang. In de zaak was een jonge vrouw, een iPod verbonden met haar oren, liefdevol bezig met de finishing touch van een bloemstuk met orchideeën en een paradijsvogel. Het zag er zo gewoon uit dat Alex haar ogen er niet van af kon houden en niet zag hoe een geheim agent verderop in de gang naar hen toe kwam. Toen hij halverwege was, liet het kraken van zijn walkietalkie haar schrikken. Ze keek achterom en deze keer was het de president die hen redde. Hij toetste wat in op een paneeltje zodat er in de muur naast de bloemenwinkel een deur openging.

'Hé, wacht,' schreeuwde de agent. Maar de deur sloeg al achter hen dicht.

Cotter rolde de afvalbak nog een paar passen de gang in, maar liet zich toen zakken tot hij tegen de stalen wand zat van een gang die onder de oostvleugel van het Witte Huis liep. Alex zag aan zijn verwarde blik dat de adrenaline, die hem aanvankelijk had beschermd, uitgewerkt raakte en dat zijn lichaam de strijd begon op te geven.

Hij keek achterom naar waar ze vandaan kwamen, alsof hij terug wilde. 'Sheila – ' begon hij.

Alex boog zich naar hem toe. 'Uw vrouw en Matthew waren er niet bij. Ze gaan universiteiten af, weet u nog wel?' Ze stak haar linkerhand uit om hem overeind te helpen, maar omdat hij niet meewerkte, verloor ze haar evenwicht en kwam ze bijna op zijn schoot terecht. Dus hield ze de afvalbak op zijn plaats toen hij zijn goede arm gebruikte om zich iets op te drukken zodat hij gehurkt tegen de muur zat waarna hij zich met behulp van de hardplastic bak omhoogwerkte.

Aan het eind van de tunnel kwamen ze bij een lift. Alex herinnerde zich de bordjes in liften waarop stond dat je ze bij brand niet moest gebruiken, maar wat hadden ze te verliezen? Ze konden nergens heen en ze waren ver van hun beginpunt. Ze drukte op de 'omhoog'-knop.

De lift ging omhoog en ze kwamen uit in een gang met kantoren. Ze hield haar rechterhand strak langs haar lichaam zodat niemand het verband zou zien. Er liepen wat mensen door de gangen, maar niemand besteedde aandacht aan de twee schoonmakers. Door een deur aan het eind van de gang zag Alex zonlicht naar binnen vallen. Ze liepen naar buiten en het was een wonder het Witte Huis te zien. De tunnel had hen rechtstreeks door het Treasury Building heen gebracht.

Aan hun kant van de straat was niemand te zien. Iedereen, inclusief Alex' limochauffeur, was naar de kant getrokken met het beste uitzicht op de chaos bij 1600 Pennsylvania Avenue. Op het gazon daar lagen een stuk of twaalf bloedende en jammerende Amerikaanse en Vietnamese gasten, terwijl ambulancepersoneel de ernst van hun verwondingen probeerde te bepalen. Met bonzend hart liet Alex haar blik over de mensen gaan die naar buiten kwamen. Ze zocht Barbara. Was ze ongedeerd? Alex probeerde zich te herinneren waar Barbara had gestaan toen de bom ontplofte. Aan de andere kant van de zaal, dat is zo! Alex bad dat alles goed met haar was. Misschien was ze het gebouw al uit.

Alex zag de witte Hummer-limo staan, de sleutels nog in het contactslot. Ze bracht Cotter naar het achterste gedeelte waar hij op een leren zijbank ging liggen. Ze gooide de sloop op de passagiersstoel en sprong op de bestuurdersplaats. Toen ze het sleuteltje omdraaide, kraaide er met veel lawaai een Missy Elliott-nummer uit de luidsprekers, zodat ze een hengst op de stopknop van de cd-speler gaf en het gas indrukte. De limo scheurde langs de tv-wagens die om de hoek waren geparkeerd.

Ze vroeg zich af waar ze hem naartoe zou brengen. Wie kon ze vertrouwen? Het AFIP was geen optie meer na de inbraak. Het eerste wat een ziekenhuis zou doen was de geheime dienst inschakelen. Ze had tijd nodig om na te denken... en hem te behandelen voor hij in shock raakte.

'Ik sla de vraag "bij jou of bij mij" maar over,' zei ze. 'Bij u is het momenteel een beetje te gevaarlijk.'

Een kwartier later lag de machtigste man van de wereld op een futon in de slaapkamer van de *Curl Up and Dye*.

Alex haalde de spullen uit de sloop en vervloekte het feit dat ze door het beperkte gebruik van haar rechterhand zo onhandig was. Ze pakte een injectienaald, een slangetje en een literzak intraveneuze vloeistof uit de medische voorraad die ze had gevonden en maakte een provisorische infuushouder door de zak aan een van de handvatten van de laden naast het bed te hangen. Ze nam zijn bloeddruk op en zag tot haar verbazing dat die stabiel bleef. Dat was een goed teken. Als hij ernstige inwendige bloedingen had gehad, zou die steil zijn gedaald.

Alex liep naar de woonkamer en belde Dan. 'Ik moet je onmiddellijk spreken,' zei ze. Na de inbraken bij haar thuis en in het lab nam ze geen risico omdat het kon zijn dat haar telefoon werd afgeluisterd.

'Oké, kom maar naar de vergaderruimte.'

'Nee, het kan niet wachten,' zei Alex. 'Kun je naar de plek komen waar ik de rouwkrans heb gevonden?'

Hij leek te beseffen dat het geen routinekwestie was. 'Over en uit.'

Alex kreeg koude rillingen. Ze vroeg zich af hoe het met haar eigen bloeddruk was. Ze was dichter bij de explosie geweest dan Cotter en ze was behoorlijk hard terechtgekomen. Ze drukte op verschillende plaatsen van haar onderlichaam om na te gaan of de pijnlijke plaatsen vergezeld gingen van zwellingen, bloedopeenhopingen door inwendige bloedingen, maar ze kon niets ontdekken. Ze ging terug naar de slaapkamer om voor haar patiënt te zorgen. Ze zette de tv aan, maar de moordaanslag was nog niet in het nieuws.

Toen Dan er was, bracht ze hem snel op de hoogte van hetgeen er in het Witte Huis was gebeurd en van het feit dat ze de geheim agent had herkend als de man van de AFIP-tape. Ze vertelde hoe de president en zij ontsnapt waren.

Dan keek haar aan alsof ze er een tweede hoofd bij had gekregen. 'Heb je POTUS hier naartoe meegenomen? God allemachtig!'

Ze gingen de slaapkamer in. De president lag uitgestrekt op de futon. Op het kussen vormde zich een plasje bloed. Uit Alex' tv-tje kwam de stem van vice-president Shane met zijn licht West Virgina-accent die op kalme toon verklaarde dat de president dood was. Abby Shane, wier roze jurk onder het bloed zat, stond naast hem. Waar kwam dat bloed vandaan, vroeg Alex zich af. Abby en haar echtgenoot hadden de zaal gemakshalve net voor de explosie verlaten.

De Shanes stonden in de State Dining Room, waar de lunch ter ere van de Vietnamese bezoekers had moeten plaatsvinden, voor de schoorsteenmantel die president John Adams op zijn eerste dag in het Witte Huis had onthuld. De tekst erop luidde: 'Mogen er altijd slechts eerlijke en wijze mannen onder dit dak regeren.'

Shane sprak op sombere toon: 'We beleven de grootste tragedie waarmee deze natie sinds de aanval op het World Trade Center is geconfronteerd. Onder het mom van het teruggeven van de stoffelijke resten van een MIA hebben de Vietnamezen ons land de oorlog verklaard, door onze regering in het hart te treffen en een groot leider te vermoorden.'

Hij gaf de microfoon aan Abby die op een onderkoelde manier huilde, net genoeg om tranen in haar ogen te krijgen maar niet genoeg om haar mascara te laten uitlopen. Dat was echt een trucje, dacht Alex. 'Voordat president Cotter stierf, zei hij dat we tegen zijn vrouw en zoon moesten zeggen dat hij van hen hield. En dat we tegen het land moesten zeggen dat het bij mijn Tommy hier in goede handen was.'

Alex zei tegen Dan: 'Ik was bij de president vanaf het moment van de explosie. De Shanes denken ofwel dat hij dood onder het puin van de East Wing ligt...'

'Of ze zijn er zeker van dat ze hem kunnen afmaken,' zei Dan.

'Hij moet naar een ziekenhuis, maar we moeten de schijn wekken dat hij dood is tot we de zaak hebben uitgezocht.'

Dan pakte de telefoon en belde Wiatt, die een ambulance regelde om de president naar het Walter Reed Hospital te brengen, de zusterinstelling van het AFIP waar hij de baas over was. Alleen legerartsen met de hoogste veiligheidsclassificatie zouden voor de grote baas zorgen. Ze mochten de basis niet af en mochten ook niet naar buiten bellen. De bewaking zou worden verzorgd door militairen van speciale eenheden en de geheime dienst zou overal buiten worden gehouden. Dan belde Grant en zijn mensen om Alex' huis te bewaken.

Dan wendde zich tot de president. 'Ik ga naar het Witte Huis.'

Cotter kneep zijn ogen dicht vanwege de pijn. 'Ik ook,' zei hij. Hij ging rechtop zitten en probeerde er in zijn quasi-schoonmakerspakje zoveel mogelijk uit te zien als een wereldleider.

Met zijn goede arm duwde hij zich op, maar hij werd overspoeld door pijn en gaf over op Alex' goudkleurige en turkooizen kleed. Hij zakte terug in zijn liggende houding. 'Sorry,' zei hij.

Alex ging naar Dan. 'Hoe wou je langs de geheime dienst komen?'

'Het AFIP heeft de jurisdictie waar het misdaden betreft waarbij de president betrokken is,' verklaarde Dan. 'Over een paar minuten heb ik de vice-president zo in de tang dat hij om genade piept.'

Alex liep met Dan mee naar de voordeur. 'Het is niet veilig voor jou hier in je eentje,' zei hij en gaf haar zijn Beretta .45. 'Dit schiet iets lastiger dan een 9 millimeter, maar hij is krachtiger. Je kunt er met één schot mee doden.'

Ze stak haar rechterhand uit, maar Dan besefte dat ze met die verbrande hand en het onhandige verband het wapen niet kon gebruiken. Dus stopte hij het in haar linkerhand. De loop klapte naar beneden. Ze probeerde zich te herinneren wat Barbara haar had verteld over een wapen hoog en stevig beet houden.

'Dan, er is nog iets. Kun je iemand de Hummer laten wegzetten? Hij staat dubbel geparkeerd.'

'Heb je een limo genomen?'

'Genomen is het juiste woord,' zei Alex. 'Ik heb hem genomen toen de chauffeur de andere kant op keek.'

Dan schudde zijn hoofd. 'Geef mij de sleutels maar. Het laatste wat we kunnen gebruiken is dat de politie jou komt halen wegens autodiefstal.'

Dan vertrok en Alex ging, met het wapen in de hand, terug naar de slaapkamer waar ze naast de futon op de grond ging zitten. Ze legde de Beretta neer en voelde het voorhoofd van de president. 'U voelt een beetje warm aan. Ik wil u een antibiotica-injectie geven.'

Ze hoorde de voordeur opengaan en ging ervan uit dat Dan iets vergeten was. Stom dat ze de deur niet op slot had gedaan, dus stond ze op en liep de woonkamer in om Dan op te vangen. De geheim agent met de grijze lok keek haar met zijn diepliggende blauwe ogen strak aan. Hij hield een Sig Sauer .357 op haar hoofd gericht.

Ze stond aan de grond genageld terwijl hij op het punt stond haar de genadeslag toe te dienen. Maar er ging een schok door hem heen toen er vanuit de andere kamer een zwak 'Dokter Blake' klonk. Hij greep Alex beet en draaide haar om haar as waarna hij haar, met het wapen op haar achterhoofd gericht, half duwend, half schoppend de slaapkamer in werkte.

De aanblik van de president op de futon verbijsterde hem, en hij richtte zijn wapen snel op de liggende man. Maar hij bedacht zich en liet het wapen zakken. 'U bent nu veilig, sir,' zei hij tot de president. 'Deze vrouw hier was de laatste samenzweerder. Ik sla haar in de boeien en dan breng ik u naar huis.'

'Agent Moses?' vroeg de president. Alex kon zien dat de morfine werkte en dat hij gedesoriënteerd raakte. Ze probeerde zich uit Moses' greep los te wurmen, maar hij wrong haar arm op haar rug. Ze voelde een straaltje zweet langs haar hals lopen.

Moses sprak de president geruststellend toe en de opperbevelhebber begon instemmend te knikken. Alex onderbrak hem. 'U moet hem niet geloven. Hij heeft misschien wel geprobeerd om u te vermoorden.'

De president keek van de een naar de ander en probeerde achter de waarheid te komen. Zijn ogen waren half gesloten en zijn gezicht was vertrokken van de pijn.

'Als je echt aan de goede kant staat,' zei Alex, 'laat je me los, want ik moet de president een injectie geven.'

Alex voelde hoe Moses haar nog steviger vasthield. Hij hief het pistool in de richting van haar slaap. Een flits doorboorde het laken waar Cotter onder lag. 'Smeerlap,' gromde Cotter. Moses' schouder begon hevig te bloeden en hij liet zijn wapen vallen. Alex dook eropaf en hield het op hem gericht.

De president kreunde en begon toen te schokken. Hij liet de door Dan achtergelaten Beretta uit zijn hand glijden en zakte terug op de futon. Cotter had een traumatisch insult. Hij heeft vast een hersenbloeding, dacht Alex. Als hij geen fenobarbital kreeg, kon hij in coma raken.

'Verroer je niet,' zei ze tegen Moses.

De geheim agent keek haar vuil aan en zijn linkerhand ging naar zijn schouder om te proberen het bloeden te stoppen. Alex overwoog de mogelijkheden. De president moest echt die injectie krijgen. Maar ze wist niet goed hoe ze dat moest doen zonder Moses uit het oog en het vizier te verliezen.

Even dacht ze eraan hem in de borst te schieten. Dan had gezegd dat één schot dodelijk kon zijn. Maar dit was toch iets anders dan het wurgen van de man die bezig was het leven uit haar te persen. Ze kon het niet over haar hart verkrijgen deze man in koelen bloede te doden. Hij was geen gevaar voor hen zolang ze hem onder schot kon houden.

Ze trok zich terug achter de futon zodat ze Moses goed in de gaten kon houden en de futon met de president tussen hen in had liggen. Ze knielde en hield tegelijkertijd de Sig op de indringer gericht. Ze wist dat ze, als ze zich bezighield met de president, niet snel genoeg op Moses' actie zou kunnen reageren. Het lichaam van de president schokte zo hevig dat er sprake moest zijn van een grand mal. Ze wierp zich op de sloop met spullen om er een spuit uit te halen. In de fractie van een seconde dat ze het wapen niet op Moses richtte, vluchtte hij weg via de woonkamer en hoorde ze het kraken van de voordeur die achter hem dichtsloeg. Alex kwam niet eens op het idee achter hem aan te gaan. Ze moest haar patiënt verzorgen.

Ze diende de president een dosis fenobarbital toe en bad met ingehouden adem dat het middel boven op de morfine zijn hartslag niet zodanig zou vertragen dat het hart ophield met kloppen. Met deze aanvallen was epinefrine voor het hart uitgesloten.

Alex hoorde het kraken van hout toen de voordeur opnieuw werd geopend. Omdat ze dacht dat Moses terug was, greep ze beide wapens en rende de woonkamer in.

'Wauw!' zei Grant.

Alex was nog nooit zo blij geweest hem te zien. Ze vouwde haar pijnlijke rechterhand los van de Beretta en legde beide wapens op een van de haardroogstoelen. Ze vertelde wat er was gebeurd en Grant stuurde zijn mannen achter Moses aan. Hijzelf bleef bij Alex.

'POTUS in eigen persoon,' zei Grant. 'Vast een van de interessantste kerels die je in je slaapkamer hebt gehad, Alex.'

Ze dacht terug aan Karl de schilder, Luke de bassist en nog onlangs een Vietnamese immigrant die rust zocht voor zijn ziel. 'Bij lange na niet, Grant. Bij lange na niet.'

Hoofdstuk 44

In de ambulance boog Alex zich over de president. Wiatt vermeed elk risico dat het nieuws uitlekte dat de man nog leefde. Sergeant Derek Lander, Wiatts trouwe makker bij speciale operaties, reed. Hij en Grant hadden de president in de ambulance gelegd en ze reden, nadat Alex erin was gesprongen, met hoge snelheid door D.C. Onderweg sloot een legerarts, kolonel Kevin Kellogg, de First Patient aan op allerlei apparaten, waaronder een ecg en een eec, terwijl Alex hem – en via de radio aan de artsen die in het Walter Reed klaarstonden – vertelde wat ze tot dan toe precies met hem had gedaan.

Kellogg knikte goedkeurend. De ademhaling van de president was vlak maar constant. Hij kreunde zacht toen Kellogg hem, tot Alex' verbazing, een lange gebreide muts over het hoofd trok. Met die grijze flodderige muts zag de man op de brancard er allerminst uit als het staatshoofd.

Nu Kellogg de president had verzorgd, bekeek hij Alex eens wat beter. Haar blauwe jurk zat onder het bloed van de president, infuusvloeistof en zweetdruppels. Voor ze de deur uit was gegaan, had ze een paar cowboylaarzen aangetrokken. 'Fraaie uitmonstering,' zei hij.

'Niet lang meer,' zei ze. Toen Kellogg zich weer naar de patiënt keerde, dook ze in de plastic tas waarin ze, voor ze het huis verliet, schone kleren had gestopt. Nu er een andere arts voor de First Patient zorgde, kon ze zich eindelijk verkleden. Ze ging achter de legerarts staan, trok haar laarzen uit en sjorde met haar linkerhand een spijkerbroek omhoog onder haar jurk.

Ze stond op het punt de jurk over haar hoofd te trekken en een coltrui aan te doen, toen ze zag dat Grant vanaf de voorstoel via de achteruitkijkspiegel naar haar zat te kijken. Na hem met een zwaaiend wijsvingertje voor 'stouterd' te hebben uitgemaakt, draaide ze zich om voor wat meer privacy bij haar transformatie. De ambulance zwierde een hoek om en met haar trui half over haar hoofd, knalde ze met haar hoofd tegen de zijkant. 'Shit,' zei ze.

Kelloggs blik liet de president even los. 'Gaat het?' vroeg hij terwijl ze weer rechtop stuiterde.

'Hmm,' mompelde ze door de stof heen. Met een laatste ruk trok ze de col op zijn plaats waarna ze ging zitten en haar laarzen aantrok.

Kellogg grijnsde en schudde zijn hoofd. 'Hebt u vergunning voor dergelijke manoeuvres?' vroeg hij.

'Ik bereid me voor op actie,' zei ze. Ze ging weer naast hem zitten en controleerde de belangrijkste lichaamsfuncties van de president.

'Hij is stabiel,' zei Kellogg. Daarna knikte hij bewonderend naar Alex en zei: 'Voor een dame in een gescheurde jurk bent u een verdomd goede arts.'

'Maar je zult nooit een goeie stripper worden,' riep Grant vanaf de voorstoel. 'Geen gevoel voor evenwicht.'

Toen ze een paar honderd meter van het Walter Reed verwijderd waren, koppelde Kellogg de president los van de monitoren. Hij zou even later met veel betere apparatuur worden verbonden. Voor het ziekenhuis stond een falanx van een tiental soldaten de ambulance op te wachten. Ze kwamen om de brancard heen staan met de wapens naar buiten gericht. Van bovenaf gezien leken ze op de spaken van een wiel. Alex en Kellogg waren tot bijna buiten het wiel geduwd en ze wrongen zich weer langs de soldaten terwijl ze riepen dat hij hen nodig had. Ze waren net binnen toen Cotter opnieuw een insult kreeg.

Ingeseind via de radio vanuit de ambulance was de eerste die ze tegenkwamen een legerarts die de president een anti-insultmiddel toediende. Enkele minuten later wees een CAT-scan van zijn hoofd op een klein scherfje dat zijn hersens was binnengedrongen. Dat had voor een klein bloedinkje gezorgd en de verhoogde druk kon tot een attaque leiden. Legerchirurgen maakten zich klaar voor een operatie.

Een arts zag dat Alex haar hand niet goed kon gebruiken. Hij liet haar het verband verwijderen en haar hand zo draaien dat hij de binnenkant kon bekijken. 'Dat is een smerige brandwond,' zei hij. 'Daar moet u wat aan laten doen.'

Hij dreef haar naar de Spoedeisende Hulp en zette haar in een door gordijnen afgeschermd hokje. Hij legde een koude steriele doek op de hand om de pijn te verminderen en begon daarna aan de pijnlijke verzorging van de brandwond, wat inhield dat hij die schoonmaakte om infectie te voorkomen. Hij bood Alex een pijnstiller aan, maar ze wilde nu helemaal helder blijven.

Pas toen haar tranen op de handen van de arts drupten, realiseerde Alex zich dat ze huilde. Er was in zo korte tijd zoveel gebeurd. De arts gaf haar een tissue in haar goede hand, bracht sulfadiazine op de wond aan en verbond hem. Daarna ging hij weg, vermoedelijk om een blik op de president te werpen. Met een papieren handdoek uit de automaat boven de wastafel waste ze haar gezicht. In de SEH was geen spiegel, maar in de handdoekenautomaat kon ze zien hoe hol haar ogen waren.

De adrenaline die haar tot nu toe draaiend had gehouden, verloor zijn werking. De president was nu de verantwoordelijkheid van iemand anders. Voor het eerst sinds de explosie kon ze zich op haar eigen gedachten richten. Plotseling flitste de scène in het Witte Huis door haar hoofd en ze zag hoe in slow motion een kogel Troy aan de andere kant van de ruimte neermaaide. Ze zag hem vallen, vallen, telkens weer, en de verbaasde blik waarmee hij haar smekend aankeek. Wat gebeurt er? leek hij haar te vragen. Zijn verbijstering schreeuwde het uit: Het is mijn tijd nog niet.

Alex' woede om de moord op Troy werd gekleurd door haar angst om Barbara. Met haar goede hand toetste ze Barbara's mobiele nummer.

'Credence Hospital, verpleegsterspost Vijf E,' zei een stem aan de andere kant. Alex hing al bijna op omdat ze dacht dat ze een verkeerd nummer had gebeld, maar besefte toen dat de slachtoffers naar het Credence, het ziekenhuis het dichtst bij het Witte Huis, moesten zijn gebracht. 'Zou ik Barbara Findlay misschien te spreken kunnen krijgen?'

'Ze is niet beschikbaar.'

'Is het goed met haar?'

'Bent u familie van haar?'

'Ik ben haar eh... nicht.'

'U klinkt niet al te overtuigend en we mogen geen medische informatie aan vreemden geven.'

'Alsjeblieft zeg, ik bel haar mobiele nummer, dat heeft ze me niet zomaar gegeven. Wat is er met haar gebeurd?'

De verpleegster dacht even na over de logica van Alex' uitspraak. 'Er wordt operatief een kogel verwijderd.'

Alex hapte naar adem. 'Hoe ernstig is het?'

'Als verpleegster mag ik geen diagnose stellen.'

Alex hing op. Ze keek op de klok. Het liep tegen drieën, de middag van nieuwjaarsdag. Lana was thuis en rekende erop dat haar moeder snel thuis zou komen. Alex wilde meteen naar haar toe om bij haar te zijn. Maar ze wist dat ze moest blijven om Wiatt en Dan te vertellen wat ze wist over de bom in het Witte Huis. Ze pijnigde haar hersens: hoe heette toch die oudere dame die in de gang tegenover Barbara woonde? Maeve of zo. Werkte als receptioniste in het Mayflower Hotel. Achternaam deed haar aan een boek denken. Hoe heette ze nou toch? Ja! Maeve Chatterly. Alex belde het hotel en Maeve beloofde bij Lana te blijven wanneer ze van haar werk thuiskwam.

Daarna verkwikte Alex zich met een bekertje afschuwelijke koffie uit de automaat. Haar volgende telefoontje zou een van de moeilijkste van haar leven zijn.

Er werd opgenomen met een zachte snik. 'Alex,' snifte Lana, 'ik heb het op het journaal gezien. Ze lieten het Witte Huis zien en dat er mensen naar buiten kwamen. Maar ik krijg mama niet te pakken. Mama was er niet bij.'

Alex' hart brak bij de gedachte aan een kind dat het nieuws op deze manier moest krijgen. Omdat ze doof was, kon Lana de geruststellende toon waarop Alex sprak niet horen. Het enige wat ze had waren de woorden in Times New Roman die ze door haar tranen heen zag als vertaling van wat Alex zei. Alex koos ze met zorg.

'Het komt helemaal goed met je moeder.'

'Maar waarom neemt ze niet op? Waarom komt ze niet naar huis? Waarom heeft ze niet gebeld om te zeggen dat het goed met haar is?'

'Ze is naar het ziekenhuis gegaan omdat ze gewond is. Maar ze wordt helemaal beter. Weet je nog hoe ik eruitzag toen ik in jouw kamer wakker werd? Alles is weer helemaal goed met me en zo gaat het ook met je moeder.'

Alex bad dat Barbara zou herstellen en dat haar woorden bewaarheid zouden worden.

'Kun je me komen halen?'

'Ik kom zo snel als ik kan,' zei Alex. 'Op dit moment help ik de mensen vangen die de bom hebben geplaatst. Vanavond komt Mrs. Chatterly bij je. Maar uiterlijk morgen ben ik bij je, dat beloof ik.'

Alex hing op en ging naar de verpleegsterspost met het idee dat ze misschien meer informatie over haar vriendins toestand kon lospeuteren als ze Credence Hospital belde vanaf een officieel Walter Reed-nummer. Een tv-toestel dat aan het plafond hing, vertoonde beelden van de rook en de vlammen die uit Pennsylvania Avenue 1600 kwamen. De volgende beelden waren van de diepbedroefde First Lady die haar zestienjarige zoon stijf tegen zich aan hield toen ze op Hanscom Air Force Base in Massachusetts in een jet stapten.

Grant kwam naar Alex toe en haalde haar achter de balie vandaan. 'Wiatt wil ons spreken. Nú.'

Hoofdstuk 45

Nu de president onder het mes was, had Wiatt voor zowel medische als forensische doeleinden beslag gelegd op een lege vleugel van het Walter Reed. Overal uit het ziekenhuis en de laboratoria werd materiaal gehaald zodat Cotter, als hij uit de operatiekamer kwam, in deze vleugel kon herstellen. Uit de grote kamer naast de verkoeverkamer van de president had Wiatt de vier bedden laten weghalen en vervangen door twee bureaus en een stuk of zes stoelen, een beveiligd faxapparaat, twee computers en een batterij telefoons. Dit moest Wiatts commandopost worden. Voor Dans team werd een nabijgelegen kamer op dezelfde wijze ingericht.

Alex hoorde Dans kalme stem door de speaker van de telefoon in de commandopost. 'De brand is geblust en we bevinden ons in wat er van de East Room over is.'

Op de monitor van Wiatts computer werd een korrelig beeld zichtbaar. Wiatt, Alex en Grant zagen zes onderzoekers van AFIP onder leiding van Dan aan het werk. Het bewijsmateriaal was grotendeels begraven onder het puin van de East Wing en het bluswater had de rest weggespoeld. Slechts aan de hand van de verklaringen van ooggetuigen – voor zover ze nog leefden – was er enige hoop te kunnen bepalen wie zich op welk tijdstip waar had bevonden.

'Als je de resten kunt vinden van de schedel waar het explosief in zat,' zei Alex tegen Dan, 'kan ik die identificeren en je helpen bepalen wie de bom naar binnen heeft gesmokkeld.'

Vanonder een gevallen boekenplank bewoog nog een arm.

'Daar leeft er nog een,' schreeuwde Alex.

Dan en een onderofficier die bij hem was, begonnen een man uit te graven. Zijn gezicht zat onder het bloed, maar Alex herkende hem. Bravermans zoon. Een reddingsploeg stormde naar binnen, legde hem op een brancard. Toen kwam er een oudere man in driedelig grijs binnen die zich voorstelde als de directeur van de geheime dienst en Dans ondergeschikte beval te stoppen met filmen.

Het leek erop dat Dan zijn wapen zou trekken om de man ter plekke neer te schieten omdat hij zich met zijn werk bemoeide. Maar in plaats daarvan zei hij rustig: 'Wij hebben hier de jurisdictie.'

'En wij zijn met meer mensen dan jullie.' Er kwam een tiental geheim agenten achter hem aan naar binnen.

Dan stak een hand op en gebaarde dat ze terug moesten. 'Nergens op gaan staan. Dit is een plaats delict.'

'Op ons terrein,' zei de directeur.

'Jullie taak is het beschermen van de president en dat hebben jullie verdomd slecht gedaan,' zei Dan. 'En ik laat jullie niet proberen wat jullie van forensisch onderzoek terechtbrengen.'

Alex ging helemaal op in het tafereel dat zich in het Witte Huis ontvouwde. Maar haar blik dwaalde af van Dan naar de muur waar Monets *Ochtend op de Seine* hing. Het glinsterende blauw van de rivier zat onder de bruinige spetters. Alex voelde haar hart krimpen toen ze besefte dat het schilderij onder Troys bloed zat. Hij had ervoor gestaan toen hij werd doodgeschoten.

Een geheim agent stak een hand uit naar de videocamera om die uit te zetten. Maar Dan richtte zijn wapen op hem. 'Jullie hebben dertig seconden om je terug te trekken,' zei hij. 'Anders arresteer ik jullie voor het hinderen van een federaal onderzoek.'

Alex zag hoe een andere geheim agent, op een paar meter afstand van Dan, zijn holster openmaakte en ongemerkt zijn wapen trok. Ze hield haar adem in toen hij het op Dan richtte.

Ze keerde zich naar Wiatt om te zorgen dat hij iets deed, maar hij was aan het bellen.

'Hou je koest, jullie allemaal,' zei Wiatt tegen het scherm. 'Ik ben bezig de jurisdictie te regelen met minister Dunsfeld.'

'Mr. Secretary,' zei Wiatt toen hij was doorverbonden. Hij legde de minister van Financiën uit welke situatie er in het Witte Huis was ontstaan en benadrukte dat er behoefte aan militaire inzet was om de moord op te lossen, daarbij implicerend dat de geheime dienst zelf misschien verdacht was, vooral wanneer die de onderzoekers van het AFIP weg wilde hebben.

Minister Dunsfeld sputterde wat tegen. Hij was hoogleraar economie van een college in het Middenwesten die een maand eerder tot minister was benoemd. Het spannendste wat hij tot nu toe had gedaan was zijn handtekening zetten op het nieuwe biljet van twintig dollar. 'Wat u zegt, lijkt me logisch,' zei hij uiteindelijk tegen Wiatt. Die schakelde hem meteen door naar Dans telefoon.

Dan gaf de telefoon aan de directeur van de geheime dienst. Alex keek met belangstelling hoe hij zich afdraaide voor meer privacy en het gesprek ten slotte beëindigde met 'Ik begrijp het, sir'. Hij klapte het mobieltje dicht en riep zijn mensen naar buiten.

'Bedankt, kolonel,' zei Dan tegen Wiatt. 'Misschien dat we nu ons werk kunnen doen.'

De geheim agenten trokken zich terug en de mensen van het AFIP gingen aan de slag.

'Bel me wanneer je iets te melden hebt,' zei Wiatt en beëindigde het gesprek en de videoverbinding.

'Minister Dunsfeld?' zei Grant tegen Wiatt. 'Wat heeft die met het Witte Huis te maken?'

'De minister van Financiën bepaalt wie de bewaking van het Witte Huis verzorgt. Heeft iets te maken met de geheime dienst die jurisdictie in vals-geldzaken heeft.'

Terwijl Grant en Alex daarop nakauwden, belde Wiatt naar de OK om te horen hoe de president eraan toe was. Wiatt, op wiens gezicht zelden een emotie te bespeuren viel, leek bijna wanhopig. Ach ja, natuurlijk, dacht Alex. Dit was niet zomaar een geval, en ook niet alleen een nationale crisis, dit was zijn beste en oudste vriend die misschien de avond niet zou halen.

Wiatt zette zijn soldatengezicht weer op. 'Onveranderd,' zei hij.

Het drietal zweeg een tijdje. Toen sprak Wiatt weer. 'Kapitein Pringle, ik wil dat jij en korporaal Lawndale de lijst van genodigden doorspitten. We zoeken aanwijzingen, waar dan ook.'

'Komt in orde,' zei Grant en verliet de kamer.

Alex begon te ijsberen. De president was pas een uur onder het mes en de operatie kon nog wel twee uur of langer duren. Ze vroeg zich af of ze er goed aan had gedaan hem mee naar huis te nemen. Had ze hem het leven gered, of zijn dood bespoedigd? Had ze hem regelrecht naar een ziekenhuis moeten brengen?

Alsof hij haar gedachten kon lezen, zei Wiatt: 'Je moet jezelf nooit achteraf bekritiseren. Je moest razendsnel beslissen en je handelde op grond van de beste informatie waar je over beschikte. Je handelde als een soldaat en ik sta voor de volle honderd procent achter je.'

Alex ging zitten. Ze wees op de rij tv-toestellen die de zijmuur vulden tegenover de plek waar tot een halfuur eerder vier bedden hadden gestaan. 'Mag er een aan?' vroeg ze.

'Kom nou, alle vier.' Hij zette ABC, NBC, FOX en CNN aan.

Alex glimlachte. Dit was de baas zoals ze hem kende. Met opzet liet hij CBS erbuiten, want die had hem tijdens de zaak van de Tattoo Killer onfatsoenlijk behandeld.

Ze keek naar de schermen die zonder geluid aanstonden. CNN had een macht aan pratende hoofden ingeschakeld. Voormalig president Clinton was in beeld en voelde de pijn van allen. ABC liet de implosie van de East Wing zien. NBC had op dat moment een foto van een van de Trophy Skulls die ze ook hadden gebruikt in de aanloop naar de ceremonie van vandaag. En FOX liet een muur van journalisten en fotografen zien op vermoedelijk een vliegveld, waarschijnlijk Andrews Air Force Base. Wiatt zette het geluid aan. De blonde presentatrice psalmodieerde: 'Sheila Cotter verliet D.C. als First Lady en komt er terug als weduwe.' De camera's gleden langs de rest van de persmeute. Er werd stevig geduwd en getrokken ook al duurde het nog zeker een halfuur voor de First Lady zou landen. De stem ging verder: 'Fotografen van over de hele wereld verdringen zich voor de foto van de terugkerende weduwe voor de voorpagina van de krant van morgen. Maar misschien is een onwaarschijnlijke concurrent iedereen voor.' Een foto-inzet liet een vrouw van begin twintig zien. 'Meredith Hall, freelance journaliste, vergezelde Matthew Cotter en zijn moeder om voor het blad *Seventeen* verslag te doen van zijn bezoek aan de universiteiten. Haar foto zal misschien voor altijd verbonden blijven met deze tragische gebeurtenis.'

Wiatt staarde naar de foto die hierna op het scherm verscheen. De First Lady en haar zoon stonden boven aan de trappen van de

Widener Library op Harvard toen het nieuws hen bereikte. De First Lady zag er zeer imposant uit, alsof ze haar zoon met alles wat ze had wilde beschermen. Matthews knappe, gebruinde kop was al zijn kleur kwijt; hij zag er afschuwelijk grauw uit.

'Ik kan het haar niet aandoen,' zei Wiatt als bij zichzelf.

'Wat?'

'Haar in de waan laten dat haar man dood is. Haar de kans ontnemen bij hem te zijn in wat misschien zijn laatste uren zijn.'

'Maar als ze het weet, hoe kunnen we dan controleren dat ze het tegen niemand zegt?' vroeg Alex. 'U hebt zelf gezegd dat niemand behalve onze eenheid mag weten dat Cotter nog leeft. Daarmee zet u zijn leven verschrikkelijk op het spel.' Alex kon niet geloven dat Wiatt met het voorstel kwam. Meestal was zij degene die vocht voor laten meewegen van gevoelens en drukte hij door in het belang van de zaak. Haar hoofd tolde al genoeg van alle gebeurtenissen van die dag, daar hoefde hij zijn eigen rol niet zo absurd voor om te keren.

'Nee, met Sheila lukt het ons misschien juist wel. Denk even mee. Dat Shane zichzelf tot president heeft uitgeroepen, zegt nog niks. Niemand accepteert dat echt voordat onomstotelijk vaststaat dat Cotter dood is. Elke verslaggever, elke geheim agent, iedereen die in samenzweringen gelooft, houdt de ogen gericht op het Witte Huis in afwachting van het moment waarop er een lichaam naar buiten wordt gebracht.'

'Ja, en?'

'We laten Dan terugkomen met wat op de president in een lijkenzak lijkt. En dan laten we Sheila hier komen om hem de laatste eer te bewijzen en vertel ik haar wat er aan de hand is. Jezus, ik ken dat mens al sinds mijn studententijd. Ik ben met haar mee geweest toen ze haar eerste spiraaltje kocht voor haar eerste vrijpartij met Cotter.'

Ja, dacht Alex, ik ben deze keer echt midden in het konijnenhol terechtgekomen. Ze vroeg zich af of Wiatt een kalmeringsmiddel nodig had. 'En wat schieten we daarmee op?'

'Sheila kan plannen maken voor een ceremonie. Ze kan zeggen dat Cotter drie dagen opgebaard wordt in het Capitol, in een gesloten kist natuurlijk in verband met de explosie. We kunnen kijken hoe de mensen reageren, erachter komen wie er niet geloven dat hij dood is. Als de vice-president hierachter zit, geeft het ons ook de tijd om de moordaanslag aan hem toe te schrijven.'

Alex wees naar de scène op het vliegveld met de reportersgekte. 'Hoe denkt u dat top-secretbabbeltje met uw shoppingvriendinnetje van vroeger te regelen?'

'Moet je goed luisteren: ik heb je dat verteld omdat je het moest weten. Als er ook maar iets van wat ik je heb verteld naar buiten komt, vlieg je er niet alleen uit...'

Alex knikte. Ze hoefde niet te weten wat haar verder boven het hoofd hing. Ze was te jong om terecht te komen in het Graf van de Onbekende Geneticus. Ze wees weer naar de beelden van Fox. De blonde presentatrice meldde dat Air Force One werd gevlogen door de Presidential Airlift Group, onderdeel van Air Mobility Command's 89th Airlift Wing, gestationeerd op Andrews Air Force Base, Suitland, Maryland, waar het toestel ook zou gaan landen. 'Hoe denkt u bij de First Lady te komen zonder dat de pers er lucht van krijgt?'

'O, ik ga niet naar Sheila toe, ze komt hierheen.'

Alex keek hem aan alsof hij gek was geworden. Toen besefte ze wat hij van plan was. Ze liep naar de deur. 'Ik ga de broek van de president zoeken.'

De kleren die de First Patient aan had gehad bleken in de kast in zijn verkoeverkamer te hangen, pal naast de kamer waar Wiatt en zij elkaar hadden getroffen. Ze was heel snel terug. Wiatt zat te bellen en uit wat hij zei, kon ze opmaken dat hij de chef operaties van Dulles Airport zover kreeg dat hij een landingsbaan sloot. 'Nee,' zei Wiatt, 'er is geen gevaar voor een aanval. Dit is niet weer een 9-11. Het Witte Huis was het enige doelwit. We hebben die landingsbaan alleen maar nodig voor een hoge militair.'

Terwijl Wiatt aan het woord was, stak Alex een voorzichtige hand in de zak van Cotters krijtstreepbroek en haalde er een portefeuille uit. Een drieslag. Mensen stelden als het om een man ging vaak de vraag: boxershort of slip? Maar zij had het gevoel dat ze meer over een man kon vertellen aan de hand van zijn portefeuille, of die tweevoudig of drievoudig was. Ze gaf beslist de voorkeur aan de drievoudman, omdat die vaak minder traditioneel was, verzorgder.

Palinghuid, zo te voelen. Zacht, zoals alle palinghuid, maar nog niet vervormd door het gebruik. Nog nieuw. Misschien was het een kerstgeschenk, misschien zelfs wel van Matthew, wiens vrolijke gezicht haar uit het plastic hoesje in de portefeuille toelachte. De gedachte aan de zorg waarmee hij zo'n cadeau had uitgezocht maakte haar plotseling treurig. Arme Matthew. Hij vliegt naar huis met het idee dat zijn vader dood is. Wat misschien ook heel snel het geval is.

Ze haalde er een wit kaartje uit en keek naar het rijtje getallen. Ze gaf het aan Wiatt. 'Hoe weet u welk getal er bij het vliegtuig hoort?'

Wiatt ging met zijn vinger het rijtje langs. 'Dit is het,' zei hij en wees op het derde. 'Dat begint met VC-25A. Dat is de militaire aanduiding van de Air Force One. Burgervliegers noemen het de 28000, naar het staartnummer.'

Binnen twee minuten had Wiatt de piloot die het toestel met First Lady Sheila Cotter en haar zoon vloog, aan de radio. Door het magische getal en een nieuw stel coördinaten te geven, zorgde Wiatt ervoor dat het toestel naar Dulles vloog. Sergeant Derek Lander en drie soldaten waren onderweg om de First Lady op te vangen.

Alex pakte het kaartje en stopte het weer in de portefeuille. Ze vond het een wonder dat een stukje papier ervoor kon zorgen dat het presidentiële toestel een andere route nam. Stel dat het in verkeerde handen kwam.

'Hoe weekt u de First Lady los van haar gevolg?'

'Sergeant Landers zat met mij bij de Special Forces. Hij weet wel hoe hij het moet aanpakken.'

Hoofdstuk 46

Alex zette de eerste stap in de misleiding die Wiatt op stapel zette. Ze ging naar het magazijn naast Hardings lijkenzaal en vroeg de fourageur om een aantal lijkenzakken. Hij legde ze voor haar op een karretje.

'Is het lichaam van de president al gevonden?' vroeg hij.

'Ze zijn nog steeds aan het opruimen.'

'Zou hij nog in leven kunnen zijn? Ik heb gehoord dat ze er een paar uur geleden wat burgers uit hebben gehaald.'

Alex koos haar woorden met zorg. Ze stak haar verbonden hand op. 'Ik was bij de ceremonie. Ik heb de explosie gezien.'

De soldaat keek haar vol ontzag aan.

Alex ging door. 'Als de president het had overleefd, had ik het wel geweten.'

Hij legde het aanvraagformulier voor haar op de balie. Terwijl ze het onhandig ondertekende, las ze wat ze meenam. In het leger noemden ze het geen lijkenzakken maar 'zakken, voor menselijke overblijfselen'. Vinyl. Achtendertig dollar per stuk.

Ze bedankte met een knikje en duwde het karretje naar de deur.

'Nog één ding, mevrouw,' zei hij tegen Alex' rug.

Ze vroeg zich af of ze zich versproken had of dat haar toon iets had verraden. Ze probeerde elk teken van nervositeit van haar gezicht te verbannen en draaide zich naar hem om.

'Ja, korporaal...' Ze keek naar de naam die op zijn uniform genaaid was. '... Inlander.'

'Wanneer ze de opperbevelhebber vinden, hebt u dit nodig.' Hij gaf haar iets driehoekigs, blauw met sterren. Een Amerikaanse vlag, besefte ze.

Ze had nog nooit een vlag in handen gehad. Deze was van

enigszins ruwe katoen en ze bewonderde de stijve, nauwkeurige punten aan de uiteinden van de militaire vouwen.

Ze knikte. 'Je hebt volkomen gelijk.'

Een halfuur later waren op alle netten dezelfde beelden te zien. Grant en Dan tilden een zware lijkenzak met een vlag in een ambulance. Achter de hekken van het Witte Huis keken de mensen met grote ogen toe. Wildvreemden spraken elkaar aan en vielen elkaar snikkend in de armen. Vol eerbied sloten de twee mannen de deuren van de ambulance. Daarna zette Grant de sirene aan en haastten ze zich weg.

Hoofdstuk 47

'Tot nu toe is me niets opgevallen,' zei Chuck tegen Alex en Grant. Ze bevonden zich in een kamer een stukje verderop in de gang en op de tv stond CNN luidkeels aan. 'Een van de Amerikaanse gasten heeft een hoop geld gedoneerd aan een blanke haat propagerende groep in Montana die het spoor bijster is, maar dat was tien jaar geleden, en er is geen enkel verband tussen die groep en de aanslag in het Witte Huis te vinden. Over de Vietnamese gasten kom ik niet veel te weten. De gegevens zijn niet gedigitaliseerd, en bovendien zijn veel basisadministraties met geboorten en huwelijken tijdens al die oorlogen vernietigd.'

'En de overheidsfunctionarissen?' vroeg Alex. 'Daar zal toch wel iets over te vinden zijn?'

'De enige waar veel informatie over is, is Qui Hoc Chugai, het parlementslid. We hebben een heel bestand hier vanaf het moment dat hij naar de Harvard Business School ging. IJverige student, hoge cijfers. Hij heeft in Vietnam zelfs een website.'

Chuck tikte het webadres in en Alex liep om hem heen om te kijken. Foto's van Chugai met mondiale hoogwaardigheidsbekleders. Toespraken waarin geduld en zuinigheid als deugden werden geprezen. Een animatie van een wapperende rode vlag met een stralende gele ster in het midden, de Vietnamese vlag. Alex zou zweren dat bij het openen van de home page een milliseconde het beeld van Chugai in het midden van de ster te zien was. Subliminale reclame.

'Ik vind het wel een beetje erg ik-ik-ik voor een communistische volksvertegenwoordiger, vind je niet?'

'Hij heeft voor die 37.000 dollar per jaar op Harvard wel iets geleerd. Of moet ik zeggen 618.862.000 Vietnamese dong?'

'Iemand met zulke aspiraties lijkt me niet het soort dat zichzelf in gevaar brengt met een zelfmoordaanslag,' zei Alex.

Ze stond achter hem en las de lijst met gasten op zijn scherm. Ze zag Moses er niet bij staan.

'Hoe zit het met de geheim agenten die erbij waren?'

Grant zei: 'Die zijn uitgebreid gescreend voor ze die baan kregen.'

'Doe mij een plezier en zoek Moses eens op,' zei ze.

Chuck liet het gevraagde dossier zien.

'Hij komt uit Missouri,' zei Alex. 'Daar kwam toch ook John Joseph Pershing vandaan?'

Grant kwam naast haar staan. 'Ja, maar Missouri is groot.'

Chuck zoomde in op een foto van Clive Moses.

'Ik weet zeker dat dat de vent is die heeft ingebroken in mijn lab. Hij lijkt sprekend op die nepgeneraal op de beveiligingstape.'

Grant wilde iets zeggen, maar zijn aandacht werd getrokken door CNN. Alex en Chuck volgden zijn blik. De presentator meldde dat Shane zojuist een nieuwe veiligheidsadviseur had benoemd ter voorbereiding van een oorlogsverklaring aan Vietnam. D.C. stond op zijn kop. Alle snelwegen de stad uit stonden vol. Geconfronteerd met de mogelijkheid dat Vietnam een aanval op de Verenigde Staten zou gaan uitvoeren, ontvluchtten de mensen de stad die een doelwit zou kunnen zijn.

Er werd een foto van Troy, afkomstig van zijn rijbewijs, getoond en de presentator zei: 'We denken dat deze man het Witte Huis is binnengekomen om een zelfmoordaanslag te plegen.' Volgens de presentator meldden hooggeplaatste bronnen dat Troy een paar seconden na de eerste bom opdracht had gegeven tot het laten ontploffen van een tweede bom.

De CNN-uitzending werd onderbroken door een speciale uitzending vanuit het Oval Office. Vice-president Shane hekelde de bomaanslag als een oorlogshandeling van Troy Nguyen uit naam van de Vietnamese regering. Alex moest toegeven dat hij het overtuigend bracht. Waarom zou hij anders bereid zijn geweest de diplomatieke banden met de Vietnamese regering te verbreken en de deal tussen Vietnam en Westport Oil ongedaan te maken?

President Huac van Vietnam ontkende elke verantwoordelijkheid voor de gebeurtenis. Ook hij had er geen moeite mee Troy de schuld te geven. Volgens hem was Troy al net zo'n verrader van de communistische Vietnamese regering als zijn vader die aan de zijde van de Zuid-Vietnamezen had meegevochten. Troy was een Viet Kieu. Een vertaler herhaalde president Huacs woorden: 'Troy was bedorven door de Amerikaanse waarden. Het geweld op de Amerikaanse tv, van Amerikaanse agressie overal ter wereld, keerde zich nu tegen het Witte Huis door de actie van een Amerikaanse burger, Troy Nguyen.'

Grant wendde zich tot Alex. 'Stel dat Troy hierachter zat.'

'Absoluut niet!'

'Misschien kwam die vent van de geheime dienst achter jullie aan omdat hij dacht dat jullie onder één hoedje speelden. Tenslotte waren jullie samen in het Witte Huis.'

'Troy is geen moordenaar,' zei ze.

'Zeg dat maar tegen de openbare aanklager,' zei Grant en hield zijn open hand op om haar het zwijgen op te leggen. 'Shane gaat zo iemand aanstellen om te zien of Troy mede-samenzweerders had.' En op zachte toon: 'Ik zou maar heel goed oppassen, Alex. Als president Cotter sterft, ziet het er niet best uit voor je, want jij hebt hem uit het Witte Huis ontvoerd.'

Hoofdstuk 48

Wiatt en Alex begroetten Sheila en Matthew Cotter toen ze een halfuur later door sergeant-majoor Lander in Wiatts tijdelijke kantoor werden binnengelaten. Met wat tussenkomst van de minister van Financiën was het Lander gelukt de First Family los te weken van de twee geheim agenten die hen vanaf Harvard hadden begeleid. Wiatt liep op Matthew af en legde zijn handen op diens schouders. Met zijn lengte van 1,92 meter was hij een kop groter dan de zoon van de president en het beeld van hen samen maakte dat Matthew eruitzag als een kind.

'Matthew, ik vind het afschuwelijk wat je vader is overkomen,' zei Wiatt. 'Je weet hoezeer ik de vriendschap met je vader op prijs stelde, en ik weet dat je het beste van allebei je ouders hebt geërfd. Ik weet dat je hier doorheen komt en dat je de man wordt die hij voor ogen had.'

De lippen van de jongen trilden. Alex wist niet zeker of dit nu was wat de jongen wilde horen. Maar wat viel er op zo'n moment als dit anders te zeggen?

Matthew knikte en slikte dapper zijn tranen weg. Wiatt boog zich naar hem over. 'Ik moet je moeder even alleen spreken. Ga maar wat te drinken halen. Dokter Blake gaat met je mee.'

Matthew leek in paniek te raken bij het idee dat hij zijn moeder alleen moest laten. Maar ze gaf hem een kus op zijn voorhoofd en vroeg hem voor haar een Coke mee te nemen. Alex bedacht wat een prachtmens het was. Ze had haar zoon iets voor haar te doen gegeven. Dat kon hij onmogelijk weigeren.

Toen ze de gang in stapten, zei Matthew: 'Bent u een soort psych die moet kijken hoe erg ik eraan toe ben?'

'Nee, ik ben genetica.'

Hij dacht even na. 'Hoe heet u ook weer?'

'Alex Blake.' Ze stak haar verbonden hand op om duidelijk te maken waarom ze hem geen hand gaf.

'O, u bent de vrouw die Beatrix Graham op haar nummer heeft gezet.'

'Hoe weet jij dat?'

'Ze was daarna helemaal van de kaart,' zei hij met een vluchtig lachje. 'Ze vergat me zelfs te zeggen dat ik een andere broek aan moest toen ik met een skatebroek de deur uit ging. Ze is erger dan mijn ouders, zeker weten.' Hij verstrakte en bleef even staan. Alex hield haar pas ook in. Matthew had even het gevoel gehad dat zijn leven weer normaal was. Maar Alex zag aan hem dat het woord *ouders* hem deed beseffen dat hij dat woord nooit meer kon gebruiken. Ondanks de preek die ze tegen Wiatt had afgestoken over het belang van geheimhouding, zou ze er nu dolgraag uitflappen dat zijn vader nog leefde.

Ze kwamen bij de drankautomaat en Alex dook in haar heuptasje naar kleingeld. Maar Matthew had zijn portefeuille al tevoorschijn gehaald. Een drievoudige, constateerde ze glimlachend, en van palinghuid, net als die van zijn vader.

'Wat kan ik voor u trekken?' vroeg hij. Zijn zelfbeheersing en beleefdheid bezorgden haar een brok in haar keel. Op een of andere manier was dit moment even hartverscheurend als toen JFK jr. salueerde bij de begrafenis van zijn vader.

Toen Alex en Matthew terug waren in Wiatts tijdelijke kantoor, gaf hij de First Lady over aan Alex en zei hij dat hij Matthew wilde spreken. Hij knikte even naar Alex waarmee hij aangaf dat hij de First Lady had verteld dat haar man nog leefde.

Op de gang zei Sheila: 'Bent u de arts die hem eruit heeft gehaald?'

'Ik was het eerste uur bij hem,' zei Alex. 'Er zit een bomscherfje in zijn hersens, maar de legerchirurg heeft dat soort operaties ontelbare malen gedaan.'

'Maar neurochirurgie is en blijft riskant.'

'Elke hersenoperatie is riskant. Maar de bloeding bestrijkt een klein, plaatselijk gebiedje. Dat soort kwetsuren heeft de beste vooruitzichten. Hij zal een tijdje fenytoïne moeten slikken om epileptische aanvallen te voorkomen en een plaspil om druk op de hersenen te voorkomen. Over één tot vier weken is hij volledig hersteld.' Alex realiseerde zich dat ze de meest optimistische prognose gaf die slechts reëel was als er bij de operatie geen verrassingen aan het licht kwamen.

'Ik wil naar hem toe,' zei Sheila.

Alex aarzelde. Wiatt had haar op dit punt geen enkele instructie gegeven, en ze kon niet zijn deur openen en hem voor Matthews neus vragen of het goed was dat ze naar de OK gingen. Wiatt was niet van plan Matthew te vertellen dat zijn vader nog leefde.

'Bent u bang dat ik het niet aankan?' vroeg Sheila. 'Ik was in Meridian, Mississippi, in 1964, negentien jaar oud, toen ze daar de lichamen vonden van Andrew Goodman, Michael Schwerner en James Chaney. Ik was erheen gegaan om Mickey – Michael – te helpen bij het registreren van kiezers.'

Alex knikte. De twee strijders voor de burgerrechten uit New York en een zwarte man uit Meridian waren vermoord door leden van de Ku Klux Klan. 'Ik heb gelezen dat u daarom rechten bent gaan doen.'

'Een studie rechten en secretaris spelen van Thurgood Marshall. Die tragedie heeft mijn leven vormgegeven. Ik kan goed omgaan met geweld. Maar ik zou het mezelf niet vergeven wanneer ik de andere kant op keek.'

Alex dacht even na. 'Ik zal u in OK-kleding steken.'

Dr. Kelvin Kellogg was aan het opereren met twee andere chirurgen, een anesthesioloog en drie verpleegkundigen. Hij was niet verbaasd toen Alex in OK-kleding binnenkwam, maar zijn wenkbrauwen rezen tot boven zijn masker toen hij zag wie er achter haar aan kwam. De vriendelijke groene ogen van de First Lady hadden te veel tijdschriftcovers gesierd om haar niet te herkennen.

De twee vrouwen bleven achteraf staan, wilden geen inbreuk maken op de reeks handelingen die waren geconcentreerd rond de man op de tafel. Alex' oog viel op de kleine, mobiele MRI-scanner en de CAT-scan van de bloeding zoals die voor de operatie was. De schade was ongeveer wat ze had gedacht: zestig procent of meer kans op volledig herstel. Als behandeling van het subdurale hematoom moest de chirurg het bloed weghalen om de craniale druk te verlagen. Haar aandacht werd getrokken door een boor op het materiaalwagentje. Ze hoopte dat de First Lady die niet zou zien. Het is één ding om de kwetsuur van je man te aanschouwen, het is iets heel anders om te bevatten dat iemand bezig is in zijn schedel te boren op weg naar zijn brein, de zetel van zijn bewustzijn.

Kellogg was bezig de zaak af te ronden. Nadat hij de wond had gehecht, gaf hij Sheila een knikje.

Ze ging naar haar bewusteloze man, boog zich over hem heen en kuste hem op de wang, zorgvuldig elke aanraking van het nieuwe litteken vermijdend, alsof hij de pijn kon voelen. 'Dag liefste,' fluisterde ze. 'Met Matthew en mij is alles in orde. We zijn bij je, dus maak je over ons geen zorgen. Word maar gauw beter.'

Opeens zakte de bloeddruk van de president en een verpleegster schoof Sheila en Alex met spoed de operatiekamer uit.

Onderweg naar Wiatts kamer vroeg Sheila aan Alex: 'Wat was dat daarnet? Is dat normaal?'

Alex koos haar woorden met zorg. 'Het gebeurt vaak bij operaties, maar niet altijd.'

Sheila knikte. 'Ik weet niet hoe ik het voor Matthew verborgen moet houden. Als ik doorga met hem te laten geloven dat zijn vader dood is, hoe moet hij dan later geloven dat ik hem wel de waarheid vertel? *Vertrouwen. Eerlijkheid. Eer.* Met die begrippen hebben zijn vader en ik hem opgevoed.'

'U kent kolonel Wiatt al zo lang en u vertrouwt hem. Hij heeft een groot risico genomen door u de waarheid te laten weten. Om ons plan te laten slagen, moeten we de schijn ophouden dat de president dood is.'

'In deze situatie is hij voor mij niet de president, maar Matthews vader.'

'Naar welk hotel moet de sergeant-majoor je brengen?' vroeg Wiatt toen Sheila en Matthew zich klaarmaakten om te vertrekken.

'Is ons woongedeelte in het Witte Huis beschadigd?'

'Nee,' zei Wiatt.

'Bestaat de kans dat er nog meer aanvallen op het Witte Huis komen?'

'Er zijn telefonische dreigementen, en het feit dat er een schedel met explosieven werd binnengesmokkeld, impliceert een ernstige schending van de veiligheidsvoorschriften. Mijn mensen hebben daar nu de bewaking op zich genomen.'

'Breng me dan naar huis. Ik moet een begrafenis gaan regelen.'

Hoofdstuk 49

's Avonds even na zevenen kwam Dan bij Alex het lab in. Hij pakte een onderdeel van een schedel uit, een fragment van een kaak met nog drie kiezen erin. Hij wees op de schroeivlekken langs de onderrand. 'Hierdoor weten we dat het de schedel met het explosief was. Het is niet te geloven, maar de andere Trophy Skulls zijn nog heel. En bij de rest van de zwartgeblakerde botten die we hebben gevonden zat er nog iemand aan.'

'Zijn ze allemaal geïdentificeerd?' vroeg Alex. Ze dankte de hemel in stilte dat Barbara er levend van af was gekomen, al was het in zorgwekkende toestand.

'We zijn bezig de namen van de overlevenden in het Credence te vergelijken met de gasten op de lijst,' zei hij. 'Twee van de doden komen uit Vietnam, de ene een man van tachtig, de vader van een Noord-Vietnamese soldaat die nog steeds is vermist. De ander was een dertigjarige administrateur van het Vietnamese ministerie van Binnenlandse Zaken. De Vietnamese ambassade dringt er bij ons op aan de lichamen zo spoedig mogelijk over te dragen, maar ik wilde dat Harding ze eerst bekeek om te zien of ze er misschien bij betrokken zijn.'

'Zijn er nog meer bommen gevonden?' vroeg Alex omdat er in het nieuws was gemeld dat Troy opdracht had gegeven nog meer bommen te laten ontploffen.

Dan schudde zijn hoofd. 'Nee. Het was net als met de massavernietigingswapens in Irak.'

Alex legde haar niet-verbrande hand op Dans schouder. 'Je moet Grant dat absurde idee uit zijn hoofd praten dat Troy erbij betrokken is.'

'Ik geloof ook niet dat Troy het heeft gedaan, maar we moeten de normale procedures volgen om hem te kunnen uitsluiten, want anders pakt de geheime dienst de zaak weer terug en roepen ze daar dat we met een doofpot bezig zijn.'

'Waarom zouden jullie je tijd verspillen aan Troy zolang geheim agent Moses nog vrij rondloopt?' zei Alex. 'Zijn schouder bloedde behoorlijk toen hij bij mij de benen nam en hij moet zich ergens hebben laten behandelen.' Alhoewel, als je zag hoe krankzinnig deze zaak zich ontwikkelde, vroeg je je af of je nog wel wilde dat hij werd gevonden. Als het om de schuldvraag ging, was het haar woord tegen het zijne. Tenzij de president bleef leven en haar verhaal bevestigde.

'We doen er alles aan om Moses te vinden,' zei Dan. 'Maar hij heeft kans gezien ertussendoor te glippen voor we hem op het spoor waren. In het Credence Hospital werden zoveel mensen behandeld voor zoveel verschillende verwondingen, dat niemand nog de moeite nam de identiteit of de zorgverzekeringskaart te controleren. Iemand die aan Moses' beschrijving voldoet, is daar opgedoken, heeft zich laten behandelen en verbinden, heeft een antibioticuminjectie gekregen en is weer verdwenen.'

Alex' mond viel open.

Dan knikte. 'Ja, kwalijke zaak. Jij kunt nog altijd op zijn lijstje staan. En we weten ook nog niet wie er verder op staan. Ik wil dat je vannacht hier blijft. Het is te gevaarlijk om de straat op te gaan zolang we hem nog niet te pakken hebben.'

Dan vertrok en Alex richtte haar aandacht op het stuk schedel. Je kon een heleboel aflezen aan de kleur van de schedel, en dat had haar in het Witte Huis op het idee gebracht dat er iets niet klopte. Degene wiens kaak dit was, was onlangs gestorven. Het was inderdaad de schedel van een blanke, maar de delen van het schedeldak waren nog niet helemaal met elkaar vergroeid. Dat betekende dat het de schedel van een jonge man was, beslist niet van iemand die sinds de Vietnamoorlog vermist was. Ze zag dat een van de kiezen een inlay had, werk van een eersteklas tandarts. Met haar mobieltje belde ze Chuck en vroeg hem de gegevens te doorzoeken van mensen die als vermist waren opgegeven. Hij moest zoeken naar iemand tussen de achttien en de vijfentwintig, iemand die vermoedelijk nog niet lang zoek was en ook geen dakloze. De andere twee kiezen vertoonden geen cariës en geen enkel spoor van slechte eetgewoonten. Deze knaap was onlangs gedood en hij was het type dat werd vermist.

Na dat telefoontje had ze haar mobieltje al bijna in haar heuptasje weggeritst, toen ze zich de functie herinnerde voor het vertalen vanuit het Vietnamees naar het Engels.

Ze probeerde zich te herinneren wat Troy had geschreeuwd vlak voor hij werd vermoord. Ze sloot haar ogen en sprak. Het was iets langs geweest. Met iets wat op 'tsjoew' leek. De telefoon antwoordde met 'Goed, voldoende'. Op het schermpje van de telefoon stonden de twee talen. Nee, het was langer geweest; misschien was het 'tsjoe ak' geweest. De telefoon reageerde razendsnel met '*chí ác*, heel verdorven.'

Ze zei nog een paar mogelijkheden waarop de telefoon reageerde met 'Niet bestaande zin, niet bestaande zin'.

Wat wilde ze nu eigenlijk bereiken, vroeg ze zich af. En ongevraagd drong zich een gedachte op: stel dat Troy verantwoordelijk was voor de bom? Tijdens hun gesprekken had hij haar zeer duidelijk gemaakt dat zowel Vietnam als de VS hem hadden teleurgesteld. Misschien was hij op een dag wakker geworden met de gedachte: laat ze allebei de pest krijgen.

Maar dat leek haar toch niet de Troy zoals zij hem kende. Ze geloofde niet dat hij de moed zou opgeven, dat hij zichzelf van het leven zou beroven voordat hij Lizzie had teruggezien. Opeens daagde het: dat slaapliedje dat hij voor haar had gezongen had hij vast ook voor Lizzie gezongen toen ze nog klein was. Haar verdriet veranderde in boosheid. Nee, Troy had nog niet willen sterven.

Alex deed nog meer haar best om zich Troys laatste woorden te herinneren.. Het had erop geleken dat ze bestemd waren voor de moeder van Mymy. Nu wist ze het weer. Het had geklonken als 'tsjoeï kom dan'.

Ze sprak opnieuw tegen haar telefoon. '*Chú ý! Cân thân!*' antwoordde het scherm. 'Kijk uit!'

Alex wist opeens hoe het was gegaan. Troy had zijn hand uitgestoken naar Binh en haar gewaarschuwd voor de omvallende boekenkast.

Het werd Alex duidelijk dat Binh zou moeten praten met de onderzoekers om dit nieuwe bewijs te bevestigen. Daarna zouden ze zich helemaal kunnen richten op de vraag hoe geheim agent

Clive Moses in het geheel paste en tot welk niveau in het Witte Huis de samenzwering reikte.

Alex' gedachten werden onderbroken door een vreemd loeiende sirene. Ze deed de deur van het laboratorium open en zag een vloed van militaire uniformen door de gang stromen. Chuck was een van hen. Hij kwam het lab in.

'De basis is in staat van paraatheid gebracht,' zei hij. 'Shane is de troepen aan het hergroeperen.'

'Wat houdt dat in?'

'Shane stuurt ze naar Californië vanwaar ze worden ingescheept naar Vietnam.'

Langzaam aan werd het Alex duidelijk wat dat inhield. 'Dan zijn we onze bescherming hier kwijt.'

Chuck knikte. 'De meeste manschappen op onze post hebben er geen idee van dat de president zich daar bevindt, maar we hadden het voordeel van een grote beveiligingsmacht om de post te beschermen tegen indringers. Nu de manschappen door een bevel van hogerhand naar elders worden overgeplaatst, blijven er niet veel man over. En degenen die achterblijven zullen afwezig zonder verlof worden verklaard.'

Chuck keek bezorgd.

'Kun je hierom voor de krijgsraad worden gedaagd?'

'Ja. Ik kom u namens Wiatt halen. Hij wil ons allemaal in de vleugel bij de president hebben.'

Hoofdstuk 50

Wiatt ijsbeerde voor de deur van Cotters kamer met een .38 in zijn hand. Dan en Grant waren in de kamer ernaast en reikten geweren, handgranaten en andere wapens uit aan het half dozijn soldaten die hadden beloofd op de gang te blijven om de president te beschermen.

In Cotters kamer slaakte een verpleegster een kreet en Wiatt ging naar binnen.

Een paar minuten later kwam hij naar de kamer ernaast. 'De president is bijgekomen uit de verdoving.'

'Dat is fantastisch,' zei Alex. 'Nu kan alles worden opgehelderd en kunnen jullie Clive Moses gaan arresteren.'

Wiatt schudde zijn hoofd. 'Van wat er na de explosie is gebeurd, kan hij zich niets herinneren.'

'O, shit,' zei Alex. 'Retrograde amnesie. Het kan zijn dat het wegtrekt. Dat gebeurt vaak genoeg bij traumapatiënten.' Ze probeerde vooral zichzelf gerust te stellen.

'Het feit dat Moses nog niet is opgedoken, pleit voor jouw verhaal,' zei Dan.

Verhaal, dacht Alex. Een verhaal is toch iets wat je verzint. 'Het is geen verhaal, Dan. Het is de waarheid. Moses heeft geprobeerd de president en mij te vermoorden.'

'Alex, jij hebt niet het soort gevechtstraining gehad dat wij hebben gehad,' zei Grant. 'Wanneer iemand een wapen op je richt, word je allicht nogal afgeleid en heb je moeite met het interpreteren van wat er gebeurt.'

'Als Cotter niet het idee had gehad dat hij in gevaar was, had hij toch niet op de man geschoten? Of heb ik dat soms ook verzonnen?'

Dan schraapte zijn keel. 'Het lukt ons niet zijn vingerafdrukken op het wapen terug te vinden. Jij hebt het na hem nog in handen gehad, hè?'

Alex herinnerde zich dat ze beide wapens had gepakt toen ze dacht dat Moses naar haar huis was teruggekomen. 'En het laken dan? Dat hadden ze om hem heen geslagen toen hij de ambulance in ging. Dan moet je aan het kruitslijm kunnen zien dat de president het schot heeft gelost.'

'Het laken is nergens te vinden,' zei Dan. 'We hebben bij de wasserij gekeken, en bij het afval. Het wachten is nu tot het moment waarop het op eBay opduikt.'

'Iedereen die iets met de behandeling van de president te maken had, moest toch aan de hoogste veiligheidseisen voldoen?'

Het kostte Grant moeite zijn woede onder controle te houden. 'Zeg dat wel!'

'We hebben al het medisch personeel vastgezet,' zei Dan, 'en een vleugel geopend die was gesloten voor renovatie. We hebben alle buitenlijnen afgesloten en de mobieltjes ingenomen. De opdracht was de president te redden en dat is het enige wat ze mogen doen. Ik zit er echt niet op te wachten dat iemand *The National Enquirer* belt om het verhaal te verkopen. Maar toen de grote baas werd binnengebracht, was het een chaos. Artsen en verpleegkundigen draafden het hele ziekenhuis door op zoek naar medicijnen en andere spullen. Het kan zijn dat iemand het laken ergens heeft weggestopt.'

Alex slaakte een gefrustreerde zucht. Ze had ooit gelezen hoe de halve staf van het Witte Huis na de moord op president Abraham Lincoln op souvenirjacht was geweest en hoe een deel van die souvenirs later aan musea was verkocht. Linnengoed, boeken, noem maar op. Nog veel gekker: na de dood van Eva Perón had een arts bloed verkocht dat hij had overgehouden van haar bloedonderzoeken.

Alex ging op een van de harde stoelen voor ziekenbezoek zitten. Aan het ontwerp van de stoelen kon je zien dat het ziekenhuis niet wilde dat het bezoek lang bleef.

Dan was de eerste die wat zei. 'Tot nu toe is er geen bewijs dat de bezoekende Vietnamezen iets met de explosie te maken hebben. Zoals Alex heeft duidelijk gemaakt, is de schedel met de explosieven van een onlangs vermoorde Amerikaan.'

'Een van de buitenlandse gasten kan hem toch vóór de ceremonie hebben omgelegd,' zei Grant.

Dan schudde zijn hoofd. 'Daar was geen tijd voor. Parlementslid Chugai en de andere regeringsvertegenwoordigers zijn rechtstreeks naar Andrews gevlogen en vandaar per helikopter naar het Witte Huis. De burgers zijn de avond ervoor aangekomen en ze hebben allemaal gedineerd in hun hotel, de Mayflower.'

'Nguyen heeft ze daar getroffen,' zei Grant. 'Hij heeft de schedel toen aan een van hen kunnen geven. Of de volgende morgen.'

Het deed Alex verdriet te horen hoe Grant hem nu Nguyen noemde; voor die tijd had hij het altijd over Troy.

Grant ging verder. 'Ik heb Nguyens psychiater gesproken. Die had hem al jaren niet meer gezien – ik denk dat dat gedoe met een psychiater bij zijn opleiding hoorde – maar hij had een paar interessante dingen over hem te zeggen.'

'Hoe heb je het voor elkaar gekregen dat hij zijn zwijgplicht verbrak?' vroeg Alex.

'De vertrouwensrelatie tussen arts en patiënt heeft een enorm gat dat nationale veiligheid heet. Je moest eens weten hoeveel zielenknijpers in Dallas na de moord op Kennedy door de FBI zijn ondervraagd.'

'Een enorme tijdverspilling, lijkt me,' zei Alex. 'Als iemand van plan is de president af te maken, betwijfel ik of hij daar bij zijn psych op de bank gezellig over gaat liggen babbelen. Bovendien, wat heb je aan de mening van een arts die Troy een paar decennia geleden voor het laatst heeft gezien?'

'Dokter eh...' Grant keek in zijn papieren. 'Dokter Meserve zegt dat Troy een ernstige wrok koestert omdat hij naar de VS is gebracht en jegens de VS omdat ze zijn vader het leven hebben gekost.'

Alex deed er het zwijgen toe. Het kwam overeen met wat Troy haar had verteld. 'Hij was nog maar een kind toen hij hier naartoe kwam,' zei ze. 'Naar een volstrekt nieuwe wereld. Ik was ook des duivels toen mijn moeder in mijn jeugd niks anders deed dan verhuizen.'

Grant ging verder: 'En de mensen op het NIH zeiden dat hij gefrustreerd was omdat de VS zijn zus niet toestonden te immigreren.'

Opnieuw kwam bij Alex het beeld boven van Troy die werd doodgeschoten. Omdat het zo afschuwelijk was, had ze er nog niet eens bij stilgestaan dat Lizzie hiermee haar laatste kans kwijt was om uit Vietnam weg te komen, haar laatste kans om haar broer te zien.

'Grant, je verdraait het allemaal,' zei Alex. Ze dacht aan de gevoelige hand waarmee Troy haar die avond bij haar thuis had getroost. 'Troy een moordenaar? Dat bestaat niet. Moet je horen. Het was puur toeval dat hij werd toegewezen aan het Trophy Skull Team. Daar heeft zijn baas voor gezorgd, omdat hij Vietnamees was.'

'Hoe kom je erbij?'

Alex dacht terug aan de eerste dag dat Troy bij haar in het lab was verschenen. 'Dat heeft hij me verteld.'

'Ik heb het hoofd van het NIH gebeld. Die man zei dat het van het begin af aan Troys idee is geweest, dat Troy hem net zo lang aan zijn hoofd heeft gezeurd tot hij aan de Trophy Skulls werd toegewezen, dat hij zelfs met ontslag dreigde wanneer het niet doorging. Waarom zou Troy alles op alles hebben gezet om deel te nemen aan deze klus wanneer hij niet van plan was geweest hem te gebruiken voor een soort wraak?'

Alex overdacht de vraag. 'Misschien dacht hij dat hij, als hij betrokken was bij een belangrijke politieke onderneming, wellicht iemand geïnteresseerd zou kunnen krijgen en dat deze hem zou helpen bij het terughalen van zijn zus.'

'Als,' zei Grant, 'er tenminste een zus is.'

Hoofdstuk 51

Het uur daarna keek Alex toe hoe Wiatt een tiental manschappen instrueerde voor het werk als commando-eenheid ter bescherming van de president. Ze stemde er zelfs mee in zelf een wapen te dragen. Ze zat op een ongemakkelijke stoel in de commandopost toen Dan haar en Grant naar de autopsieruimte liet komen.

Harding had het lichaam van een jongeman op de snijtafel liggen. Zijn hoofd ontbrak.

'Een pizzakoerier van Domino's Pizza kwam zondagavond niet terug van een bezorgrit in Dupont Circle,' legde Dan uit. 'Het gezin bij wie hij de pizza zou bezorgen, belde op en klaagde dat hij helemaal niet was verschenen. We hebben langs de route erheen onderzoek verricht. Dat leverde niets op, maar we vroegen de politie om naar de auto uit te kijken. Hij bleek in een parkeergarage bij Dulles Airport te staan. De onthoofde pizzabezorger lag achterin, badend in zijn bloed.'

Op het lichaam zat bij de onderrug een blauwe plek die afkomstig kon zijn van de loop van een pistool die in zijn rug was gedrukt. Zijn handen waren bijeengebonden met een goedkoop stel handboeien, van het soort dat je kunt kopen in een seksshop in de hoerenbuurt, maar ook in de betere wijken.

'Het tijdstip van overlijden komt overeen met het tijdstip van verdwijnen,' zei Harding. 'Maandag, even na één uur 's nachts.'

Grant verwerkte deze nieuwe gegevens. 'Doodsoorzaak?'

'Pianosnaar om de nek.'

'Waar was Nguyen op dat tijdstip?' vroeg Grant. Als hij eenmaal iets in zijn hoofd had, zat het nergens anders.

Alex liet zich horen. 'Die was op Dulles. De vlucht met de Vietnamese burgers was vertraagd en hij stond hen daar op te wachten. En waar was Moses?' wilde ze weten.

'Dat hebben we al gecontroleerd,' zei Dan. 'Hij is even na elven bij het Witte Huis weggegaan, en het echtpaar dat in zijn flat de parkeerplaats naast de zijne heeft, kwam om twee uur 's nachts thuis en toen stond zijn Jeep nog niet op zijn plaats.'

Alex wierp een triomfantelijke blik naar Grant.

Dan zag dat. 'In de rechtszaal is dat niet genoeg, Alex. Ik laat bij mensen langs de route van de pizzabezorger onderzoeken of ze misschien de Jeep hebben gezien, of iemand met een grijze lok.'

Alex knikte. 'Een pianosnaar is een link wapen. Het mag dan het slachtoffer mooi in stukken snijden, je moet verdraaid goed uitkijken, zelfs met handschoenen aan, dat je je zelf niet lelijk snijdt. Misschien kan ik er iets van Moses' DNA op vinden.'

'Ik kan bijna niet geloven dat Moses – aangenomen dat hij onze man is – ergens iets zou achterlaten wat naar hem verwijst,' zei Grant.

'Misschien is hij allang weg,' zei Alex. 'Misschien heeft hij het om geld gedaan, en dan heeft hij zijn werk gedaan en zit hij de pot op een geschiktere plaats te verteren. Het moet knap vermoeiend zijn je eigen behoeften altijd ondergeschikt te maken aan die van degene die je bewaakt.'

Bij de analyse vond Alex alleen stukjes huid en spatjes bloed van het slachtoffer op de snaar. Maar de draad vertoonde wel krassen op de plek waar de twee stukken draad in de nek over elkaar waren geschoven.

'Wat maak je daaruit op?' vroeg ze aan Harding.

'Merkwaardig. Het enige dat ik kan bedenken is dat de dader metalen handschoenen droeg.'

Alex wendde zich tot Grant. 'Klinkt als het soort bizarre dingen die jij zou bedenken.'

'Helemaal niet. Mijn vader was lasser en die droeg de hele tijd metalen handschoenen,' zei Grant. 'Ik zal mijn jongens onderzoek laten doen aan alle metaaldeeltjes die op de snaar zijn overgebracht. Als ze afkomstig zijn van de handschoenen van hoogwaardig metaal zoals bijvoorbeeld titanium, die je alleen via het web kan krijgen, is er een kleine kans dat mijn jongens boven water komen met een lijst van mensen die ze hebben gekocht.

Waarschijnlijker is dat ze van het soort zijn waar de gewone lassers mee werken.'

'Maar die pianosnaar is een ander verhaal,' zei Harding.

'Er zullen elk jaar wel miljoenen pianosnaren worden verkocht' zei Alex.

'Niet van deze soort,' zei hij. 'Beverly, mijn vrouw, speelde vroeger piano, en wel zo enthousiast dat we geregeld snaren moesten vervangen. Sinds het midden van de negentiende eeuw zijn piano's groter en daarvoor gebruiken ze dikker draad, van bijna vijf millimeter in doorsnee, met een hoog koolstofgehalte. Deze draad is nog geen halve millimeter en duidelijk gebruikt. Hij is afkomstig van een behoorlijk oude piano, misschien zelfs wel behoorlijk kostbaar.'

'In het centrum kun je een moord regelen voor een slof sigaretten,' zei Grant. 'Waarom zou je een onbetaalbare piano mollen om een pizzabezorger te vermoorden?'

Maar Dan en Alex volgden dezelfde gedachtegang. 'Misschien was het omdat ze die bij de hand hadden,' zei Dan.

'Vice-president Shane heeft toch een vleugel in zijn kamer in het Witte Huis?' vroeg Alex. Ze herinnerde zich het interview van Barbara Walters met Abby.

Dan reageerde meteen. 'Misschien komen we tot de ontdekking dat hij vals klinkt.'

Toen ze op het punt stonden de autopsieruimte te verlaten, kwam Chuck met een bezorgd gezicht binnen. 'Shane heeft een nieuwe minister van Financiën benoemd. Wij zijn van de zaak afgehaald en die is nu in handen van de geheime dienst.' De AFIP-bewakers die Dan in het Witte Huis had achtergelaten, waren met geweld verwijderd.

'We moeten er weer heen,' zei Dan.

'Niet met iets van een huiszoekingsbevel?' vroeg Chuck.

'Geen tijd voor,' zei Dan. 'Ik denk dat ik een manier weet om binnen te komen.'

Hoofdstuk 52

Alex, Dan en Grant stonden in de duisternis van de vroege uurtjes achter het Treasury-gebouw. Grant, de man van de apparaatjes, had een sleutelkaart die hij zo had geprogrammeerd dat hij er alle overheidsdeuren die waren voorzien van een kaartlezer mee kon openen. 'Ze hebben ze allemaal bij dezelfde leverancier betrokken,' zei hij. 'Het was een fluitje van een cent om er alle combinaties in te programmeren.'

Met de kaart liet Grant hen via een dienstingang aan de zijkant van het gebouw binnen. In tegenstelling tot de voor- en achteringangen kende deze geen bewakers en metaaldetectoren. Er waren alleen bewakers op tijden dat er leveranciers kwamen, en men ging ervan uit dat de deur dan van binnenuit voor hen werd geopend.

Toen ze binnen waren, rekenden ze op Alex om hen via de Marilyn Monroeroute verder naar binnen te brengen. Alex had een pakje aan dat ze van Barbara's kamer had gehaald. Haar vriendin had het er hangen voor het geval ze iets officieels in het Witte Huis had. Shane was bezig nieuw personeel aan te stellen en dat van Cotter zo snel mogelijk te lozen, en Alex had het idee dat ze zich daar onopvallend onder kon mengen en kon doorgaan voor een van de nieuwe administratieve medewerksters als ze een pakje aanhad. Dan en Grant hadden ook een pak aan en uit hun oor kwam een wit kruldraadje zodat ze eruitzagen als geheim agenten.

Alex voelde de druk van het moeten terugvinden van haar route naar het Witte Huis. Maar toen ze in de Treasury door de gangen liep, besefte ze dat ze geen idee van richting had. Maar na een paar minuten te hebben gedwaald, kwam ze bij het raam waardoor ze naar het Witte Huis had staan staren. 'Deze kant op,' zei ze.

Ze vond de lift die ze met de president had gebruikt. Ze zakten een verdieping waar ze de deur vond van de gang tussen de Treasury en het Witte Huis. Grant had weer een apparaat waarmee hij de toegangscode kraakte zodat de deur openging. Een snelle run door de verlaten gang met de bloemenzaak bracht hen naar de doorgang door de opslagruimte met alle meubels. Grant liep een paar meter met getrokken pistool voor hen uit en dook opeens naar rechts terwijl hij riep: 'Blijf staan!'

Het duurde even voor ze zich ervan hadden overtuigd dat de man die tegen de muur stond al dood was. De muur achter hem was donker van het bloed van een schot recht door zijn hoofd, maar het lichaam was overeind gebleven omdat het tussen twee meubelstukken geklemd zat.

Alex ging ernaartoe. 'Ik herken die man. Het is die andere geheim agent die bij de ceremonie was. Ik weet nog dat ik het zo vreemd vond dat ze maar met zijn tweeën waren.'

'Best kans dat hij in het complot zat en dat Moses alle poen alleen wou hebben,' zei Dan. Hij keek omlaag naar de voeten van de man en wees op de lege .357-patroonhuls. Grant trok handschoenen aan en stopte het ding in een zakje.

Dan liet zijn hand in de zakken van de man glijden en haalde er diens ID en sleutelkaarten uit. 'Die kunnen nog van pas komen.'

Ze liepen de opslagruimte door en kwamen er naast de kapotte buste van Churchill uit. Dan, die direct na de explosie in het Witte Huis de leiding had gehad, wist precies hoe ze bij het kantoor van de vice-president moesten komen. Nu ze in het eigenlijke Witte Huis waren, stelde Grant zijn radio en die van Dan in op de frequentie van de geheime dienst. Er was niets verdachts aan de commando's die hen door de lucht bereikten. Nog niet tenminste.

Shanes werkkamer was leeg. Alex sloot de deur achter hen, schoof een kleed tegen de deur en knipte een bureaulamp aan. Ze hoopte dat het kleed het licht zou tegenhouden. Dan opende de vleugel. Er ontbrak inderdaad een snaar. Grant trok er nog een uit zodat ze hun gestolen exemplaar en het koolstofgehalte ervan konden gebruiken om vast te stellen of de snaar die was gebruikt bij de onthoofding uit dit instrument kwam.

Alex en Grant maakten zich klaar om te vertrekken, maar Dan begon laden te openen. Ze wilde geen geluid maken door te spreken, dus wees ze op haar horloge. *We hebben geen tijd,* mimede ze.

Dan rommelde in de laden van een archiefkast. Grant begon het bureau te doorzoeken. Alex liep naar het raam om de gordijnen beter dicht te doen zodat niemand van buitenaf kon zien wat er binnen allemaal gebeurde. Toen ze bij het raam kwam, stootte ze met haar voet tegen de plint van de vensternis. Die klonk hol. Ze tilde de beklede zitting van de vensternis op en zag een opbergruimte. Er zat een kistje in dat enigszins naar wierook rook. Toen ze het openmaakte, vond ze een schedel. 'Hallo, Braverman,' zei ze.

'De kistjes moeten zijn verwisseld tussen het moment dat de Vietnamese delegatie het Witte Huis binnenkwam en het begin van de ceremonie,' fluisterde Dan.

Op dat moment klonk er een stem via de radio's van Dan en Grant die zei: 'De tunnels zijn door onbevoegden gebruikt. Spoor de indringers op.'

Dan zei: 'We gaan uit elkaar, want dan heeft een van ons tenminste de kans naar buiten te komen.' Hij stak zijn handen uit naar het kistje met Braverman waar Alex mee stond. 'Ik neem het wel. Het is veiliger wanneer jij niet met iets verdachts loopt.'

'Maar ik...' wierp ze tegen.

Dan nam het kistje van haar over. 'Ik heb meer kans me hier uit te werken dan jij. Ik heb de sleutelkaart van de dode geheim agent. Ik ben ongeveer even oud en als ik mijn ID snel laat zien, kan ik voor hem doorgaan.'

De radio ratelde een stel bevelen af. De administratieve nachtstaf werd uit het Witte Huis geëvacueerd.

'Ze bereiden zich voor op een vuurgevecht,' zei Grant. 'Ze verwijderen de burgers van het strijdtoneel.'

'Alex,' zei Dan, 'je moet proberen met de meute mee naar buiten te komen.' Hij gaf haar een blocnote van Shanes bureau.

Alex opende de deur op een kier en glipte naar buiten. Ze mengde zich soepeltjes in een groep vrouwen die nachtdienst hadden gehad. Met haar schrijfblok kon ze in de groep opgaan.

Ze waren op weg naar de noordoostelijke uitgang. Een van de jongere vrouwen was nogal schrikkerig. 'Denk je dat er weer een aanslag komt?' vroeg ze aan Alex.

'Nee, volgens mij heeft president Shane alles onder controle.'

Bij de uitgang werden de aktetassen en tassen van het personeel gecontroleerd.

Shit, dacht Alex, denkend aan de verzameling bewijsmateriaal in haar heuptasje. Wat voor verklaring had ze daarvoor? Ze bekeek de drie rijen die elk bij een bewaker uitkwamen en probeerde erachter te komen bij wie van de drie ze er het gemakkelijkst langs zou komen. Ze koos de jongste die ongeveer even oud was als zij.

De rij schoof langzaam door. De bewaker, een geheim agent van begin dertig, controleerde de nerveuze jonge vrouw. Zijn Sig Sauer zat op zijn heup, direct voor het grijpen.

Alex deed een stap achteruit en liet de vrouw achter haar voorgaan zodat ze tijd had om na te denken. Toen hoorde ze een bekende stem die tegen de bewaker zei: 'Ik kom je aflossen.' Het was Dan die met de ID van de dode agent zwaaide. 'Je maakt nu deel uit van de ploeg die het Oval Office bewaakt.'

De agent twijfelde geen moment aan Dan. De nieuwe taak betekende een promotie. Alex kwam naar voren en Dan doorzocht haar tas. Daarna gaf hij de mensen in de rij achter haar opdracht naar een van de andere rijen te verhuizen en wandelde hij met Alex het Witte Huis uit.

Er waren zoveel mensen uit D.C. vertrokken dat het griezelig stil op straat was. Ze liepen vanaf de Treasury naar Dans auto die een paar straten verderop stond. Maar de politie moest van de geheime dienst opdracht hebben gekregen om de straten af te zetten, waardoor nu alle voertuigen in een straal van vier blokken om het Witte Huis heen er niet meer in of uit konden. Ze konden de auto niet ophalen, en taxi's waren in geen velden of wegen te zien.

Dan trok een strik van een krans voor een gesloten souvenirwinkel. Hij plakte hem op het kistje dat hij droeg zodat het op een kerstgeschenk leek. Hij haalde het oortje uit zijn oor en gooide Alex' schrijfblok in een afvalbak. Daarna pakte hij haar hand en liepen ze de trap af naar de metro. Ze leken net een echtpaar op vakantie.

Hoofdstuk 53

Toen Dan en Alex het AFIP binnengingen, bleek er niemand achter de bewakingsbalie te zitten. Dan gaf haar het kistje met de schedel van Braverman en trok zijn pistool. Via de tunnels onder het AFIP liepen ze naar de commandopost in het Walter Reed. De mannen die de presidentiële vleugel beschermden waren goed getraind en goed bewapend, maar ze zouden ver in de minderheid zijn als de vijanden van de president erachter kwamen dat hij zich daar bevond.

'Ga je Shane arresteren?' vroeg Alex aan Dan.

'Er zijn nog te veel losse eindjes,' zei hij.

'Zoals?'

'We kunnen niet bewijzen dat de schedel vóór de overhandiging in zijn kamer is neergezet. Hij zou kunnen zeggen dat iemand anders die er naderhand heeft neergezet. Hij is er, sinds hij het presidentschap op zich heeft genomen, niet meer binnen geweest.'

'Nu je het zegt,' zei Alex, 'hij is verdraaid snel in het Oval Office getrokken als je in aanmerking neemt dat het lichaam van de president nog niet is gevonden.'

'Dat is zo, maar we hebben nog geen tijd gehad om in het elektronische aanwezigheidsregister na te gaan of er sinds de ceremonie iemand in die kamer is geweest. En we moeten een motief zien te vinden. Waarom zou Shane die oliedeal voor zichzelf onmogelijk maken?'

'Hoe kom je erbij?' zei Alex. 'Als president kan hij tientallen deals maken. Nog afgezien van wat hij allemaal vangt voor lezingen en alle commissariaten die hij na zijn ambtstermijn aangeboden krijgt. En hij heeft een jonge vrouw. Je weet toch wel wat Henry Kissinger zei? Macht is het ultieme afrodisiacum.'

'Luister, Alex. Shane is niet zomaar een gevalletje. We moeten dit goed aanpakken.'

'Kan president Cotter niks doen?'

Wiatt kwam de kamer binnen. 'Hij ligt in coma.'

Alex kreeg een koude rilling. De leugen die ze in stand hielden om verder te kunnen gaan met het onderzoek, werd misschien waarheid.

'Bovendien,' ging Wiatt verder, 'is Shane van plan morgen het Congres toe te spreken om het te vragen Vietnam de oorlog te verklaren.'

Alex' mond viel open. 'We moeten hem tegenhouden.'

Haar mobieltje ging over en ze zag dat het Barbara's privé-nummer was. Ze ging naar de gang zodat ze het gesprek buiten het gehoor van haar collega's kon aannemen.

Het was Maeve Chatterly. 'Je moet komen. Er is iets mis met Lana.'

Alex liep de gang door richting damestoilet zodat haar collega's niet konden vermoeden dat ze de deur uitging. Daarna ging ze langs die route terug naar de onbewaakte uitgang, sprong in haar T-Bird en overtrad alle snelheidregels om zo snel mogelijk bij Lana te komen.

Maeve deed open. 'Het arme kind,' zei ze hoofdschuddend. Uit Lana's kamer kwam een jammerlijk gekerm. Alex rende het flatje door en gooide Lana's deur open.

Het meisje beefde, schokte, schudde alsof ze verging van de pijn. Alex wilde haar jonge vriendin in haar armen nemen, maar Lana worstelde zich vrij. Haar ogen schoten vuur. Alex maakte zich ernstige zorgen. Ze legde haar handen op Lana's schouders. 'Het komt helemaal in orde. Je moeder wordt helemaal beter,' mimede ze als een geruststellende mantra. Maar Lana was onbereikbaar. Ze gooide haar armen omhoog, maakte zich van Alex los, keek de andere kant op.

Alex volgde haar blik en zag Lana's mobiele telefoon in stukken bij de muur liggen, die er ook niet zo fraai uitzag. Op de plaats waar Lana het ding ertegen had gesmeten, zat een gat in het stucwerk.

Alex ging zo zitten dat ze Lana recht kon aankijken. Ze articuleerde heel duidelijk zodat Lana haar goed kon volgen. 'Lana, schatje, je moet naar me luisteren.'

Lana reageerde in gebarentaal, maar doordat ze zo beefde, gingen haar handen alle kanten op. Alex wist zeker dat ze, ook als ze wel gebarentaal had gekend, Lana vandaag niet had kunnen volgen.

Het meisje zakte op het bed in elkaar in een stortvloed van tranen. Alex ging naast haar zitten en trok haar tegen zich aan. Ze kuste haar boven op haar hoofd, wiegde haar troostend en fluisterde: 'Ze redt het wel.' Toen besefte ze dat ze in Lana's haar zat te fluisteren en dat Lana, als ze haar lippen niet kon zien, haar woorden niet kon opvangen. Maar woorden leken er op dat moment niet echt toe te doen.

Lana klampte zich lange tijd aan haar vast. Een halfuur zaten ze zo. Lana was kapot. Alex ging verzitten, stond op en zei tegen Lana dat ze moest gaan liggen. Lana liet zich omvallen, legde haar hoofd op het kussen en Alex stopte haar onder.

De tranen rolden Lana over de wangen, haar mond was een scheur van ellende. Zachtjes zei ze: 'Ik ben zo vaak kwaad op mam geweest en dan wou ik dat ze er niet was. Maar ik wil haar niet missen.'

Alex streek haar haar glad.

'Gistermorgen hadden we ruzie. En als ze nou doodgaat voor ik het heb kunnen goedmaken?'

'Maak je daar maar geen zorgen over. Je moeder weet heus wel dat je van haar houdt. We komen er samen best doorheen. Dat beloof ik je.'

Ze ging op de grond naast Lana's bed zitten en wachtte tot het meisje sliep. Toen liep ze op haar tenen de kamer uit, bedankte Mrs. Chatterly omdat ze bij Lana was gebleven en hoopte dat Barbara er goed genoeg aan toe was om haar woorden waar te maken.

Daarna ging Alex bij Barbara langs, bij wie op de kamer een merkwaardige geur van antisepticum en lelies hing. Barbara sliep, dus Alex ging er stilletjes naar binnen. Haar blik viel op het kaartje in een bosje tulpen in een vaas op de vensterbank. Ze liep er op haar tenen heen en las wat erop stond. De bloemen waren van Pug Davis, de oude bewaker in het Witte Huis.

Alex ging stilletjes op een stoel naast het bed met haar slapende vriendin zitten. Er kwam een verpleegster die een nieuwe zak infuusvloeistof aan de dunne metalen standaard naast Barbara's bed zette. Daarna schudde ze haar zachtjes zodat ze haar bloeddruk en temperatuur kon opnemen.

'Alex,' zei Barbara zachtjes, 'is alles goed met Lana?'

Alex zweeg even en knikte toen. Het was toch geen liegen als je het niet echt zei? En met Lana was alles weer in orde als ze haar moeder zag, daar was Alex zeker van.

De verpleegster gaf Barbara een bekertje met pillen en een grotere beker met water. Alex pakte Barbara's pols om even een blik in het bekertje te kunnen werpen. Een pijnstiller, een licht laxeermiddel en een vitaminepil. De gebruikelijke ziekenhuiscocktail.

'De patiënt moet rust hebben,' zei de verpleegster tegen Alex. 'Ik ben bang dat u weg moet.'

Barbara zei: 'Ze is mijn arts.'

De verpleegster bekeek Alex' wilde krullen, gekreukelde coltrui en spijkerbroek. 'Die heb ik vaker gehoord,' zei ze.

Alex ritste haar heuptasje open en liet haar ID zien.

'U moet u beter kleden,' zei de verpleegster.

Barbara lachte: 'Dat zeg ik al jaren.'

Toen de verpleegster weg was, ging Alex naast Barbara's bed zitten.

'Wat is mijn prognose?' vroeg Barbara. Ze sprak een beetje onduidelijk door de verdoving. Maar zelfs na een gewaagde operatie en in een ziekenhuisjakje was Barbara nog even rechtstreeks en efficiënt als altijd.

'Het was kantje boord,' zei Alex en ging op de rand van het bed zitten. Met haar hand illustreerde ze dat de kogel eerst de schoorsteenmantel had geraakt en daardoor snelheid had verloren en daarna haar rug was binnengedrongen.

'Ik herinner me het lawaai en de pijn, en ik voelde dat ik viel. Het enige wat ik voor me zag waren beelden van Lana, als baby, als peuter, als kleuter, toen ze leerde fietsen... Ik vond het altijd kletskoek wat ze zeiden over je leven dat als een film voorbijkomt, maar het was wel zo. En toen raakte ik buiten westen.'

'Inwendige bloedingen, een heleboel. Je bloeddruk zakte zo ver weg dat ze geen pols meer voelden en je bijna voor dood lieten liggen. Maar ze hebben de kogel eruit gehaald en je van binnen weer netjes dichtgenaaid. Er is geen blijvende schade.'

Barbara verwerkte die informatie en slaakte een zucht. 'Toen ik in de verkoeverkamer lag, gingen beelden van Lana gek genoeg door exact op het punt waar ik ermee was opgehouden. De fiets, onze eerste vakantie samen, en ten slotte dat ze naar school ging waar de andere leerlingen en de docenten geen aandacht aan haar doofheid besteedden, en alle tekeningen voor Moederdag en elke kandelaar die ze voor me heeft gemaakt en daarna,' huiverde Barbara, 'hoe ik me voelde toen ze werd gekidnapt, vorig jaar.'

Alex dacht aan die afschuwelijke junidag vorig jaar. Alex was in paniek toegesneld om Lana te redden en uiteindelijk had het meisje Alex' leven gered.

'Maar de laatste tijd weet ik niet wat ik als moeder met haar aan moet. Ze is steeds zo kwaad op me.'

Alex boog zich naar haar toe en sloeg haar armen om haar heen. 'Ze is gewoon aan het puberen, maar ze zei tegen mij dat het haar speet. Ze is de afgelopen uren enorm gegroeid.'

Vanaf Barbara's kamer gerekend wat verderop in de gang lag parlementslid Chugai in rekverband. De explosie had hem tegen de muur gesmeten en hij had botbreuken in schouders en nek, maar niets wat tot blijvende schade zou leiden. Volgens het verplegend personeel was hij niet direct een modelpatiënt. De gang zat vol Vietnamese veiligheidsmensen met hun wapens op schoot. Hij klaagde over het ziekenhuiseten en toen de sonde in zijn keel verdwenen was en hij weer normaal kon slikken, liet hij zich door zijn ondergeschikten Franse maaltijden brengen. En toen Alex na haar afscheid van Barbara langs zijn kamer kwam, lag hij weer te klagen. Hij riep om een arts die fatsoenlijk Frans of Engels sprak.

De Pakistaanse co-assistent die hem had behandeld, verliet kokend van woede de kamer. Chugai, Vietnamees presidentskandidaat, was gewend het beste te eisen. De verpleegster die Alex in Barbara's kamer had getroffen, keek haar in het voorbijgaan smekend aan. 'Ach, dokter,' zei ze, 'kunt u hem tot bedaren brengen zodat ik hem morfine kan geven en de behandelend arts thuis kan bellen om te vragen of hij komt?'

Alex had geen voorrechten in het ziekenhuis en ze kon de verantwoording voor zijn verzorging niet op zich nemen. Maar hij was een belangrijke schakel in het onderzoek. En ze was buitengewoon nieuwsgierig naar wat hij had te vertellen.

De verpleegster wuifde haar naar de kamer, maar ze werd tegengehouden door een van de bewakers die haar vroeg haar heuptasje open te maken zodat hij het kon doorzoeken. Ze deed wat hij vroeg. Hij had veel belangstelling voor het injectiespuitje dat erin zat. Ze had er altijd een bij zich om DNA te kunnen afnemen. Zonder iets te zeggen hield hij het tegen het licht, vermoedelijk, dacht Alex, om zeker te weten dat er geen vloeistof in zat waarmee het parlementslid kon worden gedood. Toen hij zag dat het spuitje leeg was, liet hij haar door.

Het systeem van gewichten en katrollen hing boven het bed als een wild meccanobouwsel. Chugais lichaam was met metalen draden aan deze zwevende kraan vastgemaakt. Hij lag voorover met zijn hoofd iets omhoog en kon haar pas zien toen ze recht voor hem stond. Hij knipperde verbaasd met zijn ogen toen ze in zijn blikveld kwam. Een blondine met lang golvend haar en rustgevende blauwe ogen.

'Ik moet hier weg,' zei hij. Zijn handen en voeten trilden toen pijn zijn lichaam te grazen nam. Maar zelfs toen hield het tractieapparaat het grootste deel van zijn lichaam gefixeerd.

'Mr. Chugai,' zei Alex, 'de verpleegster komt zo met meer pijnstillers.' Ze keek naar de ecg-monitor. Zijn hart was stabiel. 'Mag ik uw pols even voelen?'

In de houding waarin hij lag, kon hij zijn hoofd niet bewegen. Woorden waren inspannend, dus wachtte Alex een paar tellen om te zien of hij op een andere manier protesteerde. Toen hij dat niet deed, drukte ze de vingertoppen van haar rechterhand op zijn linkerpols en telde. Hij had een pols van 65. Het was prima hem wat meer pijnstiller te geven, want het risico dat zijn hart ermee ophield was klein. Toen ze haar hand terugtrok, greep hij haar pols. 'Het vliegtuig,' eiste hij.

Ze legde haar hand op hun beider handen om hem te kalmeren. 'U bent nu niet in staat te vliegen.'

'Hij probeert me te vermoorden.'

'Wie probeert u te vermoorden?'

Chugai trok zijn hand terug alsof het een belediging was te worden aangeraakt door iemand die zo dom was. 'De vice-president,' zei hij, alsof hij tegen een achterlijk kind sprak. Alsof het voor de hand lag. Hij zonk terug op zijn kussen en praatte bijna in zichzelf. 'Al die moeite. Het geld. De generaal gestuurd. De generaal kwijtgeraakt.'

Alex huiverde toen het haar daagde dat de man in het bed die eruitzag als een kapotte marionet de man was die generaal Tran had gestuurd om haar te vermoorden.

De verpleegster kwam terug met de morfine. 'Dank u, dokter Blake.'

Chugai hoorde haar naam en kwam tot hetzelfde besef als Alex. Hij deed een uitval naar Alex maar werd door het rekverband weer naar het bed getrokken. Hij jammerde het uit van pijn en frustratie. De verpleegster kwam naar hem toe met de morfine.

'Het vliegtuig,' brulde hij naar zijn bewakers.

Twee van hen kwamen de kamer in gerend, maar toen was Chugai al in een medicijnroes op bed teruggevallen.

Hoofdstuk 54

Toen Chugai een halfuur later weer wakker werd, had Dan zich bij Alex gevoegd. Die wist dat hij zich op glad ijs bevond. Iemand ondervragen die onder invloed van een medicijn was, was niet direct koosjer. Maar parlementslid Chugai was niet de vis waar ze op aasden. Het zou een nachtmerrie worden als ze hem voor een Amerikaans gerechtshof wilden dagen. Hij was alleen maar een orakel dat de man die het land als een kille killer bestuurde, als schuldige kon aanwijzen.

'Wie ben jij?' vroeg hij aan Dan.

Alex luisterde zwijgend toe op een stoel buiten Chugais blikveld.

'Ik ben je enige kans om niet te hoeven wegrotten in een Amerikaanse gevangenis.' Dan ging naast het bed staan, een indrukwekkende figuur in zijn marine-uniform. Hij had zijn uitgaanstenue aangetrokken dat vol lintjes zat, met de gedachte dat hij gekleed als krijgsman bij het parlementslid meer zou bereiken.

Chugai glimlachte. 'Ik zeg het met twee woorden: diplomatieke onschendbaarheid.'

'En ik zeg het met drie woorden: krijg de kolere.'

Chugai wilde de knop voor de verpleegster indrukken om Dan te laten verwijderen, maar Dan haalde de knop weg.

Chugai riep naar zijn mannen op de gang.

'Ik ben bang dat je het met ons moet doen. Dáár is niemand.'

Verbazing op Chugais gezicht. 'Hoe kan dat?'

'Je schijnt een blok aan het been te zijn voor je regering. En dan heb ik het maar niet over het feit dat je president bij de komende verkiezingen je tegenstander steunt. Hij was maar al te blij je te kunnen degraderen. Je bent niet langer een diplomaat maar een gewone sul. Ik wil dat wel voor je vertalen. Het betekent dat je geluk op is.'

Chugai overdacht deze nieuwe ontwikkeling, maar leek zich nog niet echt zorgen te maken. 'Ik heb op Harvard geleerd dat je me moet toestaan een advocaat te raadplegen. Je kunt nu gaan. Ik zeg niets meer tot ik een advocaat heb.'

Dan liep onverstoorbaar naar het hoofdeinde van het bed. 'Het maakt een slechte indruk, het feit dat je in het Witte Huis was met een schedel die explodeerde. Daarom beschouw ik je niet meer als een sul maar als een vijandige strijder.' Dan haalde een mes tevoorschijn en ging met een vinger over het lemmet om te voelen hoe scherp het was. Alex was zo gefascineerd dat ze niet kon opstaan om hem tegen te houden.

'Ben je gek geworden?' was Chugais reactie. 'Als ik het Witte Huis had willen opblazen, had ik mezelf niet aan het gevaar blootgesteld.'

Dan deed of hij doof was. Hij zette de punt van het mes in een schroef van het tractieapparaat zodat er een hendel los kwam.

'Als vijandig strijder heb je recht op dezelfde behandeling die jullie ambassadeur Pete Peterson hebben gegeven toen hij krijgsgevangen was. Die sadisten bonden hem zo vast dat hij een hobbelpaard werd en sprongen daarna op het touw tot hij van pijn buiten westen raakte. Hij heeft nog steeds brandvlekken van het touw op zijn armen, en zijn handen worden af en toe nog gevoelloos.'

'Dat was niet mijn oorlog, maar die van mijn vader. Ik was nog maar een kind.'

Dan begon aan de tractieslinger te draaien, een heel klein beetje, maar genoeg om Chugais hoofd iets omhoog te trekken. Chugais ogen werden groot toen hij zich realiseerde dat de marinier die voor hem stond hem met nog een paar slagen zijn nek kon breken.

'Wat wil je van me?' vroeg Chugai.

'Goeie vraag. Vertel me eens over de deal tussen jou en de vicepresident.'

Toen Dan wist wat hij wilde weten, ging hij naar Barbara's kamer, maakte haar wakker en vroeg haar hem te helpen met het opstellen van de wettige documenten. Daarna ging hij terug naar het AFIP om de volgende zet voor te bereiden. Alex bleef bij Barbara om als documentenkoerier te dienen.

Barbara installeerde een laptop op haar schoot en terwijl ze zat te typen, spuwde een slank printertje op het kastje naast haar bed, waarop eerst het plastic wasbekken, de Lubriderm-handcrème en andere spullen van het moderne ziekenhuisleven hadden gelegen, papieren uit.

Barbara pakte de geprinte vellen en gaf ze aan Alex. Artikelen over de impeachment van vice-president Shane, aan te bieden aan het Huis van Afgevaardigden. Alex floot zachtjes. 'Wow.'

Blijkbaar hadden Shane en Chugai een schandalige deal gesloten. Shane betaalde Chugai een fors bedrag om ervoor te zorgen dat de boorrechten met betrekking tot het continentaal plat naar Westport zouden gaan en hij had overhandiging van de schedels in het Witte Huis met alle media-attentie geregeld zodat Chugai de zekerheid had de volgende president van Vietnam te worden. Met of zonder medeweten van Shane had Chugai opdracht gegeven Gladden te vermoorden omdat hij de inhoud van het olierapport aan de Chinezen had gegeven voordat hij het aan Westport had overhandigd. Chugai had ook geprobeerd Alex' doodvonnis te tekenen en zou daarin zijn geslaagd als Lukes gitaarkoord er niet was geweest. Zijn deal met de Amerikanen en zijn gooi naar het presidentschap zouden in rook zijn opgegaan wanneer ze een onderzoek had ontketend naar een door Amerikanen aangericht bloedbad onder Vietnamese burgers. Vanaf dat punt werd het ingewikkeld. De snaar waarmee de pizzakoerier was vermoord kwam uit Shanes vleugel, maar Chugai beweerde niets van de bom te weten. Uit zijn woorden zou dan blijken dat Shane alles had willen hebben: zowel het geld als het presidentschap. Shane had de East Room verlaten vlak voor de bom afging. Hij was bereid geweest Chugai en iedereen die er achterbleef te vermoorden.

Alex bekeek de lijst van beschuldigingen. Politiek geknoei, omkoperij, samenzwering met moord als doel, verraad. Schending van Artikel I, secties 2 en 3 van de Constitutie, het plegen van ernstige misdaden en misdrijven. 'Als je dit leest, denk je aan een landje dat door een dictator wordt gerund, niet aan een grootmacht.'

'Hij is in het illustere gezelschap van lieden met een impeachment aan hun broek. Andrew Johnson...'

'Bill Clinton...'

'En niet te vergeten senator William Blount omdat hij de Engelsen wilde helpen bij het in bezit nemen van Florida en Louisiana in 1797.'

'Je gaat me toch niet vertellen dat je dat bij je rechtenstudie hebt geleerd.'

'Het valt zelfs nu nog niet binnen mijn taakomschrijving. Het gaat erom dat Wiatt probeert de hele operatie geheim te houden tot president Cotter uit de dood opstaat en de vice-president verrast met een officiële aanklacht.'

Alex knikte. Ze kende het plan. En ze zou erbij zijn wanneer de dominostenen omvielen.

Hoofdstuk 55

Toen Alex de volgende dag tegen de avond het Witte Huis binnenging, hoefde ze niet langer de vuurproef met de geheim agenten te doorstaan. Een federaal gerechtelijk bevel had hen vervangen door federale marshals zodat Dan de dagvaardingen kon gaan betekenen. Dus hoefden haar metgezellen, Dan en zes andere officieren, hun wapen bij de deur niet in te leveren. Dat hield ook in dat Grant en zes andere officieren de president in een rolstoel langs dezelfde weg het Witte Huis weer in konden brengen waarin hij het had verlaten: door de Marilyn Monroe-ingang. Alex vroeg zich af of er bij deze ingang sinds de regering-Kennedy ooit zoveel te doen was geweest.

De twee groepen troffen elkaar in de bibliotheek in de West Wing. Met Dan voorop trokken ze naar het Oval Office. Dan gooide de deur open, met getrokken wapen. De nieuwe president zat achter het bureau en Abby, die een buitengewoon kort en laag uitgesneden zwart jurkje aanhad, zat op de hoek van het bureau.

'U staat onder arrest voor verraad, poging tot moord en samenzwering,' zei Dan tot Shane. Hij knikte naar twee militairen. 'Sla hem in de boeien.'

'U kunt geen soldaten op me af sturen,' zei Shane op ferme toon. 'Ik ben de opperbevelhebber.'

De groep militairen ging uiteen en Bradley Cotter kwam naar voren. Hij had een legerbaret over zijn verband. Hij was op de gang uit zijn rolstoel gekomen en had al zijn krachten nodig om rechtop te blijven staan. 'Over mijn lijk,' zei hij.

Alex trok een lelijk gezicht. Zover was het bijna gekomen.

Shane keek alsof hij een spook zag. 'Je leeft nog,' zei hij. De toon waarop hij het zei was bijna opgelucht, dacht Alex.

Maar Abby liet zich van het bureau glijden en zette als een dwars kind haar handen in haar heupen. 'Dit kan niet.'

Grant liet een waarderende blik over Abby's romig opbollend decolleté gaan tot hij zag dat Alex hem bestraffend aankeek.

'Thomas Malcolm Shane,' galmde Dans stem dankzij de schitterende akoestiek van het Oval Office. 'U hebt het recht te zwijgen. Alles wat u zegt kan en zal in de rechtszaal tegen u worden gebruikt. U hebt het recht op een advocaat en om een advocaat aanwezig te laten zijn bij alle verhoren. Als u zich geen advocaat kunt veroorloven, zal er u een worden toegewezen op kosten van de regering.'

Verbijsterd liet Shane zich in de boeien slaan. Als de bewijzen tegen hem niet zo overtuigend waren geweest, had Alex kunnen denken dat hij onschuldig was.

Shane protesteerde. 'Ik heb de regels misschien wat vrij geïnterpreteerd voor Westport Oil, maar ik heb nooit geprobeerd de president te vermoorden.'

Dan en de anderen werkten Shane naar buiten. Cotter liep naar zijn bureau en ging zitten. Hij streek met zijn handen over het bureaublad alsof hij niet had verwacht hier ooit nog terug te keren.

'Neem me niet kwalijk,' zei de president tegen Alex en Abby. 'Mijn gezin wordt zo hierheen gebracht, en ik zou graag even alleen met ze zijn.'

Alex knikte. Toen de twee vrouwen de kamer uitgingen, riep hij Alex achterna: 'Ik kan u niet genoeg danken.'

Glimlachend draaide ze zich naar hem om. 'Dat ik u achter uw bureau zie zitten, is dank genoeg. En u kunt het zich misschien niet herinneren, maar u hebt mijn leven gered.'

Hoofdstuk 56

In de antichambre van het Oval Office boog Abby het hoofd. Toen ze weer opkeek, was haar blik versluierd door tranen. 'Dag Camelot,' zei ze.

Alex knikte. Ze wist niet goed wat ze moest zeggen en begon iets van sympathie voor Abby te voelen omdat ze in een foute man had geloofd. Zoals veel vrouwen in de loop der tijden had ze alles overgehad voor één man, maar was de verwachte beloning uitgebleven. Tenzij je daaronder verstond Lady Di spelen in ziekenhuizen in de derde wereld.

Abby nam Alex van top tot teen op. 'Denk je dat je me een lift naar huis kunt geven? Het ziet ernaar uit dat ik mijn koffers kan gaan pakken.'

'De geheime dienst kan u toch brengen?'

'Ik zie ze niet staan dringen.'

Alex keek om zich heen. Abby had gelijk. De geheim agenten waren ergens heen gebracht voor verhoor, en de AFIP-soldaten hadden hun aandacht bij de arrestatie van Shane.

Tegen beter weten in flapte Alex eruit: 'Ach, waarom ook niet.'

Abby gaf haar een vals lachje. 'Kun je me bij het hek van de West Wing oppikken? Ik wil mijn kapsel niet verpesten in die regen.' Ze wierp een blik op Alex' dikke bos lange, wilde krullen als om aan te geven dat het haar koud liet wat er met Alex' kapsel gebeurde.

Alex zuchtte. Ze had medelijden gevoeld met deze vrouw, maar Abby was nog niet van plan om economyclass te reizen. 'Goed. Ik rij in een oude T-Bird. Hoeveel tijd hebt u nog nodig?'

'Een paar minuutjes maar, schat. Ik hoef alleen maar een telefoontje te plegen.'

Twintig minuten later zat Alex kokend van woede in de auto en was Abby er nog niet. Ze zette haar telefoon aan om Barbara in het ziekenhuis te vertellen hoe het verhaal was afgelopen, maar voor ze het nummer kon intoetsen, zag ze iemand in een lange zwierige cape met capuchon het Witte Huis verlaten. Alex keek naar de schoenen van de mysterieuze figuur. Stilettohakken. Dat moet Abby zijn, dacht ze.

Alex draaide het raampje aan de passagierskant omlaag en stak haar hand naar buiten om de portierkruk te pakken. Ze had in limostijl kunnen uitstappen om het portier te openen, maar daarvoor was ze nu te pissig. Maar ze ergerde zich aan haar kleinzieligheid en haalde een lap uit het handschoenenkastje om de zitting van de passagiersstoel te ontdoen van de regen die naar binnen was gekomen.

Ze wilde haar telefoon pakken om hem uit te zetten, maar merkte dat hij tussen haar stoel en de versnellingspook was gegleden toen ze naar het raampje dook. Voor ze hem kon pakken, liet Abby zich in de auto vallen.

'Naar huis, James,' zei ze met een quasi-Engels accent waarmee in films een vrouw haar chauffeur commandeert.

'Allemaal goed en wel,' zei Alex, 'maar ik heb geen idee waar dat is.'

'Ja, dat dacht ik al. Iedereen kent Pennsylvania Avenue 1600, maar het kan ze geen donder schelen waar de vice-president en zijn vrouw wonen. Ik moest zelfs mijn eigen lakens kopen.'

Abby wees Alex de weg. Ze reden het stadscentrum uit, weg van de monumenten, naar een armoediger buurt. Jeetje, dacht Alex, als de Shanes gedwongen waren hier te wonen, had Abby misschien wel reden tot klagen.

Na nog een paar bochten kwamen ze uit bij een parkeergarage van een bouwvallig flatgebouw. Hier woonde de vice-president toch zeker niet? Er was geen bewaking, geen politie.

Vragend keek ze Abby aan die ging verzitten zodat haar cape gedeeltelijk openging en er een metalig iets in haar wit gehandschoende hand zichtbaar werd. Ze richtte het wapen op Alex. 'En nu is het wachten geblazen.'

Alex haalde hoorbaar adem. 'Hoe kon u...'

Abby glimlachte: 'Met al die aandacht voor mijn man, lette niemand op de uitgangen.'

Alex schatte de situatie in.

'Denk niet dat ik hem niet zal gebruiken. Mijn vader ging altijd met me jagen.'

Alex twijfelde er niet aan dat ze de waarheid sprak.

'Dat had je niet gedacht, hè?'

Abby lachte. 'Jezus, meid, heb je nooit die Barbie-game gehad?'

Onzeker antwoordde Alex: *We Girls Can Do Anything?*'

'Ja.'

Alex besefte dat ze een kans had als ze Abby aan de praat hield. 'Ik weet nog wel dat de dokter-barbie een roze stethoscoop, een roze doktersjas en hoge hakken had.'

'Blijf ervoor gaan. Je bent een schoonheid. Alleen moet je je beter kleden.'

Alex bedacht hoe krankzinnig het was dat ze haar smaak voor kleding – of liever haar gebrek eraan – zaten te bediscussiëren vlak voordat ze zou worden doodgeschoten. Ze wou dat ze een testament had laten maken. Ze hoopte dat haar moeder wist dat ze haar moest begraven zoals ze had geleefd: in een zwarte coltrui en spijkerbroek, en niet in een van die oude kleurige dashiki's die haar moeder soms droeg. 'Ik geloof niet dat het ooit mijn type is geweest.'

Abby ging verder. 'Hé, blijf ervoor gaan. Ik heb al vroeg geleerd het te gebruiken, mannen te laten doen wat ik wilde.'

'Heb jij de vice-president die bom in het Witte Huis laten plaatsen?'

Abby schaterde het uit. 'Die ouwe zak was maar goed voor één ding, en dat was niet in bed.'

Alex' hand lag nog steeds op de versnellingspook. Even haar hand uitsteken en ze kon het wapen aanraken. Maar wat bereikte ze ermee? Haar einde.

Ze liet haar hand ongemerkt langs het pookje zakken. Haar telefoon lag buiten zicht tussen de pook en haar stoel. Misschien kon ze erbij en dan een van de knoppen indrukken om iemand van haar benarde situatie op de hoogte te brengen. Toen besefte ze dat het nergens op sloeg. Het enige wat er zou gebeuren was dat er aan de andere kant iemand opnam, hallo zei, zodat Abby het hoorde en haar doodschoot. Hmm, dacht Alex, en ze was wat minder bang en meer bereid haar lot te aanvaarden. Alle wegen leken dezelfde kant op te gaan. Chitty-chitty bang-bang.

Abby leek amper te merken dat Alex was stilgevallen. Ze ratelde maar door over haar man en zwaaide met het pistool. 'De hufter eiste dat we op huwelijkse voorwaarden trouwden, kun je je dat voorstellen? Ik krijg dus geen flikker van al dat zwarte goud van Westport Oil. Maar hij was mijn opstapje. Ik zou de volgende Jackie Onassis zijn geweest.'

'Ik kan me niet voorstellen dat jij daar acht jaar met twee regeringen-Cotter op had willen wachten,' zei Alex en duwde haar hand langs de stoel naar beneden.

'Nee, inderdaad,' zei Abyy. 'Weet je waar de vice-president en zijn vrouw de meeste tijd aan besteden? Aan begrafenissen van staatshoofden van landen waar ze niet eens airco hebben. Als vrouw wil je toch hogerop, nietwaar?'

Alex knikte. 'Een slopend bestaan, dat snap ik.'

'Ze kunnen wel zeggen dat het leven bij veertig begint, maar ik had geen zin om zo lang te wachten. En ik zou die ouwe zak mooi te slim af zijn geweest.'

Alex voelde een lichte opwinding. Haar wijsvinger, de vinger waarmee ze de letter T van thymine tikte wanneer ze haar onhoorbare symfonie van genetische codes tikte, had op de opnameknop van haar telefoon gedrukt. Abby kon haar wel doodschieten, Dan zou dan in ieder geval haar telefoon vinden en uitpluizen wie de dader was.

'Dus jij zat achter de bom in het Witte Huis.'

Abby zwaaide met het pistool onder Alex' neus. 'Hé, een beetje meer respect, hè. Boekenwijsheid legt het altijd af tegen straatwijsheid.'

En ze ging verder. 'Als Cotter was opgeruimd, werd ik First Lady, zo eenvoudig lag dat. En als dat eenmaal achter de rug was, wilde ik niet meer afhankelijk zijn van een huwelijk met een of andere ouwe zak, zoals Jackie en Aristoteles Onassis. Ik kwam erop toen ik in China was. Ik bedacht een manier om zelf olie te winnen.'

'Wat heeft China daarmee te maken?' Alex was blij dat Abby een kletskous was. Nee, meer dan dat, een opschepster. Hoe langer ze praatte, hoe langer Alex in leven bleef. Alex luisterde met een half oor, en het forensische deel van haar denken maakte plaats voor een andere stem in haar hoofd. Ze maakte een lijst van alle dingen in haar leven waarvan ze wilde dat ze die had gedaan. Een ballonvlucht maken. De piramiden bekijken. Naar Ohio gaan en de kerstdagen bij haar moeder doorbrengen. Een baby krijgen.

De laatste gedachte was zo vreemd dat ze meteen weer terug in de werkelijkheid was en zich richtte op wat Abby zei. 'Ik kreeg het idee min of meer van Lil Wang. Tijdens onze eerste ontmoeting zei ze dat ze haar vader, de Chinese president, een grote hypocriet vond. Dat hij aardig deed tegen die klootzak van een man van me, terwijl hij wist dat de erkenning van Vietnam en de deal met Westport Oil voor China een zware klap zou zijn. China blijkt er namelijk slechter voor te staan dan wij. Meer mensen, geen eigen olievoorraden, op dat punt volledig afhankelijk van het buitenland. Bij ons is de productie van de Gulf Coast weer op het niveau van voor de orkaan Katrina.'

Het klonk alsof Abby in de korte tijd dat ze bij Westport Oil had gewerkt, wel iets had opgestoken. Het gezegde 'een beetje kennis is een gevaarlijk ding' leek hier zeer op zijn plaats.

Abby ging verder. 'Na een paar drankjes met Lil hadden we het helemaal geregeld. Ik zou de deal met Vietnam verpesten, en zij zou ervoor zorgen dat ik een deel van de Chinese oliedeal kreeg.'

'Je lijkt me niet het type dat het risico van een gebroken nagel wil lopen om een bom in elkaar te zetten.'

'Dat bedoelde ik met je charmes inzetten, meisje. Zwaai wat met je borsten en je billen en ze doen alles voor je. Mannen zijn net baby's.'

'Toch zou ik mijn geld terugvragen bij degene die je heeft geholpen. Cotter leeft nog en jij bent zelfs geen Second Lady meer.'

Abby porde Alex met het wapen in haar ribben. 'Jij denkt dat je heel slim bent, maar jij komt tussen zes plankjes te liggen en ik word een van de rijkste vrouwen van de wereld.'

Langzaam werd het Alex duidelijk hoe de vork in de steel zat. 'Dus je man wordt gearresteerd, maar ondertussen is de relatie tussen Vietnam en de VS al grondig verpest. Westport Oil loopt de deal mis, China krijgt de olievoorraad van Phu Khanh en jij rijdt met je mededader de ondergaande zon tegemoet.'

'Helemaal goed, op één punt na. Toen ik nog op de kleuterschool zat, zei de juf al tegen mijn moeder dat Abby niet goed met anderen kon spelen. Ik heb nog twee losse eindjes die ik moet afwerken, hem en jou. Hij gaat jou neerschieten en dan pleegt hij zogenaamd zelfmoord.'

Alex wilde net gaan vragen wie die 'hij' dan wel was, toen er een Jeep naast hen stopte. De zware regen kon de grijze lok niet verbergen. Agent Clive Moses stapte achter bij hen in en schoof Alex' medische tijdschriften opzij om plaats voor zichzelf te maken.

'Hoi, liefje,' zei Abby tegen hem.

'Rijden,' beval hij Alex. Hij drukte op de knop van een afstandsbediening en beval haar binnen te parkeren, dicht bij de lift.

Toen ze de motor uitzette, stapte hij uit, sleurde haar uit de auto en sloeg haar in de boeien, met haar handen op haar rug. Alex gromde van de pijn toen het metaal in haar huid sneed. Ze had het gevoel dat ze voorover zou vallen. Doordat haar armen op haar rug zaten, voelde ze zich kwetsbaar en uit haar evenwicht gebracht. Abby zette de capuchon van haar cape op, stapte uit, zei tegen Clive dat ze hem had gemist en drukte op de knop van de lift.

Er was verder niemand toen ze Alex de lift in duwden. Clive ging dicht achter Alex staan, met zijn handen op haar schouders en zijn kin op haar hoofd, alsof ze een stelletje waren. Abby ging opzij staan met haar gezicht naar hen toe, en een klein bobbeltje in haar cape verhulde het wapen. Wanneer er iemand instapte, kon die haar gezicht niet zien.

Clive trok Alex' armen met een ruk naar achteren, een handeling die een pijnscheut in haar schouderbladen veroorzaakte. Uit haar rechteroog gleed een traan. Ze trok haar schouders op en boog haar hoofd om de traan te verbergen, maar dat kleine gebaar was voldoende om Abby met het wapen in haar ribben te laten porren.

Toen de deuren op de tweede etage opengingen, kwamen ze in een lege gang terecht. Clive duwde haar met zijn linkerhand ruw naar voren. Dat deed pijn, maar bij Alex begon de adrenaline zijn werk te doen. Ze registreerde dat hij alles met links deed, vermoedelijk omdat de president zijn rechterarm had verwond. De gedachte aan deze zwakke plek maakte dat Alex haar angst even onderdrukte en liet haar geloven dat ze misschien nog een kans kreeg om te ontsnappen.

Met een sleutel opende Clive de deur van een appartement.

'Zie je wel,' zei Abby, 'dat het een prima idee was om deze flat te huren.'

'En als we die meid kwijt zijn, kunnen we het gaan vieren.'

Toen ze de kamer binnenkwamen, zag Alex een bos margrieten op tafel staan. Ze betrapte Abby erop dat ze haar neus optrok, maar Clive had niets in de gaten. 'Schat, dat had je niet moeten doen,' zei ze tegen hem.

Alex wist dat ze dat heel letterlijk bedoelde. Ze kon wel zien dat Abby zichzelf meer als een type voor rozen beschouwde.

'Je weet dat je altijd mijn Daisy Mae zal zijn.'

Een mager, vermoeid lachje van Abby. Het laatste wat ze wilde was vergeleken worden met een heikneuter.

Terwijl Abby haar pistool op Alex gericht hield, zette Clive een prullig radiootje aan en zocht een jazzstation op. Daarna ging hij naar de keuken en kwam terug met een fles champagne. Hij liet de kurk knallen en schonk voor Abby en zichzelf een glas in. 'Op de vaderlandsliefde,' zei hij.

Dat begreep Alex niet. 'Jullie blazen het Witte Huis op en dan toasten jullie op de vaderlandsliefde?'

Clive keek haar aan alsof zijn logica sloot als een bus. 'Weet je wel wat die smeerlap van een Cotter van plan was? Hij wilde Vietnam de oorlog vergéven. Dat zou een klap in het gezicht zijn van alles waar onze soldaten voor hebben gevochten. Dat is hetzelfde als Osama bin Laden uitnodigen om samen met jou naar een footballwedstrijd te kijken.'

Abby gaf Clive het wapen. Alex koos met haar ogen één margriet uit en begon de witte bloemblaadjes te tellen. Hij vermoordt me, hij vermoordt me niet.

'Genoeg geleuterd met de dokter,' sneerde Abby. 'Maak haar koud.'

'Hier?' zei Clive. 'Dat wordt een veel te grote smeerboel.'

'Wat kan ons dat schelen. Ze kunnen deze flat toch niet met ons in verband brengen.'

Alex mengde zich erin. 'Misschien niet met haar, zij heeft handschoenen aan. Maar jij hebt al weet ik hoeveel dingen aangeraakt. De radio, de koelkast, de glazen.'

Abby keek haar vuil aan en Alex was blij dat het wapen al van eigenaar was verwisseld. Als Abby het nog had gehad, was ze nu dood geweest, dat wist ze zeker.

'Ik help je met schoonmaken, Clive,' zei Abby.

Hij dacht na. 'Ik neem haar mee naar de badkamer, leg haar in bad en schiet haar dood. Dan kunnen we ook het bewijsmateriaal wegspoelen. En als ze echt dood is, dumpen we haar ergens anders.'

Abby trok een ongeduldig gezicht, maar ze wist dat je beter geen ruzie kunt maken met iemand met een wapen. 'Ik vind het best, liefje.'

Clive zette het wapen in Alex' rug en duwde haar de gang op. Toen ze buiten gehoorsafstand van Abby waren, zei Alex: 'Clive, jij bent de volgende die wordt vermoord.'

'Helemaal niet,' zei hij, maar de kwestie van de vingersporen had hem duidelijk van zijn stuk gebracht.

'Als je me nog even in leven laat, vertel ik je wat ik weet.'

In de badkamer hield hij het wapen op haar gericht en zei: 'Begin maar.'

'Ik heb een deel ervan opgenomen toen we in de auto zaten. Ze had niet door dat ik het opnam. Haal mijn mobieltje maar uit mijn auto. Het zit klem tussen de bestuurdersstoel en de versnellingspook. Dan kun je horen wat ze over je te zeggen heeft en vertel ik je de rest van haar plannen.'

'Weet je waar ze het geld heeft?'

Welk geld, dacht Alex. Maar vol overtuiging zei ze: 'Natuurlijk.'

'Op je knieën,' zei hij.

Jezus, Maria en Jozef, dacht Alex. In gebedshouding zag ze al voor zich hoe ze met een schot in het hoofd, maffiastijl, werd gedood.

Maar hij maakte een handboei los en bond haar vast aan de pijp die van het toilet naar de muur liep, met haar handen voor haar.

Daarna schoot hij op de spiegel wat een enorm lawaai van vallend glas veroorzaakte en waarmee hij Abby liet denken dat hij Alex had vermoord.

Hij legde zijn vinger op zijn lippen en ging de badkamer uit.

Alex hoorde Abby vragen of ze nu met zijn tweeën waren.

'Zeker weten,' zei hij.

Alex schoof haar handen over de bocht van de buis naar de stopkraan. Met een ruk die een pijnscheut door haar verbrande hand joeg, draaide ze het ding een kwartslag waarna ze met beide handen de drie duims metalen ring tussen het reservoir en de toiletpot begon los te schroeven. Ze draaide en draaide maar het verroeste geval gaf niet mee.

'Ik droom er al zo lang van alleen met je te zijn,' zei Abby tegen Clive. 'Leg dat pistool toch neer en kom bij me.'

Alex voelde Clive aarzelen. 'Nog één ding,' zei hij. 'Even een dekkleed uit de auto halen om haar straks in te rollen.'

De deur ging achter hem dicht en ze hoorde het getinkel van de champagnefles tegen het glas toen Abby zich nog eens inschonk. Toen Abby een andere zender zocht, hoorde Alex haar boven het gekraak van de radio uit giechelen. 'Goed gezien. Nog één dingetje.'

Alex ging zo zitten dat ze zich met haar voeten tegen de muur kon afzetten om meer kracht te zetten. Ze voelde de ring ietsje verdraaien. In de kamer koos Abby een klassieke rockzender. 'I can get no satisfaction' galmde het uit de luidspreker. Gefrustreerd verschoof Alex haar rechterbeen zo dat de cowboylaars boven de pijp kwam te hangen. Ze begon er woedend met haar hak op in te beuken. De muziek in de kamer ernaast maskeerde het kabaal dat ze maakte, maar de ring gaf niet mee. Ze haalde diep adem, probeerde rustig te blijven en pakte de ring toen weer aan met haar handen.

Het ding voelde koud aan en dat versterkte de kilte die ze in haar hele lichaam voelde. Goed, ze had misschien wat tijd gewonnen. Maar ook al geloofde Clive haar en schoot hij Abby dood voor Abby hem kon doodschieten, dan nog wist Alex dat ze er maar een paar minuten bij zou krijgen. Zodra hij ontdekte dat ze niets van het geld wist, had hij haar niet meer nodig.

Alex draaide en draaide en de ring bewoog weer iets. Ze hoorde de voordeur opengaan. Clive kwam binnen, zette de muziek zachter en drukte op de afspeelknop op Alex' telefoon. Het feit dat hij zo snel terug was, betekende dat hij niet de tijd had genomen om in de garage te luisteren. Alex werkte door aan de ring terwijl Abby's stem uit de onberispelijk werkende, door de overheid betaalde en door Grant ontworpen telefoon klonk. 'Hé, een beetje meer respect, hè,' zei de opgenomen Abby.

'Wat krijgen we nou?' vroeg Abby aan Clive. Op de achtergrond tingelde Queen met een nummer uit de zacht gezette radio.

Alex drukte haar schouder tegen de toiletpot, zette haar voeten tegen de muur en rukte aan de ring alsof haar leven ervan afhing. Wat ook het geval was. De ring kwam los. Ze trok de drie duims pijp los en een restant stinkend roestwater liep over haar spijkerbroek en de badkamervloer. Ze schoof haar geboeide handen over het stuk pijp dat uit de muur kwam en trok ze tussen de pijp en het reservoir door. Ze pakte de poot van de wastafel en hees zich overeind tot ze stond.

Ze was zo in beslag genomen door deze ene taak dat ze nog niet had nagedacht over wat ze nu moest doen. Ze pakte de losgemaakte metalen cilinder op, stapte in het bad en verstopte zich achter het dichtgetrokken douchegordijn. Misschien, heel misschien had ze toch nog een kans. Ze hoorde de tape in de andere kamer. 'Ik kwam erop toen ik in China was,' zei de stem van Abby. Alex dacht aan de ommezwaai, hoe een bookmaker de uitkomst zou inschatten. Wiskunde had, net als natuurkunde, op Alex altijd een troostende uitwerking gehad.

In gedachten ging ze de mogelijkheden na. Clive kon Abby neerschieten en dan haar te grazen nemen. De kans dat ze hem zou weten te overmeesteren was één op vijf. Maar haar kansen werden iets groter, misschien zelfs wel zestig-veertig, wanneer Abby Clive doodde. Dan bestond de kans dat Abby wegging zonder dat ze ontdekte dat Alex nog in leven was.

Alex hield haar adem in. Nog een minuut of twee en de band kwam bij het moment waarop Abby onthulde dat ze Clive zou vermoorden. Alex ademde blazend uit en nam een vechthouding aan. Ze spitste haar oren om te horen wat er in de woonkamer gebeurde.

De radio kraakte opnieuw en de muziek werd weer de jazzy muziek die Clive aanvankelijk had gekozen. Het werd snel duidelijk wie de andere zender had gekozen. 'Kom, schatje,' zei ze tegen Clive. 'De dingen op die band zijn ouwe koek. Zet het af en kom met me dansen.'

Alex hoorde een zachte plof en vermoedde dat Abby haar cape uitdeed en op de grond liet vallen. Val er niet voor, Clive, dacht Alex. Ze wilde wel naar hem roepen: 'Niet met je pik denken, Clive. Laat die band lopen.' Maar ze wist dat elk geluidje van haar die kansverhouding van zestig tegen veertig kon veranderen in één tegen een miljoen.

Ze hoorde Abby, de echte, zeggen: 'Ja, goed zo, liefje. Kom maar bij mama.'

Toen een klik en de tape stopte.

Abby was weer op dreef.

Alex kon zich er maar net van weerhouden de badkamerdeur op een kier te zetten om te zien wat er gebeurde. Nieuwsgierigheid trok aan haar terwijl vlak bij haar de gebeurtenissen zich ontrolden en haar lot bepaalden. Ze begon een mantra. Nieuwsgierigheid doodde de kat. Nieuwsgierigheid doodde de kat. Haar schouder deed pijn door haar verkrampte houding. Ze ontspande even. Ze vroeg zich af of dit de manier was waarop ze haar laatste uurtje doorbracht, in een onwaardige badkuip en stinkend als een beerput.

Het geluid van brekend glas. Een knokpartij. Een schot. Nog een. Het geluid van een lichaam dat op de grond valt. Daarna stilte.

Alex bereidde zich voor op actie. Ze probeerde zich voor te stellen wie van de twee er leefde en wie er dood was. Toen hoorde ze een vrouwenstem: 'Zo, opgeruimd staat netjes.'

Alex bad dat Abby de benen zou nemen voor er iemand op de schoten afkwam. Maar ze onderschatte de ijdelheid van deze vrouw. Voetstappen kwamen haar kant op. Voor ze ging wilde Abby haar make-up controleren.

Door een scheurtje in het douchegordijn zag Alex Abby's gezicht à la Picasso in de scherven van de spiegel. Er ontbraken hele stukken, dus kon ze niet goed zien of Abby het pistool nog in handen had.

Abby draaide een kwartslag en Alex zag het wapen. Een tel

later schoof de nieuwsgierige Abby het douchegordijn ermee opzij. Toen de loop het plastic wegduwde, pakte Alex met haar geboeide handen het stuk metaal van het toilet en liet het met al haar kracht op Abby's pols neerkomen. Het wapen viel in het bad, maar Abby reageerde razendsnel. Ze gaf Alex een dreun op haar kaak en greep haar bij de keel. Alex probeerde uit de greep te komen, maar Abby's gehandschoende vingers leken zich in haar huid te dringen en riepen de enorme pijn op die Alex had gevoeld toen de generaal probeerde haar te wurgen. Alex boog haar hoofd en gaf Abby een perfecte kopstoot. Abby liet haar los en haalde enorm uit, zodat Alex tegen de betegelde achterwand stuiterde. Alex kwam weer overeind en ramde het metalen verbindingsstuk tussen de twee handboeien omhoog onder Abby's kin zodat die haar evenwicht verloor. De stiletto's onder Abby's designerschoenen gleden uit op de natte bad-kamervloer en ze viel met haar hoofd tegen de toiletpot. Ze was knock-out.

Alex knielde naast het lichaam. Abby was wel buiten bewust-zijn, maar ze ademde nog wel. Er stroomde bloed uit een hoofd-wond, maar het was niet dramatisch. Alex keek naar de voeten van de vrouw, naar de hoge hakken die op een bizarre manier Alex' leven hadden gered. Het sterkte Alex in de gedachte dat vrouwen bij alles beter cowboylaarzen kunnen dragen.

Alex pakte het wapen. Daarna stapte ze soepel uit het bad en over Abby's lichaam en liep naar de woonkamer.

Ze liet haar blik over Abby's werk gaan. De vrouw had Clive kennelijk met de champagnefles op het hoofd geslagen toen hij bezig was zijn broek uit te trekken.

Hij moest op dat moment het wapen nog hebben gehad, te oor-delen naar zijn houding en het kogelgat in de muur van het schot dat hij in zijn val onwillekeurig had afgevuurd. Daarna moest Abby het wapen hebben gegrepen en hem hebben afgemaakt.

Alex pakte haar telefoon die naast de margrieten lag. Ze begon 911 te bellen, maar bedacht dat het moeilijk te verklaren viel dat haar vingerafdrukken op het wapen stonden waarmee een geheim agent was doodgeschoten. Nog afgezien van het feit dat ze niet wist naar welk adres ze de politie of een ambulance moest sturen. Dus draaide ze Dans nummer, legde in het kort uit wat de situatie was en vroeg hem de GPS op de telefoon te gebruiken om haar te lokaliseren. Daarna liet ze haar hand in de zakken van de dode man glijden, tastte naar de sleutels van de handboeien, waarna ze haar handen bevrijdde.

Hoofdstuk 57

Tegen de tijd dat Abby in staat van beschuldiging werd gesteld, had ze Dennis Riordan, de koning van de strafpleiters, in de arm genomen. Hij had haar duidelijk de Eliza Doolittle-preek gegeven. Ze zag er nu echt uit als een dame, bijna als een non, met hooggesloten blouses en lange rokken. In het avondjournaal zag Alex hoe Riordan aankondigde dat hij bezwaar ging aantekenen tegen het gebruik van de tape. Alex hapte naar adem. Riordan stelde dat Abby's privacy was geschonden. Een overheidsdienaar – dat was dus Alex – had zonder haar toestemming opnamen van haar gemaakt. Abby kon de beambte zelfs dagvaarden op beschuldiging van het overtreden van een verordening in D.C. die voorkwam dat er opnamen van iemand werden gemaakt zonder toestemming van beide partijen.

Kreng, dacht Alex. Daarna bezag ze haar typering nog eens. Nee, megakreng. Abby had in de auto gezeten met een pistool op Alex gericht. En nu durfde ze beweren dat haar rechten waren geschonden?

De volgende dag, op het AFIP, vertelde Dan dat hij alles op alles zette om de rekening te vinden waarop de Chinezen Abby's voorschot hadden gedeponeerd. 'Maak je maar geen zorgen,' zei hij. 'Ze ontkomt ons niet.'

Tijdens de lunch verwedde Grant er alles onder dat Abby zelfs met de beste bewijzen à charge er met een paar jaar cel vanaf zou komen, waarschijnlijk uit te zitten in een comfortabele country club van een gevangenis.

Alex had het gevoel dat hij gelijk had. Ze zag het al voor zich. Abby zou voor haar veertigste weer op vrije voeten komen. En dan zou ze waarschijnlijk haar eigen tv-show krijgen, net als Martha Stewart.

Na de lunch bekeek Alex zichzelf kritisch in de spiegel in het damestoilet. Met een zwaai legde ze haar haar boven op haar hoofd zodat de krullen haar gezicht liefkozend omlijstten. Zo probeerde ze zichzelf een vleugje glamour te verlenen. Misschien zou ze het die avond zo dragen als ze naar dat feest in het L'Enfant Plaza Hotel ging. Misschien moest ze maar eens leren haar charmes in te zetten zoals Abby dat noemde.

Toen liet ze haar haar weer vallen zodat het als een waterval over haar schouders viel. Ze was blij met wat ze zag. Haar charme lag in de manier waarop ze haar werk deed, dus ging ze naar haar lab om nieuwe inzichten in de infectueuze kracht van dengue te ontwikkelen.

Hoofdstuk 58

Er waren zoveel buitenlandse hoogwaardigheidsbekleders en burgers vanuit het hele land naar D.C. gekomen voor Cotters begrafenis, dat de president en de First Lady besloten ter ere van de gasten iets bijzonders te organiseren. Als was het een mini-inauguratie werden er in allerlei conferentiecentra en balzalen van hotels in de stad feesten gegeven. De First Lady en Matthew bezochten ze allemaal. De president was nog herstellende van de medische ingrepen. De steelse terugkeer naar het Witte Huis had veel van hem gevergd. Maar hij wilde niet dat de mensen zouden denken dat hij zijn presidentiële taken niet aankon. Dus verscheen hij overal waar zijn vrouw en zoon zich lieten zien op een groot videoscherm. Hij sprak elk gezelschap toe en beantwoordde zelfs een paar vragen zodat iedereen wist dat hij in ieder geval geestelijk op volle toeren draaide en dat ze niet naar vooraf opgenomen beelden keken.

Dan, zijn vrouw Jillian en Alex waren aanwezig op het feest in het L'Enfant Plaza Hotel, waar hoogwaardigheidsbekleders uit landen die begonnen met de letters E tot en met I (Ecuador tot en met Italië) waren ondergebracht. Ze hadden dat feest gekozen omdat Jillian haar man aan een stel Israëlische politici wilde voorstellen. Maar binnen een paar minuten had ze Dan en Alex alleen gelaten en stond ze geanimeerd te praten met een van de politici uit Guatemala in een poging als eerste het nieuws over een mogelijke regeringswisseling te kunnen brengen. Daarna verdween ze helemaal.

Dat leek Dan absoluut niet te storen, Jillian was tenslotte Jillian. Hij bewonderde haar onafhankelijkheid.

Enkele diplomaten waren onrustig. Alex hoorde er een – ze

dacht uit Guyana – zeggen dat hij was gekomen om Cotter te begraven, niet om hem te bewieroken.

Het orkest zette 'Hail to te Chief' in. Het licht werd gedimd en
het videoscherm op het toneel lichtte op. Alex en Dan draaiden
zich naar het toneel.

De musici legden hun instrumenten neer en mengden zich onder
het publiek zodat ze ook konden kijken. Er werd een schijnwerper
op de toegang tot het toneel gezet en de First Lady en Matthew
kwamen onder een daverend applaus het toneel op. Alex bedacht
hoe anders Matthew er nu uitzag. Hij was weer helemaal zichzelf:
onweerstaanbaar, kalm en misschien iets volwassener.

De uitzending begon en president Cotter richtte zich tot de aanwezigen. Hij had nog steeds een verband om zijn hoofd. De mensen hielden hun adem in toen ze zagen dat hij te midden van de
puinhopen van de East Room sprak. 'We zijn hier bij elkaar als
een verenigde wereld. In deze tragische periode hebben we onze
geschillen opzijgezet en van de hoofdstad van dit land een broedplaats van mogelijkheden gemaakt. De schade aan de East Room
herinnert ons aan de trauma's en beproevingen waarmee elk land,
groot of klein, arm of rijk, elke dag wordt geconfronteerd. Voor
sommige landen bestaan de dagelijkse bedreigingen uit geweld en
ziekten, voor andere is het het verlies van mensen aan oorlogen,
of kinderen zonder kans op scholing. Geen enkel land heeft alle
antwoorden.'

De president liep naar de andere kant van de ruimte en ging in
een blauwe oorfauteuil onder de Monet zitten. Alex zag dat het
lopen hem moeite kostte. Ze vroeg zich af hoe bleek hij was onder
al die lagen televisiegrime.

De president ging verder. 'U hebt mij allen bovenmate vereerd
door hier te komen. Toen ik daar lag en dacht dat mijn einde naderde, begon ik te beseffen hoe vaak wereldleiders verstrikt zijn
in onbeduidende diplomatie in plaats van zich bezig te houden
met een wereldverbeterend leiderschap. Daarom hoop ik dat u,
terwijl u kwam voor een begrafenis, wilt blijven voor een top. We
moeten beslissen wat voor onze wereld op dit tijdstip de priori-
teiten zijn.'

Applaus alom. Zelfs de vertegenwoordiger van Guyana klapte
enthousiast. Op het toneel stond Matthew te stralen, trots op zijn

vader. De First Lady kwam naar de microfoon en zei dat de president bereid was enkele vragen te beantwoorden. De eerste drie waren enthousiaste reacties en gingen over de mogelijkheden van veranderingen op wereldschaal. De laatste was eenvoudig: 'Is er iets waar van het gerucht dat u van plan bent een vrouwelijke vice-president te benoemen?'

Cotters vermoeide ogen twinkelden. 'Laten we zeggen dat het niet geheel buiten het rijk der mogelijkheden valt. Dat ik hier vandaag ben, dank ik aan de inzet van een vrouwelijke arts en mijn verbazingwekkende First Lady. En laten we er niet omheen draaien: als een vrouw bijna in staat is een president ten val te brengen, wordt het misschien tijd een vrouw als vice-president te hebben om hem overeind te houden.'

Gelach klonk boven het applaus uit. Jillian dook op naast Dan en Alex. Alex zei: 'Ik vond het heerlijk jullie allebei te zien. Ik denk dat ik maar eens naar huis ga.'

Jillian omhelsde haar en nam afscheid. Toen Alex wegliep, zwaaide Jillian met een kamersleutel voor Dans neus. 'De vertegenwoordiger van Estland schijnt met een kleine aardverschuiving in de politiek te maken te hebben en is er nog niet. Ik heb de manager zover gekregen dat hij ons de sleutels heeft gegeven.'

Dans pas was zwierig toen hij naar de lift liep.

Hoofdstuk 59

De dag erop had Chuck roodomrande ogen van het turen naar de stippen om erachter te komen wie de Bravermanschedel in de kamer van de vice-president had binnengebracht. Shane ontkende en Abby's bekentenis tegenover Alex ondersteunde hem daarin. Tot nu toe was na aankomst van de Vietnamezen noch Abby's noch Clives stip die kamer binnengekomen. Alex kwam langs om te kijken hoe het ging. De combinatie van een aanklacht van Abby tegen haar en het feit dat ze bijna door haar was vermoord maakte Alex heel nieuwsgierig hoe de bewijzen tegen Abby zich opstapelden.

Die morgen had Abby's advocaat zijn opzet bekendgemaakt. Omdat de president tijdens het feest had gezegd dat een vrouw hem bijna ten val had gebracht, beweerde Riordan dat Abby door die openbare aanklacht in de VS geen kans op een eerlijk proces meer had. Hij diende een verzoek in om de rechtszaak naar een Zuid-Amerikaans land te verplaatsen.

Nou, fijn, dacht Alex. Hij zal wel een land hebben uitgekozen dat geen uitleveringsverdragen kent. Abby zou daar dan gewoon de rechtszaal uit lopen, de miljoenen van de Chinese oliedeal opnemen bij de bank waar ze die had weggestopt, en leven als een vorstin.

Chuck maakte tijdens zijn werk een uiterst gefrustreerde indruk. Hij deed zijn ogen dicht en weer open. 'Als ik mijn ogen dichtdoe, zie ik nog stippen.'

Onder aan het scherm stond de tijdcode. Chuck was de gegevens opnieuw aan het bekijken, te beginnen met de morgen van de ceremonie. Hij wees naar een grijze stip, agent 345. 'Agent Moses is precies op de plek waar hij hoort te zijn: op het kantoor van de geheime dienst in het Witte Huis. Hij is om een uur of half acht die morgen binnengekomen.'

Alex wist dat de president een gouden nummer had. De vice-president en zijn vrouw waren de rode stippen 1 en 2, en ze waren om een uur of acht het Witte Huis binnengegaan. Ze waren allebei doorgelopen naar de werkruimte van de vice-president in de West Wing. Alex keek naar de twee rode stippen. De eerste drie of vier minuten gingen ze daar elk hun gang; daarna gingen ze naar een andere ruimte en begonnen op en neer te bewegen, met kleine bewegingen. Chuck wilde snel vooruitspoelen, maar Alex hield hem tegen. 'Het gaat er daar heet aan toe,' zei ze.

Ze keek naar hun positie in de ruimte en haalde zich de indeling van die ruimte voor de geest. Gezien hun locatie vermoedde Alex dat Abby op het bureau zat en dat de vice-president ernaast stond. Ze bedreven de liefde.

Daarna ging hij naar de wc en verliet zij de kamer. Vervolgens ging Abby naar de East Room en hij naar de noordoostelijke ingang. Alex hield de tijd onder aan het scherm in de gaten. Elf uur, een paar minuten voor de stip die de vice-president voorstelde voor de laatste keer naar zijn kamer ging.

Alex bedacht wat zij om die tijd had gedaan. Ze was toen in de East Room en kon zich niet herinneren Abby daar toen te hebben gezien. Ze herinnerde zich wel dat de vice-president midden in de kamer had gestaan, onder de kroonluchter van Boheems kristal. Ze herinnerde zich niet dat hij een paar minuten later was weggegaan.

Terwijl de beelden verdergingen, kwamen de rode stippen pas om tien over half twaalf weer bij elkaar. Alex herinnerde zich dat ze op dat tijdstip allebei in de East Room waren geweest. De stippen kwamen bij elkaar op het moment dat Abby binnenkwam en haar man kuste.

'Ga eens terug naar acht uur,' zei Alex tegen Chuck. Ze wees op de vrijende stippen en hij kreeg een rode kleur. 'Nou moet je kijken,' zei ze opgewonden. 'Nu gaat de stip van Shane naar de wc.'

'Ja...' zei Chuck aarzelend omdat hij niet wist waar ze heen wilde.

'Denk eens goed na. Hoe groot is de kans dat hij naar de wc

gaat en zij de kamer verlaat? Het is altijd de vrouw die na het vrijen opspringt om te gaan plassen. Bij hen loopt er tenslotte van alles uit. En Abby is ziekelijk waar het haar uiterlijk betreft, dus ik weet zeker dat zij degene is die naar de wc is gegaan.'

'Maar de stippen – ' wierp Chuck tegen.

'Snap je het niet? Tijdens het vrijen heeft ze de pinnen verwisseld en toen ze hem in de East Room kuste heeft ze ze teruggedaan.'

Chuck dacht erover na. 'Waarschijnlijk heb je gelijk. Maar hoe bewijzen we het?'

Na de explosie was de vice-president niet teruggegaan naar zijn eigen kamer. Hij had het ruimere Oval Office tot zijn hoofdkwartier gemaakt. En nu was hij te gast in een federale gevangenis. Toen Cotter voor de arrestatie van Shane naar het Witte Huis was teruggekeerd, was hij even in het Oval Office geweest, maar hij was niet in de kamer van de vice-president geweest. Nu regelde hij de staatszaken vanuit de Familiy Quarters. Hij moest herstellen en hij wilde bij zijn zoon zijn. Maar elke avond waren de First Lady en hij op de tv om het publiek ervan te overtuigen dat de staatszaken niet werden verwaarloosd.

Toen Alex bezig was DNA-sporen van het bureau van de vice-president te nemen, kwam Sheila Cotter binnen. 'Ik hoorde dat u hier was,' zei de First Lady.

'Is er een kans dat deze bewijzen van een coïtus van u en de president zijn?' Alex kon haar tong wel afbijten. Wat was dat nou voor opmerking tegen de First Lady? Ook al wist ze van het eerste spiraaltje van deze vrouw.

Maar Sheila Cotter vatte het gelukkig goed op. 'Nee, met 132 kamers in het Witte Huis zijn we nog niet aan die van de vice-president toegekomen.'

Sheila keek van een afstandje toe hoe Alex haar werk deed. Ze hield zich op de achtergrond, wilde niet dat ze op de plaats delict iets in het honderd zou sturen. Maar op een gegeven moment zei ze wel iets. 'Ik heb wat ideeën voor de East Room en ik wilde dat u ze als eerste zou horen. Lyndon Baines Johnson heeft in die kamer de Wet op de Burgerrechten getekend. Ik wil er een getuigenis van harmonie tussen de rassen van maken. Ik wil dat er een muurschildering komt met gezichten van allerlei mensen, een regenboog van etnische groepen. Ik heb gevraagd om Troy Nguyen in een van de gezichten te vereeuwigen.'

Alex hield even op met haar werk om de zaak te overwegen. Zou Troy het fijn hebben gevonden? Hij stond niet graag in het middelpunt van de belangstelling. Misschien had hij gelijk gehad, had ze inderdaad niet goed opgelet tijdens het curriculum psychiatrie. Dan zou ze hebben geweten dat iemand met zo'n persoonlijkheid als de zijne de laatste is om zichzelf met een zelfmoordbom tot martelaar te maken. Hij zou, levend of dood, nooit zoveel belangstelling hebben willen krijgen.

Ze wist zeker dat hij geen portret van alleen hemzelf had willen hebben, maar dat hij in een zee van gezichten misschien het gevoel van erbij te horen zou hebben gehad dat hij tijdens zijn leven niet had gekend. Misschien zou zijn geest een gedenkteken op de plaats waar hij was gestorven hogelijk waarderen. 'Ik vind het een prachtig idee.'

Het sperma en het vaginale vocht waren voldoende om de vrijpartij tussen Abby en Tommy Shane te bevestigen. Toen ze Dan haar gevolgtrekking voorlegde, zei hij: 'Het is een prachtige theorie, maar het is niet genoeg. Je bewijst inderdaad dat ze hebben gevrijd, maar niet dat Abby de pinnen heeft verwisseld.'

'En de gang naar de wc?'

'Daarbij laten hun advocaten geen spaan van je heel. Die zullen zeggen dat een man als Shane ongetwijfeld prostaatproblemen heeft en er 's nachts misschien wel tien keer uit moet om te plassen.'

'Maar ik heb hem zelf in de East Room gezien op het moment dat zijn stip naar de wc ging.'

'Maar we hebben geen betrouwbare getuigen om je te steunen.'

'En Binh Trang?'

'Ze heeft heel goed geholpen bij het vaststellen van wat Troy tegen haar zei, maar ze was pas de nacht ervoor in de VS aangekomen. Ze wist niet hoe de vice-president eruitzag, en al helemaal niet of hij de zaal binnenkwam.'

Alex zag er verslagen uit. Maar het was natuurlijk wel logisch. Ze had er zelf geen idee van wie de vice-president van Vietnam was. Ze wist niet eens of ze er wel een hadden.

'Het is fantastisch detectivewerk, Alex, en het draagt zijn steentje bij in de rechtszaak. Maar we hebben een keihard bewijs nodig om dat mens achter de tralies te krijgen. Wat een ontzettend kreng.'

Toen Alex in haar lab terug was, herinnerde ze zich het roze draadje dat ze had gevonden. Misschien kon ze dat op een of andere manier met Abby in verband brengen. Dan regelde dat ze in het huis van de Shanes en in Abby's privéwerkruimte bewijsmateriaal mocht verzamelen. De ambtswoning van de vice-president, aan Observatory Circle, Washington D.C., was in 1893 gebouwd voor de hoofdopzichter van het United States Naval Observatory. In 1974 was het overgenomen voor de huisvesting van de Second Family. Toen Alex erbinnen was, wierp ze een blik in Abby's klerenkast. Abby cultiveerde het beeld van een flodderig type, maar haar jurken hingen keurig op kleur en lengte. In haar kleedkamer waren boekenplanken, niet met de romannetjes en meidenromans die Alex verwachtte, maar een verzameling zelfhulpboeken, motivatieliteratuur en boeken over succes in zaken. Alex moest Abby nageven dat ze haar charmes op basis van een masterplan inzette.

Op de vloer in Abby's kleedkamer lag een schitterend kleed dat president Mubarak van Egypte de Cheneys had geschonken toen hij bij hen op bezoek was. De roze vezel kwam volmaakt overeen met het roze draadje dat Alex in haar glazen hok had gevonden. Dat bracht Abby in verband met de inbraak in haar kantoortje. Je kon op zijn minst beweren dat Clive Moses op bevel van Abby naar het AFIP was gekomen om het briefje uit de schedel te halen. Ze was waarschijnlijk van plan geweest het later als wapen te gebruiken om de oliedeal tussen de VS en de Vietnamezen te dwarsbomen.

Maar Abby kon het briefje alleen maar als een laatste toevlucht gebruiken. Hoe kon ze verklaren hoe ze eraan was gekomen? In haar plan had Alex druk op het onderzoek moeten blijven uitoefenen.

Op basis van die ingeving ging Alex naar huis terug om de sprei uit haar slaapkamer op te halen. Daar was, toen Cotter op Moses schoot, bloed uit diens schouder op terechtgekomen. En inderdaad, toen ze het in haar lab analyseerde, kwam het DNA overeen met dat van het bloed op de rouwkrans die was neergezet om

Alex bang te maken zodat ze haar onderzoek naar het bloedbad zou stopzetten. Moses moest haar de eerste keer dat ze naar Carlisle & Sons ging, zijn gevolgd en toen haar hele sleutelbos hebben laten kopiëren. De enige manier waarop hij toen kennis had kunnen nemen van de zaak-Lo Duoc was via de president, de vice-president of Abby die buiten het Oval Office had staan luisteren toen Wiatt met het nieuws kwam.

Alex had Moses nu in verband gebracht met de inbraken in haar huis en haar lab. Maar wat had ze eraan? Ze had nog steeds niet genoeg om de strop om Abby's nek te leggen. Daarvoor moest ze harde bewijzen hebben van Abby's relatie met de Chinezen.

Die avond kwam CBS met een speciale uitzending over de plannen van de First Lady voor de East Room. In het programma wisselden archiefbeelden, architectonische plannen en interviewfragmenten met de First Lady elkaar af.

'Het is niet de eerste keer dat deze zaal is verwoest,' vertelde ze. 'In augustus 1814, onder het presidentschap van James Madison, hebben binnenvallende Britse troepen hem in brand gestoken zodat er niets dan een uitgebrand karkas overbleef.'

Bij de herbouw van de zaal bracht elke regering er een persoonlijke noot in aan. President Andrew Jackson installeerde er glazen kroonluchters en twee rijen kwispedoors. Er kwamen zoveel bezoekers dat een journalist een jaar of tien, twaalf later te kennen gaf dat de stoelen daar 'een huis van lichte zeden te schande zouden maken'. Tijdens de Burgeroorlog gebruikten soldaten van de Unie de East Room als bivak.

'Het beroemdste schilderij in die zaal was een levensgroot schilderij van George Washington,' zei de First Lady. 'Dolley Madison had een vooruitziende blik en verborg het vlak voor de Britse soldaten binnenkwamen. Ik ben bang dat ik niet zo slim was, alleen maar geluk heb gehad. Op het moment van de explosie was het portret in bruikleen bij het Freedom Museum in Chicago. Het zal bij de heropening van de zaal te zien zijn.'

Vóór het reclameblok liet men als teaser een stukje film met Matthew Cotter zien. Alex moest denken aan het plezier op het gezicht van de jongen op het feest in het L'Enfant nadat zijn vader weer was opgedoken.

Het programma ging verder met een voice-over die vertelde hoe First Kids de East Room in het verleden hadden gebruikt. De kinderen van Theodore Roosevelt hadden er gerolschaatst. Maar Tad Lincoln verdiende de prijs voor creativiteit. De zoon van Abe Lincoln kwam ooit de East Room binnen op een stoel getrokken door twee geiten.

Matthew Cotter wilde er iets praktischers gaan doen. 'Toen de plannen voor de herbouw van de East Room bekend werden gemaakt, kreeg ik telefoontjes van de kinderen uit andere landen met wie ik voor Habitat for Humanity heb gewerkt. Een stuk of tien van hen komen in de voorjaarsvakantie hierheen om te helpen bij de wederopbouw.'

Alex lachte naar zijn beeld op het scherm. Het was een goed jong. Zijn plan zou wel niet lekker vallen bij de vakbonden, maar wat konden die ertegen doen? Een Democratische president afzetten?

Hoofdstuk 60

De aanslag in het Witte Huis, de smeergelden aan Vietnamese re-geringsvertegenwoordigers betaald door de vice-president, en de boze wederzijdse beschuldigingen tussen de Verenigde Staten en Vietnam hadden de deal van Westport Oil voor het Phu-Khanh-bekken de grond in geboord. Maar president Cotter was niet van plan Amerika's afhankelijkheid van ruwe olie ten offer te laten vallen aan een politiek mijnenveld waar hijzelf geen bemoeienis mee had gehad. Internationaal was hij populairder dan ooit. Toen hij de presidenten van Vietnam en China op het Witte Huis uit-nodigde, konden ze niet weigeren, vooral niet toen hij de Vietna-mese president vertelde dat iemand van zijn ambassade Michael Carlisle van de weg had gereden.

Dankzij het werk van Ron Gladden en Cameron Alistair be-seften de leiders alle drie welk een ongelooflijk potentieel het pas ontdekte olieveld had. Maar alleen Cotter had een plan uitge-werkt waar allen voordeel bij hadden. Er was voldoende olie om de behoeften van beide giganten, de VS en China, te dekken. En door de miljoenen aan smeergeld die door Westport Oil aan Chugai en zijn makkers en door de Chinezen aan Abby Shane waren betaald, terug te halen, konden de respectieve spelers de Vietnamese regering zelfs een nog hogere prijs bieden. Win-win-win, zei Cotter. Maar om die situatie te bereiken, moest de Chi-nese president zijn dochter zover zien te krijgen dat ze onthulde waar het geld voor Abby was geparkeerd.

Na een heftig gesprek tussen vader en dochter, doorspekt met luide uitroepen over 'gezichtsverlies', kreeg Cotter – en even later Dan – het Ecuadoriaanse bankrekeningnummer waar Abby's vijf-tien miljoen dollar was gedeponeerd. En verdomd, Jillian kende nou net die overheidsdienaar die het verband tussen Abby en het geld kon leggen.

In het ziekenhuis was Barbara net klaar met het nalopen van de lijst met beschuldigingen tegen Abby toen Alex haar kwam halen. Nadat die haar thuis bij een uitgelaten Lana had afgezet, ging ze naar de apotheek om de antibiotica voor Barbara te halen. De knappe blonde apotheker was er. 'Ik heb niets voor u,' zei hij toen Alex bij de toonbank stond.

'Ik kom de medicijnen voor een vriendin halen. Ze staan onder Findlay'

De apotheker draaide zich om en vond de zak in bak F. Hij keerde zich weer om en vroeg aan Alex: 'Is dat die vrouw met wie u hier wel eens komt?'

Alex knikte.

'Waarom haalt haar man ze niet op?'

Alex grinnikte. 'Ze is niet getrouwd.'

De apotheker grinnikte terug. Hij kwam achter de toonbank vandaan en liep naar de hoek met wenskaarten, pakte een beter-schapskaart uit het rek, nam hem mee naar de toonbank en zette er zijn naam en telefoonnummer op. De kaart stopte hij in de zak met medicijnen. 'Misschien kunt u, als ze weer naar buiten mag, als een soort referentie voor me dienen.'

'Wat moet ik dan over u zeggen?'

'Dat ik brandweerman was voor ik naar de apothekersoplei-ding ben gegaan, dat ik van koken hou, seizoenskaarten voor het Kennedy Center heb en bekendsta om het sturen van sen-timentele wenskaarten. En dat ik dol ben op vrouwen in uni-form.'

Lachend nam Alex de zak en zei: 'Ik zal zien wat ik kan doen.'

Barbara leek er goed aan toe toen Alex de medicijnen en de kaart afleverde. Lana liep haar te vertroetelen. Ze had tijdschriften voor haar moeder gekocht, een spel Monopoly klaargezet, en een blad met lekkere dingetjes naast Barbara's laptop zodat haar moeder in bed kon werken. Het meisje kende haar moeder beslist. Lana had zelfs een nieuwe kandelaar voor Barbara gemaakt, een groot hart met WELKOM THUIS erop.

Bij huis aangekomen tikte Alex de toegangscode in. Toen ze de deur opende, riep een bekende stem haar naam.

'Luke?' riep ze. De deur zwaaide open en hij sloeg een arm om haar middel en tilde haar op. Daarna zette hij haar neer en ging achter haar staan toen ze haar sleutel in het nieuwe slot van de binnendeur stak. Hij volgde haar naar binnen, sloeg zijn armen om haar heen en hield haar stevig vast. In de spiegel vóór haar zag ze haar eigen gezicht en in de weerkaatsing in de spiegel achter zich ook Luke. Aan de manier waarop hij zijn hoofd gebogen hield, merkte ze dat hij niet doorhad dat ze keek. Er rolde een traan over zijn wang.

Ze deed een stap terug zodat ze hem kon aankijken.

Met zijn rechterhand veegde hij zijn lange bruine lokken uit zijn ogen en de traan van zijn wang. 'Je had wel dood kunnen zijn,' zei hij. 'Hoe komt het dat je me met alles wat je is overkomen nooit hebt gebeld?'

Alex slaakte een zucht en zei zacht: 'Ik wist niet zeker of je zou komen.'

Dat leek hem te kwetsen. Toen bracht hij zijn gezicht vlak voor het hare en hield haar kin zo vast dat ze hem recht in de ogen moest kijken.

'Hoe ben je erachter gekomen?' vroeg ze.

'Jillian heeft naar mijn hotel in Barcelona gebeld. Ze weet hoe koppig je bent en dat je me nooit zou bellen.'

'Hotel?'

'Ja, eh... ik ben helemaal niet bij Vanessa geweest.'

Alex probeerde een lachje te onderdrukken.

Luke ging verder. 'Je bent een moeilijk portret. Al die tijd dat ik op tournee was, heb ik je gemist.'

'Hoe heeft Jillian je weten te vinden? Ik had geen idee waar ik je kon vinden.'

Hij lachte. 'Ze heeft me via Interpol opgespoord. Je kent Jillian met haar contacten. Soms denk ik dat dat fotojournalisme van haar gewoon een dekmantel is.'

Alex bedacht dat ze haar krankzinnige Israëlische vriendin een bedankje moest sturen. Daarna nam ze Luke van onder tot boven op en wierp een blik op de slaapkamer. Enthousiast sprak ze maar twee woorden: 'Jij durft.'

De volgende morgen werd Alex wakker door de geur van koffie. Ze opende haar ogen en stelde vast dat de lakens verkreukeld waren, dat er overal kleren op de grond lagen. Luke was terug. Ze bleef een tijdje liggen en vroeg zich af wat ze van zijn terugkeer vond. Ze dacht aan hun vrijpartij van de vorige avond, eerst behoedzaam en daarna vurig en opwindend. Dat allemaal en ook nog koffie. Ze was zonder meer blij dat Luke weer op het nest was teruggekeerd.

Ze trok een lang T-shirt van het National Museum of Health and Medicine over haar hoofd en slofte op blote voeten naar de keuken waar Luke aan het aanrecht melk in een kom schonk. Hij gaf haar een kop koffie en gebaarde dat ze moest gaan zitten. Daarna ging hij terug naar het aanrecht en mengde de ingrediënten in de kom door elkaar. 'Ik heb vanmorgen boodschappen gedaan,' zei hij.

'Dat zie ik.' Er stond een bruine papieren zak op de toonbank en om de paar minuten haalde Luke er iets anders uit.

Ze keek toe hoe hij toast maakte die hij belegde met verse frambozen en slagroom. Hij kwam met twee borden naast haar zitten en gaf haar een ansichtkaart van het Casa Battló in Barcelona, een ontwerp van de surrealistische architect Gaudí.

'Als Gaudí nog leefde,' zei Luke, 'had hij waarschijnlijk de *Curl Up and Dye* nog ontworpen.'

Ze keek naar het surreële huis, een meesterwerk in mozaïek. Misschien was het gewoon de inwerking van de hele zaak, maar in haar ogen leken de ballonnen precies op schedels en de pilaren op botten.

Ze keek naar Luke en was meteen blij dat ze iemand met zoveel energie en levendigheid in huis had. 'Lekker geslapen?' vroeg ze.

'Met een zeer voldane grijns op mijn gezicht,' zei hij en stak over de tafel heen een hand uit naar de hare. 'Maar ik heb rugpijn door die futon. Wat zou je ervan denken als we een deel van mijn tourneegeld gebruiken voor een echt bed?'

Alex overwoog de kwestie. Zij besloot dat ze bereid was die keuze nu te maken, zeker nu met Lukes hulp. Ze lachte bij de gedachte aan de verkoper die toekeek hoe ze de matrassen uitprobeerden. Alles in het nette natuurlijk. 'Ik heb vanmorgen een afspraak. Hoe lijkt het je als we elkaar hier om twee uur weer treffen?'

'Ik heb uit Europa een paar nieuwe cd'tjes meegebracht, perfecte stemmingsmuziek wanneer we het weekend gebruiken om het in te vrijen.'

'Zolang het maar geen Barcelona-rock is,' zei Alex.

Luke knikte. 'Dat is ook niet mijn smaak.'

Hoofdstuk 61

Alex parkeerde voor Troys flatgebouw. Ze was er nog maar één keer eerder geweest, toen ze op stel en sprong samen zouden gaan eten. Ze haalde diep adem voordat ze het gebouw inging, omdat ze niet zeker was of ze er klaar voor was een ruimte te betreden die zo vol spirituele aanwezigheid van haar vriend was.

Ze ging drie trappen op en voelde Troys aanwezigheid met de tree toenemen. Toen ze bij zijn deur was, werd haar verdriet overwonnen door haar opwinding. Ze klopte aan en Lizzie deed open.

Troys zus was een tenger vrouwtje met prachtige blauwgroene ogen in een amandelkleurig gezicht. Ze droeg een witte sarong die net iets te strak en te kort was, misschien omdat de genen van haar Amerikaanse vader haar iets langer maakten dan de gemiddelde Vietnamese vrouw. Toen ze zich omdraaide om Alex een rondleiding in het huis te geven, zag Alex de tatoeage achter op haar rechterschouder. Het was een karikatuur van Uncle Sam, met zijn hoofd in een strop. Alex begreep waarom Lizzie een beetje overhoop had gelegen met de immigratiedienst.

Lizzie loodste haar naar de bank waar ze alles voor de thee had neergezet. Ze gingen allebei zitten. 'Gecondoleerd,' zeiden ze allebei op exact hetzelfde moment, 'met uw verlies.' Rond beider mondhoeken was iets van een lachje te zien als beider erkenning van hun relatie met Troy. Daarna zaten ze een tijdje, verzonken in gedachten aan de herinneringen aan die man.

Alex bracht het kopje bij haar neus en snoof de geur van jasmijnthee op die onlosmakelijk met Troy verbonden was. Lizzie nam slokjes van haar thee en keek naar het altaartje dat ze ter nagedachtenis aan haar broer op een boekenplank tegenover de bank had gemaakt. Alex' blik bleef gericht op twee foto's van

Troy als jongetje. Het waren gekreukelde, kleine fotootjes, met diepe lijnen op de plek waar een vouw liep.

'Ik heb die foto's vanaf de dag dat hij wegging altijd bij me gehad, weggestopt in mijn kleren, dicht bij mijn hart,' zei Lizzie. 'Toen mijn oom hem meenam, kwam dat harder aan dan wanneer mijn moeder was overleden. Hij práátte met me, probeerde me de dingen uit te leggen. Dat deed zij nooit, pas tegen het eind.'

Alex herkende Troy, haar Troy, zelfs terug in de foto's van hem als achtjarige. Die ernst, dat volwassene. Misschien zelfs al iets van zijn uiterst irritante neiging om de wereld te reduceren tot simpele verklaringen. Ach, dacht Alex, God weet dat hij die soms heel erg nodig had.

De twee vrouwen bekeken elkaar: de kwetsbare band tussen hen was het gevoel dat ze deelden voor een man die nu dood was. Lizzie beefde een beetje. Alex wist niet hoe het in de Vietnamese cultuur zat met aanraken. Ze wenste voor de honderdste keer die dag dat Troy erbij had kunnen zijn om zijn zus te verwelkomen. Toen Lizzie begon te huilen en de tranen Alex over de wangen rolden, boog Alex zich naar Lizzie toe en nam haar in haar armen. Zo bleven ze vele hartslagen en liters tranen zitten, tot Lizzie zich terugtrok en zei: 'Neem me niet kwalijk. Ik heb je nog niet eens bedankt voor alles wat je hebt gedaan om me hier te krijgen.'

'Wat Tróy heeft gedaan, hoor,' zei Alex. Troy had alles gedaan wat binnen zijn vermogen lag om Lizzie naar de VS te krijgen. Toen geld en advocaten niet genoeg bleken te zijn, had hij zich in de kwestie met de Trophy Skulls gewerkt in de hoop bij de Vietnamese en de Amerikaanse leiders een open oor inzake Lizzie te krijgen.

Lizzie keek met open mond om zich heen in haar nieuwe huis, naar de koele lichtgroene muren van de woonkamer en het warme donkere mahonie van de eettafel. Voorzichtig streelde ze de kussens van de bank alsof een steviger aanraking dit fantasieleven zou laten verdwijnen. Ze keek Alex aan. 'Ik heb altijd gedacht dat mijn Amerikaanse vader me hier naartoe zou brengen.' Ze schudde haar hoofd. 'Maar het was mijn Vietnamese broer.'

Troy had de hoop zijn zus de VS binnen te brengen nooit opgegeven. Hoewel hij bijna al zijn spaargeld had gebruikt om het raderwerk in beweging te zetten dat haar naar Washington D.C. moest brengen, was hij praktisch genoeg geweest om een hypotheek met overlijdensrisicoverzekering af te sluiten. Het appartement was vrij van hypotheek en eigendom van Lizzie, zijn naaste verwant. En hij had een bescheiden overheidspensioentje dat aan Lizzie werd uitgekeerd. Maar Alex maakte zich zorgen om de manier waarop Lizzie de onderhoudskosten, belastingen en kosten van levensonderhoud moest betalen wanneer het geld op was. Haar Engels was goed, dus misschien kon Alex haar aan werk helpen.

Alsof ze haar gedachten kon lezen, stak Lizzie een hand in de zak van haar jurk. 'Iemand heeft me een boekje gegeven met mijn naam erop. Hij zei tegen mij dat jij wel zou weten wat ik ermee moest doen.'

Lizzie gaf het aan Alex die besefte dat het een spaarbankboekje was van de First American Bank in D.C. Ze deed het open en zag dat er een rekening was geopend op Lizzies naam en dat er 100.000 dollar op stond. 'Heeft een man jou dit gegeven?' zei Alex stomverbaasd. 'Wat voor man?'

'Hij zocht me op in het kamp, de dag voor ik daar wegging. Hij gaf me chocola en dit. Een man van wie de benen niet goed werkten. Hij zat in een stoel met wielen.'

Alex' hart zwol. Michael. Hij leefde nog. Ze bleef even heel stil zitten en zag hem voor zich in het land waar hij van hield. Ze haalde het beeld naar boven dat hij met haar had gedeeld, het beeld van Vietnamese vrouwen in ranke bootjes die lotusbloemen plukten. Ze voelde zich licht in het hoofd, zo blij was ze voor hem.

'Was er een vrouw bij hem?'

Verbaasd knikte Lizzie. 'Ja, met grijs haar.'

Alex klapte in haar handen. Ellen had hem gevonden. Ze zag hen samen voor zich. Misschien had Carlisle een kans om het '& Sons' realiteit te laten worden.

Alex legde het spaarbankboekje op tafel en tikte er met een vinger op. 'Dit is geld,' zei ze. 'Je kunt er goed van leven als je er verstandig mee omgaat.'

Lizzie lachte, stond op en ging terug naar de keuken. Ze kwam terug maar niet met thee, zoals Alex had verwacht, maar met twee scharen en een paar vellen papier. 'We moeten bedenken wat mijn broer in de andere wereld nodig heeft.'

Alex pakte een schaar, dacht even na en begon onhandig in het papier te hakken. Lizzie pakte de andere schaar en transformeerde de witte rechthoek met ogenschijnlijk moeiteloze wendingen in een elegante fruitboom. 'Hij heeft eten en schaduw en schoonheid nodig,' zei ze.

Alex zwoegde voort, terwijl Lizzie haar papier met gratie en doelgerichtheid knipte. Aan haar kant van de tafel verscheen een schitterend panorama. De boom. Een huis met puntgevels. Een viool, voor het geval hij in het hiernamaals muziek wilde gaan maken. En toen begon ze kleine rechthoekjes te knippen. Alex vroeg zich af of ze er ineens geen zin meer in had, maar Lizzie zei: 'Hij moet ook geld hebben om de dingen te kunnen kopen waar wij niet aan hebben gedacht.'

Lizzie wierp een blik op Alex' scheve schepping-in-wording, een vreemde combinatie van twee halve cirkels met aan de ene kant een paar vreemde uitsteeksels erboven. Uiteindelijk werd duidelijk wat het moest voorstellen.

'Een motorfiets!' riep Lizzie uit en klapte in haar handen. Ze zette hem rechtop tussen het huis en de fruitboom.

Toen pakte Alex een van de bankbiljetvormige rechthoeken die Lizzie had gemaakt, pakte een schaar en knipte één uiteinde zo af dat het de vorm van een boek kreeg, niet meer langwerpig als een bankbiljet. Uit haar heuptasje pakte ze een pen en op het 'boek' schreef ze met piepkleine letters 'Trophy Skulls'. Ze wist dat de leergierige Troy het zou willen lezen om te weten hoe het verhaal afliep.

DANKBETUIGING

Het schrijven van een boek is fijn en tegelijkertijd beangstigend. Sommige schrijvers trekken zich helemaal terug met hun personages, maar ik moet het hebben van familie, vrienden en collega's om me erdoorheen te helpen. Clem Ripley, Christopher Ripley, Lesa Andrews, Darren Stephens, Richard Fitzpatrick, Bob Gaensslen, Katharine Cluverius en Kelley Ragland hebben allen enorm veel aan dit boek bijgedragen. Ook ben ik Paul Sledzik dankbaar die mijn eerste vraag over de Trophy Skulls beantwoordde door een la te openen en me er een in handen te geven.

Niet alleen personen, ook instellingen hebben een rol gespeeld. Door me tot erelid te benoemen, heeft het *American College of Law and Medicine* me een stel collega's verschaft met ongeëvenaarde vaardigheden op juridisch en medisch gebied. Door me te vragen een toespraak over ethiek te houden op hun jaarlijkse bijeenkomst, heeft de *American Academy of Forensic Sciences* me kennis laten maken met de allernieuwste technieken en beleidskwesties inzake de gerechtelijke geneeskunde. Het *Illinois Institute of Technology* en zijn *Chicago-Kent College of Law* hebben me omringd met begaafde collega's en studenten die overal ter wereld projecten van algemeen belang opzetten. Ik ben enorm geholpen door IIT-student Hoa Nguyen uit Ho Chi Minh City; zij heeft me onderricht over van alles, van de huidige visie van de Vietnamezen op de Amerikanen tot de smaak en geur van de doerian. En in Chicago kon ik een bezoek brengen aan het *National Vietnam Veterans Art Museum* als een plek om na te denken over de impact van oorlogen en de menselijke waardigheid.

Twee fantastische wetenschappers, dr. Minh Tran en Vinh Nguyen, namen me mee achter de gesloten deuren van het Instituut voor Tropische Biologie in Vietnam en bereidden me voor op een fascinerend bezoek aan dat ongelooflijke land. Wie de reis niet zelf kan maken, vindt in David Lambs *Vietnam Now: A Reporter Returns* een ongeëvenaarde introductie.

Een van de wonderen van het schrijven van fictie is de ongelooflijke steun die je van andere schrijvers krijgt. Eric Goodman en Mark Rosin zijn al decennialang bereid als gids in de wereld van de fictie te fungeren. En ik ben Michael enorm dankbaar, wiens vragen en inzichten me het afgelopen jaar hebben geholpen bij mijn ontwikkeling als jurist én schrijver.